Alan Gifford
P. O.W. – Gefangen

Liebe Kolleginnen und Kollegen
in Sortiment und Presse,

gern überreichen wir Ihnen dieses Leseexemplar und wünschen Ihnen eine anregende Lektüre. Über Ihre Rückmeldung würden wir uns freuen.
Rezensionen bitten wir Sie hinsichtlich des geplanten Erscheinungstermins Ende Februar 2009 **nicht vor dem 21. Februar 2009** zu veröffentlichen.

Mit freundlichen Grüßen

Ihr Aufbau Verlag

Alan Gifford

P.O.W.
GEFANGEN

THRILLER

Aus dem Amerikanischen
von Wolfgang Thon

rütten & loening

Die Originalausgabe erschien unter dem Titel
How far the road home

ISBN 978-3-352-00768-2

Rütten & Loening ist eine Marke der Aufbau Verlag GmbH & Co. KG

1. Auflage 2009

Einbandgestaltung Mediabureau Di Stefano
Druck und Binden CPI – Clausen & Bosse, Leck
Printed in Germany

www.aufbau-verlag.de

Für meine Familie,
all die wunderschönen Geschichten
und den ganzen Rest.

Bevor ich mich auf den Weg machte, war ich mein Weg.

Antonio Porchia
Voces, 1943

Vorbemerkung

Bis heute wissen die Wenigsten, dass während des Zweiten Weltkriegs eine halbe Million Kriegsgefangene auf amerikanischem Boden lebte.

Im Juli 1944, kurz nach der Landung der Alliierten in der Normandie, befanden sich, verteilt auf 98 Kriegsgefangenenlager, insgesamt etwa 175000 deutsche Kriegsgefangene, sogenannte POWs, Prisoners of War, in den Vereinigten Staaten. Ein Jahr später hatte sich diese Zahl fast verdoppelt. Entsprechend der Genfer Konvention pflügten sie während ihrer Gefangenschaft Felder, fuhren die Ernte ein, asphaltierten Straßen und arbeiteten in Fabriken.

2222 von ihnen gelang die Flucht.

All das sind historische Fakten. Dieses Buch erzählt eine fiktive Geschichte, die irgendwo so oder ähnlich passiert sein muss.

Julesburg, Colorado, 2008

Selbst ein einziger entflohener Kriegsgefangener, geschult in den Techniken der Zerstörung, stellt eine Bedrohung für unsere innere Sicherheit, unsere Kriegsproduktion und das Leben und die Sicherheit unserer Bürger dar.

J. Edgar Hoover, Direktor des FBI

Prolog

Der Obergefreite Karl Voss marschierte auf der staubigen Landstraße so schnell er konnte, ohne in einen Laufschritt zu verfallen. Er war seine Uniformstiefel nicht mehr gewöhnt, die nach vier Jahren in den verschiedenen Lagern hart und steif am Fuß saßen. Dennoch musste er seine Wehrmachtsuniform tragen, nicht nur, weil der Major es befohlen hatte, sondern weil man ihn als Spion hängen würde, wenn man ihn in einer anderen Kleidung als dieser Uniform oder seiner Arbeitskluft erwischte. Doch das in strahlendem Weiß auf den Rücken seines blauen Arbeitshemdes gestickte »POW« hätte im strahlendhellen Mondlicht für jeden Wachsoldaten wie eine beleuchtete Zielscheibe gewirkt. Deshalb hatte Voss seinen ein wenig abgemagerten Körper in die verschlissene Wehrmachtsuniform gehüllt und war eine Stunde nach dem Zapfenstreich aus dem Lager geschlichen.

Unter den Suchscheinwerfern durchzutauchen und bis zum Zaun zu gelangen war ein Kinderspiel. Das eigentliche Problem bestand darin, wohin man sich wendete und was man tat, nachdem man das Lager hinter sich gelassen hatte. Deshalb unternahmen so wenige Gefangene eine Flucht, und aus demselben Grund wurden diese wenigen meist schon am nächsten Tag aufgegriffen, während sie durch die unermessliche Weite der amerikanischen Landschaft irrten.

Voss sah den Wegweiser, der ihm anzeigte, dass er nach Süden gehen musste; das Schild am Rand der asphaltierten zweispurigen Straße schimmerte im gelblichen Mondlicht: *Denver 181*. Voss wusste, dass die Zahl Meilen bedeutete, nicht Kilometer, obwohl es ihm immer noch schwerfiel, selbst ein einfaches Gespräch auf Englisch zu führen.

Es hatte ihn begeistert, als der Major ihn mit der Neuigkeit überraschte, dass sie heute Nacht fliehen würden. Seit seiner Ankunft im Lager hatte Voss entsetzt verfolgt, wie offen die fanatischen Nazis ihren Kreuzzug gegen die Mannschaftsdienstgrade führten, statt ihre Aktivitäten gegen die Amerikaner zu richten. Die sogenannte Lagergestapo war so sehr mit der Unterdrückung der einfachen Soldaten beschäftigt, dass sie kaum Widerstand organisieren konnte. Die das Lager beherrschenden Nazioffiziere schienen mehr damit befasst zu sein, die Kontrolle über die Gefangenen zu behalten, als einen wirkungsvollen Schlag gegen die amerikanische Kriegsindustrie in die Wege zu leiten. Obwohl Voss das Ziel seiner Mission nicht kannte – es mochte sich um eine Munitionsfabrik, eine Ölraffinerie, eine Panzerfabrik oder einen Flugzeughersteller handeln –, hatte er endlich wieder das Gefühl, zu kämpfen und an das glauben zu können, was ihn 1939 bewogen hatte, sich freiwillig zur Wehrmacht zu melden.

Voss verlangsamte seine Schritte, als er das Farmhaus von Ralph Walker sah, das zwischen den endlos scheinenden Weizenfeldern lag. Er überzeugte sich, dass er tatsächlich an der nordöstlichen Kreuzung des Gebietes stand, das Walker den Sand Draw nannte, und setzte sich an den Rand der staubigen Landstraße, um zu warten. Der Major war für gewöhnlich sehr pünktlich. Voss konnte es kaum erwarten, von ihrer Mission zu hören, zu erfahren, welchen Schlag sie gegen die Amerikaner führen würden.

Er starrte in den Nachthimmel und stellte sich vor, dass seine Eltern denselben Mond betrachteten, wie er es seit seiner Gefangennahme vor vier Jahren so oft getan hatte. Der Mond hing tief über den Great Plains und ließ die wogenden Ähren schimmern, wenn der Wind über die Felder fuhr.

Dann hörte er den Kies hinter sich leise knirschen.

»Herr Major!«, stieß Voss hervor. Er sprang auf und nahm Haltung an.

Er sah jedoch nur funkelndes Mondlicht auf einer gekrümmten Klinge, die ihm eine Sekunde später die Kehle durchtrennte.

1. Kapitel

»Komm, komm, komm, komm!«, gurrte Celenas Mutter auf der Veranda hinter dem Haus. »Wo sind denn unsere Truthähne heute Morgen?«

»Ma, du kannst es einfach nicht«, murmelte Celena unter ihrer Decke. Bestimmt konnte ihre Mutter sie trotz des geöffneten Schlafzimmerfensters nicht hören. »Außerdem bist du viel zu laut für diese nachtschlafende Zeit.« Sie grub ihren Kopf noch tiefer ins Kissen.

»Dann solltest du lieber aufstehen und mir helfen.«

Ihre Mutter schob den Kopf durch die wehenden Vorhänge am Fenster. »Und auf deine Frechheiten kann ich heute Morgen gut verzichten!«

Sie lächelte zwar, aber Celena wusste, dass sie es ernst meinte.

Die meisten Tiere liebten ihre Mutter und liefen sofort zu ihr, wenn sie gerufen wurden. Celena jedoch hatte ein besonderes Händchen für die widerspenstigen Truthähne. Nur sie konnte die Tiere auf den Truck locken und verhinderte damit, dass ihr Weizen von den Heuschrecken vernichtet wurde. Damit sie die Heuschrecken auffraßen, fuhr ihr Vater die Tiere regelmäßig auf die Felder. Anders war dieser Plage nicht Herr zu werden.

»Und such erst gar nicht nach Zitronen«, fuhr ihre Mutter fort. »Wir haben keine Bezugscoupons für Obst mehr. Dein Gesicht sieht auch so gut aus.«

Du hast leicht reden, dachte Celena. *Du hast nicht überall Sommersprossen.*

»Ich habe es dir schon oft gesagt«, redete ihre Mutter weiter.

»Ich hatte noch Sommersprossen, lange nachdem ich deinen Vater geheiratet hatte. Du bist erst achtzehn, also habe einfach Geduld.«

Celena drückte sich das Kissen auf den Kopf. »Geduld! Wenn ich das noch einmal höre, bekomme ich einen Schreikrampf!«

Ihre Mutter schlug mit dem Futtereimer gegen das Fensterbrett und warf ihr einen bösen Blick zu. »Und ich werde mehr als nur schreien, wenn du nicht sofort aus dem Bett steigst und dich an die Arbeit machst, und zwar schneller, als ein Lamm mit dem Schwanz wackelt!«

Celena rang noch ein paar Momente mit sich und sprang dann aus dem Bett. Hastig zog sie sich Khakihose, Bluse und Arbeitsschuhe an, setzte die Brille auf und stürmte hinaus.

»Schon besser.« Ihre Mutter drückte ihr den Futtereimer in die Hand.

Celena blickte sie an. Mutter und Tochter sahen sich überhaupt nicht ähnlich, obwohl Celena viel darum gegeben hätte. Sie hasste ihr störrisches braunes Haar, trotz der neuen Dauerwelle, auf die ihre Mutter und sie Stunden verwendet hatten. Außerdem ertrug sie es nicht, dass sie größer war als die meisten anderen Leute in der Stadt, größer noch als die Soldaten. Am meisten jedoch verabscheute sie das eckige schwarze Gestell mit den großen, dicken Linsen, das sie laut Dr. Stevens tragen musste, damit sie nicht blind wie ein Maulwurf herumlief. Sie konnte dieses widerliche Ding nicht ausstehen, und in der Stadt setzte sie die Brille jedes Mal ab. Ihre Mutter hatte natürlich ausgezeichnete Augen, die ebenso perfekt waren wie alles andere an ihr. Celena wünschte sich sehnlichst, sie hätte noch etwas anderes von ihr geerbt als nur die Sommersprossen.

»Bei dem heißen Wind ist das Getreide in einer Woche reif.« Ihre Mutter betrachtete die goldenen Felder, die in der morgendlichen Hitze flimmerten. »Deine Truthähne können warten. Füttere lieber zuerst die Hühner und hilf mir dann beim Frühstück. Dad kommt bald vom Feld zurück und ist sicher hungrig.«

Celena verstreute lustlos die Körner vor den Hühnern, die vor ihren Füßen scharrten und pickten, und spähte dabei auf den staubigen Feldweg, der ihre Farm mit dem Highway verband. Diese asphaltierte zweispurige Straße durchzog die Plains von der Golfküste in Texas bis nach Kanada. Ihr Vater kontrollierte bereits draußen auf dem South Table den Weizen. Sie konnte seinen alten grauen Pick-up auf den flachen Plains von Colorado noch in drei Meilen Entfernung erkennen. So weit das Auge reichte, erstreckten sich in alle Richtungen schimmernde, sacht im Wind wogende Getreidefelder. Unterbrochen wurde dieses gelbe Meer nur da und dort von Feldwegen. Celena sog die heiße, trockene Luft ein, die leicht nach Karamel roch. Der Geruch kam, wie sie schwor, von den Feldern ihres Vaters, obwohl die Leute in der Stadt ihr einreden wollten, dass man Weizen nicht riechen konnte.

»Hat der Briefträger gesagt, wie lange das Carepaket für Walt unterwegs sein wird?«, fragte ihre Mutter.

Celena warf ihr einen Seitenblick zu, bevor sie sich wieder um die Hühner kümmerte.

»Wenn er noch in der Normandie ist, sollte er es in zwei Wochen haben«, zitierte sie Mr. Mickelson aus dem Postamt, wo sie das Päckchen aufgegeben hatte. »Wenn seine Einheit weiter östlich kämpft, erreicht es ihn vielleicht erst in einem Monat.«

Ihre Mutter lächelte. »Die Army hat vermutlich Wichtigeres zu tun, als einem Soldaten Schokolade und neue Socken von seiner Verlobten zuzustellen.«

Celena strich sich eine verirrte Haarsträhne hinters Ohr. Ihre Mutter würde es nicht verstehen, denn sie selbst wusste ja nicht einmal, wie sie ihr erklären sollte, dass sie Walt nicht heiraten konnte, weil sich alles geändert hatte.

»Wann hast du den letzten Brief von ihm bekommen?«, erkundigte sich Mrs. Walker.

Celena seufzte. »Datiert war er vor drei Wochen, aber er ist erst am Montag gekommen. Walt muss ihn unmittelbar vor dem D-Day geschrieben haben.«

Ihre Mutter beobachtete sie. Celena starrte auf die Felder.

»Er wird es schon schaffen«, meinte ihre Mutter. »Bestimmt kommt er bald nach Hause.«

Sie zwinkerte Celena zu und verschwand im Haus; die Fliegengittertür schlug hinter ihr zu.

Ihre Mutter kapierte wirklich nichts. Celena warf missmutig den Hennen, die vor ihr auf dem Boden herumpickten, Körner hin. Mutter begriff einfach nicht, wie kompliziert alles war, wie schrecklich Celena alles vermasselt hatte. Aber darüber wollte sie nicht nachdenken, nicht jetzt, nicht über Walt und darüber, was sie tun sollte. Stattdessen betrachtete sie die Wäsche, die auf der Leine flatterte. Ihr blaues Leinenkleid bauschte sich im Wind.

Vielleicht sehe ich ihn heute. Vielleicht sollte ich das Kleid tragen, selbst draußen auf den Feldern. Ein Lächeln glitt über ihr Gesicht.

Plötzlich knurrte Cash, die Hündin.

Zögernd wandte Celena den Blick von dem flatternden Kleid.

»Was hast du denn?«

Der Bordercollie blickte nach Osten und kläffte wütend eine Staubwolke auf dem Feldweg an. Celena betrachtete die Wolke, bis sie einen Moment später Pferdehufe hörte, die das Geschrei ihres Bruders übertönte.

»Celena!«, stieß Woody hervor, als er wenige Augenblicke später das Pferd vor ihr zügelte. »Du errätst nie, was passiert ist!«

Celena packte die Zügel des schnaubenden Pferdes.

»Was denn?« Sie seufzte. Bestimmt regte er sich wieder wegen irgendeiner Nichtigkeit so auf.

»Dad und ich haben einen toten Nazi gefunden.«

Celena wich unwillkürlich einen Schritt zurück. »Was?«

»Ja, kannst du dir das vorstellen? Draußen im Sand Draw!«

Die Zügel fielen Celena aus der Hand. »Wer … wie heißt er?«

Doch Woody lief schon die Verandastufen hinauf. »Mom!«

»Woody! Wie lautet der Name des Toten?«

Celena trat das Gaspedal bis zum Bodenblech durch, obwohl der Wagen auf dem staubigen Feldweg immer wieder gefährlich schlingerte. Im Korb auf dem Beifahrersitz lag das Frühstück für ihren Vater, aber das war nicht der Grund, warum sie es so eilig hatte. Woody kannte den Namen des POW nicht, den sie im Sand Draw gefunden hatten, aber Celena fürchtete das Schlimmste. Ihre Mutter hatte im Büro des Sheriffs und im Kriegsgefangenenlager angerufen und den Leichenfund gemeldet, dann zwei Sandwiches und eine Thermoskanne Kaffee für Celenas Vater eingepackt und sie damit zu ihm geschickt. Celena war froh über diesen Vorwand, zum Fundort der Leiche fahren zu können.

Wenn er es war, wollte sie es sofort erfahren und nicht grübelnd zu Hause herumsitzen.

Als sie nach Norden um Gishs Corner bog, sah Celena neben dem grauen Ford ihres Vaters im Sand Draw einen Army-Jeep und den schwarzen, rostzerfressenen Wagen des Sheriffs. Sie fuhr langsamer, als sie sich den Fahrzeugen näherte, eingedenk der zahllosen Ermahnungen ihres Vaters, nicht mit einer Staubfahne im Schlepptau auf Leute zuzurasen.

Gut zehn Schritte hinter dem Wagen des Sheriffs blieb sie stehen und wartete, bis sich der Staub gelegt hatte. Durch die Windschutzscheibe sah sie das ergrauende blonde Haar ihres Vaters, der ein ganzes Stück größer war als Sheriff Brookes. Ein Mann in einer Army-Uniform unterhielt sich mit ihm, während ein anderer Uniformierter zwischen den Reihen goldener Ähren kniete.

Celena bahnte sich den Weg durch das Getreide zu den vier Männern.

»Guten Morgen«, begrüßte ihr Vater sie. Sein deutscher Akzent war selbst nach zwei Jahrzehnten in Amerika nicht zu überhören.

»Mutter hat mich mit deinem Frühstück hergeschickt.«

Ihr Vater nickte. »Sheriff, meine Tochter Celena kennen Sie ja.«

»Sicher. Guten Morgen.« Der Sheriff tippte an die Krempe seines grauen Stetsons. »Major, das ist Celena Walker, Ralphs Tochter.«

Major Shaw schnippte mit dem Finger gegen den Rand seiner Uniformmütze. »Ganz recht, Miss Walker. Ich glaube, wir besuchen denselben Gottesdienst.«

»Hallo.« Celena versuchte um den Major herumzusehen.

Sie dachte keine Sekunde daran, wie eifersüchtig Florabeth und die anderen sein würden, wenn sie erfuhren, dass sie mit Major Shaw geredet hatte. Alle Mädchen aus der Gegend zerrissen sich das Maul über ihn, verglichen den Major mit Ronald Coleman oder Tyrone Power und träumten davon, wie sein gestutzter schwarzer Schnurrbart in einem leidenschaftlichen Kuss über ihr Gesicht streichen würde und wie er seine Frau für sie verließ. Celena hatte sich jedoch in ihrer Aufregung weder umgezogen noch auch nur mit einem Blick in den Spiegel ihr Make-up überprüft, bevor sie auf das Feld gehetzt war.

»Bitte richten Sie Ihrer Mutter meinen Dank aus, dass sie uns angerufen hat«, erklärte der Major. »Obwohl es kein Notfall war; schließlich ist der Soldat tot.«

»Kein Notfall?«, mischte sich Sheriff Brookes ein. »Wollen Sie denn nicht so schnell wie möglich erfahren, wenn einer Ihrer entflohenen Gefangenen gefunden wird?«

»Die Wenigen, die weglaufen, kommen für gewöhnlich von allein zurück«, erwiderte Major Shaw. »Wohin sollten sie auch gehen?«

»Wie lange wurde der Gefangene hier denn vermisst?«

»Das wissen wir noch nicht genau, Sheriff. Aber … das ist eine Army-Angelegenheit. Wir übernehmen die Ermittlungen.«

Der andere G.I. drehte sich langsam herum und blickte von seiner knienden Position aus zu Major Shaw hoch. Celena registrierte ihn jetzt zum ersten Mal. Sie hatte ihn noch nie zuvor gesehen. Da sie ihren Vater auf den Feldern häufig besuchte, kannte sie fast alle Wachsoldaten, doch dieser hier wirkte irgendwie anders. Er war schlank und drahtig und kauerte auf allen vieren zwischen den Getreidehalmen, aber der Blick seiner scharfen, grünen Augen zuckte unaufhörlich in alle Richtungen. Der Mann setzte sich auf die Hacken, schob die Army-Mütze auf seinem militärisch kurzen, braunen Haar zurück und wischte sich mit einem Taschentuch, das er aus der Brusttasche zog, den Schweiß von der rotgefleckten Stirn. Er schien alles in sich aufzusaugen, nur zu beobachten und zu lauschen. Bevor er sich erneut seiner Aufgabe widmete, streifte er Major Shaw mit einem knappen Seitenblick.

»Das da ist Private Forrest«, erklärte der Major. »Achten Sie nicht auf ihn. Er sammelt nur Informationen für den Bericht.«

Private Forrest tippte an seine Mütze, und Celena erwiderte den Gruß mit einem Nicken. Dann widmete er sich wieder der Leiche im Feld. Obwohl der Tote nur ein paar Fuß entfernt von ihr lag, konnte Celena ihn nicht erkennen, wollte auch gar nicht so genau hinsehen, sondern fragte sich plötzlich, warum sie überhaupt hergekommen war. Sie spielte kurz mit dem Gedanken, einfach nur den Namen des Kriegsgefangenen zu erfragen und nach Hause zurückzukehren, ohne sein Gesicht anzusehen. Aber … Sie musste einfach wissen, ob er es war. Sie griff nach der Hand ihres Vaters.

»Es sollte eine genaue Untersuchung geben«, meinte Sheriff Brookes. »Immerhin hat jemand diesem Jungen hier die Kehle durchgeschnitten.«

Bei diesen Worten legte sich das Entsetzen wie ein eisiges

Band um Celena, und fast gegen ihren Willen, als würde sie sich dadurch verraten, glitt ihr Blick zu dem Toten. Es war die erste Leiche, die sie bisher gesehen hatte.

Sein hellbraunes Haar wirkte weich wie Daunen, aber seine jugendlichen Züge waren wie in gefrorenem Entsetzen erstarrt. Er trug eine deutsche Uniform – nicht die blaue Arbeitskluft, die sie an den POWs kannte. Hose und Uniformjacke waren zerrissen und schäbig, glichen überhaupt nicht denen der schmucken Nazitruppen, die stolz im Stechschritt am Reichstag vorbeimarschierten, wie es die Wochenschau im Hippodrome-Kino vor der Sonntagsvorstellung zeigte. Die graue Jacke war an Schultern und Brust schmutzig rostrot verfärbt, und um die klaffende Wunde an seinem Hals summten Fliegen. Jemand hatte die Jacke aufgerissen. Celena sah das gezackte Hakenkreuz, das man dem Mann in die Brust geritzt hatte. Ihr wurde übel, und sie drückte ihr Gesicht an die breite Brust ihres Vaters. Wenigstens war er es nicht, Gott sei Dank, dieser Mann war nicht Ernst.

»Du solltest nicht hinsehen«, meinte ihr Vater und tätschelte ihre Schulter.

»Ich glaube nicht, dass das einer von unseren Jungs war«, meinte Sheriff Brookes und deutete auf das Hakenkreuz. »Ich kann mir nicht vorstellen, dass einer von hier so was macht.«

»Selbst wenn es ein Zivilist gewesen sein sollte, Sheriff«, erklärte Major Shaw, »fällt es in die Zuständigkeit der Army. Private Forrest und ich werden alle notwendigen Untersuchungen durchführen.«

»Es muss ein Fluchtversuch gewesen sein, wenn er seine Uniform getragen hat«, fuhr der Sheriff fort. »Sie exekutieren doch alle Kriegsgefangenen als Spione, die nicht in Uniform fliehen, richtig?«

Private Forrest hustete einmal kurz und stieß sich dann vom Boden ab.

»Nun, Sheriff, wie Major Shaw schon sagte, fällt diese Angelegenheit in unsere Zuständigkeit. Also zerbrechen Sie sich nicht länger den Kopf. In der Stadt gibt es bestimmt auch so genug Arbeit für Sie. Mr. Walker, Sie sollten Ihre Tochter nach Hause schicken.«

Major Shaw starrte Private Forrest an, der den Blick seines Vorgesetzten ungerührt erwiderte.

»Private Forrest hat recht«, meinte der Major schließlich und sah zur Straße. »Da kommt auch schon der Krankenwagen, also wird die Leiche in Kürze von Ihrem Feld verschwinden, Mr. Walker. Die Army weiß es zu schätzen, dass Sie uns sofort benachrichtigt haben. Wir melden uns bei Ihnen, falls wir noch Fragen haben.«

Celena sah, wie ihr Vater mit ernster Miene nickte, während Sheriff Brookes den Kopf schüttelte, als er durch das Getreidefeld zu seinem Wagen lief.

»Komm, Celena«, sagte ihr Vater und führte sie zu ihrem Hudson zurück. »Was hast du mir denn zum Frühstück mitgebracht?«

Celena ging neben ihm, konnte es sich jedoch nicht verkneifen, zum Krankenwagen zurückzublicken, in den Private Forrest und der Fahrer die Leiche des Gefangenen luden.

»Hoch mit euch, alle Mann!«, brüllte Feldwebel Straub gleichzeitig mit dem Weckruf. »Marsch zum Waschhaus!«

Die anderen Kriegsgefangenen sprangen von ihren Pritschen, stiegen in ihre Stiefel und nahmen Haltung an. Ernst starrte noch einen Moment auf Karls leere Pritsche und überlegte, was wohl passiert sein mochte, bevor er ebenfalls aufsprang. Er nahm seine Position in der Abteilung ein, die sich formierte und im Gleichschritt aus der Baracke und über das Lagergelände zum Waschhaus marschierte.

»Vorwärts, Sergeant«, rief der amerikanische Wachsoldat auf

Englisch, als die Gefangenen in Reih und Glied in das Waschhaus traten. »In zehn Minuten gibt's Frühstück.«

Während Ernst in einer Reihe vor einem der kleinen Waschbecken an der Wand wartete, versuchte er den Blick eines anderen Kriegsgefangenen auf sich zu lenken. Vielleicht wusste ja jemand etwas. Die anderen schienen sich jedoch alle nur um ihre Angelegenheiten zu kümmern.

Ernst blickte zu dem Wachsoldaten hinüber, wartete noch einen Moment und fragte dann auf Deutsch: »Weiß jemand, wo Karl Voss ist?«

Einige Männer zuckten mit den Schultern, aber ein schlaksiger, fast bis zum Skelett abgemagerter Österreicher nickte und trat einen Schritt vor.

Feldwebel Straub richtete sich mit einem Ruck von seinem Becken auf. Sein kahler Schädel reflektierte die Sonne. Er grinste in Richtung des amerikanischen Soldaten und fuhr Ernst auf Deutsch an: »Obergefreiter Halder, reden Sie nicht über Flucht, nur weil die Wache kein Deutsch spricht. Wenn Sie das noch einmal machen, ziehe ich Sie dafür zur Rechenschaft!« Erneut lächelte er dabei unschuldig dem Wachsoldaten zu.

Der österreichische Soldat sah Ernst einen Moment an, strich mit einer Hand über seinen buschigen Schnurrbart und wusch sich dann weiter das Gesicht.

Ernst schüttelte den Kopf, zog sich die Drahtbrille vom Gesicht und rieb sich die Augen. Er war erschöpft, nachdem er fast die ganze Nacht auf Karls leere Pritsche gestarrt hatte. Irgendwie war es merkwürdig, dass sein Freund nie von Flucht gesprochen hatte, vor allem, weil Karl nur ein einfacher Soldat wie er selbst gewesen war, kein fanatischer Nazi, der vorhatte, bis zur letzten Kugel zu kämpfen. Die Nazioffiziere im Lager ermutigten jeden Fluchtversuch, und sei es auch nur, um die Moral zu stärken und den Amerikanern zu beweisen, dass Deutschland noch lange nicht besiegt war. Ernst fragte sich, warum Karl überhaupt an Flucht hätte denken sollen, wenn er nicht einen direkten Befehl von Oberst Kettner oder dem Fluchtkomitee des Lagers bekommen hatte. Karl hätte auf jeden Fall etwas angedeutet, sich zumindest von Ernst verabschiedet.

»Beeilung!« Feldwebel Straub stand an der Tür des Waschhauses. »Kommt zum Ende, sonst trete ich euch in den Arsch!«

Ernst nahm sich sein Stück Seife.

»Los, du österreichischer Hund!«, rief Straub dem trödelnden Österreicher zu, der sich gerade den Schnurrbart stutzte. »Du bist als Gefangener genauso faul wie als Soldat.«

»Verfluchter Nazi«, gab der Österreicher verächtlich zurück und setzte seine Toilette fort.

»Wie war das?«, rief Straub. »Wiederhol das, du fauler Feigling!«

Der Österreicher sah sich plötzlich ängstlich im Waschhaus um, und jetzt merkte auch Ernst, dass sie mit Straub allein waren. Der Feldwebel starrte den Mann wütend an, während er seine großen Hände zu Fäusten so groß wie Felsbrocken ballte.

»Verfluchter Nazi?« Straub näherte sich dem Mann drohend. »Dir werde ich es zeigen!«

Ernst trat hastig vor den entsetzten Österreicher und versperrte Feldwebel Straub den Weg.

»Herr Feldwebel!« Ernst nahm Haltung an. »Wir kommen zu spät zum Appell!«

Straub blieb stehen und starrte Ernst an. Schweißperlen traten auf seinen kahlen Schädel wie Beulen auf eine sonnenverbrannte Haut. Er holte tief Luft, stieß sie langsam aus und öffnete seine Fäuste.

»Dann marsch, ab zur Messe«, knurrte er. »Jede weitere Aufsässigkeit melde ich Oberst Kettner und der Lagergestapo!«

Das letzte Wort bereitete Ernst mehr Angst als die Vorstellung, sich einem wütenden Feldwebel Straub in den Weg zu stellen. Er salutierte und verließ hastig das Waschhaus. Furcht überkam ihn; vielleicht sah er seinen Freund Karl Voss nie wieder, falls der wirklich der Lagergestapo gemeldet worden war.

Ernst kletterte von der Pritsche des Trucks. Sein durchgeschwitztes blaues POW-Arbeitshemd klebte an seinem Oberkörper wie eine zweite Haut. Ein Tag Unkraut jäten auf den Kartoffelfeldern, und das ohne Schlaf in der Nacht zuvor, hatte ihn vollkommen erschöpft. Er freute sich auf eine Dusche und das Abendessen in der Messe. Danach würde er sich auf seine Pritsche werfen und schlafen.

»Wie war's heute da draußen, Leute?«, erkundigte sich einer der amerikanischen Wachsoldaten grinsend. »Ich wette, ihr würdet euch lieber mit einem Maschinengewehr in einem französischen Graben verstecken und auf unsere Jungs warten.«

Von den anderen Gefangenen beherrschten weniger als die Hälfte auch nur ein paar Brocken Englisch. Sie schienen den Spott des Wachsoldaten nicht zu kapieren. Ernst dagegen verstand jedes Wort.

»Wir haben nicht auf dem Kontinent gegen Amerikaner gekämpft«, erwiderte er in seinem nahezu perfekten Englisch. »Wir haben alle unter Feldmarschall Rommel in Nordafrika gedient und wurden dort gefangengenommen.«

»Na, eure Kumpel bekommen schon ihr Fett weg, wenn Ikes Jungs ihnen einen Besuch abstatten.«

Ernst seufzte. Er hätte dem Mann gern erklärt, dass er wie die meisten Kriegsgefangenen nur noch einen Wunsch hatte: dass der Krieg zu Ende ging und sie heimkehren konnten, zu ihren Familien, zu ihrem früheren Leben. Er hatte das Gefühl satt, sich ständig entschuldigen zu müssen, als hätte er etwas Falsches getan. Aber er wusste, dass hier die Wände Ohren hatten und solche Bemerkungen sofort der Lagergestapo gemeldet werden würden.

»Achtung!«, rief ein Wachsoldat. »Antreten zum Durchzählen!«

Die Kriegsgefangenen stellten sich hastig auf.

»Ernst«, flüsterte der Mann neben ihm. »Du musst zu unserem Treffen kommen. Heute Abend um acht hinter dem Waschhaus.«

Ernst drehte sich nicht um, sondern stand still und blickte starr geradeaus. Typisch, ausgerechnet neben Reinhardt Kessler musste er landen!

»Ich habe dir doch schon gesagt«, erwiderte er flüsternd, »dass ich mich nicht für Politik interessiere.«

»Ich weiß, Ernst, du bist nicht mehr als ein einfacher Bauer.« Die Stimme des Matrosen sank zu einem heiseren Flüstern herab. »Du willst nur nach Hause und auf deine Felder.«

Ernst sah weiter geradeaus.

»Aber es ist auch dein Deutschland«, fuhr Kessler fort. »Jetzt endlich haben wir die Chance, es den Nazis wieder abzunehmen.«

Schließlich wagte Ernst einen kurzen Seitenblick auf den Marinesoldaten, musterte dessen aschgraues Gesicht und sandfarbenes Haar; Kessler wirkte wie eine Statue, schlank und kräftig, die Verkörperung nordischen Stolzes. Er hätte Geschichtslehrer an einer Volksschule sein können, der frisch von der Universität gekommen war und darauf brannte, Jugendlichen seinen Stempel aufzudrücken. Er sah Ernst so ähnlich, dass man sie für Cousins hätte halten können; bis auf den blassen Teint des Matrosen, der von seinem jahrelangen Dienst in den düsteren Gängen eines deutschen U-Bootes herrührte. Ernst konnte jedoch Kesslers glühende Begeisterung nicht teilen, den unerschütterlichen Glauben des Mannes, dass Kriegsgefangene in einem amerikanischen Lager tatsächlich Hitler aufhalten und dem Krieg ein Ende bereiten konnten. Nur eine Handvoll Mitgefangene wusste, dass Kessler ein überzeugter Sozialdemokrat war; er versuchte diese Tatsache vor den Naziführern des Lagers zu verheimlichen.

Kessler senkte den Kopf. »Heute Abend um acht, Ernst«, flüsterte er erneut. »Hinter dem Waschhaus.«

»Rühren!«, rief ein Amerikaner. Ernst drehte den Kopf und sah einen Krankenwagen am Lagertor.

»Sieht aus, als würden sie diesmal zur Abwechslung einen reinbringen«, meinte Kessler, als die Türen des Krankenwagens aufschwangen, zwei Sanitäter ausstiegen und eine Bahre mit einem langen, grauen Sack darauf ausluden. »Noch ein Opfer dieses verdammten Krieges.«

»Karl?«, murmelte Ernst.

»Das ist Karl Voss«, sagte ein anderer. »Sie haben ihn umgebracht, weil er einen Fluchtversuch unternommen hat.«

»Das dürfen sie doch gar nicht«, widersprach ein anderer Kriegsgefangener. »Das verstößt gegen die Genfer Konvention.«

»Die Amerikaner haben ihn ermordet!«, rief jemand. Ein Murren lief durch die Abteilung.

Ernst schüttelte den Kopf. Karl konnte nicht hingerichtet worden sein, falls die Leiche in dem Sack wirklich Karl war. Die Männer hatten recht; ein Kriegsgefangener konnte zwar bei einem Fluchtversuch erschossen werden; falls die Flucht jedoch vereitelt worden war, durfte man ihn nicht einfach exekutieren. Artikel 45 der Genfer Konvention besagte, dass Kriegsgefangene den Vorschriften der sie in Haft haltenden Armee unterlagen. Die Amerikaner konnten den Kriegsgefangenen mit mehr Arbeitsdienst bestrafen, seine Lebensmittelrationen kürzen oder ihn sogar in Einzelhaft nehmen, aber mehr auch nicht.

»Okay, das reicht jetzt!«, rief einer der Wachsoldaten auf Englisch. »Stillgestanden zum Anwesenheitsappell!«

»Leutnant Kunze«, sagte ein Kriegsgefangener auf Deutsch. »Was sollen wir tun, Herr Leutnant?«

»Ja, Herr Leutnant«, meinte ein anderer. »Was erwartet der Führer von uns?«

Ernst riss sich zusammen, starrte weiter geradeaus und vermied es, den einzigen Offizier in ihrer Arbeitsgruppe anzusehen. Aber er hörte die schneidende, harte Stimme des Leutnants.

»Ihr Führer erwartet von Ihnen, den Amerikanern zu zeigen, dass wir ihnen in allen Belangen überlegen sind, indem Sie hart arbeiten, den Befehlen gehorchen und Disziplin wahren. Es ist nicht unsere Aufgabe, Vergeltung an den Amerikanern zu üben. Unser Führer wird sie schon angemessen bestrafen, wenn die Zeit reif dafür ist.«

»Herr Leutnant«, mischte sich ein Dritter ein. »Hat der Führer …?«

»Ruhe!«, blaffte der Wachsoldat auf Englisch. »Aufhören mit diesem Kraut-Gequatsche! Und stillgestanden, solange ich durchzähle.«

Ernst verfolgte aus den Augenwinkeln, wie die Wachsoldaten Karls Leiche auf die Krankenstation schleppten, und fragte sich, was seinem Freund zugestoßen sein mochte.

»Ich glaube jedenfalls, dass unsere Piloten diese Nazis dorthin bomben, wohin sie gehören«, meinte Florabeth, während sie den nächsten Brief unterschrieb. »Die Bodentruppen sind auch wichtig. Aber es sind unsere B-17-Piloten, die den Krieg für uns gewinnen.«

Celenas Mutter lächelte Florabeth höflich an, während Celena vergeblich ein Lächeln aufzusetzen versuchte. Sie saßen an einem Tisch der First Methodist Church und schrieben Aufmunterungen und Danksagungen an die Truppen in Europa und im Pazifik. Leider hatte es, als Celena und ihre Mutter am Abend gekommen waren, nur noch freie Plätze am Tisch von Florabeth Sleethe und deren Mutter gegeben.

Celena hatte wie üblich protestiert, als ihre Mutter vorschlug, in die Kirche zu fahren. Doch aus Erleichterung darüber, dass nicht Ernst der tote Gefangene war, kam ihr Widerstand nicht wirklich von Herzen. Als ihr Vater von den Feldern zurückkehrte, hatte Celena schon eingewilligt; vor allem, weil ihre Mutter zugestimmt hatte, dass sie ihre Brille absetzen durfte, sobald sie in die Stadt kamen.

»Wenn Travis heimkehrt, werden wir ihn als Held empfangen«, plauderte Florabeth weiter. »Finden Sie nicht auch, Mrs. Walker?«

»Ja, Florabeth. Das wäre wirklich nett«, antwortete Celenas Mutter. »Allerdings gibt es viele Helden in diesem Krieg.«

»Sicher, Mrs. Walker, aber im Moment sind die Piloten unsere wirksamste Waffe. Sie richten den größten Schaden unter den Nazis an.«

Florabeth strahlte wirklich, das musste Celena anerkennen. Vielleicht hätte sie sich auch für sie gefreut, wenn sie all das andere hätte vergessen können, das noch so passiert war. Florabeth schien gefunden zu haben, was sie so sehr gewollt hatte. Ihr Leben verlief einfach perfekt. Es war eine stürmische Romanze gewesen – Travis' Truppentransport hatte auf dem Weg von Denver zur Ostküste in Julesburg Halt gemacht, Florabeth hatte den Männern Sandwiches gebracht und sich kurz mit Travis unterhalten; anschließend hatten die beiden sich fleißig Briefe geschrieben, und dann war Travis vor seiner Einschiffung nach England noch einmal zurückgekommen. Sie hatten an seinem letzten Urlaubstag in Denver geheiratet. Celena kannte Walt bereits ihr ganzes Leben lang und hatte ihn trotzdem nicht geheiratet, als er seinen Marschbefehl erhalten hatte. Florabeth dagegen hatte sich mit einem Mann vermählt, den sie kaum kannte. Wenn jemand überstürzt hätte heiraten sollen, dann Celena, und sie fragte sich oft, warum sie es nicht getan hatte.

»Ob Travis wohl auch dorthin geflogen ist, wo dein Vater gelebt hat, Celena?« Florabeths Augen funkelten. »Aus welchem Teil von Deutschland stammt er eigentlich?«

Celena starrte sie einfach nur an. Sie hatte sich genau zurechtgelegt, was sie antworten würde, wenn Florabeth jemals darauf anspielen sollte. Mehr als ein Jahr lang hatte Celena Antworten auf Fragen von Florabeth Sleethe, Ethel Merkelson, Virginia Sopher und den anderen Mädchen in der Stadt eingeübt, Fragen, die nie gestellt worden waren. Sie wusste genau, was sie einem Jungen gesagt hätte, der darauf zu sprechen kam, einem Soldaten, dem diese Gerüchte irgendwie zu Ohren gekommen waren. Niemand jedoch hatte sie je gefragt oder auch nur eine Andeutung gemacht, jedenfalls nicht in ihrer Gegenwart.

»Florabeth«, antwortete Celenas Mutter leise, »Celena weiß nicht, aus welcher Gegend Deutschlands ihr Vater kommt. Er redet nicht gern über das Leben, das er geführt hat, bevor er nach Amerika ausgewandert ist.«

»Natürlich, Mrs. Walker. Ich wollte damit auch nichts andeuten. Aber immerhin stecken wir alle Japaner, die hier leben, in Lager, damit sie nichts tun können, was ihrem Land im Kampf gegen uns hilft.«

Celena riss sich zusammen, um Florabeth nicht auszulachen, obwohl sie ihr am liebsten einen Stapel Briefe ins Gesicht geschleudert hätte.

»Florabeth«, mischte sich Mrs. Sleethe ein. »Du weißt doch, dass die Japaner anders sind als die Deutschen. Sie sehen anders aus und benehmen sich auch anders. Ich habe gelesen, dass fast ein Drittel unserer Soldaten, die in Europa gegen die Nazis kämpfen, deutscher Abstammung sind. Man kann die Japaner nicht mit den Deutschen vergleichen, schon gar nicht nach Pearl Harbor.«

Florabeth legte den Kopf schief. »Mutter! Ich wollte wirklich nichts weiter damit andeuten.«

Reverend Wilkins tauchte am Tisch auf.

»Ladys, ich glaube, für heute Abend haben Sie genug getan. Ich bin sicher, dass unsere Jungs Ihre Mühe zu schätzen wissen.«

Die Frauen standen auf, und Celena versiegelte ihren letzten Brief, während Florabeth auch auf dem Weg nach draußen unaufhörlich redete.

»Fertig?«, erkundigte sich ihre Mutter.

Celena nickte und nahm ihre Handtasche vom Tisch.

»Ich hoffe, dass Florabeths Gerede dich nicht aufgeregt hat«, sagte ihre Mutter, als sie mit Celena die Kirchentreppe hinunterging. »Sie kann manchmal ein bisschen anstrengend sein.«

Celena schüttelte den Kopf. Sie wusste nicht genau, wie sie sich fühlte, ob sie eifersüchtig auf Florabeth war oder ob es sie nicht im Geringsten kümmerte, und genau das bereitete ihr Kopfzerbrechen. Hätte sie Walt vor seinem Abmarsch geheiratet, hätte sein Sold ihrer Familie sehr geholfen, obwohl er kein Offizier war. Sie konnten sich nur mit Mühe gerade so über Wasser halten. Walts Familie hatte ihrem Vater von den achthundert Morgen Ackerland, die sie hier im Tal besaß, dreihundertzwanzig Morgen zum Bewirtschaften verpachtet. Celena hatte eingewilligt, Walt zu heiraten, wenn der Krieg vorbei und er zurückgekommen war. Dann würden sie auf einer Farm bei Julesburg leben. Wenn man den Nachrichten glauben konnte, dauerte der Krieg sicher noch ein Jahr, und trotz des Blutzolls, den Amerika und die ganze Welt zahlten, war Celena froh, dass sie so Zeit hatte, sich alles zu überlegen. Sie konnte sich in Ruhe darüber klarwerden, was sie wegen Walt, Ernst und wegen allem anderen unternehmen wollte.

»Guten Abend, Miss Walker.« Die Stimme hatte den typischen gedehnten Südstaatenakzent.

Sie blickte hoch. Ein Mann in Army-Uniform stieg aus einem Wagen, der direkt neben ihrem Hudson parkte. Es war kein Army-Jeep, sondern ein blauer Pierce-Arrow.

»Ich bin Private Jackie Forrest.« Der Mann nahm seine Uniformmütze ab. »Wir haben uns heute Morgen auf den Feldern Ihres Vaters getroffen.«

»Ach ja, guten Abend.« Celena nickte. »Das … ist meine Mutter.«

»Sehr erfreut, Ma'am.«

»Guten Abend«, antwortete ihre Mutter.

Private Forrest setzte die Mütze wieder auf und ging weiter. Celena bemerkte, dass er ein wenig humpelte. Sie streifte seinen Wagen mit einem kurzen Blick und sah dem Mann dann nach, wie er zur Fernmeldevermittlung ging.

2. Kapitel

Jackie kurbelte das Fenster hoch, nachdem er an der Kreuzung gehalten hatte, und wartete, dass sich der Staub legte, bevor er sich aus dem blauen Pierce-Arrow hievte, den ihm die Army zugeteilt hatte. Ihm war klar, wie seltsam es aussehen musste, dass er keinen Jeep fuhr, aber mit seinem zertrümmerten Bein konnte er keine Kupplung bedienen und war daher auf einen Wagen mit Automatikgetriebe angewiesen. Als er auf die Schotterstraße trat, schlug ihm die Morgenhitze entgegen.

Wenigstens konnte er den Tatort nun allein inspizieren, weil weder der Sheriff noch Major Shaw oder Mr. Walker anwesend waren. Er zog einen Notizblock aus der Brusttasche und stapfte auf das Feld. Als er gestern in Begleitung von Major Shaw hier eingetroffen war und Mr. Walkers Pick-up sowie den Willys-Knight des Sheriffs am Rand des Feldes hatte stehen sehen, war ihm klar gewesen, dass sämtliche Spuren eines anderen Fahrzeugs auf diesem staubigen Weg zerstört worden waren. Jackie blätterte in dem Notizblock und konzentrierte sich auf die Skizze, die er angefertigt hatte.

Die Leiche des Obergefreiten Karl Voss war genau sechs Schritte abseits der Straße gefunden worden. Obwohl die beiden Furchen, die vom Feldweg zu dem toten Gefangenen führten, nicht mehr zu sehen waren, hatte Jackie sie bemerkt. Vermutlich hatten Voss' Stiefel sie hinterlassen, als er ins Feld gezerrt worden war. Jackie vermutete, dass der Mörder allein gearbeitet hatte, denn wären es mehrere gewesen, hätten sie den Leichnam einfach hochheben und ins Feld werfen können, statt ihn mühsam dorthin zu schleppen. Wegen des wenigen Blutes auf Voss' Brust vermutete Jackie außerdem, dass der Killer ihm erst die Kehle durchgeschnitten und dann mehrere Minuten gewartet hatte, bevor er ihm das Nazisymbol in die Brust geritzt hatte. Jackie fragte sich, was den Täter wohl aufgehalten hatte.

Er griff in seine Hosentasche und zog die vier grauen Knöpfe heraus, die er am Tag zuvor hier gefunden hatte. Jemand hatte die Uniformjacke des Obergefreiten an der Brust grob aufgerissen. Jackie hatte die vier obersten Knöpfe auf der Erde dicht bei der Leiche gefunden. Aber warum hatte der unterste Knopf der Jacke offen gestanden? Die Jacke war Voss fast zu groß gewesen, und er hatte in der kühlen Nacht keinen Grund gehabt, sie nicht zu schließen. Vielleicht hatte der Mörder Voss' Uniformjacke erst auf- und dann wieder zugeknöpft, bevor er sie anschließend mit großer Kraft aufgerissen hatte. Nur, was war der Grund für solch ein Verhalten?

Jackie drehte sich um und blickte über die Felder, die sich bis zum Horizont erstreckten. Er schloss die Augen, um sich vorzustellen, was passiert sein könnte.

Ein Knirschen auf dem Schotterweg hinter ihm riss ihn aus seinen Gedanken. Hinter seinem Wagen hielt ein schwarzer Willys-Knight.

»Sehen Sie sich noch mal um?«, fragte Sheriff Brookes, während er die Fahrertür aufstieß.

Jackie nickte, verärgert, weil er nun nicht mehr allein war. Weder der Sheriff noch Major Shaw waren eine große Hilfe bei der Aufklärung des Mordes an dem Obergefreiten, und Jackie wollte in Ruhe nachdenken, herausfinden, ob ein Einheimischer, ein Schläger von der Lagergestapo oder vielleicht jemand ganz anderes dem Gefangenen die Kehle durchgeschnitten hatte.

»Alle Fußspuren sind längst verwischt«, meinte der Sheriff, während er zu Jackie schlenderte. »Aber ich nehme an, der Deutsche wurde auf der Straße ermordet und dann ins Feld gezerrt.«

Jackie versuchte, sich auf seine Skizze von der Leiche zu konzentrieren.

»Sie leiten die Untersuchung?«, fuhr der Sheriff fort.

»Ja.« Jackie blickte nicht von seinem Block hoch.

»Ich hätte eigentlich erwartet, man würde einen Offizier schicken.«

Jackie ignorierte ihn und humpelte tiefer ins Feld zum Fundort der Leiche. Der Sheriff ließ sich jedoch nicht abschütteln.

»Haben Sie ... gekämpft, Forrest? Ich meine, wegen des Beins.«

Jackie schüttelte seufzend den Kopf. »Das ist ein Andenken an einen Motorradunfall vor einem Jahr. Die Army lässt mich freundlicherweise meine Dienstzeit als Wachsoldat beenden.«

»Besser als auf sich schießen zu lassen.« Der Sheriff wischte sich mit einem vom Kautabak fleckigen Taschentuch den Schweiß von der Stirn.

Jackie blickte auf seine Notizen.

»Na gut«, meinte Brookes. »Dann sollten Sie wohl die hier bekommen.« Er griff in seine Brusttasche.

Jackie blickte auf. »Drei Streichhölzer?«

»Vollkommen heruntergebrannt.«

Der Sheriff hielt sie ihm auf der Handfläche seiner schwieligen Rechten hin. Jackie bemerkte zum ersten Mal, dass Sheriff Brookes den kleinen, den Ring- und den Mittelfinger eingebüßt hatte.

»Der letzte Krieg?«, erkundigte er sich.

Brookes schüttelte den Kopf. »Ich habe zwar 1918 in Cantigny gekämpft, aber die Finger habe ich noch im Jahr meiner Rückkehr durch einen Mähdrescher verloren. Der Krieg mag die Hölle sein, aber Farmarbeit ist schlimmer.« Er grinste.

Jackie konnte ein Lächeln nicht unterdrücken.

Der Sheriff ließ die Streichhölzer in seine unversehrte Linke fallen. »Habe sie neben der Leiche gefunden.«

»Keine Zigarettenkippen?« Jackie griff nach den Streichhölzern.

»Nein, nur die drei Streichhölzer.«

Jackie inspizierte die Hölzer. Zwei waren gekrümmt und ganz heruntergebrannt, das dritte jedoch war nach der Hälfte ausgelöscht worden.

»Haben Sie etwas gefunden?«, wollte der Sheriff wissen.

Jackie zögerte, weil er nicht wusste, was er dem Mann anvertrauen konnte.

»Einen Blutfleck auf der Straße.«

»Hm ... Blut auf der Straße. Dann ist der Gefangene also tatsächlich dort umgebracht und anschließend ins Feld geschleppt worden. Schon eine Ahnung, wieso?«

Jackie blickte vom Feld zur Straße und dann auf die Streichhölzer in seiner Hand.

»Ich glaube ehrlich gesagt nicht, dass es ein Fluchtversuch war«, meinte der Sheriff.

Jackie sah ihn an. »Haben Sie nicht gestern noch das Gegenteil behauptet, von wegen der Uniform und allem?«

»Die meisten Gefangenen tragen ihre Arbeitskluft nur, wenn sie zu Feldarbeiten eingeteilt sind, sonst ziehen sie ihre Uniformen an. Aber dieser Junge hatte weder Geld noch Landkarten bei sich, ebenso wenig einen Zug- oder Busfahrplan. Wenn er wirklich versucht hat zu fliehen, war es ein verdammt mies vorbereiteter Versuch.«

Jackie kniff die Augen zusammen und nickte bedächtig.

»Das Blut, das Sie gefunden haben, gehört wohl entweder Voss oder dem Mörder«, fuhr der Sheriff fort. »Das sollten Sie überprüfen.«

Jackie starrte den Sheriff an. Ihm dämmerte, dass sein erster Eindruck von Brookes alles andere als zutreffend gewesen war.

Der Sheriff kniete sich zwischen die Getreidehalme, hob

einen Lehmklumpen auf, zerdrückte ihn und ließ den Lehm zwischen seinen Fingern hindurchrieseln.

»Wenn Voss aber gar nicht fliehen wollte«, fuhr er dann fort und betrachtete die Getreidehalme, »warum sollte ihn dann jemand mehrere Meilen vom Lager entfernt umbringen? Und wieso hat der Mörder ihm ein Hakenkreuz in die Brust geritzt?«

Jackie drehte sich um und blickte zu dem Kriegsgefangenenlager am Horizont. Genau dieselbe Frage hatte er sich auch gestellt.

Der Sheriff stand auf. »Glauben Sie, es war die Lagergestapo?«

Jetzt fuhr Jackie herum.

»Sheriff«, sagte er gedehnt, »was genau wissen Sie über diese Lagergestapo?«

Sheriff Brookes sah ihn eine Weile stumm an und seufzte schließlich.

»Also gut, Forrest, ich spiele Ihr Spiel mit. Ich weiß, dass es sich um eine Gruppe fanatischer Nazis handelt. Ich weiß weiterhin, dass jedes POW-Lager in diesem Land von ihnen verseucht ist und dass sie ihre kleinen Femegerichte zusammenrufen, um jeden Gefangenen zu bestrafen, der ihrer Meinung nach nicht loyal zu seinem Vaterland steht. Außerdem weiß ich, dass sie POWs foltern und ermorden und dass die Army lieber untätig zusieht, als Truppen von der Front abzuziehen, um dem ein Ende zu bereiten.«

Jackie legte den Kopf schief. »Für einen cinfachen Sheriff wissen Sie eine ganze Menge.«

»Das ist noch nicht alles. Ich weiß auch, dass Sie vermutlich sagen, was Sie sagen müssen, und tun, was Sie zu tun haben.« Er maß Jackie mit einem harten Blick. »Aber jemand hat diesen Jungen umgebracht, ihm die Kehle durchgeschnitten, ihn ins Feld gezerrt und ein verdammtes Hakenkreuz in seine Brust geritzt. Wenn das nicht die Handschrift der Lagergestapo ist, weiß ich nicht, wer das gemacht haben soll.«

Er starrte Jackie noch einen Moment an und schlenderte dann durch das Feld zurück zu seinem Wagen.

»Heute geht es nicht zu den Feldern auf dem Plateau«, meinte Ralph Walker, als Ernst zu ihm in das Fahrerhaus des Trucks stieg. »Wir fahren ins Tal. Die Zuckerrüben brauchen Sie und Ihre Freunde.«

»Das wird ein langer Tag«, meinte Ernst. »Unkraut jäten und hacken.«

»Leider ja.« Mr. Walker lächelte. »Aber, wie Sie ja selbst wissen, so ist das Leben eines Farmers.«

»Sicher, und ich würde das Leben eines Farmers hier jederzeit dem vorziehen, was ich in Deutschland vor dem Krieg hatte.« Ernst betrachtete die üppigen Kornfelder jenseits des Feldwegs, deren reife Ähren fast bis zu den Fenstern des Trucks reichten. »Wie die Felder bei mir zu Hause wohl aussehen?«

»Der Krieg ist bestimmt bald vorbei«, erwiderte Mr. Walker, »nachdem die Alliierten jetzt in der Normandie gelandet sind. Dann kommen auch Sie wieder nach Hause, zu Ihrer Mutter und Ihrer Farm.«

Ernst fragte sich, was von seinem Hof übriggeblieben war, trotz der angeblichen Rekordernten, von denen seine Mutter in ihren Briefen schrieb. Ihm war klar, dass sie log, aber er liebte seine Mutter nur umso mehr, weil sie versuchte, so zu tun, als wäre zu Hause alles in Ordnung. Er wünschte sich allerdings, dass jemand bei ihr wäre, jemand, der ihr beim Säen und Pflanzen, bei der Ernte, dem Umgraben und allem anderen half. Obwohl Ernst lieber auf Mr. Walkers Feldern arbeitete, als in einer Wehrmachtsuniform in nordafrikanischen Wüsten herumzuirren, sollte er eigentlich zu Hause auf den Feldern seiner Mutter schuften, nicht auf denen von Mr. Walker.

Dennoch, Ernst genoss die Zeit, die er allein mit dem Farmer verbrachte, auch wenn die Fahrt vom Haus zu den Feldern und wieder zurück nur ein paar Minuten dauerte. Er wusste nicht, ob er all das ohne Mr. Walker und die seltenen Abende im Offiziersquartier des Lagers mit Major von Armin ausgehalten hätte, das Lager, die Befehle, die Nazis, die es auch hier gab. Ob er mit Mr. Walker über Ackerbau sprach oder mit Major von Armin Schach spielte, in diesen kostbaren Momenten fühlte er sich wieder wie ein Mensch, lebendig und frei. Dieses Gefühl hatte er recht selten genießen dürfen, seit er sich vor vier Jahren zur Wehrmacht gemeldet hatte.

Der Lastwagen rumpelte durch ein Schlagloch. Der Schlag riss die Schrotflinte aus ihrer Halterung hinter Ernsts Kopf. Er drehte sich um, um sie wieder zu sichern, warf jedoch zuvor Mr. Walker einen fragenden Blick zu.

»Ist schon in Ordnung«, meinte der Farmer. »Das Gewehr ist nicht geladen.«

Ernst lächelte und hängte die Waffe wieder in die Halterung.

»Die Army erlaubt mir nicht, eine geladene Waffe im Wagen zu haben, wenn ich einen Haufen POWs auf der Pritsche durch die Gegend kutschiere«, setzte Walker erklärend hinzu.

Ernst lächelte, doch dann fiel sein Blick auf sein Arbeitshemd und die Hose. Er hatte nicht das Recht, diese Frage zu stellen, weil er als feindlicher Kriegsgefangener in einem fremden Land interniert war, und außerdem wollte er Mr. Walker keinen Ärger mit der Army bereiten …

»*Herr* Walker, mein Freund Karl …«

»Nein, Ernst«, unterbrach ihn Mr. Walker. »In Amerika heißt es nicht *Herr*. Es heißt Mister.«

»Ja, Sir, tut mir leid. Aber … mein Freund Karl Voss. Er hat mit mir auf Ihren Feldern gearbeitet, und … und jetzt ist er tot.«

Mr. Walker sah Ernst nicht an, sondern starrte geradeaus auf die Straße vor ihnen.

»Sir, wissen Sie, was passiert ist? Man sagt uns nichts. Ich weiß nicht, wie er gestorben ist.«

Ernst starrte in Mr. Walkers Gesicht, aber der Farmer antwortete nicht. Ernst wartete noch einen Moment und wiederholte seine Frage dann. »Sir, bitte. Können Sie mir gar nichts sagen?«

Walker atmete scharf aus und drehte sich bedächtig zu Ernst um.

»Ich weiß nicht, wer ihn ermordet hat oder warum ... Jedenfalls hat jemand ihm die Kehle durchgeschnitten und ein Hakenkreuz in seine Brust geritzt.«

Ernsts Augen weiteten sich, und er umklammerte unwillkürlich den Türgriff. Dann holte er tief Luft und richtete den Blick aus dem offenen Fenster.

Das kann nur eins bedeuten, dachte er. *Die Lagergestapo hat Karl ermordet und ihr Zeichen hinterlassen. Aber warum? Warum Karl?*

»Sir, wissen Sie noch etwas?«

»Bitte, keine weiteren Fragen.« Mr. Walker riss seinen Blick von der Straße los und sah Ernst durchdringend an. »Sie dürfen nicht über Politik sprechen. Sie müssen auf den Feldern arbeiten, friedlich Ihre Mahlzeiten einnehmen und dürfen niemals vergessen, dass die Wände hier überall Ohren haben.«

Ernst wurde von Mr. Walkers Blick förmlich gebannt, bis der Mann sich umdrehte und wieder nach vorn sah.

»Wir haben heute viel Arbeit vor uns«, meinte der Farmer. »Wir haben immer viel Arbeit.«

Ernst sah aus dem offenen Seitenfenster. Der Wind rauschte in seinen Ohren. Er wollte nur, dass es vorbei war, dass Deutschland sich ergab und er endlich in Frieden nach Hause gehen konnte. Aber er hatte keine Ahnung, wie lange er noch durchhalten musste, hier, in diesem Lager voller Nazis, der Lagergestapo und auch mit Reinhardt Kessler und den Regimegegnern.

Celena steuerte den Pick-up von der Straße zum Zuckerrübenfeld und hielt kurz vor dem Bewässerungsgraben an. Sie wartete, bis sich der Staub gelegt hatte, und ließ ihren Blick über das Feld gleiten, auf der Suche nach ihrem Vater. Ein Dutzend Männer mit nackten Oberkörpern und den blauen Arbeitshosen der POWs saß neben dem Zweieinhalbtonner ihres Vaters und suchte in seinem Schatten Schutz vor der glühenden Mittagssonne. Ein Wachsoldat mit einem M-1 auf dem Schoß hockte in der offenen Fahrertür des Trucks.

Schließlich sah sie ihren Vater mitten auf dem Feld neben ihrem Traktor, dem roten Farm-All F-12 von 1937, der immer dann kaputtzugehen schien, wenn er die Jätmaschine ziehen musste. Celena setzte die Brille ab und stopfte sie ins Handschuhfach.

Als sie durch die Zuckerrüben ging, bauschte der Wind ihr blaues Leinenkleid auf. Sie drückte den Saum herunter, während sie einen großen Bogen um die Gefangenen am Truck schlug, so wie ihr Vater es ihr immer eingeschärft hatte. Obwohl sie den Kopf gesenkt hielt, spürte sie die Blicke der Männer, wenngleich keiner pfiff oder ihr etwas zurief. Ob Ernst seinen Freunden von ihr erzählt und ihnen eingeschärft hatte, sie respektvoll zu behandeln? Sie hätte sich gern nach ihm umgesehen, vielleicht einen kurzen Moment mit ihm allein geplaudert, bevor der Wachsoldat etwas bemerkte, aber sie sah nicht hin, weil sie keine Aufmerksamkeit erregen wollte. Im selben Moment wäre sie fast über jemanden gestolpert, der mit gekreuzten Beinen mitten im Feld saß.

»Oh, tut mir leid.« Sie gewann im letzten Moment ihr Gleichgewicht zurück, bevor sie über ihn fiel. Dann sah sie zu dem Mann hinunter.

Ernst stand hastig auf. »Schon gut, Miss Walker.«

Sie trat einen Schritt zurück und wünschte sich im selben Moment, sie hätte es nicht getan. Sie wollte näher bei ihm sein, ihn berühren, obwohl sie mitten in einem Zuckerrübenfeld standen.

»Ich … Haben Sie nicht versprochen, mich Celena zu nennen?«

»Ja, tut mir leid.« Ernst lächelte sie an. »Aber meine Mutter hat mir eingebläut, niemals eine Lady mit ihrem Vornamen anzusprechen.«

»Ihre Mutter hat Sie offenbar ausgezeichnet erzogen, angefangen von Ihrem perfekten Englisch bis hin zu Ihren perfekten Manieren.«

Sie bemühte sich, nicht zu strahlend zu lächeln, aber sie konnte nichts dagegen tun. Die Sonne schien direkt auf ihn herunter und ließ sein kurzgeschorenes blondes Haar schimmern. Er war mindestens einen halben Fuß größer als sie und trug kein Hemd; Schweiß schimmerte auf seiner nackten honigfarbenen Brust, und er hatte diesen süßlichen, kräftigen Geruch, den in ihrer Vorstellung auch die berühmten Hollywoodschauspieler verströmten. Sie starrte in seine Augen, deren Himmelblau von seinen Brillengläsern noch verstärkt wurde.

»Eigentlich habe ich hier mitten im Feld nichts verloren.« Ernst deutete auf den Boden, wo ein weißes Taschentuch fein säuberlich auf einem Jutesack ausgebreitet war. Darauf lagen winzige Federn und Zahnräder.

»Was machen Sie denn da?«

»Meine Taschenuhr geht etwas nach, das wollte ich gern korrigieren. Sie hat meinem Vater gehört.«

Celena lächelte, wurde jedoch nach einigen Momenten wieder ernst. »Ich … ich wollte mich entschuldigen, wegen neulich …«

»Celena!«, rief ihr Vater. Er stand neben dem Traktor und verschränkte ungeduldig die Arme vor der Brust.

»Ich muss meinem Vater ein Ersatzteil bringen«, erklärte sie.

»Ja, für die Kurbelwelle. Wir haben schon darauf gewartet«, erwiderte Ernst.

Sie trat einen Schritt zurück und lächelte ihn an. »Viel Glück mit der Uhr Ihres Vaters.«

»Danke, Miss Walker.«

Sie senkte den Kopf und zog einen Schmollmund.

»Entschuldigung … Celena.« Er lächelte auf genau diese Art, von der Louise McCormack und sie immer geschwärmt hatten, als sie auf der Highschool anfingen, über Jungs zu tuscheln.

»Celena«, rief ihr Vater. »Hast du das Ersatzteil?«

Sie ging hastig zum Traktor. »Ja, Dad, entschuldige.«

Der Overall ihres Vaters war ölverschmiert, als hätte er unter dem Traktor gelegen, und er hatte seine Brille aufgesetzt. Der massige Mann neben ihm war noch größer als der Farmer. Sein knochiger Schädel war bis auf ein paar Büschel graues Haar, die wie Ascheflocken auf den Steinen eines Lagerfeuers aussahen, vollkommen kahl.

»Hier, Sergeant Straub«, sagte Mr. Walker. Er öffnete die Schachtel und schüttelte das Ersatzteil heraus.

»Amerikanische Maschinen«, erklärte der Gefangene. »Ich halte die deutschen für besser.« Er lachte dröhnend.

Celena konnte das Englisch des Sergeants kaum verstehen, aber das war nicht der Grund, warum sie sich vor ihm fürchtete. Straub war der größte Mann, den sie jemals gesehen hatte, noch größer als der Herkules im Zirkus, der auf der Kirmes einmal einen Schlafwagenwaggon mehr als dreißig Meter weit über rostige Eisenbahnschienen gezogen hatte. Und es waren seine Augen, die ihr einen Schauer über den Rücken trieben. Die bleiernen Pupillen wirkten wie tot. Der Sergeant nahm ihrem Vater das Ersatzteil aus der Hand und schob sich unter den Traktor.

»Dad«, flüsterte Celena. »Ist das denn okay für dich hier draußen?«

»Wegen der Männer? Natürlich. Sie arbeiten einfach nur auf den Feldern, und außerdem ist ja ein Wachposten da.«

Celena warf einen kurzen Blick zum Truck. Der Wachsoldat im Fahrerhaus döste.

»Aber viele von ihnen sind Nazis«, meinte sie.

»Einige, ja. Die meisten aber wollen nur den Krieg in einem

sicheren Gefangenenlager aussitzen. Wenigstens schießt hier niemand auf sie.«

»Sie könnten aber leicht entkommen. Sie könnten den Wachsoldaten entwaffnen, dich überwältigen und den Truck stehlen.«

»Wohin sollten sie gehen, Celena? Außerdem arbeiten diese Männer schon seit dem letzten Herbst hier; es sind dieselben Männer, die Weihnachtslieder mit uns gesungen haben. Weißt du nicht mehr?«

Sie lächelte plötzlich. Ja, sie erinnerte sich noch sehr gut daran. Damals war sie Ernst das erste Mal begegnet.

Sie hatte ihn in jenem Herbst bereits einige Male auf den Feldern ihres Vaters gesehen. Er hatte sie angelächelt und ihr sogar zugewinkt, wenn die Wache nicht aufgepasst hatte. Sie hatten aber nie miteinander gesprochen. Ihr Vater dagegen sprach oft von Ernst, von der Hilfsbereitschaft des jungen Burschen und wie sehr er dessen Gesellschaft genoss. Aber bis zu diesem Weihnachtsfest, als sie mit ihren Eltern und Woody, ihrem Bruder, auf ihrer Veranda gestanden und zugehört hatten, wie die POWs Weihnachtslieder sangen, war Ernst für sie einfach nur ein freundlicher Kriegsgefangener gewesen. Die kahlen Felder lagen unter einer Schneedecke, es herrschte Windstille, und keine einzige Wolke verdeckte den Nachthimmel. Celena konnte sich nicht an ein Weihnachtsfest erinnern, das kälter gewesen war oder mehr Magie gehabt hatte. Einige Gefangene hatten ihrer Mutter einen Couchtisch geschenkt, den sie in der Holzwerkstatt des Lagers angefertigt hatten, und eine Weihnachtskarte beigelegt, auf der sie den Walkers für ihre liebenswürdige Gastfreundschaft dankten. Als ihre Mutter den Gefangenen Kekse und heißen Kakao servierte, hatte Ernst ihren Vater gefragt, ob er ihre Toilette benutzen dürfte. Woody hatte sich sofort bereit erklärt, ihn hinter das Haus zu führen. Celena war Ernst einige Minuten später zufällig über den Weg gelaufen.

»Entschuldigen Sie, Miss«, hatte Ernst gesagt. »Kann ich mir hier irgendwo die Hände waschen?«

»Da drüben steht eine Pumpe«, hatte Celena geantwortet. »Ich hole Ihnen schnell ein Handtuch.«

Als sie wieder aus dem Haus gelaufen kam, wartete er bereits auf den Treppenstufen auf sie.

»Danke«, meinte er und verbeugte sich höflich.

Sie wagte es, ihn anzusehen, das erste Mal richtig zu betrachten. Viele Radioberichte und das FBI warnten Zivilisten ständig davor, mit POWs zu sprechen. Man sollte sie ignorieren und sie ihre Arbeit tun lassen; Celena hatte sich immer brav an diese Anweisungen gehalten. Schließlich waren es deutsche Soldaten, Hitlers Handlanger, die einen zweiten Weltkrieg angezettelt hatten. Doch die meisten jungen Männer aus Julesburg kämpften irgendwo in Europa oder dem Pazifik, und die Gefangenen benahmen sich höflich und zuvorkommend.

Dennoch hatte sie noch nie einen aus der Nähe gesehen und schon gar nicht mit einem geredet. Sie hatte den Obergefreiten Halder lediglich angelächelt, wenn er es gewagt hatte, ihr zuzuwinken. Und nun stand er vor ihr, groß und schlank, mit seinem eckigen, sehr markanten Kinn. Er schenkte ihr ein wunderbares Lächeln, und das Blau seiner Augen erinnerte sie an die Farbe des Ozeans. Celena konnte ihn einfach nur anstarren, während ihr klar wurde, dass sie noch nie einen so gut aussehenden Mann getroffen hatte, einen, der sie nur mit seinem Blick zum Erröten brachte. Abgesehen von dem Kesselflicker, der nicht wirklich zählte, war Walt der einzige Junge gewesen, den sie je geküsst hatte. Ernst sah aus, als gehörte er auf eine Filmleinwand oder auf das Titelblatt eines Magazins. Trotz ihrer schrecklichen Sommersprossen, ihrer langen, ungelenken Beine, trotz ihres widerspenstigen Haares und dieser verdammten Brille … *lächelte er sie an!*

»Danke«, brachte sie schließlich heraus, »für die wunderschönen Weihnachtslieder. Wo … haben Sie gelernt, so zu singen?«

»Meine Mutter liebte Opern. Sie hat mich gezwungen, singen zu lernen.« Er lachte, und selbst das klang wie eine Arie.

»Ein Nazi, der nicht nur Englisch spricht, sondern auch Opern mag.«

Ernst blickte auf seine Füße im Schnee. »Danke, Miss Walker, aber … ich bin einfach nur ein deutscher Soldat.«

Celena legte fragend den Kopf auf die Seite.

»Nicht alle Deutschen sind Nazis«, meinte er. »Obwohl, heutzutage sind es die meisten wohl doch.«

Celenas Lächeln verstärkte sich. »Und Sie sind auch ein Farmer?«

Ernst nickte.

Sie wusste nicht, warum sie das tat, aber sie streckte ihm die Hand entgegen.

»Ich bin Celena Walker.«

Ernst nahm ihre Hand sanft in seine, und Celena fühlte die beruhigende Wärme seiner Haut.

»Hallo, Miss Walker. Ich bin Ernst Halder.«

»Freut mich, Sie kennenzulernen, Ernst.« Sie genoss es, den Namen auszusprechen, und fragte sich, wie er sich wohl anhören mochte, wenn sie ihn flüsterte.

»Ich sollte jetzt …«

»Oh, warten Sie noch, wenn es Ihnen nichts ausmacht«, unterbrach Celena ihn hastig. Sie wollte das Gespräch fortsetzen, wollte den Moment noch ein wenig verlängern. »Ihre Mutter lebt also auf einer Farm und liebt Opern?«

»Ja, sie ist geradezu versessen danach.« Ernst blickte kurz zum Haus, bevor er sich vollkommen auf Celena konzentrierte. »Sie hat mich das erste Mal in die Oper nach Berlin mitgenommen, als ich acht Jahre alt war. Wir haben *Rigoletto* gesehen.«

»Der Bucklige?«

Ernst lächelte. »Sie kennen Opern?«

»Ein bisschen. Mein Vater hat uns letztes Jahr mit zur Central City genommen. Wir haben *Tosca* gesehen.«

Sein Lächeln wurde intensiver, und tief in seinen Augen funkelte es. Er sah sie direkt an und entzündete einen Funken in ihrem Herzen, den sie nie zuvor empfunden hatte, nicht bei dem Kesselflicker und ganz bestimmt nicht bei Walt.

Sie sprachen noch eine Weile über Opern, bevor der Wachsoldat auf der Suche nach Ernst auftauchte. Mittlerweile hatte Celena schon herausgefunden, dass Ernst kein Nazi war, der die Welt erobern wollte, wie es die Zeitungen von allen deutschen Soldaten behaupteten. Er war einfach nur ein junger Mann, der im Krieg auf die falsche Seite geraten war und den sie unbedingt wiedersehen musste, trotz ihrer Verlobung mit Walt und irgendwelcher Verbote vonseiten der Army.

»Du darfst nicht mit ihnen sprechen«, sagte ihr Vater jetzt. Er setzte die Brille ab und wischte sich das Traktoröl von den Linsen. Die glühende Julisonne trieb ihm den Schweiß auf das Gesicht. »Diese Männer sind in einem Gefangenenlager ohne … Du musst dich einfach von ihnen fernhalten.«

Celena blickte zu Ernst hinüber, der immer noch im Feld hockte und sich über das Taschentuch und die Einzelteile seiner Uhr beugte.

»Aber dieser junge Mann da drüben war ganz nett.«

»Ernst Halder? Ja, er ist anders als die anderen. Trotzdem darfst du dich nicht mit einem POW sehen lassen. Der Wachsoldat beobachtet sie, und du weißt, dass es Zivilisten verboten ist, ohne besonderen Grund mit Gefangenen zu sprechen.«

Ihr Vater lächelte sie bei diesen Worten an; sein Lächeln versicherte ihr, dass er sie wirklich liebte und alles, was er sagte, nur seiner Sorge um sie entsprang und dazu diente, sie zu beschützen.

»Du kannst jetzt wieder nach Hause fahren«, meinte er. »Dieser Traktor ist im Handumdrehen wieder in Ordnung.« Er lächelte.

Celena küsste ihn auf die Wange und ging dann durch die Rübenfelder zurück zur Straße. Sie verlangsamte ihre Schritte, als sie an Ernst vorbeikam. Er stand rasch auf. Das Taschentuch lag nicht mehr auf dem Boden, und er hielt etwas in seinen hohlen Händen.

»Celena.« Er hob die Brauen.

Sie trat auf ihn zu, und er hielt seine geschlossenen Hände an ihr Ohr. Sie hörte ein kräftiges, regelmäßiges Ticken.

»Sie haben die Uhr repariert?«

Er lächelte und zeigte ihr die Uhr. »Wie man in Amerika sagt: fast wie neu.«

»Celena!«, rief ihr Vater. »Deine Mutter braucht dich zu Hause. Sofort!«

Sie blickte nicht mehr zu Ernst zurück, als sie weiterging, aber sie hoffte sehr, dass er ihr nachsah.

3. Kapitel

»Lächele sie einfach an, dann kannst du sagen, was du willst«, prahlte ein Gefangener von seinem Platz an einem der langen Holztische in der Messe von Camp Dillon. »Diese blöden Amerikaner verstehen nicht mal Deutsch.«

»Wenn der Krieg vorbei ist, werden sie es können«, warf ein anderer Gefangener ein. »Der Führer wird jeden Amerikaner in ein Arbeitslager stecken, der uns nichts nützt.«

Jackie grinste. In Camp Dillon waren noch keine von den Gefangenen eingetroffen, die die Amerikaner nach ihrer Landung in der Normandie einen Monat zuvor gemacht hatten. Die meisten POWs hier waren Veteranen, die den triumphalen Vormarsch der Wehrmacht durch Polen, Norwegen, Dänemark, Holland, Belgien, Frankreich, Jugoslawien, Griechenland mitgemacht und eine Weile auch die Russen und Briten vor sich hergetrieben hatten. Die meisten dieser Männer waren Hitler blind ergeben und glaubten, dass alle für die Deutschen schlechten Kriegsnachrichten nur amerikanische Propaganda waren.

Jackie wusste, dass die POWs schlicht nicht glauben wollten, dass am 6. Juni Amerikaner, Briten und Kanadier am Strand der Normandie gelandet waren und sich nun ostwärts durch Frankreich kämpften, dass die russische Armee das Heer der Wehrmacht gespalten hatte und nach Westen durch Polen zog. Die meisten POWs, die Private Jackie Forrest beim Abendessen in der Messe von Camp Dillon beobachtete, hatten in Feldmarschall Erwin Rommels Afrikakorps gedient, dem Expeditionskorps der Deutschen, das die gesamte Achte Britische Armee durch Libyen bis nach Ägypten zurückgedrängt hatte. In Unterzahl hatte das Afrikakorps knapp zwei Jahre lang Tunesien, Libyen und den Westen Ägyptens beherrscht und für Hitler fast die Kontrolle über das Mittelmeer, den Suez-Kanal und die Ölfelder des Mittleren Ostens errungen, bevor es sich im Mai 1943 schließlich einer Streitmacht aus Briten und Amerikanern ergeben musste. Nach Wochen in hastig errichteten Gefangenenlagern in Algerien und Marokko und einer einmonatigen Schiffsreise über den Atlantik war die erste Welle von deutschen Kriegsgefangenen in diesem Sommer in Amerika an Land gegangen. Jeden Monat folgten ihnen zwanzigtausend weitere, die in eilig hochgezogenen Lagern über die gesamten Vereinigten Staaten verteilt wurden.

Jackie schätzte, dass in den nächsten Monaten die POW-Lager Tausende neuer Gefangener aufnehmen würden; bei ihnen handelte es sich jedoch um jene Wehrpflichtigen, welche die Wehrmacht, die jetzt nur noch zu vierzig Prozent aus gebürtigen Deutschen bestand, nach ihrer Gefangennahme in Polen, Ungarn, dem Balkan und Russland zwangsrekrutiert hatten. Aber diese POWs waren keine glühenden Nazis, wie so viele der dreitausend deutschen Soldaten, die in diesem Juli 1944 in Camp Dillon interniert waren.

»Private Forrest«, sagte einer der Gefangenen in kaum verständlichem Englisch, »Sie kommen doch aus dem amerikanischen Süden wie Clark Gable in *Vom Winde verweht*?«

»Darauf können Sie wetten«, erwiderte Jackie gedehnt. »Das gute alte Dixieland.«

»Aber Sie haben nicht gegen die Deutschen gekämpft?«

»Nicht mit diesem nutzlosen Bein.« Jackie klopfte sich auf seinen rechten Schenkel. »Aber euch Jungs kann ich trotzdem im Auge behalten.«

»Ein Krüppel«, murmelte ein anderer POW auf Deutsch. »Wie alle Amerikaner.«

Er grinste Jackie an, der sich nicht anmerken ließ, dass er jedes Wort verstand.

Private Webster, ein korpulenter Junge aus Brooklyn mit einem schwarzen Haarschopf, den keine noch so große Menge Brillantine bändigen konnte, schlenderte heran.

»Scheint, dass einige dieser Leute dich liebgewonnen haben, Forrest.«

»Ach ja, die guten alten Jungs, die weit weg von zu Hause im Knast sitzen.«

»Wahrscheinlich, weil du so viel mit den Nazis gemein hast, Forrest. Schließlich kommst du aus dem Süden. Dort hasst man Juden und Farbige genauso, wie die Nazis das tun.«

»Gesprochen wie ein wahrer Yankee«, erwiderte Jackie. Er hatte keine Ahnung, wie viele Gespräche dieser Art er noch würde führen müssen.

Obwohl er sich mit Colonel Stevens einig gewesen war, dass es seiner Tarnung helfen würde, verabscheute Jackie es, den dumpfen Hinterwäldler zu spielen, der nur noch zum einfachen Wachdienst zu gebrauchen war. Schließlich stammte er aus einer stolzen amerikanischen Familie. Aber der Geheimdienst der Army hatte ihn darauf gedrillt, alle Mittel zu nutzen, die sich ihm boten, einschließlich der deutschen Sprache, die er im College gelernt hatte.

»Wie gefällt es dir denn hier draußen, Forrest?«, erkundigte sich Webster.

Jackie seufzte. Seine Rolle missfiel ihm wirklich.

»Ich fand es schon zu Hause heiß, aber hier müssen die Hühner wirklich gekochte Eier legen.«

Webster lachte. »Dann warte, bis du den Winter erlebst.«

Eine Glocke ertönte, und die Gefangenen standen auf, um ihre Essenstabletts abzugeben.

»Beeilung!«, befahl Private Webster.

Die POWs marschierten wie eine gut gedrillte Armee aus der Messe, ordentlich, diszipliniert, wie eine Einheit.

»Verdammt, aber die Jungs können wirklich marschieren«, sagte Jackie zu Webster.

»Die am besten gedrillten Soldaten, die ich jemals gesehen habe. Und dabei ist kein einziger Offizier in Sicht, nur Unteroffiziere. Ich weiß, dass du kaum eine Woche hier bist, Forrest, aber hast du eine solche Disziplin schon mal erlebt?«

»Noch nie.«

Jackie und Private Webster folgten den POWs auf das Gelände hinaus, wo in diesem Moment eine zweite Arbeitseinheit Kriegsgefangene von den Lastwagen der Farmer kletterte.

Webster deutete mit einem Nicken auf einen hageren, dennoch kräftigen Mann mit pechschwarzem, kurzgeschorenem Haar, dessen markantes Gesicht in der untergehenden Sonne bronzen schimmerte. »Was hältst du denn von unserem Count da drüben?«

Jackie schaute zu dem Neuankömmling, den Webster den »Count« genannt hatte. Angeblich war er ein Adliger, was Jackie nur schwer glauben konnte. Leutnant Jürgen Kunze wirkte auf ihn abgehärtet und brutal, als hätte der Krieg ihn eher aufgebaut und ihm nicht etwas genommen, was er einmal hatte. Jackie vermutete, dass Kunze so etwas wie ein Hausmeister oder Handwerker gewesen war, bevor die Ausbildung der Wehrmacht und die Privilegien des Reichs ihn gestählt und ihm eine arrogante Haltung verliehen hatten. Die Wachen hielten den Deutschen jedoch für einen Aristokraten aus dem bayrischen Königshaus. Jackie erkannte in ihm eher ein Opfer der Depression, jemand, der sich gerade so über Wasser gehalten hatte, bevor der Nationalsozialismus Deutschland erobert und ihm eine Chance gegeben hatte.

»Leutnant Kunze?«, antwortete Jackie. »Ich kann mir nicht vorstellen, warum ein Offizier Unkraut jäten, Felder umgraben und bewässern sollte, vor allem, da er seinen Sold auch bekommt, wenn er einfach nur herumlungert.«

»Vielleicht braucht er ja etwas Bewegung.« Webster lachte.

Jackie starrte Kunze an, der von Ralph Walkers Lastwagen heruntersprang. Die Genfer Konvention besagte, dass zwar die Mannschaftsdienstgrade alle Arbeiten erledigen mussten, zu denen sie eingeteilt waren; Offiziere jedoch waren eigentlich von jeder körperlichen Arbeit ausgenommen.

»Ich würde gern wissen, ob die amerikanischen Gefangenen Eisbein und Bratwurst bekommen«, meinte Erich Haas, ein Panzerfahrer aus Dresden. Sein Haar, der Schnurrbart und die Augen hatten dieselbe Farbe wie der Hackbraten auf seiner Gabel. Seine Zähne waren fleckig von Bratenfett. »Wie jemand diesen amerikanischen Fraß mögen kann, verstehe ich nicht.«

Werner Boning nickte. »Das Weißbrot schmeckt wie Kuchen. Kein Wunder, dass die Amerikaner Schwächlinge sind, wenn sie jeden Tag so etwas essen statt herzhaftes Schwarzbrot.«

»Ich hoffe sehr, dass der Führer diese faulen Amerikaner zur Arbeit antreibt«, krächzte Otto Langer. Ein englisches Bajonett vor El Alamein hatte seinen Kehlkopf zertrümmert. »Jedenfalls härter, als wir hier arbeiten müssen.«

Die anderen nickten grinsend, auch Ernst, der sich jedoch dazu zwingen musste.

Er saß mit ein paar anderen vom Afrikakorps an einem Tisch, die von den Amerikanern oder Engländern in Nordafrika gefangengenommen worden waren. Während der zehn Monate, die er jetzt in Camp Dillon interniert war, hatte Ernst jedoch mehr Gemeinsamkeiten mit den »Franzmännern« entwickelt, den zuletzt Internierten, die in Italien gefangen worden und Hitler nicht so loyal ergeben waren wie Rommels Männer. Nach ihrer Ankunft in Amerika waren die meisten Angehörigen von Ernsts Fahrbereitschaft in ein Gefangenenlager in Texas verbracht worden. Es fiel ihm immer noch schwer, sich den fanatischen Kampftruppen des Afrikakorps anzupassen.

Sein Freund Karl Voss war ein einfacher Soldat gewesen, der nur deshalb in der deutschen Armee gedient hatte, weil sein Land Krieg führte und er eingezogen worden war. Jetzt war Karl fort, sein Leichnam sollte nach dem Abendessen verbrannt werden, auf amerikanischem Boden, weit weg von der Heimat und der Familie. Ernst hatte immer noch keine Ahnung, warum die Lagergestapo ihn ermordet hatte, und hoffte, dass er Major von Armin heute Nacht danach fragen konnte.

»Halder«, sagte Victor Höfer, ein Scharfschütze, der seinen linken Arm am Kasserine-Pass verloren hatte. »Ich habe gesehen, dass du heute schon wieder mit Ralph Walkers Tochter gesprochen hast. Versuchst du, den arischen Samen hier in Amerika zu verbreiten?«

Die anderen Männer lachten schallend.

»Du glaubst wohl, der Führer würde dich zum Leiter des amerikanischen Umerziehungsprogramms ernennen, sobald der Krieg gewonnen ist, oder?«, scherzte Höfer. »Dann wärst du persönlich dafür verantwortlich, allen amerikanischen Frauen den Genuss einer gründlichen arischen Erziehung angedeihen zu lassen.«

Die Männer brüllten vor Lachen, und Ernst fühlte, wie sein Gesicht vor Scham brannte.

Ernst hatte nur Karl von Celena erzählt, wie er sich in ihrer Gegenwart fühlte und dass er sie geküsst hatte. Vielleicht spürten die Männer, was Ernst wirklich von ihr wollte, obwohl er selbst sich dessen gar nicht mehr so sicher war.

»Ich habe ihr nur die Uhr meines Vaters gezeigt«, erwiderte er in der Hoffnung, dem Spott Einhalt zu gebieten.

»Du hättest versuchen sollen, ihr deinen eigenen Wecker zu zeigen«, entgegnete Höfer, »wenn man das auf deinem Bauernhof so nennt.«

Die Männer johlten.

»Ruhe!«, brüllte Feldwebel Straub vom Offizierstisch der Messe her. »Reißt euch zusammen, sonst trete ich euch in den

Arsch!« Er funkelte die Männer böse an, während das Licht der Lampen auf seinem kahlen Schädel schimmerte.

»Den Feldwebel möchte ich lieber nicht gegen mich aufbringen«, sagte Werner Boning.

»Er war der Chefmechaniker unserer Panzerschwadron in Nordafrika«, warf Erich Haas ein. »Er hat selbst seine eigenen Leute brutal behandelt.«

»Er ist der Heilige Geist in Person«, flüsterte Boning. »Wenn jemand tatsächlich mit dem Gedanken spielen würde, uns für die Amerikaner zu bespitzeln, wäre Feldwebel Straub Grund genug, lieber die Finger davon zu lassen.«

Die Männer nickten mit ernsten Mienen.

»Also, Halder«, nahm Victor Höfer den Faden wieder auf. »Du bist der Einzige, der mit einem amerikanischen Mädchen gesprochen hat. Wie war das denn so?«

Die Männer sahen ihn erwartungsvoll an.

»Ja, Halder, wie hat sie gerochen? Nach holländischen Tulpen? Oder französischem Wein?«

Ernst spürte, wie die Männer ihn beobachteten, nach einem Funken Menschlichkeit suchten, auf den sie sich stürzen konnten. Sie alle waren seit Monaten oder sogar Jahren eingesperrt, und ihr einziger Kontakt zu Frauen bestand seitdem aus Briefen von zu Hause, Fotos in Magazinen oder einem der seltenen Kinofilme, die sie zu sehen bekamen. Bis auf Ernst hatte seit ihrem Marsch vom Bahnhof durch die Stadt keiner mit einer Frau gesprochen oder auch nur eine zu Gesicht bekommen. Einige hatten vielleicht von ferne einen Blick auf Mrs. Walker oder eine der Farmersfrauen bei deren seltenen Besuchen auf den Feldern werfen können, aber keiner hatte in ein solch engelhaftes Gesicht gelächelt, die feuchten Lippen eines Mädchens geküsst, das leise gestöhnt hatte, als sich ihre Körper aneinanderschmiegten, keiner … außer Ernst. Er schloss die Augen, versuchte sich wieder vorzustellen, wie es mit Celena gewesen war.

»Halder, hör mit dem Tagträumen auf und sag uns, wie amerikanische Mädchen sind!«, rief Höfer und schlug mit seinem verbliebenen Arm auf den Tisch. Alle lachten.

Ernst öffnete bedauernd die Augen, als diese Worte Celenas Bild zerrissen, das er zu beschwören versucht hatte.

»Hallo«, kam ihm ein Jüngling zuvor. Er trug eine grüne Uniform, die er nicht annähernd ausfüllte, und stellte sein Tablett auf den Tisch. Er hatte rotes Haar, Sommersprossen und war kaum älter als siebzehn. »Ich bin Schütze Manfred Hauptmann.«

Die anderen POWs wandten ihre Aufmerksamkeit sofort dem Neuankömmling zu.

»Wo hat man dich gefangen?« Otto Langer maß den Jungen mit einem Blick von Kopf bis Fuß.

»In Monte Cassino, vor zwei Monaten«, antwortete Schütze Hauptmann. »Ich bin heute Nachmittag mit dem Zug angekommen. Das war schon was, in einem richtigen Salonwagen zu fahren, statt in einem dieser Viehtransporter, in die man uns zu Hause verfrachtet.«

»Die Amerikaner sind einfach nur verweichlicht«, bemerkte Erich Haas. »Sie haben Angst vor dem, was passiert, wenn wir den Krieg gewonnen haben, deshalb servieren sie uns Kuchen, den sie Brot nennen, fahren uns in Salonwagen herum und muten uns keine schwere Arbeit zu.«

»Ich nehme jedenfalls gern, was sie mir bieten«, antwortete Hauptmann. »Aber ihr wisst wahrscheinlich gar nicht, wie der Krieg wirklich läuft. Wir können nicht Amerikaner und Russen gleichzeitig schlagen, sondern wir werden zwischen ihnen förmlich zerquetscht. Das Beste, was Hitler noch erreichen kann, ist ein halbwegs erträglicher Frieden, damit wir wenigstens etwas von dem Land behalten können, das wir zurückerobert haben.«

Nun wurde Ernst vollkommen aus seinen Tagträumen gerissen, aber er konnte nichts tun, um diesen dummen Jungen aufzuhalten und ihn zum Schweigen zu bringen. Schütze Hauptmann war ganz offenkundig kein Spitzel, sonst hätte er allem zugestimmt, was die POWs sagten, um sich mit ihnen anzufreunden, statt zu verbreiten, was die Lagergestapo defätistische, verleumderische Lügen nennen würde. Ernst versuchte, die Aufmerksamkeit des Jungen zu erregen, ihm einen Blick zuzuwerfen, um zu verhindern, dass er das Todesurteil, an dem er gerade so eifrig bastelte, unterschrieb. Aber der Junge hörte einfach nicht auf zu reden. Ernst vermutete, dass Hauptmann sehr bald einen nächtlichen Besuch vom Heiligen Geist bekommen würde.

»Ihr hört hier sicher einen Haufen Nazipropaganda«, plapperte Hauptmann ahnungslos weiter. »Dass Hitler Geheimwaffen hätte, die den Endsieg bringen würden, und dass unsere Luftwaffe Amerika täglich bombardiert. Ich war sechs Tage lang in diesem Zug und habe nur wunderschöne Städte und grüne Felder gesehen. Amerika wird nicht bombardiert, und Hitler hat auch keine Geheimwaffen.«

Otto Langer starrte den Jungen an, und das Krächzen in seinem durchstochenen Kehlkopf schwoll zu einem grollenden Knurren an.

»Hör genau zu, Franzmann. Wir haben in der New York Times von den V-1-Raketen gelesen, die der Führer, nicht ›Hitler‹, du österreichischer Hund, es heißt *der Führer*, auf England abfeuert. Wenn schon die amerikanischen Zeitungen das melden, kannst du dir vielleicht vorstellen, was in Wirklichkeit passiert. Du hast keine zerbombten Städte oder brennenden Fabriken gesehen, weil die Amerikaner die Gefangenentransporte um diese Orte herumleiten, um einfältige Franzmänner wie dich zum Narren zu halten. Außerdem hat der Führer die Geheimwaffe fast fertiggestellt und wird sie auf Moskau, London und Washington abwerfen. Er wird diese Städte auslöschen und die Alliierten in die Knie zwingen.«

Ernst starrte auf das Hackfleisch auf seinem Teller. Er hörte diese Leier immer und immer wieder von den Männern vom Afrikakorps, den Fanatikern. Aber er las amerikanische Zeitungen, hörte ihre Radiosender, und er unterhielt sich mit Major von Armin. Er hatte die Lügen satt, konnte diesen fanatischen Irrglauben, dass Deutschland den Krieg noch gewinnen könnte, nicht mehr ertragen. Jetzt wollte er mehr als je zuvor nur noch nach Hause. Frieden fand er nur, wenn er Major von Armin besuchte oder auf Mr. Walkers Feldern arbeitete.

»Psst, Halder«, murmelte jemand hinter ihm.

»Ja?« Ernst hütete sich, sich herumzudrehen.

»Das Fluchtkomitee will dich sehen.«

»Was?«

»Heute Abend«, flüsterte die Stimme. »Eine Stunde vor Zapfenstreich.«

Ernst blickte auf das braune, blutige Hackfleisch auf seinem Teller.

Cash trottete zu dem Pick-up, als Celena auf die Bremse trat.

»He, Mädchen!«, rief sie und sprang aus dem Fahrerhaus. »Wie geht's dir?«

Die Hündin stellte sich auf die Hinterbeine und setzte ihre Pfoten auf Celenas Brust.

»Du willst tanzen? Dann komm, Cash, tanzen wir.«

Celena hielt die Vorderpfoten der Hündin fest und bewegte sich im Walzertakt vor und zurück, während das Tier ungelenk auf seinen Hinterbeinen hüpfend mitzuhalten versuchte.

»Streng dich an, Mädchen.« Celena lachte. »Wenn du es nicht schaffst, suche ich mir einen anderen Partner, einen, der führen kann.«

Sie schloss die Augen, und sofort war Ernst da, wirbelte sie über das Parkett; er trug einen Smoking, sie ein fließendes schwarzes Kleid. Es hatte sie so erleichtert, ihn heute Nachmittag auf den Feldern zu sehen. Es hatte sie gleichzeitig beruhigt und erregt. Schon der Gedanke an ihn trieb Celena durch den Tag, machte ihr die Pflichten, die Rationierung, das Warten und die Einsamkeit irgendwie erträglicher. Sie konnte sich nicht einmal mehr daran erinnern, wie das Aufwachen gewesen war, bevor er kam, oder nur, wenn sie sich sehr bemühte. Dann jedoch brach es wie eine Welle über ihr zusammen, die Einschränkungen, die Depression, die Sinnlosigkeit. Wenn sie sich dazu zwang, sich an jene Tage, Wochen, ja Monate zu erinnern, eingesperrt auf einer Farm, von der sie liebend gern geflohen wäre, dann pulsierten Frustration und Widerwille aufs Neue in ihr.

Sie konnte sich nicht daran erinnern, dass sie, während sie heranwuchs, die Farm gehasst oder sich eingesperrt gefühlt hatte wie ein Tier in einem Drahtverschlag. Aber all die Jahre auf der Highschool, all die endlosen Stunden allein auf der Bank neben dem Wasserspender, voller Hoffnung, dass jemand, irgendjemand sich neben sie setzen würde; die zahllosen Freitagabende allein im Kino, wo sie gewartet hatte, bis das Licht ausging, um dann ihre verdammte Brille wieder auf die Nase mit den vielen Sommersprossen zu setzen, die zahllosen Nachmittage, an denen sie Florabeth und ihren Freundinnen zugehört hatte, wie sie endlos über die verwegenen Erntearbeiter, hinreißenden Soldaten und tüchtigen Farmhelfer geredet hatten, die zur Ernte in dieses winzige Stückchen Ebene gekommen waren, das sie bedauerlicherweise ihre Heimat nennen mussten. Trotz einer wunderbaren Kindheit hatte Celena dieses erste Kriegsjahr fast als ein Gefängnis empfunden, und die Universität in den Boulder-Bergen schien der einzige Fluchtweg zu sein.

Als die Japaner Pearl Harbor bombardierten und Präsident Roosevelt daraufhin Zucker, Benzin, Kaffee, Gummi und sogar Schuhe rationierte, als ihr Vater seinen einzigen Angestellten an das Rekrutierungsbüro verlor und sich Amerika über Nacht im Würgegriff der Kriegsvorbereitungen wiederfand, hatte sich ihre

Welt für immer verändert. Das Versprechen, sie könnte nach ihrem Highschool-Abschluss 1943 aufs College gehen, ihr Diplom als Lehrerin, das sie in Boulder erwartete, all die neuen Menschen, die neuen Orte und all das andere Neue – alles das löste sich in nichts auf, als ihre Mutter ihr die Nachricht überbrachte, dass sie es sich wegen der Hypothek, der Getreideabgaben, der Kriegsrationierungen schlicht nicht mehr leisten konnten, sie auf das College zu schicken. Letzten Sommer war ihr dann klargeworden, dass sie in einer Sackgasse steckte, als sie mürrisch auf der Farm herumhing, statt sich auf ihre Reise nach Boulder im September vorzubereiten, auf ihr neues Leben als Erstsemester: Da war es ihr wie Schuppen von den Augen gefallen.

Ernst hatte all das verändert, jedenfalls in den letzten sechs Monaten. Wenn Celena an ihn dachte und von ihm träumte, konnte sie den Krieg vergessen, Walt, alles, was passiert war. Sie wusste, wie verrückt es war, sich in einen deutschen POW zu verlieben, aber Ernst war schon lange kein feindlicher Soldat mehr für sie.

Zunächst hatte Celena gezögert, hatte gegen diese Verliebtheit angekämpft, die vermutlich durch ihre Einsamkeit ausgelöst worden war, jedenfalls bis zu jenem Tag hinter dem Pumpenhäuschen. Davor war es nur ein unschuldiger Flirt gewesen, eine gegenseitige Anziehung, doch als Ernst ihre Hand nahm und sie hinter das Pumpenhäuschen führte, als ihr Herz vor der Angst, erwischt zu werden, und unter dem festen, zärtlichen Griff seiner Finger wie verrückt schlug, schmolz diese Verliebtheit dahin und verwandelte sich in etwas, wofür sie keinen Namen hatte.

»Miss Walker, bitte«, hatte Ernst gesagt. »Ich muss allein mit Ihnen sprechen.«

Celena hatte sich widersetzt, hatte versucht, sich dort, am Ende des Bewässerungsgrabens, gegen ihn zu behaupten.

»Nein, Ernst, das geht nicht.«

»Nur einen Moment. Bitte.«

Celena wusste, dass sie es nicht tun sollte – der Wachsoldat, ihr Vater, Walt. Es war gefährlich, aber gleichzeitig auch aufregend, und sie hatte das merkwürdige Gefühl, vollkommen sicher bei ihm zu sein.

»Also gut.«

Sie folgte Ernst hinter die Hütte, geschützt vor den Blicken des Wachsoldaten und der anderen POWs. Zum ersten Mal seit dem Weihnachtsabend waren sie allein, doch jetzt wirkte Ernst plötzlich schüchtern, als wüsste er nicht mehr genau, was er hatte sagen wollen. Sie konnte den Blick nicht von diesem gebräunten Gesicht losreißen. Er war muskulös und wirkte trotzdem irgendwie schlaksig, als wäre er gerade erst dabei, erwachsen zu werden.

»Miss Walker, ich … ich wollte Ihnen nur sagen, wie wunderschön Sie heute aussehen.«

Er wirkte förmlich und schrecklich nervös.

Vielleicht gefalle ich ihm ja genauso wie er mir.

»Die Wache wird bald nach mir suchen, also …«

Er schien sie nur anlächeln zu können. Obwohl es so viel gab, was Celena gern gesagt hätte, entzückte es sie, ihn einfach nur anzustarren.

Dann, endlich, streckte er die Hand aus und berührte ihre Wange; er liebkoste sie nicht, sondern streichelte ihre Haut, als wäre es ein fremder, unberührter Stoff. Dann fuhr er mit den Fingern über ihren Hals, durch ihr Haar. Das Staunen in seinem Blick faszinierte sie, und sie genoss das Gefühl seiner Hände auf ihrem Rücken.

Sie sah, wie seine Lippen »Celena« flüsterten, obwohl sie glaubte, es über die weite Prärie hallen zu hören. Dann zog er sie an sich, in die Arme, gegen die Brust, an seinen Hals, küsste sie, zunächst mit gespitzten, dann weit geöffneten Lippen. Mit einer Hand hielt er ihre Wange und streichelte ihren Hals, die andere spielte zärtlich mit ihrem Ohr. Sie hielt ihn ebenfalls, umschlang seinen Hals, seine Schultern, den Rücken. Sie rieben sich aneinander, bis Celena vor Begierde schwindelte und sie nicht mehr wusste, wo sie war.

»Celena.«

Das war nicht mehr das Flüstern von Ernst, sondern die Stimme ihres Vaters.

»Celena!«

Ernst schien sie nicht zu hören, sondern küsste sie immer noch. Sie schaffte es nur mit Mühe, sich von ihm loszureißen.

»Ernst … mein Vater«, stieß sie hervor, versuchte, ihr zerzaustes Haar zu ordnen, ihre Bluse glattzuziehen.

Ernst trat zurück und nickte.

»Es tut mir leid, Miss Walker«, sagte er und zerrte an seinem engen Arbeitshemd.

»Nein, Ernst«, hatte sie lächelnd erwidert, während sie betete, dass er dasselbe Gefühl empfand, das im Moment durch sie pulsierte. »Dafür musst du dich nicht entschuldigen.« Dann hatte sie noch hinzugefügt: »Und bitte nenne mich Celena.«

Anschließend war sie zu ihrem Wagen gerannt und davongefahren. Die ganze Zeit hatte sie das Pumpenhäuschen im Rückspiegel angestarrt, bis es schließlich in der Ferne verschwunden war.

Und jetzt hatte Celena keine Ahnung, wie das alles enden würde, der Krieg, Ernst, Walt. Aber sie wusste, wie sie sich fühlte, wenn Ernst sie berührte. Sie tanzte mit Cash über den staubigen Hof, aber Ernst in seinem Smoking hielt sie in den Armen, und unter ihren Absätzen klackte der gebohnerte Tanzboden.

Ihre Mutter erschien auf der Veranda und holte Celena unsanft auf die Farm zurück.

»Celena? Geht es dir gut?«

»Ja, Mutter.« Sie hielt immer noch Cashs Vorderpfoten. Der Tanz war noch nicht vorbei. »Mir geht's gut.«

»Könntest du bitte hereinkommen?«

»Noch eine Minute.« Ernsts Gesicht stand ihr noch deutlich vor Augen.

»Celena, es ist ein Brief für dich angekommen … von Walt.«

Celena drehte sich weiter, versuchte in dem eleganten Ballsaal zu bleiben, mit diesem wunderschönen Kleid und echten Seidenstrümpfen an ihren Beinen.

»Ich lese ihn später.«

»Nein, Liebes. Es ist nicht einfach nur ein Brief.«

Celena hielt mitten in einem Tanzschritt inne und setzte Cash sanft ab.

»Es geht ihm bestimmt gut«, fuhr ihre Mutter fort, »aber der Brief ist in Philadelphia abgestempelt worden.«

»Was … was meinst du damit?«

»Ich glaube, dass Walt hier ist, in den Staaten.«

4. Kapitel

»Auf ein Wort, Forrest!«, rief Major Shaw, während er von einem der sieben Wachtürme des Lagers auf ihn zukam.

Auf dem Innenhof hatten die POWs zum Appell Aufstellung genommen. Der Stacheldraht auf den Zäunen schimmerte im Licht der untergehenden Sonne.

Das Lager erstreckte sich über dreihundert Morgen Land und war in vier getrennte Bereiche aufgeteilt, von denen einer den deutschen Offizieren vorbehalten war. Die Abschnitte bestanden aus einer Messe und sechs Baracken, in denen jeweils einhundertfünfzig POWs untergebracht waren. Allerdings beherbergte die Offiziersbaracke nur fünfunddreißig Gefangene, daher stand den Offizieren mehr Platz zur Verfügung. Camp Dillon hatte eine Kapelle, eine Krankenstation, eine Bücherei, ein Freizeitheim, Ausbildungsgebäude und Lagerhäuser, die allesamt von zwei jeweils drei Meter fünfzig hohen Maschendrahtzäunen umgeben waren. Bis auf die Wachtürme und den Stacheldraht wirkte Camp Dillon wie ein ganz normales Militärlager.

Jackie humpelte zu Major Shaw hinüber und tupfte sich mit dem Handrücken den Schweiß vom Gesicht.

»Mir gefällt das überhaupt nicht«, erklärte Shaw. »Einen leeren Sarg zu begraben. Gott weiß, was die Nazis tun, falls sie das herausfinden.«

Jackie trat so dicht neben den Major, dass er dessen Eau de Cologne riechen konnte. Mit einem kurzen Blick überzeugte er sich, dass niemand sie belauschte.

»Major, wir müssen eine Autopsie an der Leiche des Obergefreiten Voss vornehmen, aber keiner darf erfahren, dass ich sie durchführe.«

»Ich sehe ohnehin keine Notwendigkeit für eine Autopsie. Die Lagergestapo hat ihm die Kehle durchgeschnitten, schlicht und ergreifend.«

»Trotzdem will ich das Blut von der Straße mit dem von Voss abgleichen und sichergehen, dass ich nichts übersehen habe.«

Major Shaw betrachtete schweigend die POWs, die auf dem Gelände angetreten waren.

»Dass wir den Leichnam auf Eis legen müssen, bis wir die Autopsie durchführen können, ist in Ordnung«, fuhr Jackie fort. »Aber wenn wir die Bestattung aufschieben, schöpfen die Nazis vielleicht Verdacht.«

»Also gut. Aber notieren Sie für die Akten, dass ich dagegen bin.«

Shaw musterte die POWs, die regungslos Aufstellung genommen hatten. »Diese Wehrmacht ist eine verdammt fein abgestimmte Maschinerie, das muss man den Deutschen lassen.«

»Wie meinen Sie das, Sir?«

»Sie sind eingesperrt und müssen den Rest des Krieges Tausende Meilen von zu Hause entfernt ausharren. Fast die ganze Zeit sind sie von ihren Offizieren getrennt, verhalten sich trotzdem diszipliniert und befolgen die Befehle ihrer Sergeants. Das ist verblüffend.«

Jackie unterdrückte ein Seufzen, während er zusah, wie Sergeant Straubs Einheit in perfekter Formation an den Baracken vorbei zum Lagerfriedhof marschierte, wo neben den fünf bereits vorhandenen Grabsteinen ein frisches Grab ausgehoben worden war. Vier Gefangene hatten Selbstmord begangen, ein fünfter war im März an einer Lungenentzündung gestorben. Straubs Abteilung stellte sich neben den anderen POWs auf, allesamt in den verschlissenen, sonnengebleichten Uniformen von Rommels Afrikakorps, einschließlich der von ihren Hälsen herunterbaumelnden Wüstenbrillen und den Mützen mit den Nackentüchern auf den Köpfen. Die rechte Hand hatten sie zum offiziellen Hitlergruß ausgestreckt. Auf dem Sarg lag eine Nazifahne, deren rote Ecken sich im Wind bauschten.

Jackie drehte sich zu Major Shaw herum. Er wusste einfach nicht genau, warum er in seiner ersten Woche so viel Ärger mit dem Lagerkommandeur hatte. Vielleicht musste er die Sache anders angehen.

»Sir, falls Sie recht haben und die Lagergestapo Voss ermordet hat, wäre das nicht Grund genug, die Naziführung im Lager zu entmachten und vielleicht den deutschen Regimegegnern etwas mehr Einfluss zu verschaffen?«

»Hören Sie, Forrest. Meine Befehle lauten, Fluchtversuche zu minimieren, mit so wenigen Männern wie möglich die Sicherheit zu gewährleisten und die Produktivität der Gefangenen zu erhöhen. Wenn ich dafür zulassen muss, dass die Nazis das Lager führen, dann mache ich das.«

»Aber Major, sollten wir nicht versuchen, diese offenkundige Zurschaustellung von Nationalsozialismus einzudämmen? Sollten wir nicht die normalen Deutschen vor den fanatischen Nazis beschützen, diejenigen, die weder in die Nazipartei eingetreten sind noch Hitler gegenüber Loyalität empfinden?«

»Sie wissen, dass unsere Prioritäten anders lauten.«

»Jawohl, Sir. Aber wir sollten zumindest die Verbrüderung zwischen Zivilisten und Gefangenen einschränken. Schließlich wird diese vom Gesetz verboten.«

»Also wirklich, Forrest!«

»Major, muss ich Sie an die Flucht aus Camp Hale vor sechs Monaten erinnern?« Jackie starrte Shaw an. »Es begann mit der Verbrüderung zwischen deutschen POWs und einem Wachsoldaten, einem jungen Mann aus Harvard, Sir. Das ist doch Ihre Alma Mater, habe ich recht?«

Major Shaw sah ihn nicht an.

»Major, diese beiden POWs haben es bis nach Mexiko geschafft. Ohne die Hilfe des Wachsoldaten wäre ihnen das niemals gelungen.« Jackie rang seine verschwitzten Hände, um zu verhindern, dass er beim Reden anfing zu gestikulieren. »Die Gefangenen haben nichts zu verlieren; einen Fluchtversuch zu unternehmen ist gewissermaßen ihre Pflicht! Aber, verdammt, Major, wir sollten ihnen nicht auch noch dabei helfen.«

Plötzlich fuhr Shaw herum. »Hören Sie zu, Forrest! Mir ist klar, dass Sie nicht unter meinem Befehl stehen, aber Sie werden meinen Rang respektieren und meine Anweisungen befolgen.« Er blickte wieder auf die Reihen der deutschen Soldaten, die während der Bestattungszeremonie in Reih und Glied dastanden, ohne dass auch nur ein einziger ausgestreckter rechter Arm gezittert hätte. »Es ist manchmal wirklich schwierig, diese Disziplin nicht zu bewundern.«

Jackie legte den Kopf auf die Seite. »Ihnen ist aber schon klar, Sir, dass wir Krieg gegen sie führen?«

Celena starrte auf ihren Teller, ohne das gekochte Hühnchen, die Kartoffeln und die Karotten zu sehen. Obwohl bis jetzt keiner etwas gesagt hatte, wusste sie, dass die Fragen unausweichlich kommen würden. Nur hatte sie keine Ahnung, wie sie sie beantworten sollte. Den ganzen Nachmittag hatte sie auf ihrem Bett gesessen, den Blick unverwandt auf den Umschlag gerichtet, den sie, als sie zum Abendessen gerufen wurde, ungeöffnet auf dem Nachttisch liegen ließ, neben der Taschenuhr, die sie für Walt aufbewahren sollte. Er wollte sie erst tragen, wenn er nach Hause zurückgekehrt war und sie geheiratet hatte.

»Es ist ein Brief von Walt gekommen?«, erkundigte sich ihr Vater.

Sie blickte vom Teller hoch. Ihr Vater saß am Kopfende des Tisches, den leeren Teller vor sich. Sie nickte und faltete die Leinenserviette in ihrem Schoß auf und wieder zusammen.

»Dann sag uns doch bitte, was Walt geschrieben hat.«

»Ralph«, mischte sich ihre Mutter ein. »Es ist vielleicht persönlich.«

»Du hast recht, entschuldige«, meinte ihr Vater. »Celena, hat Walt etwas über den Krieg geschrieben, über den Verlauf der Kämpfe, die feindlichen Soldaten?«

Celena spürte, wie sie langsam den Kopf schüttelte. »Ich ... ich weiß nicht.«

»Du weißt es nicht? Hast du den Brief nicht gelesen?«

»Nein.«

Ihre Mutter beugte sich vor. »Du hast Walts Brief noch nicht gelesen?«

Celena schüttelte erneut den Kopf und betrachtete die Serviette, die zu der Aussteuer gehörte, die ihre Mutter zur Hochzeit von ihren Eltern bekommen hatte. Wie alles andere in ihrem Haus wurde auch sie gewissenhaft gewaschen und gebügelt. Ihre Mutter verbrachte jede Woche Stunden mit Waschen, Aufhängen und Bügeln. Celena fühlte sich immer wie eine Verräterin, wenn sie sich den Mund abwischte.

»Das ist ja lächerlich«, sagte ihr Vater. »Hol mir den Brief.«

»Ralph, nicht«, mischte sich ihre Mutter ein.

»Doch. Irgendjemand muss ihn lesen. Celena, bring ihn mir bitte.«

Woody sprang auf. »Ich hole ihn.«

»Nein, Woody«, befahl ihre Mutter. »Setz dich hin! Niemand hat dir erlaubt aufzustehen.«

»Celena«, versuchte ihr Vater es noch einmal. »Entweder liest du den Brief und teilst uns die Neuigkeiten mit, oder du bringst ihn mir. Ich muss wissen, ob Walt darin geschrieben hat, wie der Krieg verläuft.«

Celena erhob sich langsam. Die Serviette rutschte ihr aus den Fingern, als sie in ihr Zimmer schritt. Sie betrat es, starrte auf den Brief auf ihrem Nachttisch und rang die Hände. Sie erkannte

Walts entschlossene Blockschrift auf dem Umschlag, die krakeligen Striche, aber irgendwie konnte sie sich nicht darauf konzentrieren und lehnte sich haltsuchend gegen den Türrahmen.

Was auch in dem Brief stehen mochte – dass er in den Vereinigten Staaten aufgegeben worden war, verhieß nichts Gutes für sie, vor allem, wenn Walt wirklich nicht mehr in Übersee war. Natürlich wollte sie ihn in Sicherheit wissen, nicht in einem Krankenhaus oder auf einem Schlachtfeld, aber sie wollte nicht, dass er auch nur in die Nähe von Julesburg kam, irgendwohin, wo er sie zu einer Entscheidung zwingen konnte, dazu, Stellung zu beziehen, ihm zu sagen, dass sie ihn nicht heiraten konnte. Sie tupfte sich mit dem Saum ihres Kleides die Tränen aus den Augen, und ihr bläulichroter Lidstrich verschmierte den Stoff.

»Celena.«

Sie zuckte zusammen und klammerte sich am Türrahmen fest. Dann holte sie tief Luft, trat mit ausgestreckten Händen zu dem Nachttisch und nahm den Brief vorsichtig herunter. Ihn auf Armlänge vor sich haltend, kehrte sie ins Esszimmer zurück.

»Hast du ihn gelesen?«, rief Woody aus. »Was schreibt er?«

Ihre Mutter betrachtete sie. In ihrem warmen, schimmernden Blick glaubte Celena einen Anflug von Mitleid zu erkennen.

»Bitte gib ihn mir«, sagte ihr Vater.

Celena schob sich auf ihren Stuhl, reichte den Brief herüber und tastete nach der Serviette, ohne sie jedoch in die Hand zu nehmen.

»Also gut«, erklärte ihr Vater. Er las langsam und sprach die Worte laut und deutlich aus.

3. Juli 1944

Liebste Celena,

Ich hoffe sehr, dass Du meine vorigen Briefe erhalten hast, aber diesen hier zu schreiben macht mir die größte Freude; und ich bin davon überzeugt, dass Du ihn mit ebenso großer Freude liest. Es geht mir gut, und ich bin wieder zu Hause. Tut mir leid, dass die Army uns nicht erlaubt hat, es vorher zu erzählen, aber meine Einheit hat an einer geheimen Mission teilgenommen und ist kurz vor der Invasion über Frankreich mit dem Fallschirm abgesprungen, um deutsche Nachrichtenoffiziere gefangenzunehmen und zu verhören. Die Mission war erfolgreich, und ich wurde mit dem Silver Star ausgezeichnet. Wegen dem, was ich gesehen und gehört habe, muss ich noch einigen Senatoren vor dem Kongress Rapport erstatten. Außerdem wollen sie mir den Silver Star in einer großen Zeremonie überreichen.

Aber das sind nicht die eigentlich guten Nachrichten. Die Army gewährt mir Heimurlaub, damit ich Dich heiraten kann, bevor ich wieder nach Frankreich abkommandiert werde. Ist das nicht fabelhaft? Wir müssen nicht bis zum Ende des Krieges warten. Ich fahre noch heute Abend von Philadelphia nach Washington, aber mein befehlshabender Offizier hat gesagt, dass ich spätestens Ende nächster Woche zu Hause sein werde, vielleicht sogar früher. Das hängt davon ab, welchen Zug ich erwische. Ich habe nur zwei Tage Urlaub, also müssen wir sie nutzen, so gut wir können, aber der ganze Aufwand lohnt sich, wenn ich nur Dein Gesicht sehen werde.

Ich weiß, wie überstürzt mein Abmarsch gewesen ist, aber ich habe jeden Tag, an dem ich drüben war, an Dich gedacht und mir unser gemeinsames Leben ausgemalt. Nur deshalb habe ich durchgehalten, nur das hat mich während der ganzen Kämpfe am Leben erhalten. Ich weiß, dass Du gern in Denver heiraten und unsere Hochzeitsnacht im Brown Palace verbringen wolltest. Aber ich hoffe, dass es okay ist, wenn wir in Julesburg heiraten und die Nacht bei meiner Familie sind.

Ich hoffe, dass mein Brief Dich bei bester Gesundheit antrifft und Du Dein Hochzeitskleid fertig hast, bevor ich ankomme. Ich habe die guten Nachrichten auch schon meiner Familie geschrieben, und mein Vater wird Reverend Wilkins mitteilen, dass wir heiraten wollen. Bitte grüß Deine Eltern und Woody von mir.

Ich kann es kaum erwarten, bis wir verheiratet sind und wir unser gemeinsames Leben auf einer Farm beginnen können, die uns gehört.

Ich liebe Dich,

Walt

»Der Brief ist vom 3. Juli datiert«, erklärte ihr Vater.

Ihre Mutter strich eine Falte im Tischtuch glatt und warf Celena einen Seitenblick zu. »Das bedeutet, er wird um den Zehnten herum ankommen.«

»Vom Krieg schreibt er nichts.« Ihr Vater drehte das einseitig beschriebene Blatt um. »Keine Nachrichten von den Kämpfen.«

Ihre Mutter berührte seinen Arm. »Es geht ihm sicher gut.«

Woody sprang von seinem Stuhl auf. »Walt kommt nach Hause! Walt kommt nach Hause!«

»Woody!«, schalt ihn seine Mutter.

Celena schloss die Augen. Walt war gesund, er war ein Held; darüber war sie wirklich froh. Aber sie hatte keine Ahnung, was sie tun sollte …

»Setzen Sie sich, Obergefreiter Halder«, verkündete Hauptmann Pabel.

Ernst setzte sich angespannt auf den unbequemen Stuhl vor dem Holztisch, hinter dem die fünf Offiziere des Fluchtkomitees thronten. Oberst Kettner, der befehlshabende POW-Offizier, saß in der Mitte. Der dämmrige Raum wurde von einer einzigen Glühbirne erhellt, die an einem Kabel von der Decke hing und die Baracken in einen Sepiaton tauchte, wie man ihn auf vergilbten Familienfotos fand. Die Fenster waren mit Decken verhangen, und die Luft roch muffig.

Oberst Kettner war ein kleiner Mann, der deshalb gern saß; die Männer behaupteten steif und fest, dass seine Schuhe drei Zentimeter hohe Sohlen hatten. Er trug seinen Schnurrbart wie

Himmler, aber er war graumeliert, nicht schwarz, und seine Augen verdeckte ein Kneifer, den er immer auf der Nase hatte, trotz der Kordel, die ihn mit seiner Uniformtasche verband. Er sprach nur selten, und wenn, gab er meist einen Befehl, einen Gefangenen wegen irgendeines geringfügigen Vergehens zu bestrafen. Ernst war froh, dass er bisher noch nie das Opfer eines solchen Befehls geworden war.

»Obergefreiter Halder«, fuhr Hauptmann Pabel fort. »Hat Obergefreiter Karl Voss jemals mit Ihnen über einen Fluchtversuch gesprochen?«

Oberst Kettner blickte nicht hoch, also konzentrierte sich Ernst auf den Fragenden.

»Nein, Herr Hauptmann.«

»Kein einziges Wort?«

»Nein, Herr Hauptmann.«

»Kommen Sie schon, Halder, Sie waren befreundet! Er hat nicht einmal eine Andeutung gemacht?«

»Nein, Herr Hauptmann!«

Ernst fragte sich, warum das Fluchtkomitee den Mord untersuchte, wenn doch die Lagergestapo Karl ermordet hatte. Er war sicher, dass die Offiziere ihn auch nach Reinhardt Kessler fragen würden, nach den Sozialdemokraten und ihren geheimen Treffen. Er wusste immer noch nicht, was er antworten sollte.

»Sie müssen doch etwas gesehen haben … Dass Voss Vorräte angelegt hat, zum Beispiel …«

»Das reicht!«, fuhr Oberst Kettner hoch. »Obergefreiter, Ihr Führer hat eine wichtige Aufgabe für Sie.«

Ernst versuchte zu schlucken, aber der Kloß in seiner Kehle hinderte ihn daran. Er hatte gedacht, er sei hier, um Fragen zu beantworten. Dass er Befehle bekommen würde, hatte er nicht erwartet. Er musste sich zwingen, Oberst Kettner nicht in die Augen zu starren. Die Glühbirne spiegelte sich in den Gläsern dessen Zwickers.

Plötzlich riss Kettner den Zwicker mit einer ungeduldigen Bewegung herunter. »Sie werden in etwa einer Woche aus Camp Dillon fliehen.«

Ernst runzelte ungläubig die Stirn. »Fliehen, Herr Oberst?«

»Ja, Obergefreiter, fliehen. Sie sind ein Soldat der Wehrmacht, also ist es Ihre Pflicht, eine Flucht zu versuchen.« Kettner funkelte ihn an. »Verstanden?«

»Jawohl, Herr Oberst.«

»Sie treffen Vorbereitungen für sich selbst und einen zweiten Mann. Unsere Leute werden Sie mit den nötigen Dokumenten und Vorräten versorgen. Sollten Sie darüber hinaus noch etwas brauchen, wenden Sie sich an Hauptmann Pabel.«

»Jawohl, Herr Oberst.«

»Und das hier, Obergefreiter Halder«, der Oberst streckte seine winzige Hand aus, »ist Leutnant Kunze.«

Ernst sprang auf und nahm Haltung an, als hinter ihm Stiefel auf den Boden knallten. Er riskierte einen Blick über die Schulter. Eine dunkle Gestalt löste sich aus einer schattigen Ecke, wo sie seit Ernsts Ankunft gestanden haben musste. Ernst blieb in Habachtstellung stehen, den Rücken gespannt, während die Schritte näher kamen und die Bodendielen mit den Stiefelabsätzen malträtierten. Ernst richtete seinen Blick starr geradeaus auf die Glühbirne, die von der Decke baumelte.

Leutnant Kunze ging langsam um ihn herum, bis Ernst ihn sehen konnte. Er erkannte Kunze von den wenigen Tagen gemeinsamer Feldarbeit her. Er war der Offizier, über den die Soldaten sich das Maul zerrissen und spekulierten, wie viele Schlösser seine Familie in Bayern besitze oder woher genau er komme. Ernst wollte die Möglichkeit nicht von der Hand weisen, dass Kunze ein Graf oder sogar ein Herzog war, aber auf ihn wirkte er mit seinem kurzen schwarzen Haar, seiner eher durchschnittlichen Gestalt und seinem förmlichen Verhalten eher wie ein Zugschaffner oder Postbeamter. Er war nur ein schwacher Abklatsch dieser fanatischen Offiziere, die Ernst in seinen vier Jahren bei der Wehrmacht kennengelernt hatte; er wirkte weit weniger bedrohlich, fast schon liebenswürdig, wenn er nicht mit den Nazis zusammen war. Für einen Offizier arbeitete Kunze unglaublich hart, er jätete und hackte zusammen mit den Mannschaftsdienstgraden. Die wenigen Offiziere, die sich freiwillig zum Arbeitsdienst meldeten, überlegten sich das gewöhnlich nach einem Tag auf den Feldern anders. Ernst wunderte sich immer noch, warum ein Leutnant, der nicht zum Arbeitsdienst verpflichtet war, so besessen schuftete.

»Herr Oberst! Sie halten den Obergefreiten Halder für den richtigen Mann für diese Aufgabe?« Kunzes Stimme klang sonor; er sprach abgehackt, ohne zu zögern.

»Der Farmer Walker vertraut ihm vollkommen, deshalb genießt Halder gewisse Freiheiten, hat Zugang zu Ausrüstung, nötigenfalls vielleicht sogar zu Waffen.«

»Er spricht fließend Englisch?«

»Obergefreiter?«

»Jawohl, Herr Oberst.«

Leutnant Kunze grinste. Seine makellosen Zähne schimmerten in dem spärlichen Licht. »Wieso spricht ein Bauernjunge aus Pommern fließend Englisch?«

»Darf ich offen antworten, Herr Oberst?« Ernst wusste nicht genau, wie seine Antwort gedeutet werden würde, obwohl er vermutete, dass Reinhardt Kessler und die Sozialdemokraten sie liebend gern hören würden.

»Ich habe die Frage ja selbst gestellt, Obergefreiter!«

»Jawohl, Herr Oberst. Abgesehen davon, dass unsere Nachbarn aus Amerika nach Deutschland zurückgekehrt sind und ich jeden Tag mit meinem Freund Englisch gesprochen habe, haben wir in unserer Familie schon immer Englisch geredet, amerikanische Bücher gelesen und amerikanische Filme angesehen.

Nach dem Großen Krieg, in dem mein Vater gekämpft und von den Amerikanern gefangengenommen wurde, hat meine Familie einen gewissen Respekt vor Amerika entwickelt. Meine Eltern wollten, dass ich Englisch lernte, weil sie glaubten, Amerika könnte eines Tages mächtiger sein als Deutschland.«

Ernst unterdrückte den Impuls zu lächeln. Er hätte sich niemals träumen lassen, so etwas einmal laut auszusprechen, und jetzt stand er in einem Raum voller Nazis, die ihn genau dazu zwangen.

»Das reicht!«, fuhr Oberst Kettner hoch. »Wie dumm Ihre Eltern auch immer gewesen sein mögen, Sie sprechen jedenfalls fließend Englisch, richtig?«

»Jawohl, Herr Oberst.«

»Gut. Sie werden spätestens bis zum 17. Juli einen Fluchtversuch unternehmen. Ihr Ziel ist Mexiko, Obergefreiter. Leutnant Kunze muss es über die Grenze und bis zur portugiesischen Botschaft schaffen!«

Kunze warf Oberst Kettner einen eisigen Blick zu. Warum, wusste Ernst nicht.

»Jawohl, Herr Oberst«, erwiderte er.

»Wir werden Ihnen Bahn- und Busfahrpläne beschaffen«, fuhr Kettner fort, »Landkarten, amerikanisches Geld und Ausweispapiere. Sie sind für die eigentliche Flucht verantwortlich, Obergefreiter Halder, da Sie die unmittelbare Umgebung und die Arbeitsabläufe auf Walkers Hof kennen. Haben Sie noch etwas, Leutnant Kunze?«

»Sind Sie der Aufgabe gewachsen, Halder?« Kunze trat näher.

»Jawohl, Herr Leutnant.«

»Das ist gut.« Kunzes Flüstern war ein leises Zischen. »Sollten Sie mich nämlich in irgendeiner Weise enttäuschen, werde ich Sie töten.«

5. Kapitel

Jackie stand im Haupthof des Lagers und betrachtete den Himmel. Die richtige Arbeit fing jetzt erst an, das war ihm klar. Er musste sich durch die Personalakten der POWs arbeiten, herausfinden, wer am wahrscheinlichsten einen Fluchtversuch unternehmen würde, wer die fanatischen Nazis waren, welche die anderen Lagerinsassen terrorisierten, ob sich die deutschen Regimegegner tatsächlich der Lagerhierarchie widersetzten, und warum die Lagergestapo Karl Voss hätte ermorden wollen. Jackie wünschte sich, er wäre einem Lager mit einem Kommandanten zugeteilt worden, der Jackies Auftrag verstanden und die Hilfe eines Geheimdienstoffiziers geschätzt hätte. Major Shaw dagegen schien schon Jackies Anwesenheit zu missfallen, als signalisierte sie das Misstrauen der Army, ob der Major ein Lager zuverlässig und effizient führen könnte. Jackie sehnte sich nach seiner richtigen Uniform zurück, nach seinen eigenen Leuten.

Obwohl Kampfeinsätze schrecklich waren, hätte Jackie einen solchen Einsatz seinem derzeitigen Auftrag vorgezogen. Auf dem Schlachtfeld wusste er genau, wer und hoffentlich auch wo sein Feind war und dass sein Auftrag darin bestand, diesen Feind gefangenzunehmen, ihn zu töten oder sonst wie auszuschalten. Man erfuhr sofort von Sieg oder Niederlage, wusste, ob man der Sache der Alliierten geholfen hatte oder nicht; hier gab es nur Schwarz oder Weiß. Doch nach nur einer Woche bei diesem neuen Auftrag hatte er sich mit dem Lagerkommandanten überworfen, wusste immer noch nicht, wer der Spitzel im Lager war, hegte so gut wie keine Hoffnung, diese Quelle jemals anzapfen zu können, und konnte niemandem trauen.

Es trieb Jackie nach wie vor, sich an die Front versetzen zu lassen, trotz Colonel Stevens Versicherung, er würde bald erkennen, dass Geheimdienstarbeit im Krieg genauso wichtig war. Jackie wusste genau, dass er nie wieder ein Maschinengewehrnest angreifen oder einen Brückenkopf stürmen würde, aber man hatte ihm sogar den Wunsch abgeschlagen, als Dolmetscher an der Front zu dienen. Er wollte wieder ins Feld, statt an der Heimatfront den Babysitter für POWs zu spielen. Bei seinem nächsten telefonischen Bericht an Colonel Stevens würde er das Thema erneut zur Sprache bringen.

Er machte sich auf den Weg zu seiner Baracke, als er ein metallisches Klirren von dem Lagerdepot auf der anderen Seite des Platzes hörte. Es war noch eine halbe Stunde bis zum Zapfenstreich, aber Gefangenen war der Aufenthalt auf dem Versorgungsgelände verboten, ganz zu schweigen von dem Depot selbst. Der Hof war menschenleer und stockfinster – bis auf die vereinzelten Lichtstrahlen der Scheinwerfer von den Wachtürmen. Jackie betrachtete die Tür des Depots. Sie schien offen zu stehen. Nachdem er sich kurz umgesehen hatte, näherte er sich vorsichtig der Tür und zog den Knüppel aus seinem Gürtel.

»Wer ist da?«

Niemand antwortete.

Jackie drückte die Tür mit seinem Knüppel auf und tastete mit der freien Hand nach dem Lichtschalter. Seine Finger kratzten suchend über den hölzernen Stützpfeiler, doch plötzlich packte eine schwielige Hand sein Handgelenk und zog ihn in den Raum. Jackie stolperte vorwärts, blieb jedoch auf den Beinen. Im nächsten Moment traf eine steinharte Faust seine Wange. Sein Gesicht brannte, wurde gefühllos, dann folgte ein stechender Schmerz, aber statt zu Boden zu gehen, schlug er mit seinem Knüppel zu. Er traf jemanden. Da er nichts sehen konnte, hielt er einen Moment inne, um die Atemzüge seines Angreifers zu orten. Im nächsten Augenblick heulte er vor Schmerz auf, als sein versehrtes Knie unter einem heimtückischen Tritt nachgab. Er taumelte zu Boden und schloss vor Schmerz die Augen, als eine Gestalt aus der Tür rannte.

Jackie musste sich zwingen aufzustehen und stolperte nach draußen. Er packte unwillkürlich den Knüppel fester, um gegen die Schmerzen anzukämpfen. Er sah, wie die Gestalt über den Hof rannte und hinter der Lagerapotheke verschwand. Jackie humpelte, so schnell er konnte, über den Hof, aber als er schließlich um die Ecke der Apotheke bog, sah er nur einen Lichtschimmer unter der Tür der Kapelle. Er humpelte dorthin und zog sich am Geländer die Stufen hoch.

Dann holte er tief Luft und riss die Tür auf.

»Wer ist da?«

Zwei Gestalten tauchten blitzschnell hinter der vordersten Bank ab.

»Also gut, rauskommen!«, befahl Jackie und tastete sich langsam den Gang entlang.

Als er die dritte Bankreihe erreichte, blieb er stehen. Er war sicher, dass diese Personen keine Feuerwaffen bei sich hatten, aber POWs waren recht einfallsreich, wenn es darum ging, Werkzeuge von Farmern verschwinden zu lassen, die man als Waffen benutzen konnte.

»Zeigen Sie sich, oder Sie erwartet ein Monat bei Wasser und Brot!«

Auf einmal hörte er ein Kichern, fast wie von einem Schüler, den der Lehrer bei einem Streich erwischt hatte, wie sie von der Punschbowle naschten, und er schnappte geflüsterte Worte in Deutsch auf.

»Er darf den Schnaps nicht finden.«

»Wir könnten ihm etwas davon abgeben.«

»Blödsinn. Er kann Schnaps saufen, wann immer er will.«

Jackie schlug mit dem Knüppel klatschend in die Handfläche. »Los! Aufstehen!«

Zwei Männer in Khaki-Shorts und Jacken des Afrikakorps tauchten langsam hinter der ersten Bank auf. Sie grinsten fast lausbübisch.

»Was machen Sie hier?«, fragte Jackie, der ziemlich sicher war, dass die beiden nicht im Lagerdepot gewesen waren. Er hatte den Übeltäter mit seinem Knüppel erwischt, aber die beiden Männer wirkten vollkommen unverletzt.

»Hallo?«, erwiderte der Schlankere der beiden. Er hatte pechschwarzes Haar.

»Verstehen Sie Englisch?«, fragte Jackie.

»Nein«, erwiderte der Mann auf Deutsch, immer noch grinsend.

»Ihre Namen!«

Die Männer sahen sich an und versuchten, ihr Lachen zu unterdrücken.

»Die Namen!«, fuhr Jackie sie an. Er musste sich zusammenreißen, um sein Deutsch nicht einzusetzen.

»Günter Wedekind«, erwiderte der Dünnere.

»Alfred Klein«, sagte der andere, der es trotz seines prustenden Lachens schaffte, Haltung anzunehmen. Er war korpulent, und sein Hals verunzierte ein rotes Geburtsmal. Keiner der beiden wirkte wie das Reklamebild für einen Soldaten des Afrikakorps.

Jackie deutete mit dem Knüppel auf die Tür. »Raus.«

Wedekind und Klein sahen sich an, als wären sie noch einmal davongekommen, dann hasteten sie aus der Kapelle. Jackie nahm sich vor, in ihren Personalakten nachzusehen, ob sie wirklich kein Englisch sprachen, aber irgendwie wirkten die beiden harmlos.

Mittlerweile war jede Chance dahin, den Eindringling aus dem Depot zu erwischen. Jackie vermutete, dass ein POW einfach nur versucht hatte, Nahrung oder Vorräte zu stehlen, aber er würde in der Krankenstation überprüfen, ob sich dort jemand wegen einer Prellung oder einer gebrochenen Rippe gemeldet hatte. Sollte hinter diesem versuchten Diebstahl mehr stecken als nur der Versuch, sich eine Extra-Ration zu beschaffen, wollte er wissen, wer der Eindringling gewesen war.

Jackie massierte sich das schmerzende Bein und humpelte zum Hauptschiff der Kapelle. Er betrachtete die Kanzel, bevor sein Blick schließlich auf das Pult fiel. Er schob es weg, und da stand eine kleine Zinndose mit rotbraunem Gebräu. Jackie tauchte einen Finger hinein und leckte ihn ab. Nicht schlecht, dachte er. Eigentlich waren die Deutschen ja berühmt für ihr Bier und nicht für ihren Schnaps.

Er sah sich in der Kapelle um. Ob die Kriegsgefangenenlagern in Deutschland auch so etwas für die alliierten Soldaten hatten? Er stellte sich die Tausende amerikanischer Soldaten vor, die in diesen Lagern hockten, einen Ozean weit von zu Hause entfernt eingesperrt. Er rieb sich über die Augen und schnüffelte. Er hoffte, dass einige dieser amerikanischen Jungs es trotzdem schafften, sich irgendwo heimlich einen Whiskey zu brennen.

Celena streichelte die weiche Mähne der Stute und fuhr mit den Fingern durch die seidigen Haarsträhnen. Sie war barfuß, der kühle Wind blähte ihr Nachthemd auf, aber ihr war nicht kalt. Cash lag zwischen ihr und der Stute, die pelzige Schnauze über Celenas Füße gelegt.

In der Scheune fühlte sich Celena viel wohler als im Haus, und sie wünschte, ihre Eltern würden ihr erlauben, im Heu zu schlafen, wie sie es als kleines Mädchen hatte tun dürfen. Nun stand sie da und sog alles in sich auf – das frische Heu, die gestriegelte Pferdehaut, den Geruch des Weizens, der durch die offene Scheunentür hereindrang.

»Na, Pumpkin«, flüsterte sie und streichelte den glatten Hals der Stute. »Du bist hier glücklich, stimmt's? Mit Mom und Dad in der Box nebenan.«

Die Stute wieherte leise.

»Ja, das gefällt dir, hm?« Celena streichelte den langen Pferdeschädel. »Ein bisschen Aufmerksamkeit, und schon bist du zufrieden.«

Aber für dich kommt auch niemand Tausende von Meilen weit gereist, um dich zu heiraten. Du willst nicht von dieser langweiligen Farm und dieser blöden Stadt weg. Du willst nicht in einem College sitzen, weit weg von Florabeth Sleethe und all den anderen hier.

Sie kraulte die Stute hinter dem Ohr.

Und du bist nicht in einen deutschen POW verliebt.

Pumpkin zuckte hingebungsvoll mit den Ohren.

»Zeit, schlafen zu gehen.«

Celena fuhr herum; ihr Vater stand in der offenen Stalltür.

»Dad?« Sie strich sich ihr Haar hinter die Ohren und überlegte, ob sie vielleicht laut geredet hatte. »Bist du … bist du schon lange hier?«

»Lange genug, um zu hören, dass du mit Pferden redest.«

Gegen ihren Willen lachte sie.

»Dad … ich dachte, ich wäre allein.«

»In diesen Zeiten allein zu sein ist schwer.« Er deutete auf Celenas Nachthemd. »Du musst etwas sittsamer sein.«

»Aber Dad, ich …«

Er hob gebieterisch die Hand.

Celena sah an ihm vorbei durch die offene Stalltür in die mondlose Nacht. Sie wusste, was er und ihre Mutter glaubten – dass ihre einzige Tochter trotz all ihrer Proteste etwas Unentschuldbares getan hatte.

»Es kümmert mich nicht, ob es Mittag oder Abend ist«, erwiderte er mit tiefer Stimme. »Aber du darfst nicht so gekleidet aus dem Haus gehen.«

»Dad …«

»Nein, Celena. Selbst auf unserer Farm können … Dinge geschehen.«

»Dad, es ist nichts passiert, ich schwöre es.«

Erneut stiegen ihr die Tränen in die Augen, wie die beiden Male zuvor, als das Thema – fast – zur Sprache gekommen wäre.

Ihr Vater trat einen Schritt vor.

»Celena, wir alle müssen vorsichtiger sein – mit dem Krieg und den Soldaten.«

Sie musste ihn davon überzeugen, dass zwischen ihr und dem Kesselflicker nichts passiert war, dass sie nichts Schlimmes getan hatte. Ihr Vater hatte sie deswegen niemals zur Rede gestellt, das hatte niemand, aber wenn jemand es jemals tun sollte, würde Celena Stein und Bein schwören, dass sie sich nur geküsst hatten.

»Dad, ich …«

Sie konnte nicht weitersprechen, hatte nicht die Kraft, noch einmal zu versuchen, ihn zu überzeugen.

»Es ist Zeit.« Ihr Vater nickte streng.

Er streckte den Arm aus und winkte sie aus dem Stall. Schließlich schritt sie an ihm vorbei, während er das Licht ausmachte.

»Denken Sie daran, Halder.« Hauptmann Pabel sah Ernst finster an, als er die Treppe der Baracke hinunterging. »Kein Wort zu niemandem, vor allem nicht zu diesem Verräter von Armin.«

Ernst musste sich zusammenreißen, um den finsteren Blick des Offiziers nicht zu erwidern. Er wusste sehr gut, dass er mit niemandem über seine Befehle sprechen durfte, und er schätzte es überhaupt nicht, wenn Major von Armin beleidigt wurde. Natürlich durfte er keinem Offizier widersprechen, schon gar nicht einem glühenden Nazi wie Hauptmann Pabel. Ernst eilte stumm über das Offiziersgelände, dessen pechschwarze

Dunkelheit in regelmäßigen Abständen von den Suchscheinwerfern erhellt wurde.

Trotz seiner Verwirrung über den Befehl zur Flucht konnte Ernst nicht verhindern, dass seine Gedanken einen Moment abschweiften und er sich vorstellte, seine Mutter wiederzusehen, auf ihren Hof zurückzukehren. In diesem Moment spielte alles andere keine Rolle mehr, weder der Mord an Karl noch Feldwebel Straub und seine Nazischläger oder der heimliche Terror der Lagergestapo. Er dachte kurz an Celena, schob die Gedanken an sie dann jedoch beiseite. Er konnte vielleicht wirklich nach Hause gehen, und er wollte diesen aufregenden Gedanken so lange genießen, wie er es vermochte.

»Guten Abend, Obergefreiter«, sagte eine kühle, vornehme Stimme hinter ihm.

Ernst drehte sich herum, sah in der Dunkelheit jedoch nur einen Schatten, doch die Stimme kannte er sehr gut.

»Guten Abend, Herr Baron.«

Orangenfarbene Glut in einem Pfeifenkopf leuchtete ein paar Schritte von ihm entfernt auf, als der Baron einen Zug nahm, und in ihrem Schimmer konnte Ernst Major Dankwart von Armins scharf geschnittenes Gesicht erkennen, das wie das gemeißelte Relief eines Stifters über einem Museumsportal wirkte. Die Familie des Majors hatte seit mehr als siebenhundert Jahren die Baronie von Greifswald in Westpommern inne, was Ernst jedoch niemals aus von Armins Mund selbst gehört hatte.

»Was führt Sie heute Nacht in die Welt der inhaftierten deutschen Offiziere?«, erkundigte sich der Major, »da Sie ja offenbar nicht unterwegs in meine Bude sind?«

Anders als die Mannschaftsdienstgrade, bei denen Ernst lebte, strahlte von Armin einen minzigen, sauberen Duft aus, obwohl seine Degradierung vom Generalleutnant zum Major ihn auch der Dienste eines Offiziersburschen beraubt hatte. Seine Reitstiefel glänzten selbst im Schimmer der Pfeifenglut.

»Und ich könnte Sie fragen, warum Sie nicht an Ihrer Uhr arbeiten«, erwiderte Ernst lächelnd. »Aber als einfacher Mannschaftsdienstgrad würde ich das natürlich niemals tun.«

»Ich mache an diesem wunderbaren Abend hier im amerikanischen Westen nur einen kleinen Spaziergang und versuche, meinen verlängerten Fronturlaub zu genießen.«

Der Major nahm einen langen Zug aus seiner Pfeife, und Ernst stieg, als er ausatmete, der abgestandene, an feuchtes, glimmendes Heu erinnernde Geruch von billigem Tabak in die Nase.

»Weigern sich die Nazikriecher in der Kantine immer noch, Ihnen den guten Tabak zu verkaufen?«

»Ah. Ich ziehe diese aromatische Mischung durchaus vor; immerhin habe ich sie selbst gepflückt.« Von Armin atmete wieder Rauch aus. »Die Frage jedoch lautete, Obergefreiter, ob Sie hier jemand anderen als mich besuchen?«

Ernst räusperte sich. »Ja… Jawohl, Herr Major.«

»Und würden Sie mir den Zweck Ihres Besuches enthüllen, oder muss ich meine eigenen Vermutungen anstellen?«

»Es tut mir leid, Herr Baron, aber ich darf nicht darüber sprechen.«

»Verstehe, Befehle. Also gut, Obergefreiter, dann erlauben Sie mir, ein bisschen zu spekulieren; Sie können reagieren, wie es Ihnen beliebt.« Der Major blickte in den mondlosen Himmel hinauf. »Das Komitee hat Ihnen befohlen, einen Fluchtversuch zu unternehmen, weil Sie Englisch sprechen und weil Sie auf gutem Fuß mit Walker stehen.«

»Herr Baron … Wie … woher wissen Sie das?«

»Mein lieber Obergefreiter, ich war General in der meistgefürchteten Armee, die die Welt jemals gesehen hat. Folglich sind mir die Machenschaften der Wehrmacht nicht gänzlich unbekannt.«

»Sie wissen, dass ich das nicht bestätigen kann, aber …«

Ernst schloss wieder die Augen, stellte sich ihr kleines Haus in der Heimat vor, die Felder, die dringend bestellt werden mussten. Jetzt, nachdem Major von Armin es ausgesprochen hatte, schien die Möglichkeit einer Heimkehr noch größer geworden zu sein.

»Ich würde so gern nach Hause gehen«, flüsterte er.

»Wenn ich das richtig sehe, Herr Obergefreiter, dann werden die Nazis Ihnen das nicht so einfach erlauben. Sehr wahrscheinlich müssen Sie einen Sabotageakt verüben, und sollten Sie es danach doch nach Deutschland zurück schaffen, wird man Sie umgehend wieder in eine Uniform stecken.«

Ernst hörte ihn kaum. »Aber dann kann ich nach Hause.«

»Wenn Sie ihren Befehlen nicht Folge leisten, enden Sie wie Karl Voss.«

»Was?« Ernst wurde aus seinen Gedanken gerissen. »Was meinen Sie damit?«

»Sie glauben doch nicht etwa, dass Voss von den Amerikanern umgebracht wurde, oder? Man hat ihm wie einem Schwein die Kehle aufgeschlitzt. Das klingt für mich sehr nach Lagergestapo.«

»Das dachte ich auch. Aber Karl war kein Sozialdemokrat, kein Gegner. Er hat niemals etwas gegen die Partei gesagt.«

»Glaubt man im Lager nicht auch dasselbe von Ihnen, Obergefreiter Halder? Dass Sie ein guter und loyaler Deutscher sind? Vielleicht hat die Lagergestapo ja vermutet, dass Karl Voss für die Amerikaner spioniert … oder er hat etwas Herabsetzendes über diesen Wahnsinnigen geäußert.«

»Herr Baron!« Ernst sah sich hastig um. »Die warten nur auf einen Vorwand, sich Ihrer zu entledigen, und wenn Sie den Führer beleidigen, liefern Sie einen.«

»Obergefreiter, wenn die Nazis vorhaben, sich meiner zu entledigen, können weder Sie noch ich etwas dagegen tun.«

»Die Amerikaner könnten Sie verlegen.«

»Wohin denn?« Der Rauch aus dem Pfeifenkopf verschwand in der Dunkelheit. »Die Amerikaner wissen nicht, was Sie mit mir anfangen sollen. Nachdem ich degradiert wurde, können Sie mich nicht in dem Speziallager in Mississippi internieren, das Generälen und Admirälen vorbehalten ist, und hier bin ich ganz offensichtlich nicht erwünscht … Ich bin ein Mann ohne Land, ein Kriegsgefangener ohne Gefängnis.« Er lachte kurz und vornehm.

»Trotzdem, Baron, seien Sie bitte vorsichtig.«

»Sie sind es, der vorsichtig sein muss, Obergefreiter Halder. Dieser Wahnsinnige ist verzweifelt. Die V-1-Raketen, mit denen er England bombardiert, reichen nicht und kommen außerdem zu spät. Also kann er wie eine verwundete Schlange nur immer wieder zuschnappen, während er langsam verendet. Aber seine Giftzähne sind noch gefährlich.«

»Hitlers Macht kann jedoch nicht über den Atlantik bis in ein Kriegsgefangenenlager in Colorado reichen.«

Von Armin nahm die Pfeife aus dem Mund. »Obergefreiter, Sie unterschätzen einen Mann, der die ganze Welt in die Knie gezwungen hat. In jedem Kriegsgefangenenlager gibt es Gestapoagenten; es gibt SS-Leute, die sich irgendwie durch die Verhöre laviert haben und nicht in ein Sonderlager gesteckt wurden, sondern hier unter uns leben. Sie würden alles tun, um von den Amerikanern nicht als SS-Leute entlarvt zu werden; sie würden sich ihre Tätowierungen ausbrennen, ihre Soldbücher vernichten. Die Schutztruppen dieses Verrückten könnten hier im Lager sein und nur auf den richtigen Moment warten, um zuzuschlagen.« Von Armin trat näher an Ernst heran. »Sie, Obergefreiter Halder, müssen vorsichtig sein. Mein Schicksal wurde schon vor langer Zeit besiegelt. Aber Sie müssen unbedingt den Befehlen folgen, dürfen kein Wort gegen die Partei oder diesen Wahnsinnigen äußern.«

»Halder!«, brüllte jemand. »Zurück in Ihre Baracke! Sofort!« Hauptmann Pabel marschierte heran. Ernst nahm Haltung an. »Jawohl, Herr Hauptmann.«

»Und Sie, Sie Verräter!«, sagte Hauptmann Pabel zu von

Armin. »Haben Sie nichts Besseres zu tun, als einen Soldaten der Wehrmacht daran zu hindern, seine Pflicht zu tun?«

»Achtung!«, fuhr Major von Armin den Hauptmann an. »Grüßen Sie gefälligst Ihren vorgesetzten Offizier!«

Hauptmann Pabel knallte die Hacken zusammen und stand stocksteif da.

»Obergefreiter Halder, wegtreten.« Von Armins Gesicht war ernst und grimmig. »Ich möchte ein Wort unter vier Augen mit dem Hauptmann wechseln.«

Ernst stand in Habachtstellung da. Major von Armin legte die Hand an seine Mütze und ließ Ernst dann wegtreten, bevor er sich Hauptmann Pabel widmete.

Ernst eilte über das Offiziersgelände und versuchte, weniger an von Armins Warnung zu denken als an die Gelegenheit, vielleicht heimzukehren.

Celena saß in ihrem Zimmer und genoss den kalten Wind auf ihren Wangen. Die Lichter des POW-Lagers am Horizont konnte sie kaum erkennen. Wie Camp Dillon wohl aussah? Ob die Baracken Gitter vor den Fenstern hatten und scharfer Stacheldraht die Zäune schützte?

Ihr Blick glitt zu Walts Brief auf dem Nachttisch und dann zu seiner Taschenuhr; sie hörte das Ticken des Sekundenzeigers. Am liebsten hätte sie die Uhr in eine Schublade oder unter ihr Kissen gelegt, irgendwohin, wo sie dieses Geräusch nicht hören musste. Stattdessen blieb sie einfach am offenen Fenster sitzen, blickte über die dunklen Felder und wünschte sich, der Sommerwind würde das Ticken übertönen.

»Wieso bist du noch auf?«

Ihre Mutter stand in der Tür. Ihr Nachthemd bauschte sich um ihren schlanken Körper. »Kannst du nicht schlafen?«

Celena schüttelte den Kopf.

Ihre Mutter zog einen Stuhl neben das Fenstersims, auf dem

Celena hockte; so dicht, dass Celena ihren ambrosischen Duft riechen konnte. Sie strahlte diesen Duft immer aus, ob sie in der Kirche sang oder einem Truthahn den Hals umdrehte.

»Was stimmt denn nicht, Liebling?«

Celena senkte den Kopf. *Was stimmt denn überhaupt?* hätte sie am liebsten gefragt.

»Ach, Mutter.« Stöhnend sank sie ihrer Mutter in die Arme.

»Na, na, Liebling.« Sie streichelte ihr Haar. »Alles wird gut.«

»Nein, Mutter. Ich habe ein schreckliches Durcheinander angerichtet.«

»Nein, das hast du nicht.«

Tränen brannten in Celenas Augen. »Ich habe eingewilligt, Walt zu heiraten, aber … aber das kann ich nicht.«

»Kind, du bist einfach nur aufgeregt.«

»Nein, Mutter, das ist es nicht.«

»Ich weiß, dass es nicht alles ist, aber du wirst schon sehen. Es wird nett werden, und du und Walt werdet ein gutes Leben führen.«

Celena verharrte noch einen Moment in der Umarmung ihrer Mutter. Dann richtete sie sich auf, warf ihrer Mutter einen kurzen Blick zu und sah wieder aus dem Fenster.

Der Weizen würde bald reif sein. Danach würde der Mais im Tal soweit sein, dann die Rüben, die Bohnen und die Kartoffeln. Anschließend ging es wieder mit dem Säen los. So lange sie sich erinnern konnte, hatte es diesen ständigen Kreislauf gegeben, und nichts hatte sich verändert, außer dass sie bei jedem Mal ein Jahr älter gewesen war. Sie wandte sich zu ihrer Mutter und blickte ihr direkt in die Augen.

»Mutter, willst du denn nicht mehr für mich als ein Leben auf einer Farm?«

Ihre Mutter erwiderte ihren Blick einen winzigen Moment lang, bevor sie zu Boden sah und über die Falten ihres Nachthemdes strich.

»Schon, wenn es sich ergeben hätte. Aber es ist eben passiert, wie es passiert ist und … außerdem hast du der Ehe mit Walt ja zugestimmt.«

»Aber nur, weil du und Dad glauben, dass ich etwas getan habe, was ich nicht hätte tun sollen«, sagte Celena. »Wir haben uns nur geküsst, Mutter, das schwöre ich. Das ist nicht Grund genug, Walt zu heiraten, vor allem, weil ich ihn nicht liebe.«

Sie sprang von dem Fensterbrett herunter und lief aufgeregt durch das Zimmer. »Ich will den Mann lieben, den ich heirate. Gerade du müsstest das verstehen.«

Der weiche Blick ihrer Mutter erstarrte, als sie Celena ansah. Sie stand auf, ihre Stimme klang eisig.

»Celena, ich liebe deinen Vater. Es passiert oft, dass Menschen heiraten und dann erst anfangen, für einander Gefühle zu entwickeln.«

Celena spürte, wie ihr die Tränen kamen und ihr über Wangen und Lippen liefen; sie schmeckte das Salz.

»Aber willst du nicht mehr für mich?«, stammelte sie schließlich. »Kann ich nicht wenigstens aufs College gehen, bevor ich die Frau eines Farmers werde, bevor ich Walt heirate?«

Ihre Mutter stand einfach nur da und sah sie an. Celena wusste nicht, ob ihr Blick mitfühlend war oder Widerwillen ausdrückte.

»Mutter, glaubst du mir nicht?«

Ihre Mutter seufzte und ging zur Tür. »Versuch zu schlafen. Morgen früh sehen die Dinge nicht mehr so schrecklich aus.«

Celena sah ihr nach, bis die Tür ins Schloss fiel. Dann richtete sie ihren Blick auf das Hochzeitskleid in der Ecke, dessen Saum sich im Wind bewegte, der durch das Fenster drang.

»Sieh an, Forrest, Sie fühlen sich ja offensichtlich wie zu Hause«, sagte Major Shaw von der Tür aus. »Soll ich Ihnen noch einen Brandy holen?«

»Tut mir leid, Major«, erwiderte Jackie. »Ab und zu macht das Bein noch Zicken.«

Er rieb sich den rechten Oberschenkel und nahm das Bein vom Schreibtisch des Majors, der mit Personalakten der Gefangenen übersät war.

Der Major starrte Jackies geschwollene Wange an. »Was ist passiert?«

»Nur ein kleiner Unfall. Ich bin gestolpert.«

Jackie hatte sich entschlossen, dem Major nichts von dem Eindringling im Lagerdepot oder dem Schnapsversteck in der Kapelle zu berichten. Ersteres verschwieg er, weil er die Angelegenheit ohne Shaws Einmischung verfolgen wollte, und Letzteres, weil er hoffte, dass die POWs ihn weiterhin für einen einfachen Wachsoldaten halten würden, der nicht clever genug war, um ihren Schnapsvorrat zu entdecken. Jackie hatte sich eine halbe Stunde lang die geschwollene Wange mit Eis gekühlt, während er sein schmerzhaft pochendes Knie massierte. Nun hoffte er, dass die Morphiumspritze, die er sich gesetzt hatte, bald Wirkung zeigte.

»Also«, meinte Major Shaw, »passen Sie besser auf … Ich nehme an, Sie kontrollieren das Soldbuch jedes einzelnen Gefangenen?«

Jackie nickte. »Fünfzehn Seiten makelloser deutscher Aufzeichnungen über ihre gesamte militärische Karriere. Wir haben verdammtes Glück, dass die Soldaten es immer bei sich tragen mussten.«

Major Shaw trat noch einen Schritt weiter in sein Büro.

»Hören Sie, Forrest. Mir ist klar, dass Sie Offizier sind und Kampferfahrung haben, aber ich wünschte mir wirklich, die Army würde mir noch etwas mehr über Sie erzählen.«

»Tut mir leid, Major, aber je weniger Sie über mich wissen, desto besser kann ich meinen Job hier machen.«

»Camp Dillon läuft reibungslos. Es hat keine einzige erfolgreiche Flucht gegeben, und die Produktivität unserer POWs liegt weit über dem Durchschnitt aller Lager.«

Jackie humpelte zu einem Stuhl in der Ecke, damit Major Shaw hinter seinem Schreibtisch Platz nehmen konnte.

»Major, bitte sehen Sie meine Anwesenheit hier nicht als eine Beleidigung gegen Sie.«

»Das tue ich auch nicht, nicht im Geringsten.« Der Major setzte sich in seinen Stuhl und verschränkte die Beine. »Aber ich dachte, nach dieser Massenflucht aus dem Lager in Arizona würde Washington seine wenigen Kräfte dort konzentrieren.«

»Genau deshalb bin ich hier, Major. Dass fünfundzwanzig deutsche POWs es fast bis nach Mexiko geschafft haben, hat die Army aufgescheucht. Die Zivilbevölkerung würde in Panik geraten, wenn sie glauben müsste, dass die POWs frei herumlaufen können. Deshalb will Washington jetzt einen Geheimdienstoffizier in jedem Lager stationieren. Sich auf Arizona zu konzentrieren würde bedeuten, das Scheunentor zu schließen, nachdem das Pferd weggelaufen ist.«

»Aber die Zahl der entkommenen POWs ist weit niedriger als die der Flüchtigen aus Bundesgefängnissen.«

Jackie lehnte sich auf seinem Stuhl zurück. Shaw argumentierte, als wären sie Gegner in einem Gerichtsstreit, also beschloss Jackie, einfach sein Plädoyer zu halten.

»Richtig, Major. Aber diese Flüchtigen versuchen für gewöhnlich nicht, Waffenfabriken oder Schiffswerften zu erreichen, um festzustellen, welchen Schaden sie dort anrichten können.«

»Meine Informanten haben mich im letzten Jahr lediglich über zwei geplante Fluchtversuche unterrichtet, die wir im Keim erstickt haben.« Shaw strich sich seinen Schnurrbart glatt. »Ein guter Spitzel ist zehn Geheimdienstoffiziere wert. Nichts für ungut.«

Jackie seufzte. »Ich wünschte, Major, Sie würden mir verraten, wer Ihre Spitzel sind, damit ich herausfinden kann, ob sie Ihnen genaue Informationen geben oder Sie nur mit falschen Berichten füttern, um Sie in die Irre zu führen.«

»Also wirklich, Forrest.«

»Diese Fluchtversuche sind immer nur von einem POW unternommen worden, Major. Das ist schwerlich ein großer Coup.«

Shaw richtete sich in seinem Stuhl kerzengerade auf. »Hören Sie, Forrest. Meine Männer und ich haben keinerlei Kampferfahrung, und wir tun hier auch keine heldenhaften Dienste, aber wir erledigen unsere Arbeit und leisten unseren Anteil.« Der Major stand auf. »Auch ohne einen Geheimdienstoffizier, der undercover arbeitet.«

Jackie stand ebenfalls auf. »Major, wir sollten wirklich kooperieren. Ich brauche alle Hilfe, die ich kriegen kann.«

Shaw schüttelte den Kopf. »Offiziere, die verdeckt arbeiten und sich als einfache Wachsoldaten ausgeben. Forrest, finden Sie nicht auch, dass die Deutschen wenigstens einen offenen Krieg gegen uns führen?«

Jackie zuckte zusammen. »Major, haben Sie die vier deutschen Saboteure vergessen, die, mit Sprengstoff und Landkarten von amerikanischen Munitionsfabriken ausgestattet, vor genau zwei Jahren von einem deutschen U-Boot in der Nähe von Jacksonville an Land gesetzt worden sind? Hitler wird alles tun, um diesen Krieg zu gewinnen, und das schließt auch Saboteure ein, dass POWs versuchen werden, unsere Kriegsanstrengen zu sabotieren und uns zu zwingen, Truppen aus Europa abzuziehen, damit sie dann die Probleme hier vor Ort lösen.«

»Das weiß ich, aber meine Befehle lauten, ein Lager zu führen, das so wenig Wachen wie möglich benötigt. Und wenn die Army sagt, dass ich den Nazis die Organisation des Lagers überlassen soll, um dieses Ziel zu erreichen, dann sollen sie das von mir aus tun.«

Jackie war zur Tür gegangen, hatte die Hand auf den Griff gelegt und drehte sich noch einmal um. »Major, das hört sich an, als hätten Sie Ihre Befehle. So wie ich die meinen habe.«

Shaw warf ihm einen finsteren Blick zu. »Gut, aber erwarten Sie nicht, dass ich Ihnen bei deren Ausführung helfe!«

6. Kapitel

»Mann, bin ich froh, dass im Sommer keine Schule stattfindet.« Woody starrte aus dem offenen Fenster des Pick-up. »Trotzdem wünschte ich, Dad würde mich auf die Felder mitnehmen.«

Celena lächelte, während sie den alten Ford über den Highway nach Hause lenkte. »Das tut er nicht, weil jetzt so kurz vor der Ernte so viel zu tun ist.«

»Mom hat gesagt, es wäre wegen der Nazis und weil Dad Angst hätte, dass sie mir etwas tun.«

»Ich glaube nicht, dass Mom das gesagt hat.« Celenas Lächeln verstärkte sich. »Aber Dad geht im Moment viel im Kopf herum. Er muss die Ernte vor den ersten Hagelschauern einfahren und dafür sorgen, dass der Mais im Tal bewässert wird. Das ist nicht einfach ohne den Helfer, den er sonst immer hat.«

»Weil der Mann, den er normalerweise anstellt, gegen die Japse kämpft?«

Celena nickte. Sie war froh, dass sie von ihren Pflichten abgelenkt wurde, weil sie wenigstens für eine Weile nicht über Walt und ihre Hochzeit nachdenken wollte. Ihr war klar, dass ihre Mutter sie gebeten hatte, die wöchentlichen Einkäufe zu erledigen, damit Woody ihr eine Weile nicht im Haus auf den Füßen stand.

»Ich kann kaum erwarten, Walt zu sehen«, plapperte Woody. »Ich vermisse es, dass er mit mir Baseball spielt und mir zeigt, wie man ein Lasso wirft.«

Celena schüttelte den Kopf und ließ ihren Blick von der Straße auf die Felder gleiten. Sie schien Walt und ihrer bevorstehenden Hochzeit einfach nicht ausweichen zu können, ganz gleich, wohin sie ging oder was sie tat. Wirklich vergessen konnte sie ihn und alles andere nur, wenn sie mit Ernst zusammen war. Gerade jetzt sehnte sie sich danach, ihn zu sehen, ungestört mit ihm sprechen zu können.

»Mit dir ist es natürlich auch lustig«, fuhr Woody fort. »Aber Walt ist wie ein großer Bruder für mich. Mom hat gesagt, dass er mein richtiger Bruder wäre, wenn ihr erst verheiratet wärt.«

Celena fuhr sich mit der Zunge über die Lippen und bemühte sich, weiter auf die Straße zu sehen. »Du … du magst Walt wohl wirklich, hm?«

»Ja, er ist klasse. Er bringt mir auch das Reiten bei.« Woody sah sie an und verzog hoffnungsvoll das Gesicht. »Vielleicht darf ich ja mit auf eure Hochzeitsreise?«

Celena brachte ein knappes Lachen zustande. »Nein, Woody, das glaube ich eher nicht.«

»Warum denn nicht? Wohin fahrt ihr denn?«

»Wir werden kaum Zeit haben, irgendwo hinzufahren, also bleiben wir vermutlich in Julesburg.« Celena konnte nicht glauben, dass sie über ihre Hochzeit sprach, als würde es tatsächlich dazu kommen.

»Warum kann ich dann nicht mitkommen?«

Celena lachte wieder und rieb sich über die Augen. »Frag Dad. Er kann es dir sicher erklären.«

Der Pick-up rumpelte über die Bahngleise in die Stadt, und Celena nahm hastig die Brille ab, nachdem sie am Bordstein vor dem Lebensmittelladen gehalten hatte.

»Hast du die Liste?«, fragte sie ihren Bruder, als sie auf den Bürgersteig trat.

Woody umklammerte ein Stück Papier. »Mom hat mir befohlen, gut auf sie aufzupassen.«

»Das kannst du auch, aber lass mich wenigstens einen Blick darauf werfen.« Meistens betete Celena ihren kleinen Bruder an, aber manchmal hätte sie ihn am liebsten in die Pferdetränke geworfen.

Sie überflog die Liste und drückte Woody dann die schwere, glitschige Kaffeekanne mit dem Emblem der Grand Union in die Hand.

»Bring das Fett zu Mr. Janks in die Schlachterei. Und verlier bloß die Lebensmittelcoupons nicht, die er dir dafür gibt.«

Woody strahlte. »Ich finde es klasse, dass die Army Bomben aus unserem Schweinefett macht.«

»Ganz so einfach ist es nicht. Aber aus dem Fett macht man Glyzerin, und das braucht man für Sprengstoff.«

Celena erinnerte sich noch sehr genau an den Brief der Regierung, den alle Familien im Jahr zuvor erhalten hatten. Darin wurden sie aufgefordert, sich an den Fettspenden zu beteiligen. Sie sollten wegen des drastischen Mangels an Fetten überschüssiges Braten- und Kochfett sammeln und spenden. Seit Beginn des Programms hatte ihre Mutter jeden Tropfen Fett gesammelt.

Celena zog die vier Rationierungshefte ihrer Familie aus ihrer Tasche und betrat Hartungs Kolonialwarenladen. Sie ging durch die Gänge, füllte systematisch ihre beiden Körbe und hakte die einzelnen Positionen ab. Was sie wirklich wollte, gab es nicht: Zitronen. Allerdings behauptete Mrs. Hartung zuversichtlich, dass sie nächste Woche welche bekommen würden. Am Tresen zählte Mr. Hartung die Punkte für Celenas Einkäufe zusammen und riss sorgfältig die entsprechenden Coupons aus den Büchern, rot für Fleisch und Käse, blau für andere Produkte. Celena bezahlte wie immer in bar. Ihr Vater erlaubte keinem aus ihrer Familie, auf Kredit einzukaufen. Dann verstaute Celena die Rationierungshefte wieder sorgfältig in ihrer Handtasche. Sie wusste, was für ein Glück es war, dass die Hartungs fast immer alles auf Lager hatten, alles, bis auf Zitronen.

Als sie fertig war, trug sie die Kisten nach draußen und verstaute sie auf der Ladefläche des Pick-up. Nach einer Minute kam Woody herangelaufen; er ließ das Jo-Jo, das ihr Vater ihm letztes Jahr zu Weihnachten geschnitzt hatte, hinauf- und hinunterschnellen. Celena lächelte ihren Bruder an, der völlig in seinem Spiel versunken war. Widerwillig richtete sie ihren Blick auf Mrs. Bowerlys Kleiderladen weiter oben an der Straße.

Mutter wird Verdacht schöpfen, wenn ich nicht wenigstens versuche, mein Kleid zu Ende zu nähen, sagte sie sich. *Selbst wenn ich es niemals tragen werde, jedenfalls nicht bei der Trauung mit Walt. Aber solange ich nicht weiß, wie ich es ihm sagen soll, ihm und Dad, sollte ich wenigstens so tun, als arbeitete ich daran.* Sie stellte sich das Kleid vor, das in der Ecke ihres Schlafzimmers hing. *Ich brauche wohl etwas für die Schärpe und …*

»Guten Tag, Miss Walker.«

Major Shaw stand mit seiner Familie auf dem Bürgersteig.

»Oh, hallo, Major.«

Die Shaws schlenderten zu ihr herüber. Der Major trug eine Uniform, die direkt vom Schneider hätte kommen können, seine Frau ein gelbes Kleid und Strümpfe, die aus Seide zu sein schienen. Auf ihrem Kopf thronte ein kastanienbrauner Kaiserin-Eugenie-Hut mit einer schwarzen Straußenfeder. Sie wirkten wie Clarke Gable und Carole Lombard oder wie Laurence Olivier und Vivian Leigh, wie sie so elegant über den Bürgersteig glitten. Die beiden Kinder in ihrem Schlepptau, ein Junge und ein Mädchen, waren kaum zu sehen.

»Celena Walker«, sagte der Major, »ich möchte Ihnen meine Frau Penelope vorstellen.«

»Mrs. Shaw.« Celena überlegte, ob man vor einer Frau knicksen musste. Mrs. Shaw reichte ihr eine pummelige, manikürte Hand, die Celena sanft schüttelte. »Das ist mein Bruder, Woodrow.«

»Hallo, Woodrow«, begrüßte der Major ihn.

»Sir.« Woody streckte seine Hand aus. »Alle nennen mich Woody, aber ich bin nach Präsident Woodrow Wilson benannt.«

»Ach, ist er nicht goldig!«, rief Mrs. Shaw entzückt.

Der Major nickte und wandte sich wieder an Celena. »Wie ich sehe, füllen Sie Ihre Speisekammer auf.«

»Das ist schwierig bei den ganzen Rationierungen«, erwiderte Celena. »Aber da wir auf einer Farm leben, kommen wir einigermaßen zurecht.«

»Ich weiß genau, was Sie meinen, Liebes«, erklärte Mrs. Shaw. »Ich fühle mich hier auf den Plains vollkommen isoliert. Seit Monaten habe ich weder Hummer noch Kabeljau gegessen, und bei der Hitze wäre ein Frappé wunderbar für die Kinder, aber ich kann nirgendwo eins finden.«

»Was Fisch angeht, kann ich Ihnen nicht weiterhelfen, Mrs. Shaw, aber wenn Sie bei A&W einen Milkshake bestellen, bekommen Sie dort wahrscheinlich das, was Sie Frappé nennen.«

»Milkshake? Ein merkwürdiger Name für ein Frappé – trotzdem danke. Vielleicht begebe ich mich mit den Kindern tatsächlich dorthin.«

»Können wir jetzt gehen, Celena?« Woody stellte sich auf die Zehenspitzen. »Ich möchte eine Kräuterlimo.«

»Nein, Woody. Ich muss noch kurz zu Mrs. Bowerly, und dann sollten wir nach Hause fahren.«

»Oh, ich kann ihn mit den Kindern mitnehmen«, bot Mrs. Shaw an.

»Vielen Dank, aber das ist nicht nötig. Wir wollen uns Ihnen nicht aufdrängen.«

»Unsinn«, entgegnete Major Shaw. »Penelope, nimm den jungen Master Walker mit.«

»Darf ich?«, bettelte Woody.

»Also gut. Aber Sie müssen nicht für ihn bezahlen.« Celena zog ihr letztes Zehncentstück aus der Tasche und reichte es Woody.

»Also wirklich, Celena«, meinte Mrs. Shaw.

»Nein, aber trotzdem vielen Dank. Woody, ich bin nur ein

paar Minuten bei Mrs. Bowerly, dann hole ich dich bei A&W ab.«

»Bis gleich«, erklärte Mrs. Shaw, nahm ihre Kinder an die Hand und zog ab, gefolgt von Woody.

»Halle, Major. Celena.« Sheriff Brookes schlenderte heran. Neben ihm watschelte Hugh Jenkins einher, dessen gerötetes Gesicht die Farbe von abblätterndem Lack auf einer verwitterten Scheune hatte.

»Guten Tag, Sheriff«, begrüßte ihn der Major.

Celena lächelte und sah dann zu Mrs. Bowerly hinüber. Wie sollte sie sich davonmachen, ohne unhöflich zu wirken?

»Major«, meinte der Sheriff. »Hugh hier hat etwas zu berichten, das Sie vielleicht interessiert.«

»Also, Major«, Mr. Jenkins hatte seine dicken Daumen in die Hosenträger seiner Latzhose gehakt. »Auf das Dach meiner Scheune hat jemand ein großes weißes Hakenkreuz gepinselt. Muss mindestens zehn Meter groß sein.«

Celena unterdrückte mit Mühe ein Kichern.

»Auf das Dach Ihrer Scheune?«, erkundigte sich der Major.

»Jawohl, Sir. Dexter Markham hat es gesehen, als er darüber weggeflogen ist.«

»Dexter Markham fliegt das Sprühflugzeug«, erläuterte der Sheriff.

Major Shaw nickte. »Und was ist Ihrer Meinung nach passiert?«

»Einige von Ihren deutschen Gefangenen haben letzte Woche bei mir Heu geerntet und Zäune repariert. Einer muss sich hochgeschlichen und es daraufgepinselt haben, als ich nicht hingesehen habe.«

»Und Ihnen fällt niemand sonst ein, der das gemacht haben könnte?«

Sheriff Brookes legte den Kopf schief. »Sie meinen jemand anders als die Nazis aus Ihrem Lager?«

»Nein, vermutlich haben Sie recht«, lenkte Major Shaw ein. »Ich habe schon ähnliche Geschichten aus anderen Lagern gehört: Hakenkreuze, die in Bäume geritzt oder in Felder gemäht wurden.«

»Also, Major«, meinte Jenkins, »was wollen Sie dagegen unternehmen?«

»Ich muss die Angelegenheit überprüfen und versuchen, die Schuldigen zu finden. Aber bitte betrachten Sie das als einen albernen Streich. Ich schicke Ihnen ein paar POWs, die es übermalen.«

»Das ist alles?«, meinte Jenkins. »Mehr wollen Sie nicht dagegen tun?«

Celena vermutete, dass diese Unterhaltung noch eine Weile dauern würde, und sie wollte Mrs. Shaw nicht warten lassen.

»Entschuldigen Sie, wenn ich Sie unterbreche, aber …«

»Sicher, Miss Walker«, fiel Major Shaw ihr ins Wort. »Sie müssen weiter.«

Celena nickte, lächelte und eilte dann zu dem Kleidergeschäft.

»Tag, Celena«, wurde sie von Mrs. Bowerly begrüßt, nachdem sie die Tür hinter sich geschlossen hatte. »Ich komme sofort zu dir.«

»Hallo, Celena.« Florabeth Sleethe stand zwischen ihrer Mutter und Mrs. Bowerly.

»Tag.« Celena wandte sich rasch ab.

Ich schaffe es, sagte sie sich. *Ich werde es zu Ende nähen, und wenn auch nur, um den Schein zu wahren. Und was immer Florabeth sagt, ich werde mich davon nicht beeindrucken lassen.*

»Ich suche etwas, das ich tragen kann, wenn Travis nach Hause kommt!«, rief Florabeth quer durch den Laden. »Aber wir müssen sicher nach Sterling oder sogar bis nach Denver fahren, um etwas Passendes zu finden.«

»Ich hoffe, du findest etwas Hübsches«, erwiderte Celena und faltete ein pinkfarbenes Miederhöschen auseinander.

»Und du arbeitest immer noch an deinem Hochzeitskleid?«, erkundigte sich Florabeth.

Celena versuchte, sie zu ignorieren, während sie den Seidensaum des Mieders streichelte. Sie hatte noch nie einen getragen und fragte sich, wie sich diese einteilige Kombination aus Höschen und Mieder wohl unter einer Khaki-Arbeitshose und einer Bluse anfühlte. Zweifellos würde das Kleidungsstück extravagant, ja fast schon dekadent unter einem Abendkleid wirken, das man bei besonderen Gelegenheiten in Begleitung eines hinreißenden jungen Mannes trug. Sie errötete und versuchte in diesem Moment, nicht an Ernst zu denken.

»Es ist so nett von Walt, dass er dich heiraten will.« Florabeth gab sich keine Mühe, den Hohn in ihrer Stimme zu verbergen. »Wie schön für dich, dass es deinen Eltern gelungen ist, ihn dazu zu überreden.«

»Florabeth!«, meinte ihre Mutter tadelnd.

Mrs. Bowery flüchtete sich ins Lager. »Ich ... ich muss kurz mal hinten nach dem Rechten sehen.«

Florabeth warf das Kleid auf den Tresen. »Du weißt genau, dass es stimmt, Mutter. Alle wissen das.«

Celena sah sie nicht an, sondern konzentrierte sich auf die Unterwäsche, während ihr Tränen in die Augen traten. Sie hatte für diesen Moment geübt, hatte sich Erklärungen, Erwiderungen und Gegenangriffe zurechtgelegt. Sie wusste genau, was sie sagen musste, kannte den richtigen Ton, die richtige Betonung. Ein paar Tränen stahlen sich aus ihren Augen und liefen über ihre Wangen, aber sie bekam nicht eine einzige Silbe ihrer so oft eingeübten Entgegnung heraus.

»Das reicht jetzt, Florabeth«, meinte ihre Mutter warnend.

»Nein, Mutter, was sie mit diesem Kesselflicker gemacht hat – das weiß doch die ganze Stadt!«

Mrs. Sleethes Hand zuckte hoch und landete schneller auf Florabeths Wange, als eine Hornisse zustechen konnte. Florabeth taumelte entsetzt zurück. Dann packte Mrs. Sleethe die Hand ihrer Tochter und zerrte sie aus dem Geschäft, ohne zu Celena zurückzublicken, die mit tränenüberströmtem Gesicht am Tisch mit der Damenunterwäsche zurückblieb.

Jackie zog sich an dem Holzgeländer die Stufen zur Lagerkantine hoch. Camp Dillon lag an diesem Samstagvormittag fast menschenleer da, weil die Mannschaftsdienstgrade auf den Feldern arbeiteten. Trotzdem war die Kantine den ganzen Tag geöffnet, weil die meisten Offiziere im Lager geblieben waren. Jackie wartete immer noch auf die Ergebnisse der Obduktion, die der Arzt in Sterling, sechzig Meilen entfernt, an Karl Voss' Leichnam vornehmen sollte; insbesondere wegen der Bestätigung, ob das Blut, das Jackie gefunden hatte, tatsächlich dem ermordeten deutschen Obergefreiten gehörte. Wenn es nicht von Voss stammte, mutmaßte Jackie, gehörte es vielleicht seinem Mörder.

»Hallo«, begrüßte ihn der stämmige POW hinter dem Tresen, dessen Englisch wegen seines starken schwäbischen Akzents kaum zu verstehen war. »Kann ich Ihnen helfen?«

»Nein, Sergeant Bacher. Ich spaziere nur ein bisschen herum.« Jackie betrachtete die Regale, die mit Tabak, Zahnpasta, Schuhcreme, Socken, Schreibpapier und Dutzenden anderer Waren gefüllt waren, welche die POWs mit den Coupons erwerben konnten, die man ihnen als Bezahlung für ihre Arbeitseinsätze gab.

Nach der Genfer Konvention musste die Army den gefangenen Offizieren während der Internierung ihren regulären Sold zahlen. Die deutschen Offiziere erhielten ihn in Form von Kantinencoupons, nicht als Bargeld. Der Sold einfacher Mannschaftsdienstgrade dagegen wurde einfach nur angesammelt und dem POW nach seiner Entlassung ausgezahlt. Deshalb mussten die einfachen Soldaten mit den achtzig Cents auskommen, die sie pro Tag für ihre Arbeit erhielten, wenn sie etwas aus der Lagerkantine kaufen wollten.

»Das heißt wohl nein«, radebrechte der Sergeant.

Jackie grinste. Er war sich ziemlich sicher, dass Sergeant Bacher sehr gut Englisch verstand. Er hatte im Soldbuch Bachers gelesen, dass der Mann zwei Jahre Englisch gelernt hatte, und er hatte zweifellos seit seiner Ankunft in den Vereinigten Staaten einiges mehr aufgeschnappt. Er vermutete, dass Sergeant Bacher einer von den zahlreichen POWs war, die nur so taten, als wären sie des Englischen nicht mächtig, damit sie Gespräche belauschen und anschließend ihren Vorgesetzten oder der Lagergestapo Bericht erstatten konnten.

»Sie müssen Deutsch lernen«, sagte Sergeant Bacher feixend. »Amerika ist nach dem Krieg deutsch.«

»Lesen Sie keine Zeitung? Sie verlieren auf der ganzen Linie.«

Der Sergeant machte eine abfällige Handbewegung. »Amerikanische Propagandalügen.«

»Und was ist mit den neuen POWs? Erzählen Ihnen die nicht, wie schlimm es steht?«

»Allesamt Feiglinge. Keine Soldaten von Rommel.«

»Feiglinge? Dieser neue Offizier, Leutnant Kunze, kommt mir nicht wie ein Feigling vor.«

»Lieutenant Kunze ist zwar kein Soldat von Rommel, aber er könnte einer sein. Er ist ein echter Deutscher.«

»Wieso sagen Sie das?«

In diesem Moment öffnete sich die Tür, und Major Dankwart von Armin kam herein.

»Guten Tag … Private Forrest, richtig?«

Der Major hatte zwar einen starken Akzent, doch sein Englisch war fehlerlos. Jackie drehte sich zu ihm um und salutierte, obwohl er glaubte, dass er etwas aus Sergeant Bacher hätte herauslocken können, wäre von Armin nicht aufgetaucht.

»Was führt Sie in unsere kleine Nachschubstation?«, erkundigte sich der Major mit einem höflichen Lächeln, während er Jackies Gruß erwiderte.

»Ich mache nur meine Runde.« Jackie betrachtete den Major, der die Uniform eines Offiziers des Afrikakorps trug, eine lange Khaki-Jacke, eine dunkelgrüne Reithose, eine spitze Mütze und auf Hochglanz polierte Reitstiefel. Jackie hatte erst einmal mit von Armin gesprochen, aber nach dem, was er in seinem Soldbuch gelesen hatte, spielte der Major in der Nazi-Hierarchie des Lagers keine Rolle. Nach seiner Degradierung vom Generalleutnant zum einfachen Major hatten die Nazis wohl keine weitere Verwendung für den einstmals respektierten Kommandeur.

»Feldwebel«, sagte Major von Armin auf Deutsch zu Bacher, »eine Dose schwarze Schuhcreme.«

Sergeant Bacher polierte, ohne auch nur hochzublicken, den Tresen mit einem nicht besonders sauberen Lappen.

»Sind Sie taub, Feldwebel? Eine Dose schwarze Schuhcreme, und zwar sofort.«

»Die Kantine ist geschlossen«, erwiderte Bacher spöttisch grinsend.

»Geschlossen? Ich sage, sie ist geöffnet, und zwar jetzt.«

»Nur für deutsche Soldaten, nicht für Verräter wie Sie. Vermutlich sind Sie die Ratte, die die Amerikaner mit Informationen versorgt. Aber wenn wir wieder nach Deutschland kommen, wird der Führer Sie für Ihren Verrat bestrafen, Sie und Ihre Familie.«

Major von Armins Augen wurden so eisig wie Gletscher. »Meine Familie wurde bereits bestraft, Sie Volltrottel. Meine Frau und meine Tochter sind bei einem Bombenangriff ums Leben gekommen, mein ältester Sohn ist in Italien im Kampf gegen die Amerikaner gefallen, und mein jüngster in Stalingrad verhungert. Also, eine Dose schwarze Schuhcreme, sonst melde ich Sie nicht nur Oberst Kettner, sondern auch Ihrem Oberkommandierenden, Feldmarschall Rommel!«

Der aufsässige Ausdruck auf dem Gesicht des Feldwebels verschwand. »Sie kennen Feldmarschall Rommel?«

»Seit dreißig Jahren, Feldwebel. Also, die Dose Schuhcreme und einen ordentlichen Gruß, sonst schreibe ich noch heute an Rommel!«

»Jawohl, Herr Major!« Der Sergeant salutierte.

Major von Armin nahm die Dose mit der Schuhcreme und wandte sich dann an Jackie. »Entschuldigen Sie bitte diesen kleinen Wortwechsel, Private Forrest.«

»Ich habe kein Wort verstanden, Major.«

Von Armin durchbohrte ihn mit einem Blick und nickte dann. »Natürlich nicht.«

Dann drehte er sich auf dem Absatz um und marschierte aus der Kantine.

Jackie sah dem Major nach, wie er die Treppe hinabschritt; einer von Hunderten preußischen Großgrundbesitzern, deren Welt untergegangen war. Er hatte Gerüchte gehört, dass eine Handvoll aufrechter deutscher Offiziere, Adlige der stolzen preußischen Militärtradition, die die Nazipartei abgrundtief verachteten, ein Attentat gegen Hitler planten. Sie wollten diesen Wahnsinnigen loswerden. Jackie fragte sich, was von Armin wohl wusste und wie viel von seinem Wissen er preisgeben würde. Er drehte sich um und humpelte hinter ihm her.

»Entschuldigen Sie, Sir«, sagte er, als er den Major in dem einsamen Schatten zwischen den Baracken eingeholt hatte.

Von Armin drehte sich um. »Ja, Private. Sie wollen mit mir plaudern?«

»Nun, Sir ...«

Jackie suchte einen Weg, sich bei dem Major einzuschmeicheln. »Ich habe in Ihrer Personalakte gelesen, dass Sie im Krieg ihre ganze Familie verloren haben, und ich wollte Ihnen nur mein Mitgefühl dafür aussprechen.«

Von Armins grüne Augen zogen sich argwöhnisch zusammen. »In meiner Personalakte? Aha ... Danke, Private, für Ihr Beileid.«

Er drehte sich um und wollte weitergehen, trat dann jedoch wieder in den Schatten zurück. Einen Moment lang starrte er Jackie an.

»Ihre amerikanischen Sommer sind wirklich ziemlich heiß«, sagte er schließlich und zog eine Pfeife aus der Tasche seiner Uniformjacke.

»Allerdings, Sir.« Jackie wischte sich die Stirn. »Aber diese trockene Hitze hier ist erheblich angenehmer zu ertragen als die feuchte Schwüle unten in Mississippi in Camp Carson, wo Sie jetzt hocken würden, wenn Sie noch General wären.«

Der Major ließ Tabak in den Pfeifenkopf rieseln und drückte ihn fest.

»Ah ja, Camp Carson – wo Ihr Amerikaner die, wie sagen Sie noch, die großen Fische festhaltet.«

Jackie lachte. »Das stimmt, Major. Ihr Englisch ist ziemlich gut.«

»Aber da Sie ja kein Deutsch sprechen, können wir uns wohl nur in Englisch unterhalten, nicht wahr?«

Jackie konnte den Ausdruck auf dem Gesicht des Majors nicht deuten, aber er ähnelte verdächtig einem unterdrückten Grinsen.

»Das stimmt, Major. Ich war nie in Deutschland. Ich war nirgendwo, außer mit der Army, und das nur während meiner Grundausbildung in Georgia. Dann kam dieser Posten hier. Was ist mit Ihnen?«

»Ich bin ziemlich viel herumgekommen, sowohl mit der Wehrmacht als auch vor dem Krieg.« Von Armin strich ein Streichholz an und hielt die Flamme an den Tabak in seinem Pfeifenkopf. Er sog an dem Mundstück, bis es in dem Kopf orangefarben aufglühte. »Aber ich war noch nie im amerikanischen Süden, obwohl ich recht viel darüber gelesen habe. Die

Lagerbücherei hält eine ausgesprochen große Auswahl an amerikanischer Geschichte bereit.«

Jackie wusste nicht genau, in welche Richtung von Armin das Gespräch steuerte und worüber er eigentlich reden wollte. Aber es war sein Job, herauszufinden, was der Major wusste.

»Sie haben viel über den Süden gelesen?«

»Ja, Private … über die Konföderierten. Die Wehrmacht lehrt Taktiken, die auch von etlichen Befehlshabern der Konföderierten angewendet wurden.«

»Zum Teufel, Major, ich bin nach drei konföderierten Befehlshabern benannt worden.«

»Mir ist kein konföderierter Offizier mit dem Namen Forrest bekannt.«

»Forrest ist mein Nachname, und ich bin mit Nathan Bedford Forrest verwandt, einem Kavallerieoffizier der Konföderierten. Aber vermutlich haben Sie schon von Stonewall Jackson und Robert E. Lee gehört. Genauso heiße ich: Jackson Lee Forrest.«

»Tatsächlich.«

Von Armin schwieg, während er sich auf dem Gelände umsah und über sein Kinn strich. Dann sog er an seiner Pfeife und nickte neugierig.

»Ich habe natürlich Jacksons und Lees Taktiken studiert«, sagte er langsam und nachdrücklich. »Immerhin gelten beide als zwei der größten militärischen Strategen in der Geschichte Ihrer Nation. Und wir Deutschen respektieren ihre Gerissenheit und ihren Mut, wir vergleichen sogar unsere Sache mit ihrer.«

Ein Schlag zuckte durch Jackies Rückgrat, wie von einem Bajonett. Er hatte einen solchen Vergleich noch nie gehört, eine solch widerliche Analogie, und hätte er nicht undercover gedient, hätte er eine solche Beleidigung niemals unwidersprochen hingenommen. Er trat einen Schritt zurück und ermahnte sich, ruhig zu bleiben und seine Rolle weiterzuspielen.

»Was meinen Sie damit, Major?«

»Ihr Konföderierten habt gegen eine unglaubliche Übermacht gekämpft – die Bevölkerung der Nordstaaten war dreimal so groß wie eure, ihr hattet keine Marine, keine mächtige Industrie, sondern ihr musstet ums Überleben kämpfen, dafür, so leben zu können, wie ihr wolltet, gegen die, die euch einen anderen Lebensstil aufzwingen wollten. Dennoch hat der konföderierte Süden doppelt so viel Soldaten getötet, wie er selbst verloren hat, und hätte beinahe gegen eine Übermacht triumphiert, und das vier Jahre lang, obwohl man anfangs glaubte, der Krieg würde nur wenige Wochen dauern.«

Jackie wusste nicht genau, wie er reagieren, wie er sich diesem deutschen Offizier gegenüber verhalten sollte, dessen Abkehr von der Naziführung ihn eigentlich zu einem idealen Informanten machte.

»Major, Sie wissen vielleicht, dass General Jackson eigentlich ein Physiklehrer war und General Lee ein Offizier in der Federal Army, bis der Norden in Virginia einfiel und sie keine andere Wahl hatten, als ihre Heimat mit der Waffe zu verteidigen. Vergleichen Sie niemals die Invasion der Nazis in Polen, Frankreich, Belgien, Dänemark, Norwegen und Russland mit dem, was die Konföderierten taten! Sie haben einfach nur ihre Heimat verteidigt. Die ursprünglich dreizehn Kolonien haben sich von der englischen Unterdrückung gelöst, indem sie ihre Unabhängigkeit erklärten und sich von England lossagten; wir haben dasselbe getan, wie das nach unserer Konstitution das Recht jedes Staates ist. Die Nordstaaten haben sogar selbst versucht sich abzuspalten, und zwar während des Krieges von 1812.«

»Aber die Konföderierten kämpften für die Sklaverei.«

»Keineswegs, Major. Das wird zwar gern verbreitet, aber Lincoln hat den Sklaven erst zwei Jahre nach Ausbruch des Krieges die Freiheit gegeben ... und dann auch nur den Sklaven im Süden. Das war ein politischer Schachzug. Die in den an den Norden angrenzenden Staaten hat er nicht befreit, weil er genau wusste, dass diese Staaten dann ebenfalls abfallen würden.«

Major von Armin schien ein Lächeln zu unterdrücken. »Ausgezeichnet, Private Forrest«, sagte er schließlich. »Das war eine sehr wohldurchdachte Argumentation für einen einfachen Soldaten. Und dabei haben Sie sogar einen Moment Ihre Umgangssprache und Ihren Südstaatenakzent verloren.«

Jackie wich noch einen Schritt zurück, verwirrt von diesem Gespräch. Warum hatte der Major ihn in eine solche Unterhaltung hineingezogen?

»Übrigens, Private«, von Armin trat auf ihn zu. »Nicht, dass mich das auch nur im Geringsten interessieren würde … aber Sie tun vielleicht besser daran, sich von den fanatischeren Nazis hier im Lager nicht ebenfalls in eine solche Diskussion verwickeln zu lassen. Denn die könnten vielleicht den Eindruck gewinnen, dass in Ihnen mehr steckt als nur ein einfacher Wachsoldat in einem Kriegsgefangenenlager.«

Jackie starrte in von Armins kalte grüne Augen, bis der Major an seiner Pfeife sog, sich umdrehte und in die glühendheiße Nachmittagssonne hinaustrat.

7. Kapitel

Ernst spähte über den Traktor nach vorn, um sicherzugehen, dass er ihn gerade in der Furche hielt. Der Motor blubberte unter ihm, als liefe er mit Sprudel, und es fühlte sich gut an, auf dem fast neuen John Deere Modell A von 1942 zu sitzen. Ihr Traktor zu Hause war bereits fünfzehn Jahre alt gewesen, als er vor vier Jahren requiriert worden war; Ernst fragte sich, was seine Mutter stattdessen jetzt benutzte, wagte es jedoch nicht, sie in seinen Briefen danach zu fragen.

Sein Körper ruckelte im Rhythmus des Traktors. Ernst konnte den Zweieinhalbtonner von Mr. Walker am anderen Ende des Feldes kaum sehen. Dann fiel sein Blick auf eine Staubwolke auf dem Weg neben dem Feld, und er erkannte vage einen näherkommenden Pick-up, während er gerade dabei war, zu wenden und die nächste Spur zu fahren. Der Pick-up hielt an und verschwand einen Moment in der Staubwolke, aus der dann Celena und ein kleiner Junge auftauchten und auf das Feld gingen. Ernst steuerte den Traktor in ihre Richtung.

»Hallo!«, rief er, als die Maschine brummend anhielt.

»Guten Tag.« Celena winkte.

Ernst sprang vom Traktor und lief über ein paar gepflügte Furchen zu ihnen. Der Junge trug eine staubige Latzhose, Celena jedoch eine saubere Khakihose, die sich eng um ihre Hüften schmiegte, dazu eine weiße Bluse, die so fest anlag, dass er die Umrisse ihrer Brüste erkennen konnte, als der Wind den Stoff gegen ihre Haut drückte. Er lächelte unwillkürlich.

»Hi, ich bin Woody«, begrüßte ihn der Junge mit dem blonden Haar. »Sie sind ein Nazi, stimmt's?«

»Woody!«, schalt Celena ihn. »Er ist ein deutscher Soldat.«

»Hallo, Woody. Ich heiße Ernst.« Er verbeugte sich kurz. »Erinnerst du dich noch an mich, von Heiligabend? Wir haben Weihnachtslieder für euch gesungen.«

»Ach ja. Ich habe Ihnen die Toilette gezeigt.«

»Genau.«

»Entschuldigen Sie, Obergefreiter«, meinte Celena. »Wir dachten, Sie wären mein Vater.«

»Er ist drüben im Maisfeld.«

»Wie ich sehe, setzen Sie Kartoffeln«, meinte Celena. »Sie können gut mit dem Traktor umgehen.«

»Das kommt von der vielen Farmarbeit zu Hause, von denen ich Ihnen erzählt habe.«

Sie hob rasch einen Finger an die Lippen und deutete mit einem kaum merklichen Nicken auf Woody.

»In Deutschland?«, meinte der. »Sie haben auch Farmen da?«

»Ja, natürlich.« Ernst lachte.

»Wow! Ich dachte, Sie hätten nur Fabriken, um Gewehre, Panzer, Flugzeuge und Bomben zu machen.«

Ernst nahm die Brille ab und rieb sich den Schweiß aus den Augen. »Ja«, gab er nach einer kurzen Pause zu. »Davon gibt es im Moment sehr viele.«

»Wieso sprechen Sie kein Deutsch?«

»Woody!«, Celena legte ihm eine Hand auf die Schulter. »Der Obergefreite Halder spricht Deutsch, aber weil wir das nicht verstehen, redet er mit uns Englisch.«

Woody befreite sich aus ihrem Griff. »Haben Sie schon einmal jemanden erschossen?«

»Woody!«

Ernst grinste. »Ich war nicht bei der kämpfenden Truppe. Ich war bei … Man nennt es Fahrbereitschaft. Ich habe Panzer repariert.«

Celenas Lächeln verstärkte sich. »Sie meinen, Sie haben nicht gegen Amerikaner gekämpft?«

»Mein Regiment hat nur gegen Briten gekämpft, bis ganz zum Schluss vor Tunis«, gab Ernst zurück. »Aber nein, ich habe in dem ganzen Krieg keinen Schuss abgegeben.«

»Oh, dann sind Sie ja gar kein richtiger Soldat«, meinte Woody enttäuscht. Celena dagegen strahlte.

Ernst wurde klar, dass sie sich nicht sonderlich gut kannten, obwohl sie schon seit sechs Monaten miteinander flirteten. Ein paar kurze, verstohlene Augenblicke und dieser wundervolle Kuss hinter dem Pumpenhäuschen. Aber sie hatten nicht wirklich miteinander geredet und nur wenig von sich preisgegeben. Ernst fühlte sich zu ihr hingezogen, aber er fragte sich, wie Celena wohl wirklich war.

Als er sie zum ersten Mal gesehen hatte, konnte er nicht glauben, dass sie so locker war, wie der Mechaniker gesagt hatte, den er beim Tanken damit hatte prahlen hören; sie schien nicht der Typ dafür zu sein. Aber er musste zugeben, dass ihr Ruf eine gewisse Rolle bei seinem Versuch gespielt hatte, sie in den ersten Monaten kennenzulernen, obwohl er jetzt die gemeinsamen heimlichen Augenblicke mit ihr genoss, ob er ihr in einem Feld voller Kriegsgefangener begegnete oder ihr eine nette Bemerkung zuflüsterte, wenn sie sich am Rand des Feldes über den Weg liefen. Ernst hoffte immer darauf, sie zu sehen, freute sich auf jede Möglichkeit eines Treffens, obwohl er vermutete, dass sie niemals wirklich die Chance bekommen würden, allein zu sein.

Warum sich Celena wohl für ihn interessierte? Schließlich war er ein feindlicher Soldat auf fremdem Boden. Ernst wusste nicht, welche Strafe sie erwartete, aber Celena beging auf jeden Fall Verrat, wenn sie mit dem Feind vertraulichen Umgang pflegte.

Ein Hupen kam von der Straße. Ein altes Stutz-Coupé hielt hinter dem Pick-up. Celena und Woody wandten sich nach dem Neuankömmling um.

»Celena!«, rief der Mann, als er aus dem Wagen ausstieg.

Er war riesig, fast so groß wie Feldwebel Straub, aber anstelle von Muskeln hatte er Fett. Er stampfte zu ihnen zum Rand des Feldes.

»Hallo, Mr. McKinley.« Celenas Lächeln erlosch.

»Was macht ihr da?« Der Blick des Mannes glitt über Ernst und dessen blaue POW-Arbeitskluft.

»Hallo, Mr. McKinley«, begrüßte Woody ihn. »Walt kommt nach Hause.«

»Ja, das weiß ich, Woody. Aber wer ist das da?«

»Wir haben Dad gesucht«, meinte Celena. »Als wir Corporal Halder auf dem Traktor sahen, haben wir ihn für Dad gehalten.«

»Corporal Halder? Du redest mit diesem Nazi, als wäre er dein Nachbar!«

»Aber nein, Mr. McKinley. Er hat uns nur gezeigt, wo mein Vater ist.«

»Dieser Nazi spricht Englisch?«

»Ja«, mischte sich Woody ein. »Ziemlich gut sogar. Aber er ist kein Nazi. Er repariert nur Panzer.«

»Klingt so, als hättet ihr angeregt mit ihm geplaudert.«

»Das ist schon in Ordnung, Mr. McKinley«, meinte Celena. »Wirklich.«

»Nein, ist es nicht. Walt riskiert sein Leben im Kampf gegen diesen Naziabschaum, und ihr unterhaltet euch mit einem von denen wie bei einem Kaffeekränzchen. Du solltest dich schämen, Mädchen, vor allem, wo Walt nächste Woche nach Hause kommt, um dich zu heiraten.«

Ernst verzog einen Moment das Gesicht. Sein Blick zuckte zu Celena, aber die sah zur Seite. Hatte er den Mann richtig verstanden, oder hatte er etwas nicht mitbekommen? *Celena ist mit einem amerikanischen Soldaten verlobt, der in Europa gegen die Deutschen kämpft?* Davon hatte sie nie etwas gesagt, ja nicht einmal etwas angedeutet. Er hätte Celena gern gefragt, was das sollte, warum sie heimlich Zeit mit ihm verbrachte, wenn sie doch mit jemand anderem verlobt war. Aber sie sah ihn immer noch nicht an. Ernst wusste nicht genau, wieso, aber etwas in ihm drängte ihn, sie zu beschützen, für sie einzutreten, vor allem vor dem Vater ihres Verlobten. Er machte einen Schritt vor.

»Sir, Miss Walker hat nichts Unrechtes getan.«

»Halt's Maul, Nazischwein!«, blaffte der Mann ihn an. »Und ob sie etwas Unrechtes getan hat! Zivilisten dürfen nicht mit POWs freundlich tun!« Er sah Celena ärgerlich an. »Celena, steig mit Woody in den Pick-up und folge mir. Mal sehen, was dein Vater dazu zu sagen hat.«

Ernst trat noch einen Schritt vor. »Sir …«

»Noch ein Wort und ich hole mein Gewehr. Die Army wird gewiss keine Fragen stellen, wenn ich einen Nazi umlege, der einen Farmer angegriffen hat.«

»Mr. McKinley, bitte«, sagte Celena.

»Schon gut, Miss Walker«, flüsterte Ernst.

Endlich drehte sie sich zu ihm um, und Ernst sah in ihre Augen. Das zarte Mitleid, die Zärtlichkeit, gedämpft von Bedauern – es stimmte. Celena würde nächste Woche heiraten.

Ihr Flirt, der Kuss, die Erwartung, das Abenteuerliche … Vielleicht war sie nur gelangweilt oder einsam gewesen, genau wie er. Vielleicht war ihr Verlobter zu lange weg gewesen, und Celena brauchte eine Ablenkung, jemanden, der sie eine Weile erregte und ihr Interesse weckte. Aber jetzt kam ihr Verlobter zurück, um sie zu heiraten, und Ernst würde nach Deutschland zurückkehren. Er würde Major von Armin vermissen und Mr. Walker, aber jeder andere Grund, seine Flucht zu bedauern, war verschwunden. Jetzt konnte er es kaum noch erwarten, nach Hause zu kommen.

»Ich mache mit meiner Arbeit weiter«, meinte Ernst schließlich. »Und Sie … gehen Sie nur mit Ihrem … Schwiegervater.«

Celena schloss langsam die Augen und ließ den Kopf sinken.

»Du hast hier nichts zu befehlen, Nazi!« Mr. McKinley kochte immer noch vor Wut. »Und du solltest auch nicht ganz allein hier auf dem Feld sein. Steig auf den Traktor und folge uns. Wir können nicht zulassen, dass Nazis hier frei herumlaufen!«

Ernst seufzte. Er stieg auf den John Deere, legte den Gang ein und schüttelte den Kopf. Auch wenn Celena Walker ein Grund gewesen war, in Amerika zu bleiben, hatte sich das hiermit wohl erledigt.

Jackie stieß die Tür von Baracke sieben auf.

»Ihr Jungs seht aber gar nicht krank aus!«

Drei POWs bemühten sich, die Spielkarten von der Decke zu raffen, aber ihr Grinsen verriet, dass sie sich ertappt wussten.

»Doch, krank, keine Arbeit«, radebrechte einer der Männer.

»Ihr solltet Montagmorgen besser auf die Felder gehen, sonst wird das, was Major Shaw mit euch macht, ein Zuckerschlecken sein gegen das, was euch nach dem Zapfenstreich erwartet.«

Jackie wusste, dass die Disziplin, die von deutschen Gefangenen von ihren Vorgesetzten verlangt wurde, die in der Army bei weitem überstieg. Während von einem Lagerkommandeur vielleicht eine Woche Wasser und Brot oder eine ähnlich geringfügige Strafe verhängt wurde, erwartete POWs, die von ihren eigenen Leuten beim Simulieren erwischt wurden, ein weit schlimmeres Los. Besonders verbreitet waren Prügelstrafen, obwohl sie gewöhnlich im Geheimen verabreicht wurden. Aber der POW, der einem Nazifeldwebel ein zweites Mal den Gehorsam verweigerte, musste tollkühn sein. Die Nazis wollten eine reibungslosen Ablauf in ihren Lagern, damit sie den Amerikanern keinen Grund lieferten, die Naziführung durch deutsche

Nazigegner zu ersetzen, und verlangten deshalb von jedem POW strikte Disziplin. Da die meisten amerikanischen Arbeiter in der Kriegsindustrie dienten oder in Übersee kämpften, war das Land darauf angewiesen, Kriegsgefangene als Arbeitskräfte einzusetzen. Und die Nazis versicherten ihren amerikanischen Wächtern, dass die POWs dieser Aufgabe gewachsen waren. Jackie vermutete, dass die drei Gefangenen, die sich an diesem Tag vor der Arbeit drückten, nur unter dem Vorwand, krank zu sein, auf der Krankenstation erschienen waren und sich anschließend in einer Baracke versteckt hatten. Denn es war bekannt, dass deutsche Offiziere die Krankenstation aufsuchten und kontrollierten, ob jeder, der sich krank gemeldet hatte, auch wirklich nicht arbeiten konnte.

»Zuckerschlecken?«, radebrechte einer der Männer. »Ich verstehe nicht.«

»Das ist ein amerikanischer Ausdruck.« Jackie lachte.

»Sie müssen Deutsch lernen«, meinte ein anderer POW. »Nach dem Krieg wird Amerika deutsch sein.«

»Eine Menge Amerikaner haben sich für Sie eingesetzt, als Bollwerk gegen die Kommunisten«, erwiderte Jackie. »Aber Hitler hätte uns nicht den Krieg erklären sollen, nachdem die Japaner Pearl Harbor bombardiert haben. Das war ein großer Fehler.«

»Der Führer steht zu seinem Wort. Er hat ein Versprechen gegeben, einen Pakt mit Japan geschlossen, und als Amerika einen Krieg gegen Japan anfing, musste der Führer Amerika den Krieg erklären.«

»Wie gesagt, da seid ihr Jungs zu weit gegangen. Als ihr die Kommunisten in die Schranken gewiesen habt, wart ihr auf dem richtigen Weg; da waren viele Amerikaner eurer Meinung. Aber als die Japse uns bombardiert haben ... tja, jetzt sind wir angetreten, um diesen verdammten Krieg zu gewinnen.«

»Aber Amerika wird nicht gewinnen. Und dann müssen Sie Deutsch lernen.«

Die Gefangenen lachten schallend.

Jackie staunte immer noch über die unverhüllte Arroganz dieser Angehörigen des Afrikakorps und über ihren festen Glauben, dass sie den Krieg noch gewinnen könnten.

»Na gut, Jungs«, meinte er. »Ruht euch aus. Montag heißt es wieder arbeiten.«

Die Männer lachten erneut, aber es war mehr ängstliche Zurschaustellung von Tapferkeit als echter Humor. Jackie war davon überzeugt, dass alle drei Männer am Montagmorgen auf den Feldern sein würden, weil sie nicht riskieren konnten, den Zorn der Nazis auf sich zu ziehen.

Er humpelte die Stufen der Baracke hinunter, blieb unten stehen und massierte sein Bein. Sein Knie tat noch weh von dem Tritt, den er im Lagerdepot abbekommen hatte, aber seit seiner Entlassung aus dem Krankenhaus schmerzte sein ganzes Bein unaufhörlich, und er konnte den neuen Schmerz nicht mehr von dem alten unterscheiden. Die Ärzte meinten, dass er nie wieder richtig laufen können würde, aber keiner von ihnen hatte von dem ständigen Pochen gesprochen, das von kurzen, scharfen Schmerzattacken unterbrochen wurde und ihn jeden Tag plagte.

Er zog an der groben Kette unter seinem Hemdkragen und nahm das Kreuz in die Hand. Das Silber glänzte nicht mehr. Zwei Jahre in Schiffsbäuchen, Flugzeugrümpfen, unter Brückenköpfen und in steinigen Schützenlöchern hatten ihren Tribut gefordert. Jackie konnte sich kaum noch an den eifrigen Rekruten erinnern, der er es geschenkt bekommen hatte, an dem Tag, an dem er sein Jurastudium geschmissen und sich zum Militär gemeldet hatte. Nach allem, was Jackie in den letzten zwei Jahren gesehen und getan hatte, konnte er sich nicht einmal mehr vorstellen, sein letztes Semester abzuschließen und ein langweiliges Leben als Anwalt zu führen. Ein Gerichtssaal erschien ihm als ein viel zu zivilisierter Ort, um einen Streit zu schlichten, nachdem man einem Mann den Kopf mit einem Gewehr weggeballert oder jemanden mit einem Bajonett aus nächster Nähe den Bauch aufgeschlitzt hatte, so dass man den Atem des Mannes riechen konnte, als er sein Leben aushauchte.

Jackie schob das Kreuz wieder unter sein Hemd. Er seufzte und machte sich dann auf den Weg in Major Shaws Büro, um herauszufinden, warum die verdammte Autopsie so lange dauerte.

Obwohl sie ein paar Reihen Mais entfernt war, verstand Celena jedes Wort von der Unterhaltung zwischen Mr. McKinley und ihrem Vater. Das heißt, es war eigentlich keine Unterhaltung, sondern eher eine Tirade von Mr. McKinley, aber als ihr Vater antwortete, registrierte Celena sofort sein Missfallen über ihr Verhalten. Sie wollte sich verteidigen, wollte ihrem Vater sagen, dass sie nichts Falsches getan hatte, nur war sie selbst ja nicht einmal davon überzeugt. Sie hoffte, die Sache wäre damit erledigt, dass sie einen Rüffel von ihrem Vater bekam. Wenn Mr. McKinley ihr wirklich Schwierigkeiten machen wollte, würde er sie bei der Army melden oder einfach den Leuten in der Stadt sagen, dass sie ohne Anstandsdame mit einem deutschen POW geredet hatte. Dann würden sie wirklich alle für ein schamloses Flittchen halten.

»Die Sache hatte bestimmt nichts zu bedeuten«, sagte ihr Vater. »Woody und Celena haben den Traktor gesehen und dachten, ich würde ihn fahren. Sie war einfach nur höflich.«

»Mit einem Nazi zu plaudern hat nichts mit Höflichkeit zu tun, Ralph. Das ist Hochverrat. Du hast doch von den drei Mädchen gehört, die den POWs bei ihrer Flucht aus Camp Trinidad geholfen haben. Eine ist dafür sogar ins Gefängnis gegangen, aber man hätte sie auch hinrichten können.«

»Wirklich, Frank. Celena ist ein gutes Kind. Sie würde niemals einem Gefangenen helfen, also gibt es keinen Grund, es der Army oder irgendjemandem sonst zu sagen.«

Als er Mr. McKinley zu seinem Wagen begleitete, schien ihr

Vater ihn einigermaßen besänftigt zu haben. Celena vermutete, dass er Walts Vater einfach nur schmeichelte und er sie ausschimpfen würde, sobald Mr. McKinley weg war.

Sie wollte Walt ganz gewiss nicht wehtun, aber sie bezweifelte, dass es ihn noch kümmerte, ob sie mit einem deutschen POW geredet hatte, sobald sie den Mut aufbrachte, ihm zu sagen, dass sie ihn nicht heiraten konnte. Und das musste sie ihm sagen. Sie konnte nicht einfach so weitermachen und einen Mann heiraten, den sie nicht liebte, schon deshalb nicht, weil ihre Eltern diese Hochzeit arrangiert hatten. Sie war so naiv gewesen einzuwilligen, aber das war vor einem Jahr gewesen, als es so aussah, als würden alle heiraten, bevor die Männer in See stachen, und als ihre Eltern sie davon überzeugt hatten, dass es das Beste für sie wäre. Selbst damals hatte der Instinkt ihr geraten, es nicht zu tun, die Hochzeit zu verschieben, obwohl sie Walts Antrag angenommen hatte. Seit jedoch Ernst Halder sie geküsst hatte, war ihr klar, dass sie keinen Mann heiraten konnte, der nicht ebenfalls solche Gefühle in ihr auslöste.

Ob es Ernst war oder irgendein Collegestudent in Boulder – sie wollte mit jemandem zusammensein, der nicht all diese Gerüchte gehört hatte, der nicht glaubte, dass sie sich freiwillig einem Kesselflicker im Kartoffelkeller hingegeben hatte.

Walt kannte all diese Gerüchte, und er hatte sich von seinen Eltern überreden lassen, sie trotzdem zu heiraten. Warum er das tun wollte, davon hatte Celena keinen Schimmer, es sei denn, er suchte eine Frau, die schuften konnte, sein Haus führte und ihm auf der Farm half, eine verlässliche Mutter für seine Kinder. Er war ein anständiger Mann, der sich von den trunkenen Prahlereien eines Kesselflickers ebenso wenig irritieren ließ wie von dem Tratsch, den eine solche Prahlerei auslöste.

Celena drehte sich von der Straße weg und spähte durch die üppigen Maisstauden zu den Gefangenen, die zwischen den Pflanzen Unkraut jäteten. Ernst stand mitten unter den Männern; sie lachten und zeigten auf ihn. Celena vermutete, dass sie ihn aufzogen, weil er sich mit der Tochter des Farmers hatte erwischen lassen, aber Ernst achtete nicht auf die anderen Gefangenen. Er hatte den Kopf gesenkt und blickte auf den Boden vor seinen Füßen. Celena wünschte, er würde hochblicken und sie anschauen; sie wollte irgendwie dafür sorgen, dass das, was er gehört hatte, ihm nicht so wehtat.

»Celena!« Ihr Vater drängte sich durch die Stauden. »Was gibt's Neues bei Kontys?«

Sie erinnerte sich daran, dass er sie gebeten hatte, beim Getreidesilo nachzufragen, ob schon jemand den Weizen einfuhr, aber sie konnte nicht glauben, dass er jetzt darüber reden wollte.

»Mr. Konty meinte, dass noch keiner angefangen habe. Aber er erwartet, dass Albert Eckhout wieder den Anfang machen wird.«

Ihr Vater rieb sich die Hände. »Dieses Jahr möchte ich der Erste sein. Nur dieses eine Mal.«

»Wie … wie weit ist der Weizen denn?«

»Ich hoffe, in weniger als einer Woche ist er reif, falls wir keinen Regen bekommen.« Er sah sie lächelnd an.

»Du … du bist nicht böse auf mich?«, fragte sie. »Ich meine, wegen Mr. McKinley … und Corporal Halder?«

»Celena!« Er räusperte sich. »Ich möchte nicht, dass du dich den Gefangenen näherst, aber nicht, weil du damit etwas falsch machen würdest.«

Seine Augen zogen sich zusammen und verliehen seinem Gesicht denselben strengen Ausdruck, den es auch hatte, wenn er sich sonntags stundenlang mit dem Kreuzworträtsel der *Denver Post* abmühte, um sein englisches Vokabular zu vergrößern. »Wir dürfen niemandem, weder der Army noch Frank McKinley, noch irgendjemandem sonst einen Grund geben, dich oder diese Familie in Frage zu stellen.«

»Du meinst, weil du ein Deutscher bist?«

Die Muskeln in seinem Kiefer traten plötzlich hervor, aber seine Stimme blieb ruhig und gelassen.

»Celena, ich bin ein Amerikaner wie Frank McKinley oder jeder andere Einwohner dieses Ortes. Wie viele echte Amerikaner habe ich dem Land, das ich verlassen habe, den Rücken zugekehrt, und Amerika hat mich mit offenen Armen empfangen. Also gilt meine Loyalität Amerika, nicht dem Ort, den ich zurückgelassen habe, um hier ein besseres Leben zu führen.«

Celena kannte diese Worte gut, da ihr Vater seinen Gefühlen seit dem deutschen Einmarsch in Polen 1939 ständig Ausdruck verlieh. Sie hatte jedoch keine Ahnung, ob er seine Herkunft in der Stadt oder woanders ebenfalls hatte verteidigen müssen.

»Aber, Dad ...«

»Nein, Celena. Wir dürfen niemandem einen Grund liefern, dich oder diese Familie zu verdächtigen, weil die Army nicht zögern würde, eine amerikanische Familie deutscher Herkunft unter die Lupe zu nehmen, wenn die Tochter zu freundlich zu einem deutschen Gefangenen ist. Selbst wenn es sich nur um einen armen Bauernjungen handelt, der weit weg von zu Hause ist.« Er nahm seinen Stetson ab und legte den Kopf schief. »Es verstößt gegen das Gesetz, sich mit dem Feind anzufreunden, und die Army könnte uns eine Menge Scherereien machen, wenn du dabei erwischt wirst.«

Sie konnte ihren Blick nicht von seinen Augen losreißen. Er kümmerte sich immer um sie, sagte ihr immer genau, was sie tun musste, und sie hatte seine Worte bisher stets befolgt. Sie wusste, dass er sie und die Familie beschützen wollte. Aber trotzdem – sie musste Ernst einfach sehen, so oft es ging.

Die Gefangenen lachten brüllend, als der schlaksige Schütze Wedekind in einem rotkarierten Kleid und blonder Perücke auf die Bühne trat.

»O ja, ich bin ein amerikanisches Bauernmädchen!«, rief er

fistelnd. »Alle amerikanischen Männer kämpfen im Krieg, und es ist keiner mehr übrig, der mir den Hof macht!«

Die Gefangenen johlten und schrien vor Lachen, als Schütze Wedekind mit dem Saum des Kleides wedelte und seine knochigen Beine entblößte.

»Und die amerikanischen Männer sind ja solche Feiglinge«, höhnte er. »Warum kann ich keinen starken, tapferen Mann bekommen wie die deutschen Fräuleins?«

In dem Moment marschierte der dicke, untersetzte Schütze Klein in Khaki-Shorts und in dem Uniformhemd eines Obergefreiten des Afrikakorps auf die Bühne. »Ich bin ein starker deutscher Mann. Mein Name ist Ernst, und ich bin auch ein Bauer.«

»Halder und das Walker-Mädchen!«, brüllten die Zuschauer im Chor.

»Oh, Ernst!« Schütze Wedekind spitzte die Lippen. »Küss mich, bevor mein Papi zurückkommt.«

Schütze Klein spitzte die Lippen und marschierte im Stechschritt über die Bühne. »Miss Walker, ich liebe Sie ja so sehr!«

Das Publikum kreischte vor Vergnügen.

Normalerweise genoss Ernst die Vergnügungen am Samstag im Lager, heute jedoch hatte er nichts für den Klamauk auf der Bühne übrig. Ob die Männer nun wussten, dass Celena und er sich geküsst hatten, oder sogar glaubten, dass sie noch weit intimer geworden waren – seine Mitgefangenen hatten jedenfalls keine Ahnung, dass sie mit einem amerikanischen Soldaten verlobt war, der zurückgekommen war und sie in der nächsten Woche heiraten wollte. Ernst sagte sich, dass er aufhören solle, an sie zu denken, dass er sich nur auf seine Flucht konzentrieren, einen Plan ersinnen müsse, der ihn und Leutnant Kunze sicher von Julesburg wegbringen würde. Aber er konnte nur an die Qual auf Celenas Gesicht denken, an das Schuldgefühl in ihrem Blick, weil sie ihre Verlobung vor ihm verheimlicht hatte.

Als Ernst wieder aufblickte, endete der Sketch gerade mit

dem Auftauchen des Hauptgefreiten Rossmeisl in der Rolle von Mr. Walker. Er verscheuchte Schütze Klein mit einer Harke, brüllte, er wäre nach Amerika gezogen, um seine Tochter von den fruchtbaren deutschen Männern fernzuhalten, und dass sie einen schwächlichen Amerikaner heiraten sollte.

Dann begann der nächste Sketch, in dem ein als Churchill verkleideter Gefangener auf die Bühne watschelte.

Ernst stand auf und stieg über die Bankreihen mit den POWs, die ihn dabei die ganze Zeit verspotteten. Er wusste, dass sie ihn nur auf den Arm nehmen wollten, aber es war nicht gerade hilfreich, dass er Celena einfach nicht aus dem Kopf bekam.

Eilig verließ er den Aufenthaltsraum und trat in den Hof. Am nächtlichen Himmel funkelten die Sterne, der Wind war kalt und trocken. Er setzte die Brille ab und kühlte sein Gesicht im Wind.

»Diese Nazis haben keine Ahnung, wie viel dir an ihr liegt«, sagte jemand.

Ernst fuhr herum. Reinhardt Kesslers blasses Gesicht wirkte im Mondlicht kreidebleich.

»Es sind Frauen wie Celena Walker, die uns die Hoffnung auf ein glückliches, friedliches Leben mit einem geliebten Menschen geben …«

»Du weißt nicht, an wem mir etwas liegt!«, fuhr Ernst ihn an. »Oder wie viel.«

Wütend rammte er sich die Brille auf seine Nase und ging über den Hof zum Zaun.

»Du glaubst nicht, dass du etwas ausrichten kannst!«, rief Kessler, der Ernst folgte. »Aber das kannst du.«

Ernst erreichte den Zaun. Weiter kam er nicht, konnte Kessler nicht entkommen. Er drehte sich um.

»Wie sollte hier jemand etwas in Deutschland bewirken können, Reinhardt? Das hätte man versuchen sollen, lange bevor es so weit gekommen ist.«

»Wir haben es versucht, Ernst. Aber keiner ahnte, wie verrückt Hitler ist.«

Ernst schüttelte den Kopf.

Kessler streckte die Hände aus. »Komm wenigstens zu einem Treffen.«

»Warum? Damit die Lagergestapo mir zu meiner Baracke folgt und mich anschließend umbringt?«

»Damit wir den Amerikanern zeigen können, dass wir nicht alle brutale Mörder sind, dass sich Deutschland selbst regieren kann, wenn dieser verdammte Krieg endlich vorbei ist.«

»Achtung!«, schrie Feldwebel Straub, der über den Hof auf sie zukam.

Ernst und Kessler standen stramm, während Straub direkt auf sie zusteuerte.

»Zurück in Ihre Baracke, Matrose Kessler!«, befahl er. »Wenn Sie die Vorstellung nicht ansehen wollen, hocken Sie sich gefälligst im Dunkeln auf ihre Pritsche!«

Kessler salutierte und drehte sich auf dem Absatz herum. Sein Blick blieb einen Moment auf Ernst haften, bevor er ihm aufmunternd zuzwinkerte. Dann ging er über den Hof davon.

Feldwebel Straub legte seinen feisten, kahlen Schädel auf die Seite. Das Licht der Suchscheinwerfer schimmerte auf seinem Kopf. »Was ist los, Halder? Gefällt Ihnen die Vorstellung nicht?«

»Sie ist sehr gut, Herr Feldwebel.«

Straub umkreiste sein Gegenüber. »Und doch ziehen Sie die Gesellschaft eines Verräters wie Kessler vor.«

Ernst antwortete nicht, sondern blieb in Habachtstellung stehen. Er fragte sich, was Feldwebel Straub vorhatte, während sie hier allein im Hof standen.

»Ja, Halder? Sie ziehen einen Sozialdemokraten wahren Patrioten vor; Ihnen sind Verräter lieber als diejenigen, die Deutschland wieder stark und stolz machen werden?«

Ernst versuchte sich auf ein Licht in der Ferne zu konzentrieren, weit am Horizont. Er stellte sich vor, es wäre das Licht auf der Veranda der Walkers.

Der Feldwebel starrte Ernst böse in die Augen. »Also gut, Halder. Zurück zur Vorstellung … Außerdem haben Sie eine Verabredung.«

Ernst sah den Feldwebel fragend an. »Herr Feldwebel?«

»Ja, Halder. Baracke neun, morgen früh um elf. Man hat Ihr Erscheinen vor der Lagergestapo befohlen.«

8. Kapitel

»Hallo, Mrs. Waites.« Jackie stand in der Tür der Telefonvermittlung von Julesburg, einer winzigen Hütte, die sich an die Rexall-Drogerie schmiegte. »Ich muss Sie noch einmal behelligen.«

Er hielt ihr seinen Dienstausweis hin, wobei er sorgfältig den Daumen über die Abteilung – Geheimdienst – und seinen wahren Rang legte. Captain.

»Guten Morgen, Private Forrest.« Mrs. Waites lächelte und schob den Kopfhörer von ihrem hochtoupierten Haar. »Vielleicht können Sie ja alle hereinkommenden Anrufe verbinden, solange ich weg bin. Ich bezweifle allerdings, dass so früh am Sonntagmorgen überhaupt jemand telefoniert.«

»Danke, Mrs. Waites. Sie leisten wirklich mehr als nur Ihren Anteil zu unseren Kriegsbemühungen.«

»Honey, Sie geben mir einfach nur Gelegenheit, Pause zu machen und in Ruhe einen Kaffee zu trinken. Und das ganz offiziell. Also müsste ich mich eigentlich bei Ihnen bedanken.« Sie drückte kurz seinen Arm und schloss dann die Tür hinter sich.

Jackie war klar, wie merkwürdig es wirken musste, wenn ein einfacher Soldat die örtliche Telefonistin bat, ihr winziges Büro zu verlassen, wenn er telefonierte. Aber er konnte nicht riskieren, dass Mrs. Waites jemandem erzählte, er würde für den militärischen Geheimdienst arbeiten; deshalb hatte er ihr das Versprechen abgerungen, niemandem von seinen regelmäßigen Besuchen bei ihr zu berichten. Er machte sich diese Mühe überhaupt nur, damit die POWs seine Gespräche mit dem Hauptquartier des militärischen Geheimdienstes nicht mithören konnten. Denn es war einigen Gefangenen gelungen, das Telefonnetz des Lagers anzuzapfen. Außerdem nutzten sie jede Gelegenheit, alle Briefe zu öffnen oder Kommuniqués zu lesen, die ihnen in die Finger kamen.

Jackie ließ sich auf den hölzernen Drehstuhl fallen, setzte sich das Headset mit Kopfhörer und Mikrofon auf und stöpselte den Hauptstecker in die Amtsleitung. Als der regionale Operator antwortete, verlangte Jackie eine Verbindung mit Washington D.C. Von seinem übertriebenen Dialekt war plötzlich nichts mehr zu hören. Geduldig wartete er auf die Verbindung. Hoffentlich war der Colonel bereits vom Gottesdienst nach Hause zurückgekehrt.

»Hallo, Colonel Stevens am Apparat.«

»Guten Morgen, Colonel. Jackie Forrest.«

»Noch ein bisschen früh für einen Sonntag da draußen im Mittleren Westen, stimmt's?«

»Na ja, wir einfachen Soldaten müssen vor Sonnenaufgang aus den Federn, für den ersten Anwesenheitsappell.«

Der Colonel lachte. »Ich hoffe, Sie rufen nicht von der Telefonzentrale des Lagers an. Wir können nicht vorsichtig genug sein, vergessen Sie das nicht.«

»Nein, Sir. Ich bin wieder in der Stadt, bei der örtlichen Telefonvermittlung.«

»Gut. Gibt es etwas Neues zu berichten?«

»Ich habe jemanden bei einem Einbruch ins Lagerdepot erwischt. Leider konnte ich ihn nicht erkennen.«

»Was ist passiert?«

»Es war dunkel, und er hat mir einen heftigen Schlag verpasst.«

»Geht es Ihnen gut?«

»Ja. Ich habe ihn mit meinem Knüppel erwischt, aber bis jetzt hat sich keiner in der Krankenstation gemeldet.«

»Glauben Sie, dass dieser Einbruch mit einem geplanten Fluchtversuch zusammenhängt? Um Proviant und Nachschub für unterwegs zu besorgen?«

»Vielleicht. Möglicherweise wollte sich aber auch nur irgendein Gefangener Extrarationen verschaffen oder etwas zum Eintauschen organisieren. Mit dem Mord an Corporal Voss dürfte das kaum etwas zu tun haben.«

»Gibt es in dem Punkt etwas Neues?«

»Voss war nicht gerade ein erklärter Nazigegner. Falls also die Lagergestapo dahintersteckt, muss sie ein anderes Motiv gehabt haben.«

»Zivilisten kommen für den Mord nicht in Frage?«

»Ich bin sicher, dass es nur ein einzelner Mörder war. Ich kann mir nicht vorstellen, dass einer der Einheimischen diese Tat begangen hat.«

»Warum nicht? Vielleicht hat der verbitterte Vater eines gefallenen G.I.s Voss die Kehle aufgeschlitzt und ihm dieses Hakenkreuz auf die Brust geritzt, um sich für den Tod seines Sohnes zu rächen.«

»Die Leute hier sind alle Farmer. Ich bezweifle, dass ein Einheimischer das Risiko eingehen würde, mitten in einem strohtrockenen Feld drei Streichhölzer anzuzünden, schon gar nicht bei dem Wind, der über die Prärie weht. Wenn hier ein Feuer ausbräche, würden Quadratmeilen von Getreide verbrennen.«

»Hm ... Was hat es mit diesen drei Streichhölzern eigentlich auf sich?«

»Das habe ich noch nicht herausgefunden, Sir.«

»Liegen denn schon Ergebnisse wegen des Blutes vor, das Sie gefunden haben, oder gibt es einen Autopsiebericht?«

»Noch nicht, Sir«, antwortete Jackie. »Der Arzt hier ist recht altmodisch und hat keinerlei pathologische Ausbildung. Deshalb muss jemand von Sterling herkommen und die Autopsie durchführen. Major Shaw meinte jedoch, der Arzt sei im Moment wegen einer Masernepidemie unabkömmlich.«

»Sie sollten Major Shaw die Angelegenheit überlassen. Niemand darf merken, dass Sie eine Untersuchung durchführen. Das könnte Sie Ihre Tarnung kosten.«

»Jawohl, Sir.«

»Hat Shaw schon eine Ahnung, wer Voss umgebracht haben könnte?«

»Ich würde nicht allzu viel auf seine Meinung geben, Sir. Er ist zu sehr damit beschäftigt, sich und den Nazis auf die Schultern zu klopfen, weil sie das Lager so effizient führen. Da kommt er nicht dazu, sich um etwas anderes zu kümmern.«

»In gewisser Weise hat er recht. Je unproblematischer die Lager geführt werden können, desto weniger Soldaten müssen wir als Bewachung abkommandieren, und umso mehr können wir gegen Hitler und die Japse ins Feld schicken. Sie wissen ja selbst, dass die Army den Nazis gern die Kontrolle über die Lager überlässt, vorausgesetzt, es gibt keine Schwierigkeiten. Auch wenn das niemand zu Protokoll geben würde.«

»Ich weiß, wie wichtig das ist, Sir. Aber ich dachte, die Umerziehung aller Deutschen hätte Priorität. Niemand will, dass die Nazis erneut an die Macht kommen, wenn dieser Krieg erst einmal vorbei ist. Jedenfalls sagt das Roosevelt andauernd. Wir sollen die einfachen deutschen Soldaten vor den fanatischen Nazis beschützen.«

»Sicher, Forrest, aber im Moment ist es wichtiger, in den Lagern Ruhe zu wahren, jedenfalls bis zu der Offiziersverlegung am Siebzehnten.«

»Jawohl, Sir.«

»Ich muss Ihnen sicher nicht sagen, was passieren würde, wenn die Nazis herausfänden, dass wir alle befehlshabenden Offiziere von ihren Leuten trennen wollen. Sabotage, Massenflucht und Arbeitsverweigerung wären die Folge.«

Jackie sank auf dem Stuhl zusammen, massierte sich die Stirn und versuchte seine Verwirrung abzuschütteln. Er hasste es, einfach nur POWs zu bewachen und vage Vermutungen anstellen zu müssen, wer wohl einen Fluchtversuch wagen würde. Er wollte eine Mission, ein klares Ziel, nicht irgendeine obskure Anweisung, nach etwas zu suchen, von dem er nicht einmal wusste, ob es überhaupt existierte.

»Sir, ich möchte noch einmal auf diese Verlegung zurückkommen. Wir brauchen im Lager dringend Dolmetscher.«

Der Colonel seufzte. »Hören Sie, Jackie. Mir ist klar, dass dies Ihr erster Auftrag für den Geheimdienst ist und Sie lieber mit den Rangers im Feld kämpfen würden. Aber Sie müssen verstehen, wie wichtig Ihr Auftrag ist. Sie könnten einen Plan für eine Massenflucht aufdecken oder einen geplanten Sabotageakt gegen eine wichtige Einrichtung der Kriegsindustrie.«

»Natürlich, Sir, aber … ich weiß wirklich nicht, was ich hier tun soll.«

»Jackie, Sie haben großartige Instinkte, die Sie nutzen müssen. Außerdem verstehen Sie es, das Vertrauen von Menschen zu gewinnen; setzen Sie das ebenfalls ein. Versuchen Sie vor allem, ein paar Spitzel zu rekrutieren.«

»Jawohl, Sir.«

»Haben Sie schon jemanden gefunden, der als Informant in Frage käme oder den Sie als Spitzel aufbauen könnten?«

Unwillkürlich dachte Jackie an Major von Armin.

»Nein, Sir.«

»Dann sollten Sie sich an die Arbeit machen. Es dauert eine Weile, einen Informanten aufzubauen. Überzeugen Sie jemanden, dass es besser ist, wenn er Ihnen hilft … Wie geht es übrigens Ihrem Bein?«

»Gut, Sir. Zurzeit macht es keine Probleme.«

Der Colonel schwieg einen Moment. Jackie wusste nicht genau, ob das Gespräch damit zu Ende war.

»Ihre Leute schlagen sich sehr gut in Frankreich, Jackie.« Er konnte das aufmunternde Lächeln des Colonel in seiner Stimme hören, selbst durchs Telefon. »Sie sind vor der Landung am D-Day mit dem Fallschirm abgesprungen und haben den Deutschen hinter den Linien schwer zugesetzt. Leutnant Roberts, dessen Leben Sie in El Guettar gerettet haben, hat einen Panzer gesprengt und zwei MG-Nester ausgehoben. Wahrscheinlich bekommt er dafür den Silver Star.«

Jackie erwiderte nichts, während er sich an das blutverschmierte Gesicht seines Freundes erinnerte, als er ihn zurück zu den Linien der Alliierten geschleppt hatte. Diese Erinnerungen setzten ihm Tag und Nacht zu, vor allem dann, wenn Jackie sie am dringendsten vergessen wollte. Dann stieg selbst das letzte Detail der Geschehnisse nach dem deutschen Gegenangriff in ihm hoch, der von der Zehnten Panzerdivision geführt worden war, Rommels Division. Mitten in der Nacht flogen den Rangers plötzlich Granaten um die Ohren, und dann hörten sie das Dröhnen der Tiger-Panzer, die durch die Pässe der Berge in Zentraltunesien rumpelten. Eine Panzergranate detonierte mitten unter den Männern, die Jackie gerade über einen Kamm zu einer besseren Verteidigungsstellung führte. Billy Tepper, ein Farmer aus Missouri, und Ted Gordon, ein Apotheker aus New Jersey, waren dabei ums Leben gekommen. Robbie und Jackie waren von dem Kamm in den Pass zurückgeschleudert worden. Damals machte keine Seite viele Gefangene, vor allem nicht so schwer verletzte wie ihn und Robbie. Das war Jackie klar gewesen. Also hatte er Robbie eine Morphinampulle in den Arm gerammt, die blutüberströmte Brust seines Freundes mit seinem Hemd verbunden und ihn auf den Rücken genommen. Nachdem sie schließlich am nächsten Morgen die Linien der Alliierten erreicht hatten, war Jackie mit Robbie auf den Schultern zusammengebrochen. Als er aufwachte, lag er in einem Krankenhaus in Algier und hörte von zwei Ärzten, dass er angesichts seiner zerfetzten Muskeln in Schenkel und Knie von Glück reden konnte, wenn er jemals wieder laufen würde.

»Großartig, Colonel«, erwiderte er schließlich. »Robbie ist ein guter Mann, ein guter Soldat.«

»Sie auch, Jackie. Wenn auch nicht mehr als Ranger, aber verdammt, Sie verfügen über die Gerissenheit eines Anwalts. Jetzt können Sie Ihr Hirnschmalz und Ihr Deutsch einsetzen, damit wir den Krieg hier an der Heimatfront gewinnen.«

»Jawohl, Sir.«

Der Colonel räusperte sich. »Hören Sie, Jackie. Könnte was an der Theorie dran sein, dass Voss vielleicht unterwegs zu dem Haus dieses deutschen Farmers war, um sich Hilfe bei seiner Flucht zu holen?«

»Bei Ralph Walker? Das glaube ich nicht. Ich weiß, dass er für diese Hunnen im Großen Krieg gekämpft hat, aber er lebt seit mehr als zwanzig Jahren hier. Und Sie wissen ja, dass die deutschen Einwanderer die Nazis mehr hassen als alle anderen.«

»Sie sollten der Sache trotzdem nachgehen. Wie verhält sich Walker den Gefangenen gegenüber?«

»Ganz normal, Sir. Einer allerdings fährt viel mit ihm im Wagen, während die anderen POWs auf der Pritsche sitzen.«

»Wer ist das?«

»Ernst Halder, ein Corporal. Laut seinem Soldbuch ist er niemals in die NSDAP eingetreten und hat sich im Mai 1940 freiwillig zur Wehrmacht gemeldet. Er spricht fließend Englisch.«

»Ein Corporal, der fließend Englisch spricht und sich freiwillig zur Wehrmacht gemeldet hat? Sie sollten ihn unter die Lupe nehmen, seine Post lesen und alles über ihn herausfinden, was Sie können.«

»Jawohl, Sir.«

»Ist Ihre Tarnung noch intakt?«

Jackie zögerte, während er überlegte, ob er dem Colonel von

Major von Armin berichten sollte und wie er sich von ihm hatte überrumpeln lassen.

»Bis auf Major Shaw weiß niemand auch nur das Geringste, Sir.«

»Gut. Sehen Sie zu, was Sie über diesen Ralph Walker herausfinden können.«

»Die Strafe für Verrat am Führer ist der Tod«, verkündete Major Tomola. »Der nächste Fall.«

Er hämmerte zweimal auf den Holztisch, an dem er mit vier anderen Offizieren saß. Zwei Kerzen am Rand des Tisches bildeten die einzige Lichtquelle im Raum. Der Major trug die Uniform eines Panzerkommandeurs der Panzergruppe Afrika. Über seiner linken Augenhöhle saß ein grauer Lederflicken. Die Wunde war das Andenken an den Querschläger eines australischen Heckenschützen während der ersten Belagerung von Tobruk.

Ernst saß in der Ecke von Baracke neun, erstaunt und entsetzt über das, was er hier sah. Das Gericht der Lagergestapo hielt seine wöchentliche Sitzung ab, entschied über angebliche Treulosigkeit, Verdacht auf antinationalsozialistische Regungen und Beschuldigungen wegen Hochverrats. Ernst drehte unruhig seine Mütze zwischen den Fingern. Warum hatte man ihm wohl befohlen, an diesem geheimen Treffen teilzunehmen? Hoffentlich hatte es nichts mit Reinhardt Kessler zu tun oder den Sozialdemokraten und irgendwelchen hoffnungslos zum Scheitern verurteilten Plänen, die Nazihierarchie des Lagers zu stürzen.

»Feldwebel Straub«, sagte Major Tomola. »Sie wollen einen Fall vorbringen?«

»Jawohl, Herr Major!«, brüllte der Feldwebel.

In der stickigen, dunklen Baracke, deren Fenster geschlossen und mit Decken verhängt waren, konnte Ernst die hünenhafte Gestalt Straubs kaum erkennen. Er betete, dass der brutale

Feldwebel nicht seinen Namen nannte, dass die Lagergestapo nicht wusste, was er wirklich empfand, und dass er nicht vor dieses Femegericht zitiert worden war, um seinem Schicksal durch die Hand des Heiligen Geistes gegenüberzutreten.

»Schütze Manfred Hauptmann«, erklärte Feldwebel Straub. »Ein Österreicher. Ich habe gehört, wie er sagte, dass der Krieg für Deutschland vorbei wäre, dass die Nationalsozialisten die Verantwortung für das Scheitern trügen und dass der Führer selbst uns in die Niederlage und den Untergang geführt hätte.«

Ernst erinnerte sich sofort an den Neuankömmling; der rothaarige Jüngling hatte tatsächlich von dem Untergang der deutschen Kriegsmaschinerie gesprochen.

»Sie haben diese verräterischen Lügen selbst gehört, Feldwebel?«, fragte Major Tomola nach.

»Jawohl, Herr Major, in der Mannschaftsmesse.«

»Und Sie beteuern, dass Schütze Hauptmann diese Behauptungen erhoben und damit seine Neigung bewiesen hat, das Vaterland zu verraten, falls er eine Chance dazu bekäme?«

»Jawohl, Herr Major.«

»Also gut. Ich empfehle diesem Gericht, Schütze Manfred Hauptmann schuldig zu sprechen, sich in hochverräterischer Weise über das Vaterland, den Führer und die NSDAP geäußert zu haben. Ich beantrage die Todesstrafe. Ihr Urteil, bitte.«

Die anderen Offiziere klopften dreimal auf den Tisch. Es klang wie eine rostige Glocke in einer verlassenen Kirche.

»Schuldig«, verkündete Major Tomola. »Die Todesstrafe wird vom Hauptfeldwebel der Lagergestapo innerhalb einer Woche vollstreckt. Und wie immer, Feldwebel, innerhalb des Lagers. Wir dürfen den Amerikanern keinen Grund zu der Annahme geben, wir könnten hier nicht Ordnung und Disziplin aufrechterhalten.«

»Jawohl, Herr Major.«

»Mit Verlaub, Major.«

Die Stimme kam von der anderen Seite des Raumes. Ernst konnte den Sprecher zwar in der dunklen Ecke nicht sehen, aber er kannte den furchteinflößenden Tonfall, mit dem er ihm den Tod angedroht hatte für den Fall, dass er ihn enttäuschte.

»Vortreten.« Major Tomola rückte seine Augenklappe zurecht.

Jetzt sah Ernst, wie jemand im Schatten aufstand, und einen Moment später hämmerten Stiefelabsätze über die Holzdielen.

Leutnant Kunze tauchte aus der Dunkelheit auf.

»Wenn ich einen Vorschlag machen dürfte«, sagte Kunze. »Vielleicht würde der Selbstmord von Schütze Hauptmann weniger Verdacht bei den Amerikanern erregen als eine vollzogene Todesstrafe, angesichts des jüngsten Todesfalles, ich meine den Tod des Obergefreiten Voss.«

Major Tomola starrte Leutnant Kunze einen Moment an, bevor sich sein Gesicht zu einem schwachen Grinsen verzerrte. Eine Sekunde später hatte er die Zustimmung der anderen Offiziere eingeholt – alle vier nickten.

»Ausgezeichnet, Leutnant«, meinte der Major. »Dieses Vorgehen ist weit klüger. Feldwebel Straub, der Heilige Geist wird diesem Schützen Hauptmann einen nächtlichen Besuch abstatten. Nach der Begegnung mit diesem Gespenst wird sich Hauptmann im Waschhaus erhängen, und zwar ohne Anzeichen eines Kampfes oder irgendwelche Spuren von Gewaltanwendung. Verstanden?«

»Jawohl, Herr Major«, antwortete Straub und lächelte voller Vorfreude.

»Wegtreten.«

Straub knallte die Stiefel zusammen, drehte sich auf dem Absatz um und marschierte hinaus.

Ernst konnte kaum fassen, dass er soeben Zeuge geworden war, wie eine Handvoll Männer den Mord an einem unschuldigen Jungen beschlossen hatte, der nur seine Meinung geäußert hatte. Ernst hatte vor seiner Ankunft in Camp Dillon noch nicht viel von der Brutalität der Nazis mitbekommen. Feldmarschall Rommel hatte versucht, sein Afrikakorps vor der Nazipolitik zu schützen, und immer wieder sein mahnendes Credo von einem Krieg ohne Hass wiederholt. Da Ernst in Nordafrika gedient hatte, hatte er auch nur wenig Kontakt mit der Gestapo gehabt, der gefürchteten SS oder dem Räderwerk der berüchtigten Nazijustiz. Aber was er hier in Baracke neun miterlebte, erinnerte ihn an das Leben in Deutschland vor seiner Einberufung, an die Unmenschlichkeit, mit der die Nazis selbst ihre eigenen Landsleute traktierten. Er wollte nur noch weglaufen, über die Zäune springen und in die Prärie flüchten, an einen friedlichen Ort, an dem es keine Nazis gab. Stattdessen saß er hier fest, eingesperrt in ein Lager mit Leuten wie Feldwebel Straub, Major Tomola und Leutnant Kunze.

»Obergefreiter Halder!«, verkündete Major Tomola. »Vortreten!«

Ernst fuhr sich einmal mit der Hand über das Gesicht, stand dann jedoch rasch auf und schritt zum Tisch. Er gab sich Mühe, zuversichtlich auszuschreiten, ruhig zu bleiben und ohne Zögern dem Befehl zu gehorchen. Nach Leutnant Kunzes Drohung, er würde ihn umbringen, falls die Flucht fehlschlug, wollte Ernst mit dem Mann so wenig wie möglich zu tun haben. Aber aus irgendeinem Grund lächelte der Leutnant, als Ernst vortrat. Kunze wirkte jetzt nicht mehr wie ein Graf oder ein Herzog; irgendetwas an ihm stimmte nicht. Er massierte sich zweimal den rechten Arm und zuckte jedes Mal zusammen, als hätte er Schmerzen.

»Obergefreiter Halder!«, sagte Major Tomola. »Uns wurde zugetragen, dass Sie mit dem Obergefreiten Kari Voss befreundet waren. Stimmt das?«

»Jawohl, Herr Major.«

»Die Lagergestapo hat den Mord an Voss untersucht, da sein

Tod nicht von uns veranlasst wurde. Verfügen Sie über Informationen, was diesen Vorfall betrifft?«

Ernst blickte starr geradeaus und stand stramm, während sich seine Gedanken förmlich überschlugen. Was hatte er da gehört? Die Lagergestapo hatte Karl nicht ermorden lassen? Aber wenn die Amerikaner ihn auch nicht umgebracht hatten, was war dann passiert? Wer hatte ihn getötet, und warum?

»Nein, Herr Major.«

»Voss war ein loyaler Nationalsozialist und ein guter Soldat?«

»Jawohl, Herr Major.«

»Hat er irgendetwas über eine geplante Flucht verlauten lassen?«

»Nein, Herr Major.«

Major Tomola nickte Leutnant Kunze zu, der Ernst daraufhin langsam umkreiste, die Hände hinter dem Rücken gefaltet.

»Der Obergefreite Voss hat nicht davon gesprochen, dass er Soldaten erkannt hat, die erst kürzlich hierher verlegt worden sind?«

»Nein, Herr Leutnant.«

»Na, kommen Sie! Hat er überhaupt nichts gesagt?«

»Nein, Herr Leutnant. Er hat nichts gesagt.«

Leutnant Kunze blieb unmittelbar vor ihm stehen.

»Und, Obergefreiter Halder«, fuhr er dann kalt und gefährlich sanft fort, »meinen Namen hat der Obergefreite Voss Ihnen gegenüber ebenfalls nie erwähnt?«

»Nein, Herr Leutnant. Nie.«

»Gut«, meinte Leutnant Kunze. »Major Tomola, ich glaube, wir können den Obergefreiten wegtreten lassen.«

Ernst streckte die Hand zum Hitlergruß aus, aber Leutnant Kunze hob seinen Arm nicht. Schließlich erwiderte Major Tomola Ernsts Gruß, der die Hacken zusammenknallte, auf dem Absatz kehrtmachte und zur Tür marschierte. Er wäre dort gern stehen geblieben und hätte gelauscht, was sie wohl besprachen, hätte gern versucht herauszufinden, warum er gerufen worden war. Er ging jedoch weiter und blickte starr geradeaus, bis die Tür hinter ihm ins Schloss fiel.

Während Reverend Wilkins eine Passage aus Paulus' erstem Brief an die Römer zitierte, streifte Celenas Blick durch die Kirche und blieb schließlich an den Stufen zum Altar hängen. Sie hatte in den letzten zwei Jahren mindestens ein Dutzend Hochzeiten besucht, da sich die meisten jungen Männer von Julesburg freiwillig gemeldet hatten oder eingezogen worden waren und vorher offenbar noch ihre Angelegenheiten ordnen wollten. Celena hatte eine Braut nach der anderen die paar Stufen hinauftreten sehen, wo sie ihr Leben einem Mann versprachen, den sie vielleicht nie wiedersehen würden. Bis heute hatte sich Celena jedoch niemals vorstellen können, dass sie selbst dort oben stand und Walt ihr Ehegelübde gab.

»Und was hat Paulus zu den Römern gesagt?«, fuhr Reverend Wilkins fort. »Dass wir alle frei und offenen Herzens entscheiden müssen. Dass wir die Fähigkeit besitzen, unseren Weg selbst zu bestimmen, und dass mit dieser Fähigkeit auch die Verantwortung auf uns lastet, die richtige Entscheidung zu treffen. Das ist unsere Gabe und unsere Verantwortung als Menschen und als Christen.«

Celena zupfte an ihren gestärkten weißen Handschuhen. *Den eigenen Weg bestimmen. Das ist genau das, was ich versuche. Aber irgendetwas oder irgendjemand verbaut ihn mir immer.*

»Erheben wir uns für den Schlusschoral«, verkündete Reverend Wilkins.

»Celena«, flüsterte ihre Mutter. »Steh auf.«

Celena zog sich an der Lehne der vor ihr stehenden Bank hoch, aber sie sang nicht, sondern starrte einfach nur weiter auf die Stufen zum Altar und stellte sich vor, wie sie in ihrem Hochzeitskleid dort oben einem Mann, den sie nicht liebte, Liebe und Treue schwor.

Nach dem Gottesdienst wartete sie in dem kleinen, überfüllten Vorraum unter dem Kirchturm auf ihre Mutter und Woody und trank einen Schluck Punsch. Alle schienen sich angeregt zu unterhalten, Celena jedoch wollte einfach nur nach Hause, raus aus der Kirche. Stattdessen jedoch fand sie sich in einer Ecke mit Major Shaw und Henry Jessup wieder, dem Bürgermeister von Julesburg.

»Und Sie wissen immer noch nicht, wer diesen Nazisoldaten umgebracht hat?«, erkundigte sich Mr. Jessup.

»Bis jetzt nicht.« Major Shaw wirkte wie geschniegelt in seiner Ausgehuniform. »Aber darüber sollten Sie sich nicht den Kopf zerbrechen. In jedem Gefangenenlager in Amerika gibt es Fluchtversuche. Die POWs werden jedes Mal wieder eingefangen, meistens sogar noch am selben Tag.«

Der Bürgermeister rieb sich sein fleischiges Kinn. »Vielleicht. Aber was hat J. Edgar Hoover neulich im Radio gesagt? Dass selbst ein einziger entflohener POW eine ernsthafte Bedrohung für unsere Sicherheit wäre.«

»Damit versucht das FBI nur die Zivilbevölkerung davon abzuschrecken, sich mit den POWs anzufreunden, was einige Bürger gemacht haben. Sie haben ihnen Kuchen gebacken, ihre Kleidung geflickt und sie sogar an ihrem Tisch essen lassen.«

»Also wirklich, Major. Wenn diese POWs hier leben, haben wir das Recht, zu erfahren, wie es um die Sicherheit unserer Familien steht.«

»Selbstverständlich, Bürgermeister. Und ich würde Sie sofort informieren, wenn es Grund zur Besorgnis gäbe. Aber ich versichere Ihnen, die Einwohner von Julesburg haben von den Gefangenen in Camp Dillon nichts zu befürchten.«

»Und was ist mit Hugh Jenkins' Scheune? Auf dem Dach hat jemand ein Hakenkreuz ausgemalt.«

Major Shaw lächelte besänftigend. »Ich bin sicher, dass da ein paar POWs einfach nur Dampf abgelassen haben, genauso wie unsere Jungs das auf der anderen Seite vom Großen Teich machen.«

»Ich habe mit Dexter Markham geredet, der den Unkrautvernichter fliegt. Er hat mir gesagt, dieses Hakenkreuz würde das ganze Dach bedecken. Seiner Meinung nach könnte es eine Zielscheibe für deutsche Bomber sein.«

»Mein lieber Bürgermeister, warum sollten die Deutschen wohl Hugh Jenkins' Farm bombardieren?«

»Das ist allerdings eine gute Frage.« Mr. Jessup lachte. Celena hätte selbst fast aufgelacht.

Im selben Moment rief jemand: »Oh, da ist sie ja!«

»Celena, wir haben die Neuigkeit gerade erst erfahren!«, riefen Mrs. Havers, Mrs. Gordon und Mrs. Marks unisono. »Herzlichen Glückwunsch!«

Celena wäre normalerweise entzückt gewesen, wenn jemand aus der Stadt mit ihr redete, statt sie einfach nur anzustarren oder hinter ihrem Rücken über sie zu tuscheln. Aber selbst an einem solchen Tag wären diese dicken, grauhaarigen Frauen, die sich durch die Leute zu ihr drängten, nicht ihre erste Wahl für eine Unterhaltung gewesen.

»Ja, wirklich«, fuhr Mrs. Gordon fort. »Endlich, nach mehr als einem Jahr. Du musst ja so glücklich sein!«

Celena lächelte höflich, wusste jedoch nicht, was sie darauf erwidern sollte.

»Wir müssen dir eine Brautparty ausrichten«, warf Mrs. Marks ein.

»O ja, das werden wir machen«, stimmte Mrs. Havers zu.

Mrs. Johnson und Mrs. Dell rauschten ebenfalls heran.

»Eugenia«, begrüßte Mrs. Gordon sie, »wir richten Celena eine Brautparty aus.«

»Das ist ja wundervoll, Celena«, erklärte Mrs. Johnson. »Ist dein Brautkleid schon fertig?«

Celena sah sich über den Köpfen der Frauen suchend nach

ihrer Mutter oder Woody um, nach irgendjemandem, der sie aus dem Kreis der Matronen retten konnte.

»Wann genau findet die Hochzeit statt?«, wollte Mrs. Marks wissen. »Dann können wir schon einen Tag für die Party festlegen.«

»Sind die beiden nicht wirklich ein perfektes Paar?«

»Ja, das sind sie wirklich!«

»Sie beziehen eine Farm auf dem South Table, und Celena kann dem Verein der Landfrauen beitreten. Dann kann sie mit uns Bridge spielen.«

»Oh, Celena, du musst so glücklich sein, dass du all diese traurigen Dinge endlich hinter dir lassen kannst.«

Celena konnte nicht über die Köpfe der Frauen hinwegsehen, die sie in die Ecke gedrängt hatten. Sie konnte nur dastehen und fühlte, wie sich ihr die Kehle zuschnürte.

9. Kapitel

»Guten Morgen, Herr Obergefreiter«, hörte Ernst, als er um die Ecke bog. »Haben Sie das Treffen mit der Lagergestapo genossen?«

Major von Armin lehnte an einer Baracke. Der Schirm seiner Offiziersmütze schützte seine Augen vor der Morgensonne.

»Guten Morgen, Herr Baron.«

»Das Fluchtkomitee und die Lagergestapo.«

Ernst überzeugte sich mit einem kurzen Blick, dass niemand sie beobachtete.

»Jawohl, Herr Major. Ich ... ich weiß wirklich nicht, was ich davon halten soll.«

»Sie scheinen ein sehr gefragter Soldat zu sein.«

»Vermutlich. Aber irgendetwas stimmt da nicht.«

Major von Armin nickte langsam, während sich der Rauch aus seiner Pfeife in der Hitze auflöste.

»Erst wird Karl Voss umgebracht«, meinte Ernst. »Aber keiner scheint zu wissen, ob er wirklich eine Flucht versucht hat ... Dann wird mir befohlen, zu fliehen und einen Offizier mitzunehmen, und jetzt behauptet die Lagergestapo, sie habe den Mord an Karl nicht veranlasst. Ich weiß nicht mehr, was ich denken soll.«

»Da gibt es eigentlich nichts zu denken. Warum der Obergefreite Voss hingerichtet wurde, hat Sie nicht zu kümmern. Sie müssen einfach nur den Befehlen folgen.« Der Major zog an seiner Pfeife. »Aber Sie könnten sich vielleicht fragen, warum man Ihnen befiehlt, einem Offizier bei der Flucht zu helfen. Und wohin Sie mit diesem Offizier gehen sollen, sobald Sie das Lager hinter sich gelassen haben.«

Ernst schüttelte den Kopf. »Das weiß ich wirklich nicht.«

Von Armin stieß sich von der Barackenwand ab.

»Das müssen Sie aber unbedingt herausfinden, Obergefreiter. Sie werden ganz allein mit diesem Mann da draußen herumlaufen. Wenn Sie am Leben bleiben wollen, müssen Sie in Erfahrung bringen, was er vorhat, welche Mission so wichtig genug ist, dass sie seine Flucht erfordert.«

»Ich kann mir nicht denken …«

Von Armin trat noch näher. »Sie müssen aber denken, Ernst. Da die Alliierten jetzt auf dem Kontinent gelandet sind, wird der Krieg innerhalb eines Jahres vorbei sein. Was könnte ein entflohener deutscher Kriegsgefangener, der in diesem fremden Land herumläuft, tun, um den Verlauf des Krieges noch zu beeinflussen?«

Ernst zog die Augen zu Schlitzen zusammen. Er hatte keine Sekunde darüber nachgedacht, warum Leutnant Kunze fliehen wollte. Die Offiziere, vor allem die Fanatiker, ermunterten ständig alle zur Flucht, weil sie die stärkende Wirkung auf die Moral der Kriegsgefangenen und der kämpfenden Truppen zu Hause für unschätzbar hielten. Als die fünfundzwanzig U-Boot-Matrosen einen Fluchttunnel aus einem Kriegsgefangenenlager in Arizona gegraben hatten und in Richtung Mexiko geflüchtet waren, hatte Oberst Kettner eine spontane Feier veranstaltet, mit selbstgemachtem Schnaps, den die Soldaten Wedekind und Klein gebrannt hatten. Bis Wachsoldaten mit der Nachricht über die erneute Gefangennahme der Flüchtlinge in die Feier geplatzt waren.

Aber das hier sollte keine Massenflucht werden, um die Moral zu stärken, sagte sich Ernst. Warum also ist Kunzes Flucht so wichtig? Weiß er etwas, was man dem Oberkommando der Wehrmacht melden muss? Könnte er etwas bei sich haben, was unbedingt nach Hause gelangen muss?

Er schüttelte den Kopf. »Ich … ich weiß nicht, Herr Baron. Aber wieso können Sie behaupten, dass der Krieg in einem Jahr vorbei ist?«

»Ernst, der Krieg hätte schon kurz nach unserer Invasion in Polen zu Ende sein können. Die Franzosen sind zu einer Nation weinerlicher Feiglinge degeneriert, aber die Briten haben bewiesen, was tapfere Männer bewirken können, wenn ihre Heimat angegriffen wird. Ebenso wie diese kühnen polnischen Offiziere, die unsere Panzer zu Pferde angegriffen haben. Dasselbe ist passiert, als Russland in Finnland einfiel oder die Japaner Pearl Harbor bombardierten. Es war der größte Fehler der Kriegsgeschichte, Amerika anzugreifen. Dieser Überfall mag zwar ein Sieg für unseren Verbündeten gewesen sein, aber er hat uns den Krieg gekostet.«

»Wie meinen Sie das?«

»Hätten die Japaner Amerika nicht angegriffen, hätten wir England am Ende bezwingen können. Danach hätten Japan und Deutschland die Russen in die Zange nehmen und sie zerquetschen können. Das hätte Jahre gedauert, gewiss, aber solange die Amerikaner nicht in den Krieg eingriffen, hätten wir es schaffen können. Jetzt stehen die Amerikaner und Briten in Frankreich, und die Russen drängen aus dem Osten vor. Deutschland ist sehr wahrscheinlich schon am Ende, bevor die Amerikaner mit den Japanern fertig sind.«

»Und was ist mit Hitlers Superwaffen, diesen Bomben, die ganze Städte zerstören können?«

Von Armin schüttelte den Kopf und hob die Brauen. »Seine Wissenschaftler haben zwar an einer neuen Waffe gearbeitet, aber wenn sie fertig wäre, hätte dieser Wahnsinnige sie längst eingesetzt, gegen London und Moskau und sogar gegen Washington, Boston oder New York. Er ist jetzt verzweifelt, und die Nazischergen, die in den Kriegsgefangenenlagern in Amerika sitzen, sind genauso verzweifelt. Aber, Ernst, Sie müssen sich selbst fragen, was die Nazis hier tun, welche Handlungen sie im Namen des Vaterlandes begehen könnten.«

»Wollen Sie damit sagen, dass Leutnant Kunze nur fliehen

will, um etwas zu zerstören oder einen wichtigen Amerikaner zu töten?«

Von Armin senkte die Stimme. »Ernst, bitte«, flüsterte er. »Hören Sie zu! Die Lagergestapo ist überall; es könnten sogar SS-Leute hier unter uns sein. Die Amerikaner haben ebenfalls Spione. Wenn die Lagergestapo erfährt, dass Sie diese Flucht in Gefahr gebracht haben, wird man nicht zögern, Sie umzubringen.«

»Amerikanische Spione?«

»Ja, Ernst. Ich bezweifle, dass Private Forrest der naive Wachsoldat ist, der er zu sein vorgibt.«

»Dann müssen wir das Oberst Kettner und der Lagergestapo melden.«

Von Armin trat zurück und schob das Pfeifenmundstück zwischen seine Zähne.

»Nein. Es genügt, dass Sie auf sich selbst aufpassen. Die Ermordung von Wachen hat in einem ehrenvollen Krieg nichts zu suchen.«

Ernst dachte an Feldmarschall Rommel, an den Wunsch von Reinhardt Kessler und den Sozialdemokraten, den Amerikanern zu beweisen, dass nicht alle Deutschen gewissenlose Mörder waren.

»Jawohl, Herr Major. Sie haben vollkommen recht.«

Von Armin beugte sich wieder vor. »Hören Sie gut zu, Ernst. Die größte Gefahr lauert vielleicht direkt neben ihnen.«

Ernst sah ihn fragend an.

»Leutnant Kunze«, meinte der Major. »Ich habe keine Ahnung, wie sein Auftrag lautet, aber ich weiß, dass ihm Ihr Leben nur wichtig ist, solange Sie für ihn nützlich sind. Und ich bin sicher, dass er alles tun würde, um sein Ziel zu erreichen – alles.«

Jackie hielt auf dem Hof an und stellte den Motor des Pierce-Arrows ab. Das Haus der Walkers war recht bemerkenswert für ein Farmhaus hier auf den Plains. Ein gepflegter Pfad führte zu einer kleinen Veranda vor der Haustür. Das einstöckige Haus hatte einen frischen weißen Anstrich erhalten. Die hölzernen Fensterläden leuchteten in einem strahlenden Blau, und unter den Fensterbrettern hingen Kästen mit Feldblumen.

Jackie betrachtete die Felder, in denen das Haus lag. Die Sonne schimmerte auf den im Wind raschelnden Ähren, was ihn an die morgendlichen Stunden mit seinem Großvater erinnerte. Sie hatten immer wieder die Angel ausgeworfen und eingerollt, während die Sonne auf dem Virginia Tidewater funkelte. Er sehnte sich nach diesen Tagen zurück, als alles noch einfach, klar und eindeutig gewesen war. Jetzt musste er einen Farmer fragen, ob er möglicherweise ein Verräter war und einem deutschen POW half, aus einem Lager zu entkommen, das Tausende von Meilen von jeder Grenze und Ozeane von allen Kämpfen entfernt war. Jackie sehnte sich nach seiner Uniform, zur Front zurück, wo das, was er tat, wirklich von Bedeutung war.

»Guten Morgen, Mrs. Walker«, sagte er, während er über den Gartenpfad ging.

Der Bordercollie zu ihren Füßen knurrte, aber Mrs. Walker brachte ihn mit einem kurzen Befehl zum Schweigen.

»Guten Morgen«, gab sie zurück.

Sie stand auf der Veranda und rührte mit dem Stock in einem Butterfass, während sie Jackie anlächelte. Sie trug ein hellblaues, fast bis zum Boden reichendes Kleid, eine kurzärmelige Bluse, die ihre schlanken, honigbraunen Arme zeigte, und hatte ihr blondes Haar zu einem Dutt gebunden. Diese Frisur betonte ihr schmales, vornehmes Gesicht. Sie sah aus wie Anfang dreißig. Jackie fand es merkwürdig, dass Mrs. Walker wie eine elegante Hollywoodschönheit wirkte, ihre Tochter dagegen so ungelenk und unauffällig war.

»Ich bin Private Forrest«, stellte sich Jackie in seinem breitesten Südstaatenakzent vor und nahm die Mütze ab. »Wir haben uns vor ein paar Tagen in der Stadt getroffen. Sie waren mit ihrer Tochter zusammen.«

»O ja. Hallo.«

»Ich würde gern mit Ihrem Mann sprechen.«

»Im Moment ist er nicht hier. Aber er kommt bestimmt bald zum Lunch nach Hause.«

»Danke, Ma'am. Kann ich auf ihn warten?«

Jackie spekulierte darauf, ins Haus gebeten zu werden, sowohl, um aus der sengenden Hitze herauszukommen, als auch, um die Möglichkeit zu nutzen, Mrs. Walker allein zu befragen.

»Aber … ja. Natürlich.«

Sie öffnete die Tür, und er folgte ihr ins Haus.

Sie betraten das kleine Wohnzimmer. Eine mit grauem Stoff bezogene Couch und ein passender Stuhl standen neben dem Kamin und dem Radiotisch. Die Einrichtung war bescheiden, aber makellos sauber, und der Honigduft des reifenden Weizens, der durch die offenen Fenster hereinwehte, vermischte sich mit dem Geruch von frischer Wäsche.

Jackie blickte zu einigen gerahmten Fotografien, die an der Wand neben einer ebenfalls gerahmten Katalogseite hingen.

SOLDATEN OHNE UNIFORM

Auch Ihr dient, die Ihr hinter dem Pflug steht, darauf bedacht, die Soldaten zu ernähren, die Arbeiter, die Verbündeten und mit Gottes Hilfe all die hungrigen Opfer dieses Krieges! Ihr dient auch, Ihr, die Ihr den Boden bestellt, betet und opfert. Ihr werdet die Welt mit Essen versorgen, selbst wenn das bedeutet, im Licht der Laternen zu pflügen und mit der Hand zu ernten, wenn es bedeutet, auf Lastwagen zu verzichten und wieder zu Pferdefuhrwerken zurückzukehren. Ihr seid erneut Pioniere, mit dem besten Land auf Gottes weiter Welt, für das sich zu kämpfen lohnt, um die Freiheit zu verteidigen. Ihr dient auch, und Amerika ehrt Euch dafür, nicht für die Sterne auf den Schultern eines Generals, sondern für die Sterne, die Ihr in unserer Fahne haltet und in dem klaren Himmel über unseren Köpfen.

»Ist das nicht aus dem letzten Katalog von Sears & Roebuck?«, erkundigte sich Jackie. »Meine Mutter hat sich das auch eingerahmt.«

»Mein Mann ist sehr stolz auf das, was unsere Farm für das Land und die Soldaten liefert.« Sie steckte ein paar widerspenstige Haare in den Dutt zurück. »Möchten Sie einen Kaffee?«

»Gern, Ma'am. Wenn Sie bei all den Rationierungen einen erübrigen können.«

»Aber natürlich. Setzen Sie sich, dann bringe ich Ihnen eine Tasse.«

»Ich möchte Ihr schönes Wohnzimmer nicht durcheinanderbringen. Ich trinke ihn einfach in der Küche.«

»Wie Sie wollen.« Sie lächelte, und Jackie folgte ihr aus dem Zimmer. Die Küchenfenster waren geöffnet, und der Wind wehte herein. Trotzdem war der Raum stickig von der Hitze über der Prärie.

»Bitte setzen Sie sich, Private.«

Jackie zog zwei Stühle vom Tisch zurück, setzte sich und rieb sich dabei das Bein.

»Sie haben ein schönes Haus, Mrs. Walker.«

»Danke, Private.«

»Sie können mich gern Jackie nennen, Ma'am.«

Sie lächelte. »Also gut, dann Jackie.«

»Ihr Mann fährt auch sonntags auf die Felder, um nach dem Rechten zu sehen, genau wie mein Vater.«

»Sind Ihre Eltern auch Farmer?«

»Ja, Ma'am. Hauptsächlich Tabak, ein bisschen Mais. Unsere Felder sind allerdings nicht so groß wie Ihre.«

»Woher kommen Sie?« Mrs. Walker stellte eine Tasse mit dampfendem Kaffee vor ihn auf den Tisch. Dann schob sie ihm eine Schale mit einer dünnen Schicht Zucker zu, die gerade den Boden bedeckte.

»Virginia. Danke, nein, Ma'am. Den Kaffee nehme ich gern,

aber ich trinke ihn lieber schwarz, angesichts der Zuckerrationierung.«

»Es ist wirklich seltsam. Wir bauen so viel Zuckerrüben an, aber wir haben nicht einmal genug Zucker für uns selbst.«

»Das stimmt, Ma'am. Viele Leute, die gar nicht an dem Krieg beteiligt sind, bringen große Opfer.«

Sie setzte sich auf den Stuhl ihm gegenüber, goss etwas Milch in ihren Kaffee und verrührte sie. »Glauben Sie nicht, Jackie, dass wir alle an dem Krieg beteiligt sind … Wir bauen Getreide für unsere Soldaten an, sammeln Gummi und Fett, Altmetall, dann noch die Rationierungen.«

»Ja, Ma'am. Ich meinte nur, dass niemand in Ihrer Familie kämpft.« Er sah sie über den Rand seiner Tasse an und blies auf den heißenden Kaffee. »Das heißt, vielleicht kämpfen einige Verwandten Ihres Mannes, aber nicht auf unserer Seite.«

Mrs. Walker legte den Kopf auf die Seite und stellte die Tasse ab. »Jackie, mein Ehemann ist seit zwanzig Jahren Amerikaner.«

»Natürlich, Ma'am. Nichts für ungut. Ich meinte nur, dass er vielleicht Verwandte hat, die in Deutschland für die Nazis kämpfen.«

In ihren blauen Augen blitzte es stählern. »Sir. Mein Ehemann hat all das zurückgelassen, als er aus Deutschland hierher geflohen ist.«

»Sie sind auch nicht hier geboren worden, Ma'am, stimmt's? Das sagt mir Ihr Akzent und …«

Mrs. Walker stieß sich vom Tisch zurück. »Ich wurde in Belgien geboren, Private Forrest. Meine Eltern sind hierhergekommen, als ich zwölf Jahre alt war. Ich bin Amerikanerin, genau wie mein Ehemann.«

»Ja, Ma'am, selbstverständlich.« Jackie blies wieder in seine Tasse. »Haben die Deutschen Ihr Land in den letzten fünfundzwanzig Jahren nicht zweimal überrannt und Tausende Belgier getötet?«

Mrs. Walker sprang vom Stuhl, aber im selben Moment schwang die Hintertür auf, und die hünenhafte Gestalt von Ralph Walker schob sich vor das Sonnenlicht.

Jackie stand auf. »Guten Morgen, Sir.«

Walker nickte nur. Er streifte sich die staubigen Stiefel von den Füßen, ließ sie auf der hinteren Veranda stehen und betrat die Küche in Strümpfen.

Aus den Unterlagen, die Colonel Stevens ihm gegeben hatte, wusste Jackie, dass Walker bereits einundfünfzig war. Trotzdem wirkte er doppelt so muskulös wie die meisten Männer von Jackies Einheit. Nachdem er den Strohhut abgenommen hatte, wischte sich Walker den Schweiß aus seinem graublonden Haar, das zweifellos von seiner Frau geschnitten wurde, um ein paar Cent für den Friseur zu sparen. Walkers deutscher Akzent war unverkennbar, aber nach ihrer Unterhaltung auf den Feldern wusste Jackie, dass der Farmer absolut keine Schwierigkeiten mit dem Englischen hatte.

»Guten Morgen«, begrüßte Walker ihn schließlich.

»Mr. Walker, Sir, ich bin Private Forrest. Ich war bei Major Shaw, als Sie die Leiche gefunden haben.«

»Ja. Kann ich etwas für Sie tun?«

Walker setzte sich an den Tisch. Der Stuhl mit der ledernen Rückenlehne wirkte unter ihm winzig. Seine Frau stellte eine Tasse mit Untertasse vor ihn.

Jackie nahm wieder Platz.

»Ja, Sir. Wir untersuchen immer noch den Mord an diesem deutschen Gefangenen. Wenn Sie erlauben, würde ich Ihnen gern noch ein paar Fragen stellen.«

»Wenn ich der Army helfen kann, mache ich das«, erwiderte Walker und drehte sich zu seiner Frau herum, die ihm ernst zunickte.

»Wir wissen immer noch nicht«, begann Jackie, »warum er versucht hat, hierherzukommen.«

»Hierher? Ich wusste nicht, dass die Army das glaubt.«

»Er trug Uniform, Sir, nicht seine POW-Arbeitskluft. Und Sie sind Deutscher. Deshalb dachte ich, dass Sie ihn oder seine Verwandten vielleicht kannten und vielleicht versucht haben, ihm zu helfen. Wäre ja nicht weiter schlimm, richtig?«

Walker sah Jackie in die Augen. Die beiden Männer starrten sich eine Weile schweigend an.

Seit dem Moment, als Jackie Ralph Walker draußen in der Sand Draw getroffen hatte, hatte er vermutet, dass der Mann nicht nur ein einfacher Farmer war. Seine Augen waren nicht die eines gewöhnlichen Einwanderers, der zufrieden war, irgendwo anders als in seinem Heimatland einen Neuanfang zu machen. Walker hatte bereits ein Leben geführt, bevor er nach Amerika gekommen war. Er war Farmer gewesen, Ehemann, Vater, Soldat, Kriegsgefangener, und das alles auf deutschem Boden, bevor er auf die amerikanische Verfassung geschworen und seinem neuen Land Loyalität gelobt hatte. Jackie spürte, dass irgendetwas in dem Mann brannte. Aber er hatte keine Ahnung, was es war.

Schließlich senkte Walker den Blick und betrachtete den Kaffee vor sich.

»Delphine«, sagte er zu seiner Frau, ohne den Blick von seiner Tasse zu nehmen. »Bitte sieh nach, ob Woody und Celena so weit sind, dass wir zu Mittag essen können.«

Mrs. Walker nickte und verschwand aus der Küche. Dann schob Walker seine Tasse in die Mitte des Tisches und sah Jackie erneut an.

»Private Forrest, ich habe das Gesicht dieses Jungen zum ersten Mal gesehen, als ich ihn tot im Feld gefunden habe.«

»Aber Sie sind mit einem anderen POW befreundet, mit Ernst Halder?«

Walkers Miene wurde weich. »Ja, obwohl ich es nicht so nennen würde.«

»Und, Sir, Sie haben im Großen Krieg gegen Amerika gekämpft.«

Walker starrte ihn stoisch an. »Nein, Private, habe ich nicht. Ich wurde von den Franzosen vor Verdun gefangengenommen, lange bevor Amerika überhaupt in den Krieg eintrat. Zwei Jahre nach dem Waffenstillstand habe ich Deutschland verlassen und lebe seit dreiundzwanzig Jahren in Amerika. Ich bin kein Nazi, ich unterstütze Hitler in keiner Weise, und wäre ich jung genug gewesen, hätte ich mich freiwillig zur Army gemeldet. Trotzdem leiste ich meinen Beitrag, indem ich so viel Getreide, Mais, Bohnen, Kartoffeln und Zuckerrüben anbaue, wie ich kann.« Er hatte bei dieser Antwort seine Stimme nicht erhoben.

Jackie verfügte über eine Menge weiterer Taktiken, mit denen er den Mann hätte unter Druck setzen können. Er hätte ihm drohen können, seine Freundschaft mit dem Obergefreiten Halder zu melden oder seinen Vertrag mit der War Manpower Commission annullieren zu lassen, so dass Walker keine POWs mehr als Arbeitskräfte bekam. Das hätte vermutlich dazu geführt, dass Walker seine Farm verloren hätte, aber während seiner Geheimdienstausbildung hatte Jackie sich geschworen, dass er niemals solche Methoden anwenden würde, obwohl seine Vorgesetzten sie empfahlen. Wenn er, so dachte er, nicht auf ehrlichem Weg die Wahrheit erfuhr, dann wollte er sie vielleicht nicht dringend genug wissen. Trotzdem würde er Walker unter Druck setzen, so gut er konnte.

»Sie müssen doch eine gewisse Loyalität zu Deutschland empfinden«, fuhr Jackie fort. »Zu Ihrem Vaterland. Und wenn schon nicht für sich selbst, dann zumindest für Ihren ältesten Sohn.«

Jackie konnte fast sehen, wie Walkers Augen Funken sprühten. Er wusste, dass der Farmer sich zweifellos fragte, woher er wusste, dass sein Sohn aus erster Ehe, der bei seiner Mutter in Deutschland geblieben war, in die Wehrmacht eingetreten war.

Schließlich holte der Farmer tief Luft und atmete langsam wieder aus. Die Glut in seinen Augen erlosch, und er ließ seinen Blick einen Moment lang durch die Küche streifen, hinaus aus dem offenen Fenster. Schließlich richtete er ihn auf Jackie.

»Private Forrest, wie jeder Einwanderer habe ich mein Heimatland verlassen, um in Amerika ein neues Leben anzufangen. Würde ich noch Loyalität für Deutschland empfinden, wäre ich geblieben und hätte versucht, es von innen heraus zu verändern.« Er verschränkte seine muskulösen Arme und beugte sich vor. »Ein Mann ist ein Feigling, wenn er sein Heimatland liebt, aber trotzdem weggeht und insgeheim hofft, dass er zurückkehren kann, wenn die Lage sich verändert hat. Ich bin kein Feigling, Private Forrest, also wäre ich geblieben, wenn ich mich noch als Deutscher fühlen würde. Das habe ich aber nicht getan. Stattdessen bin ich hierhergekommen, in ein Land, das mich mit offenen Armen willkommen geheißen hat. Jetzt schulde ich diesem Land meine Loyalität, weil man kein Recht darauf hat, irgendwo einzuwandern; man bekommt dieses Privileg gewährt. Ich versuche diese Großzügigkeit jeden Tag zu vergelten, indem ich gutes Getreide anbaue, meine Familie gut erziehe und all das hasse, was Hitler Deutschland und der Welt angetan hat.« Jetzt hob er doch die Stimme. »Nein, Private Forrest, ich bin kein Deutscher. Ich bin Amerikaner. Vielleicht sogar mehr als Sie, denn ich weiß, was es bedeutet, nicht die Freiheit und die Sicherheit zu haben, die dieses wundervolle Land seinen Bürgern schenkt.«

Nach dieser Rede stand Walker langsam auf.

»Und jetzt verschwinden Sie aus meinem Haus, bevor ich Sie hinauswerfe!«

10. Kapitel

Celena hörte nur das mechanische Knirschen der Zahnräder der Windmühle, den Wind, der über die Getreidefelder strich, und das leise Rauschen der Ähren, die sich aneinander rieben und dabei ein Geräusch machten wie Sommerregen, der auf Asphalt prasselte. Cash lag ausgestreckt und keuchend am Fuß der Leiter, die Celena gerade hinaufkletterte. Pumpkin soff durstig aus der Tränke, zehn Meter unter der Turmplattform der Windmühle. Dort oben legte sich Celena auf den Rücken und dachte sich aus, welche Gestalten die vorüberziehenden Wolken annahmen.

Sie rollte sich auf die Seite und ließ den Blick über das flache Land gleiten. Die Weizenfelder ihres Vaters wirkten wie ein goldenes, sacht wogendes Meer. Im Nordosten befanden sich Julesburg und das flache River Valley, wo ihr Vater auf den von Frank McKinley gepachteten Feldern Mais, Kartoffeln, Bohnen und Zuckerrüben anbaute. Im Norden und Westen erstreckte sich die Prärie, durch die jahrhundertelang nur Indianer und Büffel gestreift waren, dann die Siedler, die auf dem Oregon Trail nach Westen zogen.

Seit ihrem achten Lebensjahr ritt Celena zu dem Windmühlenturm; damals hatte sie eine schlechte Note in der Schule bekommen, und ihre Mutter hatte ihr befohlen, allein im Wohnzimmer zu warten, bis ihr Vater vom Feld nach Hause kam. Er sagte kein Wort, sondern sah seine Tochter nur an. Dann schüttelte er langsam den Kopf. Sie wusste, dass sie ihn enttäuscht, dass sie nicht ihr Bestes gegeben hatte, und dieser eine Blick ihres Vaters war Strafe genug gewesen. Nach dem Essen ritt sie mit Dot zu der Windmühle hinaus, stieg auf den Turm, blickte über die in der Abendsonne rot glühende Prärie und schwor sich, nie wieder etwas zu tun, das ihr einen solchen Blick von ihrem Vater einbringen würde.

Seit diesem Abend war sie nur zu dem Turm gekommen, wenn es nötig war. Sie wollte ihre Besuche hier nicht übertreiben und dadurch das Besondere dieses Ortes schmälern. Dieser Platz war für Augenblicke reserviert, in denen nichts weiterhalf, außer einfach nur ganz allein dazusitzen. Diesmal jedoch war es anders. Diesmal konnte sie sich nicht in den Anblick der endlosen Prärie versenken, in den Gedanken, dass niemand auf der Welt existierte als sie ganz allein. Denn Walt McKinley war hierher unterwegs, um sie zu heiraten.

Walt und sie waren befreundet, so lange Celena denken konnte. Die McKinleys waren ihre Nachbarn, wohnten nur zwei Meilen entfernt. Mr. McKinley hatte ihrem Vater die dreihundertzwanzig Morgen bewässertes Ackerland im Tal verpachtet. Damit Celena den Abschlussball der Highschool nicht einfach ausließ, hatte Celenas Mutter Mrs. McKinley gefragt, ob Walt ihre Tochter nicht einladen wollte. Celena hatte den Abend genossen, obwohl sie das Gefühl hatte, alle in der Stadt wüssten von der Absprache ihrer Mütter. Zwei Wochen später wurde Walt eingezogen und überrumpelte Celena vollkommen, als er sie bat, ihn zu heiraten. Ihr kam es vor, als würden alle Nägel mit Köpfen machen, also schien es ihr nur anständig zu sein, Walts Antrag anzunehmen; vor allem nach dem, was zwei Monate zuvor mit Dix Traxel im Kartoffelkeller passiert war.

Nach diesem Tag im April, als Dix Traxel, falls das überhaupt sein richtiger Name war, jedem im *Little Brown Jug*, der es wissen wollte, erzählte, dass Celena Walker nur allzu bereitwillig die Chance ergriffen hätte, mit ihm allein zu sein. Er behauptete sogar, dass er auf all seinen Reisen über die Plains, von all den

Farmmädchen, die seinem teuflischen Charme erlegen waren, bei Celena Walker das leichteste Spiel gehabt hätte. Dann war Dix Traxel weitergezogen, in eine andere Stadt, um Haushaltsgegenstände zu reparieren und ein anderes Farmmädchen zu verführen. Celena jedoch blieb in Julesburg zurück und musste sich dem Tuscheln, den Blicken und dem Spott stellen. Sie dankte Gott, dass sie nur einen Monat nach diesem Vorfall ihre Abschlussprüfung abgelegt hatte; sie hätte keinen weiteren Tag an der Schule ertragen. Selbst die Soldaten mieden sie, was Celena allerdings ihren Sommersprossen, ihren Haaren oder dieser hässlichen Brille zuschrieb, denn sie konnten unmöglich diese Gerüchte aufgeschnappt haben. Das eigentliche Problem war Julesburg. Wenn sie nur wegkäme, es nach Boulder aufs College schaffen könnte, zweihundert Meilen weit weg in eine Welt, wo niemand diese Gerüchte gehört hatte.

Ihr ganzes Leben lang hatte sie getan, was ihre Eltern wollten, aber diesen einen Wunsch konnte sie ihnen nicht erfüllen, sie konnte Walt nicht heiraten. Sie konnte nicht mit ihm auf eine Farm ziehen und seine Kinder bekommen, ihm den Haushalt führen, während er auf den Feldern arbeitete. Vielleicht wollte sie irgendwann genau so leben, aber ganz sicher nicht jetzt und bestimmt nicht mit Walt. Ihre Gefühle für Ernst bestätigten nur, was sie wusste, aber sich nicht einzugestehen wagte. Sie wollte, dass ihr schwindlig wurde, dass ihr die Luft wegblieb, wenn sie mit ihrem Ehemann zusammen war … sie wollte das fühlen, was sie empfand, wenn sie mit Ernst zusammen war. Walt war für sie eher wie ein Bruder; von Ernst dagegen träumte sie auf eine Art und Weise, die ihr die Schamröte ins Gesicht trieb.

Celena schob die Hand in die Tasche ihrer Jeans und zog ein gefaltetes Blatt Papier heraus. Es war in den drei Wochen, die sie es hatte, abgenutzt, weil sie es immer wieder gelesen hatte. Sie trug es immer bei sich und kannte den Inhalt auswendig, aber sie genoss es, die Worte zu lesen, seine Handschrift auf dem Papier zu sehen.

ÜBER DEM GOLDENEN MEER

Sie gleitet dahin, wundersam, wie ein Stern,
strahlend und erhaben, wie eine schimmernde Perle
durch das süße nächtliche Firmament, so weit von der Erde;
ihre elegante Gestalt entsprungen den Träumen von Göttern,
und mit Leben erfüllt von dem englischen Hauch.

Ihr Gesicht eine Karte, die mich führt,
die Wangen, die glühen, die Lippen, so weich,
die Augen, die meine Seele immer aufs Neue ertränken,
sich in meinem lächelnden Herzen vereinen,
und ihre Schönheit atmen, die Hoffnung aushauchen.

Ihre Stimme ein Nebel, dessen Lied ich höre;
sie singt von einem Himmel für mich allein.
Ihre Melodie eine kostbare Träne,
die ich schmecke, wenn wir getrennt werden,
die Stunden ein Geschenk von zukünftigen Tagen?

Ihr schwindelte, und sie hielt sich an dem hölzernen Geländer fest.

Ernsts Worte entzückten sie, ließen sie schwindeln und lösten in ihr das Gefühl aus, das sie empfinden wollte, wenn sie schließlich auf den Stufen vor dem Altar stand, um jemandem ihre ewige Liebe zu schwören, auch wenn der Verstand ihr sagte, dass dieser Jemand niemals Ernst sein konnte. Sie wagte nicht einmal davon zu träumen, dass Ernst nach dem Krieg in Amerika bleiben würde, dass sie nach Boulder gehen und dort ihr Lehrerdiplom machen und sie anschließend gemeinsam auf einer Farm irgendwo leben könnten, wo Ernst auf den Feldern arbeitete, während sie in der Stadt oder irgendwo in einem Dorf an einer Schule unterrichten würde. Sie versuchte sich einzureden, dass sie niemals ihre Verlobung mit einem amerikanischen Soldaten brechen würde, um dann nach Kriegsende einen Deutschen zu heiraten. Ihre Familie würde sich nicht mehr in Julesburg blicken lassen können, weil man sie als Verräter beschimpfen würde. Aber ...

»Schwesterherz!«

Sie zuckte zusammen.

Vorsichtig blickte sie über den Rand der Plattform nach unten, wo Woody gerade Traveler zügelte.

»Da war ein Anruf für dich. Von Walt. Er hat aus Washington angerufen.«

Celena umklammerte die oberste Sprosse der Leiter. »Was ... was wollte er denn?«

»Er kommt mit dem Zug nach Hause. Er wird am Samstag hier sein, pünktlich zur Hochzeit.«

Celena glaubte, keine Luft mehr zu bekommen, und keuchte angestrengt, während ihr Blick auf das schwarze, abgestandene Wasser in dem Pferdetrog unter ihr fiel.

Ernst starrte auf das grünlich-blaue Wasser im Bewässerungsgraben, das aus dem kleinen Pumpenhaus auf das Maisfeld rauschte.

»Gute Arbeit, was, Ernst?«, meinte Enno Lück.

Enno war ein kleiner drahtiger Mann, wie fast alle U-Boot-Matrosen. Im Unterschied zu den meisten von ihnen war seine Haut jedoch von der Feldarbeit tief gebräunt. Er war nach Camp Dillon verlegt worden, weil die britischen Gefangenenlager überfüllt waren. Ernst arbeitete gern mit ihm zusammen, weil Enno die besten Witze im Lager erzählte und ständig ein Grinsen auf seinem komisch breiten Gesicht trug.

»Jedenfalls viel besser, als in einer winzigen Blechbüchse auf dem Grund des Meeres zu kauern«, fuhr Enno grinsend fort, »während britische Zerstörer wie verrückt Wasserbomben auf dich werfen und versuchen, dich umzubringen.«

»Schon. Ich frage mich nur, wie die Felder zu Hause jetzt aussehen.«

»Wenn man den amerikanischen Zeitungen glauben darf, sind sie von Bombenkratern durchlöchert.«

Ernst schüttelte den Kopf. Er wollte sich lieber große Bauernhöfe voller Betriebsamkeit vorstellen.

Ernst und Enno arbeiteten als Team, Ernst zog die Röhren heraus, Enno setzte sie ein. Ernst riss nacheinander die etwas über einen Meter langen Bewässerungsröhren aus dem hüfthohen Graben und unterbrach dadurch den Wasserfluss. Enno folgte ihm, hielt mit der Hand das Ende der Röhren zu und schob das andere in das Wasser, das durch die langen, geraden Gräben strömte. Sobald das Wasser wieder durch das Rohr floss, legte er das Ende in die nächste Reihe mit Maisstauden, damit auch diese Furche bewässert wurde. Ernst fand die amerikanische Art der Bewässerung der Methode zu Hause weit überlegen. Er würde sich alles genau einprägen, was er hier lernte, und dieses Wissen nach seiner Rückkehr auf seinem eigenen Hof anwenden.

»Es ist auf jeden Fall besser, das Ende des Krieges hier abzuwarten«, meinte Enno. »Das Essen ist gut, wir dürfen Filme sehen, haben eine Bücherei und können Fußball spielen. Kein Wunder, dass die Amerikaner in der Stadt das Lager das ›Fritz Ritz‹ nennen. Wenn es Wedekind und Klein jetzt auch noch gelingt, ein paar Frauen einzuschmuggeln, gehe ich hier nie wieder weg.« Er lachte tief und melodiös.

Ernst lächelte und wischte sich den Schweiß vom Gesicht. Dann ließ er den Blick über die fruchtbaren Maisfelder und die üppigen Bohnensträucher schweifen.

»Ruhen Sie sich aus, Obergefreiter?«

Ernst fuhr herum, konnte jedoch niemanden sehen.

Dann richtete er den Blick auf die Maisstauden, und nach einem Moment tauchte gegen die Sonne eine Silhouette auf, die sich ihm näherte.

»Ich hoffe, Sie sind bei Kräften.« Jetzt erkannte er auch Leutnant Kunzes Gesicht. Der Offizier wandte sich an Enno. »Wegtreten, Matrose Lück!«

»Zu Befehl, Herr Leutnant!« Enno salutierte und ging zum Rand des Feldes.

Ernst nahm Haltung an. »Herr Leutnant!«

»Wir sind jetzt allein, Halder. Rühren. Reden Sie, und zwar schnell, solange wir die Chance haben.«

»Zu Befehl, Herr Leutnant.«

»Haben Sie bereits einen Plan, wie wir uns von dem Arbeitsdienst befreien können? Sie sind lange genug hier und müssen den besten Weg dafür kennen.«

Obwohl Ernst zuvor niemals in Betracht gezogen hatte zu fliehen, hatte er seit dem Befehl des Fluchtkomitees und nachdem er von Celenas Verlobung erfahren hatte, ausgiebig darüber nachgedacht.

»Jawohl, Herr Leutnant. Ich kann Mr. Walker dazu bringen, mir zu erlauben, einen Lastwagen zum Silo zu fahren, sobald die Ernte begonnen hat. Er und der amerikanische Wachsoldat würden auf den Feldern bleiben. Je nachdem, wie lang die Lastwagenschlange vor dem Silo ist, müssten wir dann mindestens zwei Stunden Zeit haben.«

Kunze sah ihn finster an. »Ja, Halder, wirklich brillant. Das würde Ihnen die Flucht ermöglichen. Nur sind wir zu zweit!«

»Jawohl, Herr Leutnant. Aber als Mannschaftsdienstgrad muss ich von einem Offizier beaufsichtigt werden, wenn ich mich aus dem Blickfeld der Wachen bewege. Ich würde darum bitten, dass Sie mich in dem Erntelaster begleiten, vor allem, weil wir ja in die Stadt fahren müssen.«

Ein Lächeln zuckte über Kunzes Gesicht.

»Ja.« Er strich sich nachdenklich über das Kinn. »Sobald wir in der Stadt sind, könnten wir ein Auto stehlen oder einen Zug besteigen. Wir haben Karten, Ausweise, amerikanisches Geld … Wir könnten uns als Handlungsreisende ausgeben. Wir tragen Anzüge, und Sie würden, falls nötig, das Reden erledigen.«

»Jawohl, Herr Leutnant.«

»Aber … wenn wir ein Auto nehmen, brauchen wir richtige Benzinmarken. Die Fälscher im Lager haben keine Vorlage, nach der sie arbeiten können.«

Ernst rieb sich den Nacken. Er hatte nicht bedacht, dass man Benzin nur gegen Rationierungscoupons bekam. Er wusste, dass Mr. Walkers Fahrzeuge das »R«-Emblem trugen, was für eine unbegrenzte Menge an Kraftstoff stand, aber das galt nur für seine Traktoren, die auf Highways nicht zugelassen waren. Ob die Walkers auch »A«-Coupons für ihre Hudson-Limousine und den Pick-up hatten, konnte Ernst nur vermuten. Mit ihnen bekam man sechzehn Liter Benzin pro Woche.

»Hat Walker auch Benzincoupons für seinen Privatgebrauch?«, erkundigte sich Kunze prompt.

»Das glaube ich schon, Herr Leutnant.«

»Bewahrt er sie in seinem Haus auf?«

»Jawohl.«

»Dann muss ich einen Coupon aus dem Walker-Haus entwenden, damit unsere Fälscher ihn nachmachen können.«

»Sicher, Herr Leutnant, aber … wie?«

»Als Offizier ist es mir erlaubt …«

Zum Glück unterbrach ihn in diesem Moment das Geräusch eines Wagens, der mit rutschenden Reifen auf dem Feldweg zum Stehen kam. Ernst war froh darüber. Er wollte sich nicht vorstellen, dass Kunze das Haus der Walkers nach Benzincoupons durchsuchte und dabei irgendwie in Celenas Nähe kam.

»Hallo.« Celena stieg aus dem Hudson.

»Antworten Sie ihr«, zischte Kunze. Das war ein Befehl. Im nächsten Moment glitt er davon und verschwand zwischen den Maisstauden.

»Hallo, Miss Walker«, sagte Ernst auf Englisch.

»Wie ich sehe, wässern Sie den Mais.« Sie sprang über den Graben ins Feld. »Ungerade oder gerade Reihen?«

»Ungerade.«

»Brauchen Sie keine Hilfe? Sie können doch nicht allein alle Röhren ziehen und setzen. Wohin ist Ihr Freund verschwunden?«

Ernst begriff, dass sie Leutnant Kunze meinte. Im ersten Moment wollte er erwidern, dass dieser Mann kein Freund war.

»Zum Pumpenhäuschen. Er wollte etwas trinken.«

Er bemerkte, wie Celena ihn anstarrte, seine nackte Brust, seine gebräunten Arme. Erst wollte er den Augenblick genießen, ihre Wange streicheln und die sanfte Haut ihres Halses küssen. Dann dachte er an ihren amerikanischen Verlobten und an Leutnant Kunze, der in den Stauden lauerte.

»Sieht aus, als müssten Sie schwer arbeiten«, meinte sie.

»Ja. Es ist heiß heute.«

»Das ist es immer.« Sie lachte. »Ich suche meinen Bruder. Er ist bestimmt hier irgendwo und geht meinem Vater auf die Nerven.«

»Ich habe gesehen, wie er zu den Bohnenfeldern geritten ist.« Ernst deutete auf die andere Straßenseite.

»Wahrscheinlich hat mein Vater ihn schon nach Hause geschickt.« Sie lächelte Ernst an.

Er nahm seine Brille ab und blickte in ihre wundervollen Augen. Er versuchte ihren Verlobten zu vergessen, ihre bevorstehende Hochzeit, Kunze und die Flucht. Und wagte es, einen Schritt näherzutreten.

Sie kann doch keinen anderen heiraten, nicht, wenn sie mich so ansieht.

Er wollte ihr nur einen Augenblick nahe sein, ihre Stimme hören und ihren Duft einatmen. Da legte sie den Kopf auf die Seite und wandte sich zum Gehen.

»Hat Ihr Vater mit Ihnen geschimpft?«, stieß Ernst hervor. Er wollte sie irgendwie zurückhalten.

»Wegen Mr. McKinley? Nein, mein Vater vertraut mir. Er weiß, dass ich nichts Schlimmes getan habe.« Sie bohrte die Spitze ihres Schuhs in die Erde. »Diesmal.«

Sie lächelte, und Ernst überlegte, ob sie wohl gerade an ihren leidenschaftlichen Kuss hinter dem Pumpenhäuschen dachte.

Dann jedoch fiel ihm ihr Verlobter ein und dass sie in sechs Tagen heiraten würde. Das konnte er nicht vergessen. Er bekam es einfach nicht aus dem Kopf. Aber er hatte sie nie selbst danach gefragt, hatte nie aus ihrem Mund gehört, ob es stimmte.

»Aber Sie sind doch verlobt und wollen einen amerikanischen Soldaten heiraten.«

»Ja. Ich … Es ist jemand, den ich schon seit meiner Kindheit kenne.«

»Ah. Eine Jugendliebe.«

»Nein, so ist es nicht, überhaupt nicht.« Ihr Blick schien ihn um Verständnis anzuflehen, bettelte fast um Vergebung. »Wir sind praktisch zusammen aufgewachsen, und unsere Familien kennen sich schon seit ewigen Zeiten. Aber er wurde eingeschifft, um in Europa gegen die …«

»Gegen die Deutschen zu kämpfen«, beendete Ernst ihren Satz.

»Nein, Ernst, bitte. Hören Sie mir zu …«

»Ma'am!«, rief ein Wachsoldat vom Feldweg her. Er hatte ein Gewehr in der Hand. »Treten Sie von dem Gefangenen zurück!«

»Es ist schon gut.« Celena winkte ihm zu.

»Nein, Ma'am, das ist es nicht.« Der Wachsoldat kam näher. »Treten Sie sofort von ihm zurück.«

Celena wich einen Schritt zurück, hob dann aber ihre offene

Hand. Ernsts Hände hingen wie kraftlos herunter, er versuchte nicht, sie zu berühren. Stattdessen starrte er ihre Hand nur an, ihre glatte Haut, ihre weichen Konturen. Er hätte sie gern gepackt und wäre mit ihr weggelaufen … irgendwohin, ganz gleich wohin, aber da waren Kunze, der Wachsoldat … und Celenas Verlobter.

»Ma'am, gehen Sie zu Ihrem Wagen. Sofort.«

Celena zog langsam die Hand zurück, blieb jedoch stehen.

»Sofort, Ma'am!«, rief der Wachsoldat.

Sie leckte sich die Lippen und nickte dann fast unmerklich. Dann drehte sie sich um, sprang über den Bewässerungsgraben und schwankte einen Moment, als sie auf der anderen Seite dicht am Rand landete. Aber sie fiel nicht hinein.

Ernst sah zu, wie sie in den Hudson stieg, den Motor anließ und davonfuhr.

Jackie saß auf einer Bank unter einer großen Ulme in dem einzigen Park der Stadt und massierte sein Bein. Er wusste, dass er dem Rat des Arztes Folge leisten und sich Morphium spritzen sollte, wenn der Schmerz so schlimm war, aber er wollte einen klaren Kopf behalten, und das Morphium machte ihn immer irgendwie benommen. Jackie war am Morgen durch das winzige Museum der Stadt geschlendert, um seine Gedanken zu ordnen. Das Museum war Julesburgs Tribut an den Pony Express, die interkontinentale Eisenbahn und an die Ogallala-Sioux, die Indianer, die, wie Jackie erfuhr, die Stadt in den sechziger Jahren des neunzehnten Jahrhunderts während der Kämpfe mit den Siedlern dreimal niedergebrannt hatten.

Ihren Namen hatte die Stadt von Jules Beni, einem Pferdedieb, der Jack Slade fünf Kugeln in den Leib gejagt hatte, als der ihn verhaften wollte. Erstaunlicherweise überlebte Slade und schnappte sich später Old Jules. Statt ihn jedoch ins Gefängnis zu stecken, fesselte Slade ihn an einen Zaunpfahl und erschoss ihn. Den Gerüchten zufolge schnitt er Old Jules anschließend die Ohren ab und nagelte sie zur Abschreckung an einen Pfosten. Jackie wusste nicht so recht, wieso die Stadt nach einem Pferdedieb benannt war, aber er hoffte, dass das Schicksal von Old Jules kein böses Omen bedeutete. Denn die Nazis waren sicherlich weit bösartiger als Jack Slade und ihre Vergeltungsmaßnahmen viel qualvoller.

Als Jackie die Daumen in die zerfetzten Muskeln seines Oberschenkels grub und versuchte, das schmerzhafte Brennen wegzumassieren, erinnerte er sich an seinen letzten Besuch in einem Museum. Er hatte Caroline an dem Wochenende vor seiner Einschiffung ins Smithsonian ausgeführt und ihr später im Hotelzimmer beinahe die entscheidende Frage gestellt. Er hatte das Studiengeld für sein letztes Jurasemester für einen Verlobungsring ausgegeben, den er in Charlottesville gekauft hatte, und seinen Antrag immer wieder einstudiert, aber irgendwie war es ihm unfair vorgekommen – vor allem angesichts der gefährlichen Kämpfe, die ihm bevorstanden. Er hatte sich seitdem oft gefragt, ob alles anders verlaufen wäre, wenn sie verlobt gewesen wären, ob sie ihn dann immer noch geliebt hätte. Andererseits redete er sich ein, dass er ihr keine Vorwürfe machen konnte. Nachdem er ihr den Befund der Ärzte mitgeteilt hatte, hätte vermutlich jede andere Frau genauso reagiert. Und wenn er sie gefragt und sie Ja gesagt hätte, hätte er nie sicher sein können, ob sie seinen Antrag nicht nur aus Mitleid oder Pflichtgefühl angenommen hatte.

»Guten Tag, Private.« Sheriff Brookes schlenderte zu dem Grasflecken herüber, auf dem Jackie saß.

»Sheriff.« Jackie stand mühsam auf.

»Bleiben Sie ruhig sitzen.« Der Sheriff ließ sich auf die Bank neben Jackie fallen. »Bei dieser Hitze hält man es nur im Schatten aus.«

»Es ist so heiß, Sheriff, dass die Bäume sogar die Hunde anzulocken scheinen.«

Der Sheriff lachte.

»Gut für den Weizen, schlecht für die Menschen. Die Farmer auf dem Plateau brauchen diese Trockenheit, damit ihr Weizen nach dem vielen Regen der letzten Wochen trocknet. Aber die armen Teufel im Tal müssen ihre Felder dafür umso mehr bewässern, sonst verwandelt sich das Getreide in Staub.«

Er zog einen Beutel Tabak aus seiner Hemdtasche.

»Möchten Sie eine Chesterfield?«, bot Jackie an und griff in seine Brusttasche.

»Nein, danke. Ich mochte dieses schicke, vorfabrizierte Zeug noch nie.« Der Sheriff krümelte Tabak auf ein Blättchen. »Wie ich höre, spendiert die Army euch Jungs die Zigaretten.«

»Nur, wenn man an der Front ist und kämpft. Die anderen müssen sie kaufen wie jeder andere auch.«

Der Sheriff leckte das Papier an, rollte es zusammen, schob sich die Selbstgedrehte in den Mund und zündete sie an.

»Dachte, Sie hätten nicht gekämpft.«

»Stimmt.«

»Aha.«

Sheriff Brookes nahm einen tiefen Zug und blickte hinauf in die schattigen Kronen der Ulmen.

»Mein Sohn hat gekämpft. Ist im Kampf gegen die Franzosen am Mehdia Beach in Marokko gefallen.« Er blies den Rauch aus.

Jackie nickte.

»Nicht viele wissen, dass wir gegen die Franzosen kämpfen mussten«, fuhr der Sheriff fort, während er weiter in das Laubwerk starrte. »Sind verdammte Feiglinge, wenn Sie mich fragen. Haben ihr Land einfach Hitler überlassen und dann gegen uns und die Briten gekämpft, als wir ihnen zu Hilfe kommen wollten. Wussten Sie, dass wir in Nordafrika gegen Franzosen kämpfen mussten?«

»Ja«, gab Jackie gepresst zurück. Er erinnerte sich noch sehr gut an die Landung an den Stränden von Marokko, direkt vor den befestigten Stellungen der Vichy-Franzosen. Seine Einheit hatte bei der Einnahme des Flugplatzes von Port Lyautey zwei Leute verloren. Noch immer hörte er die Schreie von Private Belz, als er zusammen mit dem Sanitäter vergeblich versucht hatte, den Blutstrom zu stillen, der aus dem Hals des armen Jungen gedrungen war.

»Angeblich hätten wir die Landung in der Normandie am D-Day nie geschafft, wenn wir nicht zuvor in Nordafrika gelandet wären und dort aus unseren Fehlern gelernt hätten. Hat man Ihnen das während der Grundausbildung auch erzählt, Forrest?«

»Ja.« Jackie starrte geradeaus. Er wollte nicht an Nordafrika und das denken, was er dort verloren hatte.

»Mein Junge gehörte zur Infanterie, war ein einfacher Private.« Der Sheriff flüsterte die Worte und zog dann noch einmal an seiner Zigarette. »Sein Lieutenant hat mir einen netten Brief geschrieben. Angeblich ist Jimmy wie ein Held gestorben, als er versuchte, ein französisches Maschinengewehrnest zu stürmen. Vielleicht hat er das ja einfach nur behauptet, aber genau so etwas hätte zu Jimmy gepasst.« Seine Augen waren grau und hart wie Stein. »Aber es gibt anderes, um das ich mich kümmern muss. Hier gehen merkwürdige Dinge vor.«

Jackie legte den Kopf auf die Seite. »Sie meinen das Hakenkreuz auf Hugh Jenkins' Scheunendach?«

»Zum Beispiel. Hugh hat mich gerade angerufen. Ihm ist erst jetzt aufgefallen, dass aus dem Versteck in der Kaffeekanne in seiner Küche achtzehn Dollar verschwunden sind.«

Jackie stieß einen Pfiff aus. »Das ist eine Menge Geld.«

»Und es ist nicht alles. Ihm fehlen außerdem zwei Köpfmesser.«

»Köpfmesser?«

»Für Zuckerrüben. Etwa dreißig Zentimeter lang.« Der Sheriff zeigte die Länge mit seinen knotigen, schwieligen Händen. »So etwas kann eine tödliche Waffe sein.«

Jackie zog die Brauen zusammen. Der Schnitt am Hals von Corporal Voss war alles andere als dünn und sauber gewesen, was ein Rasiermesser ausschloss. Jackie hatte zwar noch nie ein Köpfmesser gesehen, hielt es als Tatwaffe jedoch für durchaus denkbar.

»Hugh weiß nicht, wann die Sachen verschwunden sind«, fuhr der Sheriff fort.

»Glauben Sie, dass ein POW das Geld und die Messer gestohlen haben könnte?«

»Das weiß ich nicht. Aber wenn man ein Hakenkreuz auf ein Dach malt, lenkt das die Leute ganz bestimmt eine Weile von gestohlenem Geld und verschwundenen Werkzeugen ab.«

Jackie richtete sich auf. Der Schmerz in seinem Bein war verschwunden.

»POWs dürfen kein amerikanisches Geld besitzen.«

»Stimmt. Wie ich höre, bekommen sie ziemlich viel Ärger, wenn Sie damit erwischt werden.«

»Richtig.«

»Ich nehme an, Sie fragen sich jetzt, warum ein deutscher Gefangener amerikanisches Geld stehlen sollte.«

Jackie blinzelte in die tiefstehende Sonne.

»Ganz recht. Also, warum?«

Kunze warf einen Blick durchs Fenster. Niemand näherte sich der Baracke. Er zog einen Stuhl heran und stellte ihn unter einen Deckenbalken. Dann griff er in die Nische, die er ausgehöhlt hatte, und überprüfte den Inhalt. Die achtzehn Dollar in Ein-Dollar-Noten waren immer noch ordentlich zusammengerollt, und die beiden Köpfmesser lagen nebeneinander in der tiefen Aushöhlung. Er hatte dieses Versteck in zwei Nächten mit einem der Messer angelegt, wodurch die Klinge stumpf geworden war. Dieses Messer würde er Feldwebel Straub geben. Das andere, schärfere, würde er für sich behalten.

Kunze überprüfte die Klinge des Messers, während er seinen schmerzenden rechten Arm massierte. Er hatte Glück gehabt, dass der Knochen unter dem Schlag von Private Forrests Knüppel nicht gebrochen war. Bis der blauschwarze Bluterguss verschwunden war, würde er allerdings langärmelige Hemden tragen müssen.

Auf der Klinge des Messers befanden sich immer noch Blutspritzer von Karl Voss. Von all den Morden, die Kunze in seinem Leben begangen hatte, hatte ihn der an Voss am meisten zugesetzt. Sie hatten zusammen in den Einsatzgruppen der SS und später in der Waffen-SS gedient. Wenn er sich recht erinnerte, hatte er den jungenhaften Fallschirmspringer sogar gemocht, der sich vor vier Jahren so voller Eifer freiwillig zu dem Kampfeinsatz in Norwegen gemeldet hatte. Dieses Fiasko war der Grund, warum Kunze jetzt in Camp Dillon war und auch, warum Karl Voss hatte sterben müssen. Kunze versuchte, nicht darüber nachzudenken, wie sich alles entwickelt hätte – selbst jetzt, nachdem Stalingrad, Nordafrika und Anzio gefallen waren –, wenn sie ihren Auftrag erfüllt und das schwere Wasser gesichert hätten, bevor norwegische Partisanen die Fabrik sabotiert hatten.

Er starrte auf das Rübenmesser, spie darauf und rieb heftig mit dem Zipfel seines Arbeitshemdes darauf herum. Das Blut löste sich langsam von der Klinge. Aber er bekam nicht alles ab. An Zapfen und Griff klebten noch hartnäckige Reste.

Die Fluchtvorräte waren auf verschiedene Verstecke im Lager verteilt, aber er brauchte eigentlich nur das Geld und eine Karte. Trotz der Hilfe des Obergefreiten Halder konnte er nicht riskieren, in einem Restaurant oder in einem Lebensmittelladen mit den Nahrungscoupons herumzuhantieren, weil keiner von ihnen genau wusste, was die verschiedenen Farben und Punkte bedeuteten.

Obwohl unterwegs viele Farmen lagen, auf denen es Eier,

Hühner und Milchkühe gab, war Kunze davon überzeugt, dass sein ursprünglicher Plan der beste war. Züge konnten angehalten, umgeleitet oder durchsucht werden. Automobile waren auf Straßen angewiesen und mussten sich an die landesweite Geschwindigkeitsbegrenzung von fünfunddreißig Meilen pro Stunde halten. Außerdem musste man in Städten halten, um zu tanken, würde Zivilisten und möglicherweise sogar der Polizei begegnen. Obwohl er sich auf beide Transportmöglichkeiten vorbereitete, waren sie ihm zu langsam, zu umständlich und viel zu gefährlich. Aber wenn er doch auf sie zurückgreifen musste, war Halder der perfekte Mann an seiner Seite.

Sollte Kunze seinen Plan mit der von ihm bevorzugten Methode jedoch tatsächlich umsetzen können, brauchte er Halder nicht mehr, wenn sie in der Stadt angelangt waren. Dann konnte er sich des einfältigen, verräterischen Träumers entledigen, sobald sie die Getreidesilos erreicht hatten.

11. Kapitel

Ernst liebte die friedlichen Nächte in den Baracken. Trotz der glühenden Hitze tagsüber war es nachts auf den Plains kühl. Normalerweise hörte er kurz vor dem Einschlafen nur den Wind, der über die unberührte Landschaft pfiff. Keine Granaten explodierten, keine Sirenen, die vor Luftangriffen warnten, keine Offiziere, die befahlen, die Kanonen zu besetzen. Seit man ihn vor vier Jahren zur Wehrmacht eingezogen hatte, waren die Nächte in Camp Dillon die besten gewesen, fast so gut wie die Nächte zu Hause, vor dem Krieg.

Normalerweise träumte er beim Einschlafen von zu Hause. Aber heute Nacht drehten seine Gedanken sich um die Fluchtpläne. Ernst fragte sich, wie er verhindern konnte, dass Mr. Walker selbst mit dem Erntelaster in die Stadt fuhr. Denn er war sicher, dass der Farmer die Getreidesilos selbst in Augenschein nehmen wollte, um die Feuchtigkeit und die Scheffel pro Morgen zu kontrollieren. Ernst musste sicherstellen, dass er und Leutnant Kunze allein einen Erntelaster fuhren. Er wollte nicht darüber nachdenken, aber er vermutete, Kunze würde jeden anderen töten, der in dem Wagen mitfuhr. Kunze strahlte eine kalte Distanz aus, und sein glühender Diensteifer erinnerte Ernst an die Kompanie der Waffen-SS, die in sein Dorf marschiert war und von allen Männern zwischen achtzehn und fünfunddreißig verlangt hatte, sich freiwillig zum Wehrdienst zu melden, sonst würden ihre Höfe und Geschäfte niedergebrannt und ihre Frauen und Töchter vergewaltigt. In seinen vier Jahren bei der Wehrmacht hatte Ernst viele solcher Geschichten über die Rekrutierungsmethoden der Nazis gehört. Er schloss die Augen, versuchte diese schrecklichen Gedanken aus seinem Kopf zu verbannen und konzentrierte sich lieber wieder auf die Great Plains.

Er atmete tief ein und hielt die frische Nachtluft in seinen Lungen. Er wollte sie festhalten, wollte, dass sie dort blieb, ihn ausfüllte und stärkte. In diesem Moment stellte Ernst sich vor, dass dies alles war, was er zum Glücklichsein brauchte, eine Lunge voll frischer Luft, die er hier, mitten in Amerika, einatmete.

Das hier könnte eine so wundervolle Heimat sein, ein Hof, eine Farm, draußen auf der Prärie … dazu einen Nachbarn wie Ralph Walker … und eine Frau wie …

Ernst wurde die Gedanken an Celena einfach nicht los, selbst wenn sie am Samstag jemand anderen heiraten würde. Er versuchte, sich nicht ihren Verlobten vorzustellen, wie er in Uniform am Bahnhof aus dem Zug stieg oder im schwarzen Anzug auf den Stufen vor dem Altar stand und Celenas Hand hielt … oder am Morgen nach ihrer Hochzeitsnacht neben Celena erwachte.

Ernst atmete die kühle Luft aus und war augenblicklich wieder im Kriegsgefangenenlager. Dann hörte er Geräusche, ein paar Kojen weiter.

»Zeit, dem Heiligen Geist gegenüberzutreten«, zischte jemand. »Jetzt wirst du erleben, was mit denen passiert, die das Vaterland verraten!«

Stiefel scharrten auf den Bodendielen.

»Nein!«, schrie jemand voller Panik. »Ich liebe den Führer!«

»Packt ihn!«, befahl eine andere Stimme.

»Hilfe! Sie …!«

Ernst hörte zwei dumpfe Schläge und ein Wimmern wie von einem geprügelten Hund.

»Habt ihr ihn? Verschwinden wir.«

Er setzte sich auf und schwang seine Beine über den Bettrand, während er nach der Brille tastete. Im selben Moment packte jemand grob seine Schulter.

»Weiterschlafen, Halder!«, flüsterte eine eisige Stimme. »Sie haben nichts gehört und nichts gesehen. Niemand sieht den Heiligen Geist, verstanden?«

Ernst konnte das Gesicht nicht erkennen, das sich rasch in der Dunkelheit verlor, aber er wusste, dass es Feldwebel Straub gehörte und dass der mit seinen Schergen einen weißen Kissenbezug, den Heiligen Geist, über Manfred Hauptmanns Kopf gestülpt hatte und ihn jetzt ins Waschhaus schleppte.

Die drei deutschen Offiziere marschierten in den Friseurladen. Jackie folgte ihnen humpelnd.

»Guten Morgen«, begrüßte einer der Friseure sie.

»Howdy«, meinte der andere.

Jackie schloss die Tür hinter sich. »Morgen.«

Major Tomola, Hauptmann Paradeiser und Hauptmann Terberger, alle drei in der schwarzen Uniformjacke und der khakifarbenen Hose eines Panzerkommandeurs der Panzerarmee Afrika, begrüßten die Friseure auf Englisch und setzten sich in drei gepolsterte Stühle an der Wand. Ein dunkelhäutiger Mann mit einem verlotterten Strohhut und einer aufgeschlagenen Zeitung auf dem Schoß nickte ihnen zu. Jackie setzte sich ebenfalls. Er wollte warten, bis einer der Gefangenen in einen Frisierstuhl gerufen wurde, bevor er zur Telefonvermittlung ging.

Auch wenn die Army-Vorschriften deutschen Offizieren erlaubten, sich innerhalb eines Fünfmeilenradius um das Lager frei zu bewegen, wenn sie schworen, keinen Fluchtversuch zu unternehmen, durften sie als POWs nicht unbeaufsichtigt herumlaufen. Die Stadtbevölkerung wäre vermutlich in Panik geraten, wenn sie deutsche Soldaten allein durch die Straßen hätte laufen sehen. Jackie hatte sich nur zu gern angeboten, die drei Offiziere zu ihrem Friseurbesuch in die Stadt zu begleiten, weil der Friseurladen direkt gegenüber der Telefonvermittlung lag. Er musste Colonel Stevens vom Tod Manfred Hauptmanns unterrichten, des neunzehnjährigen Infanteriesoldaten, dessen Leiche am Morgen an einem Dachbalken des Waschhauses gefunden worden war. Major Shaw hatte auf Selbstmord erkannt und keine weiteren Untersuchungen eingeleitet. Jackie jedoch vermutete, dass dieser Vorfall entweder etwas mit dem Mord an Corporal Voss zu tun hatte oder eine der vielen hundert Exekutionen in den landesweit verstreuten Lagern war, durch die fanatische Nazis die Reihen derjenigen lichteten, die sie für Verräter hielten.

»Das dürfte genügen, Edgar«, meinte der korpulente Friseur und nahm den Kittel von seinem Kunden.

»Danke, Pete.«

»Wer von euch Soldaten ist der Nächste?« Der Friseur wischte die restlichen Haare vom Stuhl.

Der Mann mit dem Strohhut stand langsam auf und nahm den Strohhut ab.

»Du nicht, Poncho«, meinte der Barbier. »Du wartest gefälligst.«

Major Tomola legte den Kopf auf die Seite. »Verzeihung«, sagte er. Er hatte einen starken Akzent. »Dieser Gentleman ist vor uns dran.«

»Nein, ist er nicht.« Der Friseur deutete auf ein Schild an der Wand.

Jackie blickte unwillkürlich dorthin. *Weiße haben Vorrang.*

»Gracias, Señor«, sagte der dunkelhäutige Mann und nickte Major Tomola zu, während er den zerfransten Rand des Hutes in den Händen drehte.

»Also, Fritz«, fuhr der Friseur fort. »Willst du einen Haarschnitt oder nicht?«

Major Tomola sah wieder zu dem Mexikaner, der sich in seine

Zeitung vertieft hatte. Jackie bemerkte, dass er sie verkehrt herum hielt.

»Private Forrest?«, fragte der Major.

Jackie zuckte zusammen, als er sich wieder auf die POWs konzentrierte. »Machen Sie nur, Major.«

Hauptmann Paradeiser schüttelte den Kopf. »Der Führer würde uns niemals erlauben, Mexikaner, Indianer und die Schwarzen so zu behandeln, wie die Amerikaner das tun«, sagte er auf Deutsch.

»Und doch kämpfen sie für Juden, Slawen und Polen«, höhnte Hauptmann Terberger. »Pah!«

»Heuchler«, meinte Major Tomola. »Sie haben getrennte Waschräume für sie, lassen sie nicht in ihren Restaurants essen oder in ihren Motels übernachten. Aber wir sind die Bösen, die Teufel, gegen die sich die ganze Welt verschworen hat.«

Jackie sank auf seinen Stuhl zurück. Er hätte diesen Wehrmachtsoffizieren sehr gern erklärt, dass Amerika die Neger, Mexikaner und Indianer zwar beschämend schlecht behandelte, sie aber wenigstens nicht in Konzentrationslager brachte, um sie dort zu vergasen.

Die Tür des Friseurladens schwang auf. Ralph Walkers mächtige Gestalt füllte den ganzen Rahmen.

»Guten Morgen, Ralph«, begrüßte ihn der Friseur.

Walker nickte. »Pete.« Er kam nicht herein.

»Mr. Walker«, sagte Jackie.

Walker betrachtete ihn einen Moment finster und tippte dann kurz an die Hutkrempe.

»Pete, hast du Johnny Fye oder seine Erntehelfer gesehen?«, erkundigte er sich.

»Johnny war vorhin zum Haareschneiden da«, erwiderte der Friseur.

»Weißt du, wo er jetzt ist?«

»Er wollte zu Albert Eckhout, um anfangen zu mähen. Alberts

Mähdrescher steckt vor Salinas fest. Eine Achse ist gebrochen. Vielleicht mäht Johnny auch für ihn.«

Die Muskeln in Walkers Kiefer traten deutlich hervor. »Fye muss unbedingt eine Schwade von meinem Feld mähen, damit ich die Feuchtigkeit des Weizens überprüfen kann.«

»Bist du denn schon so weit, Ralph?«

»Das weiß ich erst, wenn er die Probe gemäht hat.«

Die Tür fiel vernehmlich hinter Walker ins Schloss.

»So gereizt habe ich Ralph noch nie erlebt«, meinte der Friseur, während er Major Tomola einen Kittel umband. »Er ist einer von euch, Jungs, ein Deutscher. Aber so grimmig ist er sonst nie!«

Jackie beobachtete durch das Fenster, wie Walker sich in seinen Pick-up zwängte und davonfuhr.

Celena parkte vor Mrs. Bowerlys Kleidergeschäft mitten in Julesburgs Geschäftsviertel. Etliche ihr unbekannte Menschen belebten die Straßen, als die Erntehelfer mit ihren Lastwagen und Mähdreschern in die Stadt einfielen. Nur wenige Farmer konnten sich eigene Mähdrescher leisten, weil sie die nur ein- oder zweimal im Jahr brauchten, aber die Erntehelfer verdienten sich ihren Lebensunterhalt damit, dass sie sich mit ihren Maschinen vom Mississippi nach Norden über die Plains bis nach Kanada vorarbeiteten und das Getreide der Farmer einbrachten.

Celena liebte die Erntezeit, wenn die Farmer endlich für die Monate harter Arbeit entlohnt wurden. Die Massen von Erntearbeitern versetzten die Stadt in einen Taumel, den sie nur einmal im Jahr erlebte. Ihr Vater war erleichtert, weil er seine Familie zumindest ein weiteres Jahr versorgen konnte. Celena stand auf dem Bürgersteig und beobachtete lächelnd das Treiben auf der Main Street. Plötzlich schoss ihr durch den Kopf, dass dies möglicherweise die letzte Ernte war, die sie bei ihren Eltern erlebte. Nächsten Juli würde sie mit ihrem Ehemann zusammen sein, falls sie tatsächlich Walt heiratete. Eine melodische Stimme mit einem breiten Südstaatenakzent riss sie aus ihren Gedanken.

»Guten Tag, Miss Walker.« Private Forrest zog seine Uniformmütze. »Machen Sie einen Einkaufsbummel in der Stadt?«

»Ja, ich muss ein paar Dinge erledigen.«

»Sie haben sich einen heißen Tag dafür ausgesucht.« Er lächelte.

Celena wusste nicht genau, ob Private Forrest etwas von ihr wollte oder einfach nur höflich war, aber sie lächelte ihn an, um nicht selbst unhöflich zu erscheinen.

Bei ihren beiden bisherigen Begegnungen hatte Celena ihn nicht wirklich betrachtet, sondern nur seine unsteten, aufmerksamen Augen bemerkt. In der sengenden Julihitze wirkte sein Gesicht streng und ausgelaugt, was bei einem so jungen Mann sehr merkwürdig war. Er hätte so alt sein können wie sie oder fünfzehn Jahre älter, Celena wusste es nicht. Irgendwie schien er für einen einfachen Private, der POWs bewachte, zu viel Erfahrung zu haben, als wäre eine uralte Seele in einem fremden Körper gefangen. Vermutlich konnte er wegen seines verkrüppelten Beins keinen anderen Dienst tun. Celena fragte sich, woher diese Verletzung wohl stammte.

»Sind die Felder Ihres Vaters bald so weit?« Er lächelte immer noch.

»Vermutlich in ein oder zwei Tagen. Wenn es regnet, dauert es noch etwas.« Sie wandte sich zum Gehen. »Es war nett, Sie …«

»Wie ich höre, sind Sie mit einem amerikanischen Soldaten verlobt.«

Sie fuhr herum. »Ja … Ja, das stimmt.«

»Gratuliere. Sie haben es weit gebracht, nicht wahr? Ihr Vater hat in der deutschen Armee gekämpft, Ihre Mutter ist Belgierin, und Sie heiraten in eine anständige amerikanische Familie ein.«

Celena legte den Kopf auf die Seite. »Was … meinen Sie damit?«

»Könnte es nicht sein, dass Ihr Dad nicht will, dass Sie einen Soldaten heiraten, der gegen sein Land kämpft?« Jetzt war jede Höflichkeit aus Private Forrests Blick verschwunden.

»Private Forrest, ich bin hier in Julesburg geboren.«

»Sicher, Ma'am, und trotzdem …«

Er ließ den Satz unvollendet, als wollte er sie beschuldigen.

»Private, mein Vater hat uns nicht einmal erlaubt, Deutsch zu lernen, und es selbst zu Hause auch nie gesprochen. Er wollte, dass wir als Amerikaner aufwuchsen. Und glauben Sie mir, er hasst die Nazis mehr als jeder andere.«

»Hat er jemals seinen ältesten Sohn erwähnt, den er in Deutschland zurückgelassen hat?«

»Meine Mutter hat mir von ihm erzählt«, erwiderte sie triumphierend. »Dass Dad seine Frau nach dem Großen Krieg, nach seiner Entlassung aus der Kriegsgefangenschaft nicht mehr finden konnte.«

Private Forrest trat vor und zog beinahe vorwurfsvoll die Brauen zusammen.

»Ich frage mich nur, woher Ihr Dad wissen kann, dass sein Sohn in der deutschen Armee kämpft, wenn er ihn nicht finden konnte?«

Celena sah ihn erstaunt an.

»Nun …«

Aber sie erholte sich rasch. »Nur weil mein Halbbruder Deutscher ist, bedeutet das nicht, dass mein Vater sich nicht um ihn sorgt.«

»Miss Walker, ich weiß nur, dass Ihr Vater und seine Familie Deutsche sind. Und die Army behandelt Leute, die POWs helfen, nicht sehr zuvorkommend.«

»Wir … wir behandeln die Gefangenen einfach nur höflich. Ist das ein Verbrechen?«

»Ja, Ma'am, das ist es. Und Sie könnten sich damit viel Ärger einhandeln.«

»Aber, Private, die Gefangenen sind auch Menschen.«

»Ma'am, ich will nur sagen, Sie sollten darauf achten, wie freundlich Sie die POWs behandeln.«

Er setzte sich das Käppi wieder auf. »Viel Erfolg mit Ihrer Ernte.«

Celena trat noch einen Schritt zurück, doch Private Forrest drehte sich um und humpelte über den Bürgersteig davon.

Sie konnte nicht genau einschätzen, was da gerade passiert und warum Private Forrest sie in dieser Weise angegangen war. Nervös kaute sie an ihrer Unterlippe. Hatte es vielleicht wider Erwarten doch ernstere Konsequenzen gehabt, dass sie neulich von dem Wachsoldaten mit Ernst ertappt worden war? Sie konnte nicht glauben, dass der G.I. eine so kurze Begegnung mitten auf einem Feld gemeldet hatte. Aber sie erinnerte sich noch sehr gut an die Warnung ihres Vaters und seine Anweisung, sich von den POWs fernzuhalten, weil die Army ihre Familie vielleicht genauer beobachtete. Celena hatte keine Ahnung, was die Army tun konnte, wenn sie ihren Vater für einen Verräter hielt.

»Entschuldigung«, sagte Mrs. Sleethe unmittelbar neben ihr. Celena schrak zusammen. Florabeth war an der Seite ihrer Mutter.

»Oh.«

»Tut mir leid, Celena, aber wir sind sehr in Eile.« Mrs. Sleethe hatte den Arm um Florabeths Schultern gelegt.

»Ist ... ist alles in Ordnung?«

»Ja, Liebes. Alles ist ganz wunderbar.«

Florabeths Haar klebte an ihrem Kopf, als hätte sie Migräne, und sie vergrub ihr Gesicht an der Schulter ihrer Mutter. Die beiden gingen, als wären sie an der Hüfte zusammengewachsen.

»Florabeth?« Celena beugte sich vor, um dem Mädchen ins Gesicht zu sehen. Doch sie bekam nur ein Schluchzen zu hören.

»Celena, es ist etwas ganz Schreckliches passiert«, erklärte Mrs. Sleethe. »Ich muss Florabeth nach Hause bringen.«

»Oh, natürlich … selbstverständlich, Mrs. Sleethe. Wenn ich etwas für Sie tun kann …?«

Bei diesen Worten wirbelte Florabeth herum. Ihr Gesicht war gerötet.

»Sie will mich nur verspotten, Mutter! Sie heiratet am Samstag und will es mir unter die Nase reiben.«

»Aber Florabeth!«, erwiderte Celena vollkommen überrascht. »Wie kommst du denn darauf? Das stimmt nicht!«

»Doch, es stimmt! Du bist grausam und gemein!«

»Nein, Florabeth«, versuchte Mrs. Sleethe ihre Tochter zu beruhigen. »Celena weiß es doch noch gar nicht!«

»Ich weiß was nicht, Mrs. Sleethe? Was ist denn passiert?«

»Travis' Flugzeug wurde abgeschossen. Er hat zwar überlebt, hat aber schreckliche Verbrennungen erlitten. Die Ärzte sagen, er wird nie wieder gehen können.«

Celena schlug die Hände vor den Mund. »Mein Gott! Das tut mir ja so leid!«

»Jetzt sitze ich auf dieser Farm da draußen fest«, jammerte Florabeth, »mit einem Krüppel als Ehemann.« Sie starrte Celena noch einen Moment an, bevor sie ihr Gesicht wieder am Busen ihrer Mutter vergrub.

»Es ist schon gut, Celena. Sie ist einfach nur aufgeregt!«

»Sicher, Mrs. Sleethe.«

Celena streichelte Florabeths Arm, die daraufhin nur noch lauter schluchzte.

»Ich muss sie jetzt nach Hause bringen«, meinte Mrs. Sleethe und zog ihre Tochter weiter. Dann blickte sie sich noch einmal um. »Viel Glück für Samstag. Walt und du, ihr werdet bestimmt glücklich werden.«

Celena liefen jetzt selbst die Tränen über die Wangen, als sie den beiden Frauen nachsah. Trotz allem, was sie getan hatte, trotz des Leids, das sie anderen zugefügt hatte, so etwas hatte nicht einmal Florabeth Sleethe verdient.

Jackie beobachtete aus dem Fenster der Telefonvermittlung die Tür des Friseurladens. Er war sicher, dass er sich keine Sorgen um die POWs machen musste. Bislang hatte kein deutscher Offizier in einem amerikanischen Kriegsgefangenenlager je sein Wort gebrochen, dass er keinen Fluchtversuch unternehmen würde, wenn er dafür frei herumlaufen konnte. Trotzdem wollte er lieber sichergehen.

Er hatte eigentlich nicht vorgehabt, Ralph Walkers Tochter einzuschüchtern, aber er würde alles dafür tun, dass Zivilisten den Gefangenen nicht halfen, mochten sie ihr Verhalten nun harmlos finden oder nicht. Vor allem jetzt, da die Nazis im Lager offenbar Vorräte für eine Flucht sammelten. Wenn die Warnung an eine Farmerstochter, sich POWs gegenüber nicht zu freundlich zu verhalten, dazu führte, dass die Bitte eines Gefangenen um ein paar Dollar oder Konserven oder andere Dinge abgelehnt wurde, war es diese Einschüchterung wert. Vor allem, weil Celena Walker viel Zeit bei den POWs verbrachte, die auf den Feldern ihres Vaters arbeiteten. Und wo Ralph Walkers wahre Loyalität lag, konnte Jackie immer noch nicht mit Bestimmtheit sagen.

»Colonel Stevens«, ertönte eine Stimme im Hörer.

»Colonel, hier spricht Jackie Forrest von Camp Dillon.«

»Gibt es etwas Neues?«

Jackie unterrichtete den Colonel über den vorgeblichen Selbstmord von Private Hauptmann.

»Klingt verdächtig in meinen Ohren«, meinte auch der Colonel. »Die fanatischen Nazis machen das in allen Lagern, und seit wir in Frankreich gelandet sind, wird es nur noch schlimmer. Dutzende Leute werden zusammengeschlagen oder begehen angeblich Selbstmord ... Zum Teufel, in einem Lager in Illinois hat die Lagergestapo sogar eine Baracke mit deutschen Sozialdemokraten angezündet und versucht, zweiundvierzig von ihnen auf einmal umzubringen. Sie haben einfach die Tür zugesperrt und das ganze Ding angezündet.«

»Himmel!«

»Passen Sie gut auf sich auf, Jackie. Ich habe hier den Bericht des militärischen Geheimdienstes über Corporal Karl Voss vorliegen.«

»Danke, Sir. Was steht drin?«

»Es gibt keinerlei Aufzeichnungen darüber, dass er in der SS gewesen wäre; er ist nicht mal in die NSDAP eingetreten. Als er in Norwegen gefangengenommen wurde, steckte er in der Uniform eines einfachen Soldaten.«

»In Norwegen?«

»Karl Voss gehörte nicht zum Afrikakorps«, erklärte Colonel Stevens. »Die Norweger haben ihn und fünf andere Soldaten während der deutschen Invasion 1940 in der Nähe eines Kraftwerks in Rjukan gefangengenommen. Neun von ihnen haben sie bei einem Feuergefecht getötet und die sechs Überlebenden den Briten übergeben.«

»Voss wurde vor vier Jahren in Norwegen gefangengenommen? Wie ist er denn zu uns gekommen?«

»Wegen der Überfüllung in den britischen Lagern.«

»Also hat unser militärischer Geheimdienst ihn nie verhört?«

Jackie hörte das Rascheln von Papieren.

»Sieht so aus«, erwiderte Colonel Stevens. »Damals hat die deutsche Luftwaffe England Tag und Nacht bombardiert, deshalb hatten die Briten wohl keine Zeit, ihn mehr als flüchtig unter die Lupe zu nehmen, zumal er nur ein einfacher Private war. Und als sie ihn uns überstellt haben, haben wir ihn auch nicht verhört.«

»Steht in den Akten irgendetwas über dieses Kraftwerk in Norwegen? Was wollte er da?«

»Nein. Offenbar haben die Briten wirklich nur sehr flüchtig hingesehen.«

Jackie schüttelte den Kopf. Es ergab keinen Sinn, dass Karl Voss in seinem Soldbuch vor vier Jahren als »Obergefreiter« geführt wurde und dann in der Uniform eines einfachen Schützen gefangengenommen worden war. Ebenso wenig konnte er verstehen, was eine Abteilung Infanterie während der deutschen Invasion an einem norwegischen Kraftwerk wollte.

»Colonel, die fünf anderen Soldaten, die mit Voss gefangengenommen wurden, waren das auch alles Infanteristen?«

»Ja. Und zwar alles Privates.«

»Und die neun Gefallenen?«

»Hm. Offenbar waren das ebenfalls nur einfache Soldaten.«

»Es waren weder Corporals noch Sergeants bei ihnen?«

»Nein.«

Jackie hielt es zwar theoretisch für möglich, dass die Anführer dieses Trupps ihrer Gefangennahme entkommen waren und die Norweger nur sechs einfache Soldaten erwischt hatten, aber das war unwahrscheinlich. Fünfzehn einfache Infanteriesoldaten bei einem Kraftwerk … ohne Führung von Offizieren oder Unteroffizieren? Das kam Jackie merkwürdig vor. Als hätten die Nazis etwas Geheimes im Schilde geführt.

»Und wo sind die fünf anderen jetzt, Sir?«

»Um das herauszufinden, muss ich einige Telefonate führen.«

»Sir, es war bestimmt keine Abteilung der Waffen-SS?«

»Nein. Jackie, Sie glauben doch nicht, dass Voss ein SS-Mann war?«

»Nun, sein Rang bei seiner Gefangennahme und der in seinem Soldbuch passen nicht zusammen. Und was genau haben er und die anderen an diesem Kraftwerk gewollt?«

»Aber wenn Voss bei der SS gewesen wäre, hätte er diese besondere Tätowierung gehabt. Die wäre während der Untersuchung und des Verhörs sicher jemandem aufgefallen.«

»Die Briten haben auch übersehen, dass seine Uniform und sein Soldbuch nicht zusammenpassen, Sir.«

»Haben Sie eine Tätowierung an der Leiche gesehen?«

»Ich habe Voss zwar nur flüchtig auf dem Feld untersucht, aber … nein.«

»Hat die Autopsie schon etwas ergeben?«

»Der Arzt aus Sterling ist noch nicht dazu gekommen«, erwiderte Jackie. »Major Shaw meint, dass diese Masernepidemie ziemlich übel wütet und der Arzt nicht hierherfahren kann, nur um einen Blick auf einen toten POW mit durchgeschnittener Kehle zu werfen.«

»Großer Gott!«

»Da ist noch etwas«, fuhr Jackie fort. »Irgendein POW hat ein Hakenkreuz auf ein Scheunendach gepinselt.«

»Vermutlich nur ein schlichter Fall von Vandalismus. Sie spielen uns überall im Land solche Streiche.« Der Colonel lachte. »In Pensacola in Florida haben sie einer Herde Seeschildkröten rote Hakenkreuze auf die Rückenpanzer gemalt und sie dann freigelassen. Die Leute am Strand haben sich fast zu Tode erschreckt …«

»Sir, aber hier fehlen einem Farmer auch einige Köpfmesser und dazu Geld. Insgesamt achtzehn Dollar.«

»Glauben Sie, das waren POWs?«

»Das Hakenkreuz war vielleicht nur ein Ablenkungsmanöver.«

»Wofür braucht ein Gefangener Geld? Um verbotene Waren zu kaufen?«

»Vielleicht«, erwiderte Jackie. »Aber an die könnten sie auch durch Tauschgeschäfte kommen. Möglicherweise brauchen sie das Geld für eine Flucht.«

»Mit achtzehn Dollar kann man nicht sehr weit kommen.«

»Vorausgesetzt, das ist alles, Sir. Sollten sie tatsächlich Geld für eine Flucht sammeln, haben sie vielleicht einen Weg gefunden, mehr als achtzehn Dollar zu ergattern.«

»Versuchen Sie das herauszubekommen … Haben Sie übrigens schon einen Spitzel gefunden?«

Jackie zuckte zusammen. Die einzige Person, die seiner Meinung nach dafür in Frage kam, war Major von Armin, aber er wusste immer noch nicht, wie er den Mann anwerben konnte.

»Noch nicht, Sir …«

»Dann suchen Sie einen, und beeilen Sie sich! Es dauert Monate, einen Informanten aufzubauen.«

»Ich weiß, Sir, aber … ich bin nicht sicher, wie ich das am besten anstellen soll.«

»Seien Sie einfach freundlich, lassen Sie hier und da ein paar Andeutungen fallen. Und wenn Sie ein Thema finden, das den Leuten am Herzen liegt, etwas, wo Sie sie packen können, dann machen Sie sich das zunutze. Zeigen Sie ihnen, dass es in ihrem Interesse liegt, Ihnen Informationen zu geben.«

Jackie fuhr sich mit dem Handrücken über die Stirn. Er wusste nicht, ob von Armin ihm helfen konnte, aber er musste einfach mehr über Karl Voss und dieses norwegische Kraftwerk erfahren.

»Jackie, passen Sie da draußen auf sich auf. Kürzlich erst musste ein Wachsoldat in Fort Thomas drei POWs erschießen, die ihn angegriffen haben. Diese fanatischen Nazis sind immer noch sehr gefährlich.«

»Danke, Colonel. Ich kann auf mich aufpassen.«

»Wenn wir Glück haben, spielt das ohnehin alles keine Rolle mehr. In einer Woche werden alle Offiziere aus Camp Dillon verlegt.«

Jackie blickte auf die Prärie hinaus.

»Schon, Sir, aber in einer Woche kann viel passieren.«

»Schon gut, Liebes, alles wird gut.« Celenas Mutter tätschelte ihrer Tochter den Rücken.

»Aber ihr Ehemann ist gelähmt«, schluchzte Celena. »Und jetzt sitzt Florabeth mit ihm auf der Farm fest.«

Sie waren allein im Haus, und trotz der Hitze fror Celena wie im tiefsten Winter. Wie immer waren die Arme ihrer Mutter warm und tröstend, dennoch fühlte Celena sich nicht besser.

»Das ist nicht fair, Mutter«, fuhr sie fort. »Florabeth wollte in Denver leben. Sie sollte nicht dort draußen auf einer Farm hocken müssen.«

»Ich weiß …«

Celena befreite sich aus den Armen ihrer Mutter und lief zur Couch.

»Mom, ein Mädchen hat doch das Recht, etwas von der Welt zu sehen, bevor es eine Familie gründet und den Rest ihres Lebens auf einer Farm verbringt.«

»Du hast ganz recht, Celena. An einem Leben auf einer Farm ist zwar nichts auszusetzen, aber trotzdem sollte man dieses Leben erst wählen müssen, wenn man bereit dafür ist.« Ihre Mutter legte den Kopf auf die Seite und strich Celena ihre widerspenstigen Haare hinter die Ohren. »Und wenn ein Mädchen nicht bereit für eine Ehe ist, dann muss es das ihrem Verlobten und ihrem Vater sagen.«

Celena schniefte und wischte sich die Tränen von den Wangen.

»Und wenn das Mädchen seinen Vater liebt und seinen Verlobten nicht verletzen will? Wenn es Angst davor hat, was die Leute in der Stadt sagen oder was sie über ihre Familie denken?«

»Dann muss das Mädchen eine Entscheidung treffen … Entweder muss es aufstehen und für sich eintreten oder den Rest seines Lebens nach den Regeln von anderen Leuten leben.« Sie legte Celena die Hand unter das Kinn und hob ihren Kopf sanft an. »Zum Glück kümmert dich ja nicht, was die Leute in der Stadt sagen, hm?«

Celena blickte suchend in die Augen ihrer Mutter, erkannte ihre Kraft und Güte.

Sie liebte sie sehr, so sehr wie ein Mädchen seine Mutter nur lieben konnte, aber ihre Mutter hatte nie ertragen müssen, was Celena durchgemacht hatte, hatte nie einen harten Tag in ihrem Leben erlebt, von der schweren Farmarbeit einmal abgesehen. Ihr Vater hatte die siebzehnjährige Schönheit von einer Farm in der Nähe von Holyoke weggeholt. Es hatte keinen Aufruhr gegeben, keine Verzweiflung, keinen Tratsch und keine arrangierte Ehe. Ihre Mutter hatte nicht die Liebe ihres Lebens verlassen, um Celenas Vater zu heiraten. Es gab kein gebrochenes Herz, keine Trauer um verpasste Gelegenheiten. Ihre Mutter konnte unmöglich verstehen, was Celena durchmachte, sie hatte keine Ahnung, wie Celenas Leben aussah, wusste nichts von dem Gefühl, in unterschiedliche Richtungen gezerrt zu werden.

Trotzdem konnte Celena sie einfach nicht enttäuschen, weder ihre Mutter noch ihren Vater.

»Mutter«, sie glättete die Falten ihres Kleides. »Ich möchte, dass du weißt … Du musst mir glauben, dass ich ein gutes Mädchen bin, dass ich nichts Unrechtes mit diesem Kesselflicker getan habe.«

Ihre Mutter antwortete nicht, sondern streichelte nur Celenas Hand.

»Sicher«, fuhr Celena fort, »ich habe zugelassen, dass er mich geküsst hat, und wir waren allein in dem Kartoffelkeller …«

»Celena.« Ihre Mutter ließ abrupt ihre Hand los. »Einige Dinge passieren eben, und danach macht man weiter wie vorher.« Sie stand auf.

Celena legte den Kopf auf die Seite. Es hatte sie den letzten Rest ihrer Würde gekostet, dieses Thema überhaupt zur Sprache zu bringen, es laut auszusprechen, ihrer Mutter endlich die Wahrheit zu gestehen. *Und ihre einzige Reaktion besteht darin, mich zu unterbrechen, mir über den Mund zu fahren und mir zu raten, ich solle es vergessen. Dieser Vorfall hat mein Leben in Julesburg ruiniert, für immer. Auch eine Heirat mit Walt wird nichts daran ändern!*

Schweigend sah sie ihre Mutter an. Die Worte waren da, aber sie brachte sie einfach nicht über die Lippen.

Ihre Mutter ging zur Tür und drehte sich dort noch einmal um.

»Ich habe einen Kuchen für die Gefangenen gebacken, die auf den Feldern arbeiten. Den solltest du ihnen bringen.«

Celena sah sie fragend an. »Was?«

»Sag deinem Vater, dass ich ihn gebacken habe, weil sie so hart arbeiten.«

»Aber ... aber er hat gesagt, ich solle nicht mehr auf die Felder gehen, wenn die Männer dort sind.«

Ihre Mutter stand in der Tür und stemmte die Hände in die Hüften.

»Liebling, du bist die beste Tochter, die eine Mutter sich wünschen kann. Und ich werde dich immer lieben, ganz gleich, was passiert. Aber du musst dein Leben nicht als dieses Mädchen leben und dir von anderen Leuten vorschreiben lassen, was du zu tun hast ... Je eher du beginnst, dich wie eine Frau zu benehmen, desto eher werden die Leute auch anfangen, dich wie eine zu behandeln.«

12. Kapitel

»Alles fertig, Herr Leutnant.« Der Hauptgefreite Kalytka stellte die langen schwarzen Schaftstiefel neben die Pritsche von Leutnant Kunze. »Gestriegelt und poliert. Und vor dem Appell morgen früh ist auch Ihre Uniform gebügelt.«

Kunze nickte kurz und schnürte dann weiter seine Arbeitsstiefel auf.

»Ich muss schon sagen, Herr Leutnant«, fuhr der Gefreite fort, »Sie sind wirklich bewundernswert, ich meine, dass Sie sich als Offizier freiwillig zum Arbeitsdienst melden. Die Männer blicken zu Ihnen auf, obwohl keiner unter Ihnen hat dienen dürfen.«

Kunze streifte die Arbeitsschuhe ab.

»Herr Leutnant, haben Sie auch unter Feldmarschall Rommel in Nordafrika gedient?«, erkundigte sich der Hauptgefreite neugierig.

Kunze drehte den Kopf und sah ihn finster an.

»Hauptgefreiter, Sie können wegtreten. Weitere Fragen nach meiner Dienstlaufbahn werden der Lagergestapo gemeldet. Angesichts der Verräter und Spitzel, mit denen dieses Lager verseucht ist, dürfte man mit einem Mannschaftsdienstgrad, der einen Offizier ausfragt, recht ungnädig umspringen.«

Er durchbohrte den Hauptgefreiten mit seinem Blick. Kalytka salutierte zackig und verschwand.

Kunze ließ sich auf die Pritsche sinken und legte sich auf das Kissen. Er leistete sich den Luxus, die Augen zu schließen, lauschte jedoch aufmerksam auf jedes Geräusch.

Er hatte Ralph Walker bis jetzt noch nicht getroffen, dabei

konnte er es kaum noch erwarten. Die wenigen deutschen Agenten, denen es gelungen war, sich in die amerikanische Regierung und militärische Ämter einzuschleusen, und die noch unentdeckt in ihren Verstecken saßen, hatten es tatsächlich geschafft, Kunze nach Camp Dillon zu verlegen. Andererseits, wieso sollte es die Amerikaner interessieren, wo ein einfacher deutscher Leutnant interniert war? Er war nur einer von vielen POWs, die irgendwo untergebracht werden mussten. Sie konnten unmöglich wissen, dass er unbedingt in dieses Lager und in Walkers Arbeitsgruppe hatte verlegt werden müssen. Es lief wie geplant. Einfach perfekt.

Einen Moment später schlug er die Augen auf und richtete seinen Blick auf das Porträt des Führers an der Barackenwand, das Hauptmann Pabel im Kunstkurs des Lagers gemalt hatte. Er war froh, dass der größte Führer der Welt, der Mann, der die deutschsprechenden Völker errettet und vereinigt hatte, dass dieser Held seiner und aller folgenden Generationen Zeuge seines Triumphs sein würde; wenn auch nur im Geiste.

Kunze stieß sich von der Pritsche hoch und überzeugte sich mit einem kurzen Blick davon, dass die Baracke leer war. Die anderen Offiziere saßen noch beim Abendessen. Er kniete sich vor seinen niedrigen Spind und zog ein zusammengerolltes Pergament aus einem Versteck im Oberteil. Er entfaltete es und breitete es auf der Decke aus. Die Karte war ausgezeichnet und maßstabsgetreu. Kunze nahm sich vor, Oberst Kettner gegenüber den Kartenzeichner des Lagers lobend zu erwähnen.

Wenn die Geheimdienstberichte stimmten, befand sich das Labor etwa vierzig Kilometer nordwestlich von Santa Fe. Wenn er seine Aufgabe dort erfüllt hatte, waren es noch etwa fünfhundertvierzig Kilometer bis zur mexikanischen Grenze, je nachdem, welche Route nach Süden er einschlug. War er erst einmal in Mexiko, dürfte er die Hauptstadt wohl ohne größere Schwierigkeiten erreichen und könnte sich dort die Dokumente beschaffen, die ihm Zugang zur portugiesischen Botschaft und auf sicheren diplomatischen Boden gewährten. Danach würde er ungehindert den Atlantik überqueren können. All das würde allerdings nur funktionieren, wenn sein Auftrag erfolgreich verlief. Er wusste nicht, ob die Wissenschaftler des Führers seine Informationen noch rechtzeitig nutzen konnten, um das Kriegsglück zu wenden, aber nachdem die Amerikaner und Briten den Kontinent erreicht hatten, war das Deutschlands letzte Hoffnung.

Kunze faltete die Karte wieder zusammen und schob sie in den Schlitz im Deckel seines Spindes zurück. Dass der Obergefreite Halder ihm bei der Flucht half, war erfreulich. Erstens sprach der Mann fließend englisch, zweitens arbeitete er in Walkers Arbeitsgruppe und war drittens nur ein einfacher Mechaniker, kein ausgebildeter Soldat. Sich seiner zu entledigen sollte den einfachsten Teil der Mission darstellen.

Jackie klopfte an die Tür des Büros des Sheriffs und stieß sie auf.

»Störe ich?«, fragte er beim Eintreten.

Sheriff Brookes saß hinter einem wackligen Schreibtisch und hielt einen Bleistiftstummel in den dicken Fingern seiner unverletzten Hand.

»Nein. Kommen Sie rein.«

Jackie schloss die Tür hinter sich und setzte sich auf einen der fast zierlich wirkenden Stühle vor dem Schreibtisch.

»Ist das ein offizieller Besuch der Army?«, erkundigte sich der Sheriff und schob seinen Drehstuhl vom Schreibtisch weg.

»Nur ein Freundschaftsbesuch.«

Der Sheriff griff in die oberste Schublade des Schreibtisches und holte einen Beutel Red Man heraus.

»Hier, bedienen Sie sich.« Er warf den Beutel auf den Schreibtisch.

Jackie nahm ein Stück Kautabak heraus, knetete es zwischen den Fingern und schob es dann sorgfältig zwischen Wange und Kiefer. Danach schob er den Beutel über den Tisch zurück.

»Haben Sie sich das auf irgendeiner Farm da draußen angewöhnt?«, erkundigte sich Sheriff Brookes, der selbst einen Brocken herausnahm und ihn sich in den Mund schob.

»Virginia. Meine Familie hat vor allem Tabak angebaut. Es ist eine Familientradition.«

Der Sheriff nickte. »Ihr Bein hat Sie nicht abgehalten, Ihren Anteil an der Arbeit zu leisten.«

»Bis vor ein paar Jahren jedenfalls. Bis zu dem Unfall habe ich auf der Farm gearbeitet und im Centerfield gespielt. Ich kann immer noch Heuballen packen und Zäune reparieren. Für die anderen Aufgaben bin ich allerdings nicht mehr sonderlich gut geeignet.«

»Mein Junge hat First Base gespielt«, erwiderte der Sheriff. »Und Angreifer beim Football.«

Jackie sah ihn nur an und nickte. Er konnte sich den Schmerz, seinen Sohn durch eine feindliche Kugel Tausende von Meilen entfernt zu verlieren, nicht einmal vorstellen. »Ich wünschte, ich hätte ihn drüben kennengelernt«, meinte er. Vermutlich hätte er den Sohn des Sheriffs sehr gemocht.

Brookes kaute an seinen von der Sonne rissigen, tabakbefleckten Lippen. Dann legte er den Kopf schief. »Sagten Sie nicht, Sie wären gar nicht drüben gewesen?«

Jackie musste sich rasch etwas einfallen lassen und endlich aufhören, sich dauernd zu verplappern.

»Das war ich auch nicht. Ich meinte nur, ich wünschte, ich hätte drüben mit ihm kämpfen können.«

Sheriff Brookes nickte zwar, aber Jackie war sich nicht sicher, ob er ihm diese Erklärung wirklich abkaufte. Es war wohl besser, wenn er rasch zum Grund seines Besuchs kam.

»Hatten Sie jemals ein Problem mit Ralph Walker? … Er ist immerhin ein Deutscher.«

Sheriff Brookes lehnte sich auf dem Stuhl zurück und verschränkte die Hände hinter seinem Nacken.

»Sie meinen, er wäre zu freundlich zu den deutschen Gefangenen, ja?«

Jackie nickte.

»Nein«, antwortete Brookes. »Ich hatte nie Probleme. Und er lebt seit über zwanzig Jahren hier.«

»Und seine Familie?«

»Auch nicht. Er ist seit zwanzig Jahren mit derselben Frau verheiratet, der wunderschönen Delphine. Zwei Kinder, beide fast perfekt ... bis auf ... na ja, das hatte eigentlich nichts zu bedeuten.«

»Was meinen Sie, Sheriff?«

»Vor einem Jahr ist Celena in Schwierigkeiten geraten, etwa einen Monat vor ihrem Highschool-Abschluss.«

»Die Tochter?«

»Ja. Obwohl die jungen Leute das heutzutage vielleicht nicht mehr Schwierigkeiten nennen würden.«

»Klar.« Jackie zwinkerte ihm zu. »Meine Großmutter nennt diese Art von Schwierigkeiten, die Suppe zu löffeln, bevor man das Tischgebet gesprochen hat.«

Der Sheriff lächelte kurz und nickte.

»Es war ein reisender Kesselflicker namens Dix Traxel. Er hat in der Schänke am Ort mit Celena herumgeprahlt.«

Kleinstadtklatsch, dachte Jackie. Das kannte er selbst nur zu gut, vor allem nach seiner Verletzung.

»Sie meinen, Schwierigkeiten wegen der Gerüchte«, erwiderte er.

»Ja und nein. Es war schwer für Celena. Jedes Mal, wenn sie in der Stadt auftauchte, tuschelten oder kicherten die Leute hinter ihrem Rücken. Schließlich hat sie sich mit einem sehr netten Einheimischen verlobt, mit Walt McKinley. Obwohl die meisten Leute dachten, sie würde nach Boulder aufs College gehen. Der Kesselflicker ist ein paar Wochen später wieder aufgetaucht.«

»Das ist bei reisenden Kesselflickern nicht unüblich, Sheriff.« Jackie grinste.

»Schon, nur für gewöhnlich tauchen sie nicht auf dem Grund eines Brunnens auf.«

Jackie richtete sich stocksteif auf.

Brookes nickte. »Es war eine verlassene Zisterne, weit draußen bei den Italienischen Höhlen, südwestlich der Stadt. Da schon seit Tagen Bussarde um den Brunnen kreisten, bin ich hinausgeritten. Dix Traxel lag auf dem Grund, mit gebrochenem Genick.«

»Haben Sie Nachforschungen angestellt?«

»So gut ich konnte. Die Brieftasche war noch da, mit ein paar Dollar drin. Soweit ich sehen konnte, fehlte nichts. Es war also kein Raub.«

»War er betrunken?«

»Nirgendwo lagen Flaschen oder Flachmänner herum. Wir haben keinen Pathologen in der Stadt, deshalb kann ich nicht sagen, was sich in seinem Magen oder seiner Leber befand.«

»Also weiß niemand, ob er sich beim Sturz das Genick gebrochen oder ob jemand nachgeholfen hat.«

Der Sheriff schüttelte den Kopf.

»Ich dachte erst an Ralph«, gab er zu und rieb sich die bärtigen Wangen. »Viele Väter hier hätten sicher gern dasselbe getan, und ich kann nicht mal behaupten, dass ich es ihnen verdenken würde, falls es tatsächlich so gewesen ist.«

»Oder falls Sie glauben, dass es so war.«

Sheriff Brookes nickte.

Jackie lehnte sich auf dem Stuhl zurück. Für sich allein betrachtet, hatte das nichts zu bedeuten. Selbst wenn Ralph Walker einen reisenden Kesselflicker ermordet und dessen Leichnam in eine Zisterne geworfen hatte, konnte er trotzdem ein patriotischer Amerikaner und seiner neuen Heimat glühend ergeben sein. Und nicht einmal im Traum daran denken, einem deutschen Gefangenen bei der Flucht aus einem Lager zu helfen. Jackie wusste immer noch nicht, wem Walkers Loyalität wirklich galt, ja, er konnte nicht mal sagen, ob er vielleicht ein deutscher Agent, Saboteur oder Nazisympathisant war. Auf jeden Fall war Ralph Walker ein ehemaliger Soldat, der durchaus in der Lage war, einem Kesselflicker das Genick zu brechen, der damit herumprahlte, seine Tochter entjungfert zu haben. Doch das war nichts im Vergleich zu dem, wozu er noch fähig sein könnte. Zum Beispiel, einem POW die Kehle durchzuschneiden und ihm ein Hakenkreuz in die Brust zu ritzen.

Ernst schwang gleichmäßig die Sense, während er durch die Weizenreihen schritt. Eigentlich war es einfach, das grüne, unerwünschte Kraut zu erwischen, das in den vierzig Zentimeter breiten Streifen zwischen den goldenen Halmen wuchs, aber er konnte sich einfach nicht konzentrieren. Ernst hörte immer noch Manfred Hauptmanns Schreie und dachte ständig an den armen, dummen Jungen. Vor allem, seit die Wachen seinen Leichnam gestern Morgen im Waschhaus entdeckt hatten.

Er wusste, dass Leutnant Kunze mit diesem Mord nichts zu tun hatte, aber Ernst gab ihm trotzdem die Schuld. Schließlich hatte Kunze vorgeschlagen, dass Hauptmanns Strafe vom Heiligen Geist vollzogen wurde. Es war typisch für die Nazis, einen Jungen und seine Familie zu demütigen, selbst noch im Tod, indem sie einen Selbstmord vortäuschten. Und das nur, weil der Junge die offensichtliche Wahrheit laut ausgesprochen hatte.

»Halder.«

Ernst drehte sich um. Leutnant Kunze stand direkt hinter ihm. Er nahm Haltung an. »Herr Leutnant!«

»Rühren, Obergefreiter.«

Ernst entspannte sich.

»Worüber haben Sie mit diesem amerikanischen Mädchen gesprochen?«

»Ich war nur höflich, Herr Leutnant.«

»Seien Sie vorsichtig. Wir dürfen den Amerikanern keinen

Vorwand liefern, Sie zu bestrafen oder Ihren Arbeitseinsatz zu ändern.«

»Jawohl, Herr Leutnant!«

Kunze strich mit den Fingern über die dünnen goldgelben Stängel. »Könnte das Mädchen uns nützlich sein?«

Ernst fühlte, wie ihm das Blut ins Gesicht stieg. »Ganz bestimmt nicht, Herr Leutnant.«

»Könnte sie Ihnen eine Waffe beschaffen, vielleicht einen Revolver?«

»Nein, Herr Leutnant«, sagte Ernst, während er fieberhaft überlegte. Er musste rasch etwas erfinden. »Die einzige Waffe, über die Walker verfügt, ist eine Schrotflinte, die er ungeladen in der Kabine seines Wagens aufbewahrt. Er hat keine Waffen im Haus.«

»Also gut, Halder. Das Mädchen wird uns also nicht von Nutzen sein können.«

Ernst seufzte und wischte sich den Schweiß von der Stirn.

»Was wissen Sie über den Rest der Familie?« Kunze marschierte in der Furche zwischen den Weizenreihen hin und her.

Ernst hatte noch nie in dieser Weise über die Walkers nachgedacht, sie sich nie als bloße Werkzeuge für eine Flucht vorgestellt, die man benutzte und dann wegwarf.

»Es sind nur die Eltern und zwei Kinder, Herr Leutnant«, antwortete er. Er versuchte sie so zu beschreiben, dass Kunze sie als nutzlos erachtete. »Der Junge ist erst sieben.«

»Und die Frau?«

»Eine ganz normale Frau, recht hübsch. Ich wüsste nicht, wie sie uns helfen könnte, Herr Leutnant.«

»Ist sie Amerikanerin, oder hat Walker sie aus Deutschland mitgebracht?«

»Sie stammt aus Belgien, Herr Leutnant. Aber sie spricht kein Deutsch.«

Kunze hielt die Hände hinter dem Rücken verschränkt und sah ihn immer noch nicht an.

»Und wie sieht sie aus, die Frau von Ralph Walker?«

Ernst überlegte, weil er nicht wusste, worauf Kunze hinauswollte.

»Sie ist recht attraktiv, zierlich. Blond, etwa fünfunddreißig und recht anmutig. Sie sieht nicht so aus, als gehöre sie auf eine Farm, Herr Leutnant.«

»Sicher, Halder, schon gut.«

Kunze drehte sich um. »Wann beginnt die Ernte?«

»Die Mähdrescher schneiden gerade einen Schwaden für Walker«, erwiderte Ernst. Er brach eine Ähre ab, wie seine Mutter es ihn vor all den Jahren gelehrt hatte. Dann entfernte er die dünnen, klebrigen Fasern, die wie goldene Tannennadeln aussahen, und pulte ein Getreidekorn heraus. Er schob es zwischen die Zähne und biss darauf. »Es ist noch ein bisschen zu weich und feucht. Ich würde sagen, in zwei bis drei Tagen, falls es keinen Regen gibt.«

»Also beginnt die Ernte Donnerstag oder Freitag ... Wir sollten am ersten Tag fliehen, in der allgemeinen Unruhe und Aufregung.«

»Jawohl, Herr Leutnant. Walker wird drei Mähdrescher mieten, aber die Erntehelfer, die er engagiert hat, verfügen nur über zwei Lastwagen. Um den besten Preis zu erzielen, muss Walker den Weizen sofort nach der Ernte zum Silo bringen. Er selbst hat auch einen Lastwagen. Wir sollten uns anbieten, den für ihn zu fahren. Er wird bei den Mähdreschern auf dem Feld bleiben wollen, also vermute ich, dass er den Vorschlag akzeptieren wird.«

»Gut, Halder, sehr gut. Ich verstehe, warum Oberst Kettner Sie vorgeschlagen hat.«

Ernst antwortete nicht, weil er das nicht wirklich für ein Kompliment hielt.

»Also dann«, meinte Kunze. »Die Fälscher brauchen diese Benzincoupons, damit sie sie bis Donnerstag nachmachen können. Ich werde sie morgen stehlen.«

Dann blickten beide zur Straße, wo eine Limousine hielt, die Ernst sehr vertraut war. Aus der langsam herabsinkenden Staubwolke tauchte Celena Walker auf. Sie hielt eine Schachtel in der Hand.

»Guten Tag, Major.« Jackie schloss die Tür der Baracke hinter sich.

»Guten Tag, Private Forrest.«

Major von Armin saß an einem kleinen Tisch und betrachtete die Stellung der Figuren auf dem Schachbrett vor sich. Er hatte die Beine übereinandergeschlagen, seine langen Schaftstiefel glänzten.

Jackie sah sich in der leeren Baracke um. Die Pritschen an den Wänden waren exakt ausgerichtet, und vor ihren Fußenden stand jeweils ein kleiner offener Spind. Eine Ausnahme machte nur die letzte Pritsche direkt am Eckfenster. Dort hingen zwei Uniformen des Afrikakorps, eine feldgraue und eine aus schwarzem Filz, beide makellos sauber und gebügelt, an einem Haken an der Wand, daneben befand sich ein schwarzer Ledermantel ähnlich dem, den Rommel in allen Wochenschauen trug. Eine olivgrüne Uniform mit Majorstreifen lag auf einem schmalen Regal oberhalb des Hakens, und darunter auf dem Boden standen zwei halbhohe Feldstiefel.

»Gegen wen spielen Sie?« Jackie deutete auf das Schachbrett.

»Dieses Spiel bestreiten momentan der Obergefreite Halder und ich«, erwiderte der Major auf Englisch.

Jackie grinste. »Ist das nicht Schummelei, wenn er nicht hier ist?«

»Technisch gesehen schon. Aber da ich dem Obergefreiten Halder das Spiel beigebracht habe und somit sein Lehrer bin, betrachte ich dies mehr als Übung denn als einen Trick, um zu gewinnen.«

Jackie nahm die Mütze ab und schlenderte näher.

Er wusste nicht, ob es funktionieren würde, aber Major von Armin erschien ihm als der vielversprechendste Kandidat für einen Informanten. Jackie hoffte, den Major davon überzeugen zu können, ihm zu helfen, indem er Informationen an ihn weitergab oder ihm vielleicht sogar als Spitzel diente. Jackie musste seine Mission dringend vorantreiben. Er brauchte unbedingt Fortschritte bei seinen Ermittlungen im Fall des Mordes an Corporal Voss. Sheriff Brookes' Enthüllungen über Ralph Walker brachten kein Licht in das Dunkel. Jackie musste die Angelegenheit vor der Verlegung der Offiziere in der nächsten Woche klären.

»Sieht so aus, als wären Sie im Lager nicht sonderlich beliebt.« Jackie hoffte, dass er mitfühlend klang.

Von Armin sog an seiner Pfeife, ohne den Blick von dem Schachbrett zu nehmen.

»Ja, Private. Ich bin sozusagen Opfer meines eigenen Verhaltens. Die anderen Offiziere weigern sich, mit mir unter einem Dach zu wohnen, also habe ich diese Baracke ganz für mich allein.«

»Sie verbringen viel Zeit mit Halder?«

»Ganz recht, Private. Wir stammen aus der gleichen Gegend in Westpommern. Seine Eltern haben von meiner Familie Ackerland gepachtet.«

»Und sein Vater hat im Großen Krieg unter Ihnen gedient?«

Von Armin lächelte. »Mein lieber Private Forrest, Sie sind wirklich für einen einfachen amerikanischen Wachsoldaten viel zu gut informiert.«

»Ich habe nur einen Blick in Ihr Soldbuch geworfen.«

»Tatsächlich.« Der Major rückte mit dem Stuhl vom Tisch und stellte die Beine nebeneinander. »Wenn Sie es unbedingt wissen wollen: Die Verbindung zwischen dem Obergefreiten Halder und mir ist weit stärker, als es zwischen einem Offizier und einem Mannschaftsdienstgrad üblich ist.«

Jackie legte neugierig den Kopf auf die Seite.

»Ah. Das steht offenbar nicht in Ihren Unterlagen. Ja, Private Forrest. Um der Wahrheit die Ehre zu geben, der Obergefreite hat mir bei dem Feldzug in Nordafrika das Leben gerettet.«

»War Halder nicht einfacher Mechaniker bei der Fahrbereitschaft?«

»Ja, Obergefreiter Halder hat eigentlich nur Panzer repariert. Aber wenn ein Panzer im Kampf einen schweren Treffer abbekommen hatte und nicht hinter die Linien zurückgeschleppt werden konnte, mussten die Mechaniker ebenfalls an die Front, um den Panzer vor Ort zu reparieren.«

Jackie setzte sich auf einen Stuhl dem Major gegenüber und bedeutete ihm mit einem Nicken, dass er ihm aufmerksam zuhörte.

»Im März letzten Jahres«, von Armins Blick glitt aus dem offenen Fenster irgendwohin in die Ferne, »vor El Guettar in den tunesischen Bergen, mussten die Mechaniker sehr häufig an die Front. Wir fuhren einen Gegenangriff gegen die Amerikaner. Der Panzer, dessen Kommandant ich war, wurde schwer getroffen. Meine gesamte Besatzung wurde getötet, und ich hing bewusstlos im brennenden Turm, während mir die Granaten der Sherman-Panzer und die Artillerie- und Mörsergranaten um die Ohren flogen. Man hat mir später geschildert, wie Ernst auf den brennenden Panzer gesprungen ist, mich aus dem Turm gezerrt und bis ins Feldlazarett geschleppt hat.«

Der Blick des Majors kehrte in die Baracke zurück. »Verstehen Sie, Private Forrest, ich verdanke dem Obergefreiten Halder mein Leben … Eine Schuld, die ich zweifelsohne niemals werde zurückzahlen können.«

»Verstehe.«

»Wirklich, Private? Sie verstehen, dass jeder Soldat ein Held sein kann, ganz gleich, für wen er kämpft? Dass Tapferkeit, Edelmut und Ehrgefühl einen Helden ausmachen, nicht die Sache, für die er eintritt?« Er legte die Pfeife auf den Tisch. »Ich bin sicher, dass Sie uns Deutsche allesamt für böse halten. Aber nur weil der Obergefreite Halder unter der Nazifahne gekämpft hat, schmälert das seine Kühnheit nicht. Trotzdem wird seine Heldentat von der Geschichte niemals besungen werden.«

»Genauso wenig wie zum Beispiel die Weigerung, eine russische Panzerschwadron zu massakrieren?«

Von Armin lächelte. »Sie haben also tatsächlich mein ganzes Soldbuch gelesen, Private Forrest. Dann kennen Sie jetzt ja das Geheimnis meiner Degradierung.«

Jackie stand auf. Hoffentlich war der Moment gut gewählt. »Major, würden Sie bitte mit mir nach draußen kommen?«

»Ah. Sie wollen mich mit einer friedlichen Zerstreuung aus meinen Grübeleien reißen?«

»Folgen Sie mir einfach, Major. Ob es eine friedliche Zerstreuung ist, können Sie selbst entscheiden.«

Jackie führte ihn in den Aufenthaltsraum, der jetzt, da alle Mannschaftsdienstgrade auf den Feldern arbeiteten, verlassen war. Er hatte schon alles vorbereitet; die Jalousien waren heruntergezogen, und der Projektor war aufgebaut. Jackie brauchte Antworten, und er würde so ziemlich alles versuchen, um sie zu bekommen.

»Eine private Filmvorführung?«, erkundigte sich von Armin. »Wie komme ich zu diesem Vergnügen?«

»Major, diese Filme sind noch nicht veröffentlich worden. Aber die Army wird alle POWs zwingen, sie sich anzusehen, damit sie alle aus erster Hand erfahren, für wen sie gekämpft haben.«

»Private Forrest, bitte keine Propagandafilme. Mit solchen Manipulationen verschwenden Sie bei mir nur Ihre Zeit.«

»Sehen Sie es sich einfach an«, erwiderte Jackie und schaltete den Projektor ein.

Er hatte die Filme letzte Woche gesehen und sofort zugestimmt, die POWs zu zwingen, sie sich ebenfalls anzuschauen. Aber als die Bilder jetzt über die Leinwand flimmerten, musste er sich abwenden. Er konnte diese grauenvollen Szenen nicht noch einmal ertragen.

»Was ist das?«, fragte von Armin, als die Kamera über ein Massengrab mit Hunderten verwesender Leichen schwenkte. Danach fuhr sie über nackte Frauen und Männer, kaum mehr als Skelette aus aschgrauer Haut und Knochen, deren Lächeln angesichts ihrer Befreiung mehr dem gruseligen Grinsen seelenloser Hüllen glich.

»Das ist Hitlers Endlösung, mit der er ganz Europa überzogen hat.« Jackie musste sich zwingen, die erbarmungswürdigen Geschöpfe auf der Leinwand zu betrachten. »Daher hat er auch seine Zwangsarbeiter bekommen.«

Die Kamera richtete sich auf die Duschen, die Öfen. »Und hier hat er sie vernichtet, wenn sie keinen Nutzen mehr für ihn besaßen.«

Von Armin sprang von seinem Stuhl hoch. »Das ist völlig unmöglich! Er mag wahnsinnig sein, aber selbst dieser Verrückte würde so etwas niemals wagen!«

»Was Sie da sehen, ist wahr, Major. Die Army stößt bei ihrem Vormarsch nach Osten auf immer mehr solche Lager.«

Von Armin schüttelte den Kopf. »Das ist alles erstunken und erlogen. Wir würden so etwas niemals zulassen! Unmöglich!«

»Mir ist klar, dass Sie nichts damit zu schaffen hatten, Major. Hätte die alte Garde auch nur vermutet, dass er zu einer derartigen Ungeheuerlichkeit fähig wäre, hätte sie ihm niemals zur Macht verholfen. Aber sie hat ihn nicht aufgehalten … keiner hat ihn aufgehalten!«

»Ich glaube das einfach nicht. Wie verrückt mein Volk auch immer geworden sein mag, so etwas hätte es niemals zugelassen.« Von Armin ging entschlossen zur Tür.

»Herr Major!«, rief Jackie dem Mann nach, der ihm den Rücken zukehrte. »Wie Sie ganz richtig sagten, sollte man auch die Heldentaten, den Mut und das Ehrgefühl Ihrer Leute erwähnen. Aber wie Sie sehen, spielt es eben doch eine Rolle, auf welcher Seite man steht.«

Von Armin ging weiter.

»All diese Tapferkeit auf dem Schlachtfeld«, rief Jackie, »all dieses Gerede von Ehrenhaftigkeit! Das alles bedeutet nichts, wenn man für die falsche Seite kämpft.«

Von Armin hatte die Tür geöffnet, drehte sich jedoch noch einmal um.

»Ihre Namensgeber haben ebenfalls auf der falschen Seite gekämpft, Private.«

»Wir reden hier nicht über den Bürgerkrieg, sondern darüber, dass die Nazis Millionen unschuldiger Menschen abschlachten.«

»Private Forrest, was ich in Osteuropa und Russland gesehen habe, hat mich zutiefst angewidert. Aber ich glaube nicht eine Sekunde, dass ein aufrechter deutscher Offizier auf einen Befehl hin solche Gräueltaten begehen würde, wie sie in diesem Film gezeigt werden.«

»Es geschieht, ob Sie es glauben oder nicht, und es sind verdammt viele deutsche Offiziere dafür verantwortlich. Sie können dabei helfen, dem Einhalt zu gebieten.«

Von Armin biss die Zähne zusammen, seine Kiefermuskeln arbeiteten. »Sie meinen, ich soll andere deutsche Soldaten verraten, indem ich Ihnen Informationen über sie zustecke.«

»Keine Informationen über deutsche Soldaten, sondern über Nazis. Denen schulden Sie keinerlei Loyalität.«

Von Armin sah ihn unbewegt an.

Jackie nickte. »Man nennt Sie doch ohnehin bereits Verräter. Sie können dieses Schimpfwort in etwas Positives verwandeln.«

Der Major wandte sich von ihm ab und blickte zur Tür hinaus. Jackie konnte seine Augen nicht sehen. Dann zog von Armin seine Uniformjacke glatt und drehte sich wieder zu Jackie um.

»Private Forrest, ich bin Offizier der Wehrmacht. Wenn ich Ihnen Informationen über meine Kameraden gäbe, ganz gleich wie verachtenswert deren Handeln auch sein mag, würde ich den Eid brechen, den ich meinen Männern und meinem Land geleistet habe. Das kann und werde ich nicht tun, niemals.«

Er drehte sich um und marschierte hinaus.

Celena bemühte sich, Ernst nicht anzustarren. Er stand mit nacktem Oberkörper mitten im Feld. Die Muskeln spielten unter seiner Haut, während er die Sense hin und her schwang. In der Sonne wirkte sein Haar noch blonder, vom Wind zerzaust, und die Strähnen wehten hin und her, so dass sie wie Pflanzen unter Wasser zu wogen schienen. Sie zwang sich, ihren Vater anzusehen, der am Rand des Feldes mit einem kleinen Mann in Jeans und einem verschwitzten weißen Hemd redete.

»Johnny«, sagte ihr Vater gerade, »Sie erinnern sich sicher noch an meine Tochter Celena.«

»Klar.« Der Mann lüftete seinen speckigen Hut. »Wie geht es Ihnen?«

»Hallo, Mr. Fye. Schön, Sie wiederzusehen.«

Er nickte ihr zu.

»Also, Ralph, der Weizen ist immer noch zu feucht«, fuhr er dann fort. »Aber falls dieser Wind anhält, dürften wir Donnerstag so weit sein.«

Ihr Vater nickte, antwortete aber nicht.

»Das ist ja großartig, Dad«, warf Celena ein. »Was hat der Feuchtigkeitstest denn ergeben?«

»Die Schwade, die wir gemäht haben, hatte den Wert 14,9«, erwiderte Mr. Fye. »Gut, Ralph. Sag mir morgen, ob ich noch eine Schwade schneiden soll. Wenn ich nichts von dir höre, fange ich Donnerstag früh mit der Ernte an.«

»Gut. Aber ich möchte, dass du morgen noch eine Probeschwade mähst.«

»Dachte ich mir.« Mr. Fye lachte.

Celenas Vater lachte nicht.

»Und du mähst meine Felder zuerst!«, sagte er finster. »Das haben wir jetzt fest verabredet!«

»Ja, Sir! Tut mir wirklich leid, dass der Weizen noch nicht so weit ist.«

Fye nickte dem Farmer zu und ging zu seinem Pick-up.

Walker drehte sich zu Celena herum. »Was hast du denn da für mich?« Er lächelte unvermutet.

Celena schluckte nervös.

»Mutter hat mich gebeten, den Kuchen hierherzubringen. Sie hat ihn für die Gefangenen gebacken, als Dank für ihre harte Arbeit.«

Ihr Vater neigte den Kopf.

»Sie bekommen doch bestimmt keine Süßigkeiten im Lager«, meinte Celena, »und sie müssen so schwer arbeiten.«

»Deine Mutter hat dich gebeten, ihn raus aufs Feld zu bringen? Obwohl ich gesagt habe, dass du nicht kommen sollst, solange die POWs hier sind? Und obwohl es gegen die Vorschriften der Army verstößt?«

Celena musste sich zusammenreißen, um seinem Blick nicht auszuweichen. »Mutter hat es mir befohlen, also habe ich es einfach getan.«

Er schob sich den Strohhut aus der Stirn. »Schon gut.«

In diesem Moment hörte sie Schritte. Ernst kam zu ihnen.

»Hallo, Ernst«, begrüßte ihr Vater ihn.

»Miss Walker, Mr. Walker.«

»Wie läuft's beim Unkrautjäten?«, wollte Ralph Walker wissen.

»Es ist anstrengend, genau wie zu Hause.«

Ihr Vater grinste, und Celena lächelte. Sie war glücklich, in Ernsts Nähe stehen zu können, ohne sich über irgendetwas Gedanken machen zu müssen, selbst wenn es nur kurz war. Aber sie musste einen Weg finden, mit ihm allein zu sprechen, damit sie ihm sagen konnte, dass sie Walt nicht heiraten würde, sondern ihn, Ernst, liebte und hoffte, dass er vielleicht in Amerika bleiben würde, wenn der Krieg endlich vorbei war. Sie wusste nur nicht, ob sie die Chance dazu bekam – nach dem Verbot ihres Vaters, zu den Feldern hinauszukommen, solange die POWs dort arbeiteten.

»Ich habe über die Ernte nachgedacht, Mr. Walker«, erklärte Ernst.

»Ich werde Sie dabei nicht brauchen. Die Erntehelfer fahren ihre Mähdrescher und Lastwagen selbst, deshalb werden Sie und die anderen Männer im Tal auf den Zuckerrübenfeldern und Kartoffeläckern arbeiten.«

»Oh, wie schade. Ich habe schon deutsche und tunesische Weizenernten miterlebt und hatte mich so darauf gefreut, eine amerikanische zu sehen.«

Ernst ist wirklich enttäuscht, dachte Celena. Sie wollte nicht, dass er sich so fühlte, und sie wollte eine Möglichkeit schaffen, dass sie mit ihm allein reden konnte. Zudem wusste sie, wie viel leichter es war, Weizen in die Stadt zu fahren, als Unkraut auf einem Kartoffelacker zu hacken.

»Dad«, meinte sie. »Was ist denn mit dem Lastwagen, den Mom und ich fahren müssen?«

»Unser Lastwagen?«

»Corporal Halder könnte doch diese Fahrten zum Silo übernehmen. Schließlich hast du ihn ja auch schon den Traktor fahren lassen.«

»Ich muss hier auf den Feldern bleiben, das ist richtig … und Mom und du, ihr habt ja immer Schwierigkeiten mit dem alten Lastwagen.«

Celena sah aus den Augenwinkeln an Ernsts strahlender Miene, dass sie genau das Richtige getan hatte.

»Die Wachen würden mir bestimmt erlauben, den Lastwagen zu fahren«, mischte sich Ernst ein. »Falls mich ein Offizier begleitet.«

Ihr Vater kratzte sich den graublonden Backenbart. »Ein Offizier? Offiziere konnte ich noch nie besonders gut leiden.«

»Ich auch nicht«, gestand Ernst. Beide Männer lachten.

»Aber die Idee ist nicht schlecht. Und mein Weizen käme so schneller zum Silo.«

»Danke«, erwiderte Ernst, sah dabei jedoch Celena an.

Sie strahlte. Es freute sie, dass sie ihm etwas hatte ermöglichen können, was er sich ganz offensichtlich gewünscht hatte. Am liebsten hätte sie seine Hand gepackt, wäre mit ihm zur Scheune gelaufen, um sein strahlendes Gesicht zu streicheln und sich von ihm küssen zu lassen, so wie er es hinter dem Pumpenhäuschen gemacht hatte. Einen Moment schienen nur sie beide hier mitten im Feld zu stehen, und Celena genoss dieses Gefühl.

»Also gut, Ernst«, fuhr Mr. Walker fort. »Mrs. Walker hat Ihnen und Ihren Freunden einen Kuchen gebacken.«

»Ja.« Celena hielt Ernst die Schachtel hin. »Das ist für Sie.«

»Danke.« Als er die Schachtel entgegennahm, fühlte sie seine Hand auf ihrer. Sie war warm und schweißnass, und als er sie berührte, fühlte sie sich sicher und geborgen … und ein wenig sündig.

Ihr Vater blickte zu dem Wachsoldaten und den anderen POWs hinüber, die nur ein paar Reihen entfernt standen. Aus irgendeinem Grund nahm er das Brillenetui aus seiner Latzhose, zog die Taschenuhr heraus und drückte Celena beides in die Hand.

»Dad? Was hast du …?«

»Ernst, teilen Sie den Kuchen nur mit Ihren Freunden.« Die Stimme ihres Vaters dröhnte laut, und auf seinem sonst so unbewegten Gesicht lag ein merkwürdiger, höhnischer Ausdruck. »Und nicht mit diesem Naziabschaum.«

Sergeant Straub ließ die Hacke fallen und wirbelte herum. »Was? Was haben Sie da gerade gesagt?«

Walker trat vor Celena. »Ich sage, Hitler und sein Naziabschaum haben Deutschland in den Untergang getrieben!« Sie hatte ihn noch nie in einem solchen Ton reden hören.

Sergeant Straub verzerrte vor Wut das Gesicht. »Ich bringe dich um!«, brüllte er auf Deutsch und stürmte vor.

Ihr Vater stieß Celena zur Seite und hob rasch die Fäuste, aber

Ernst kam ihm zuvor. Er sprang dem Sergeant in den Weg. Straub brüllte etwas auf Deutsch und schlug mit der Faust nach Ernst. Der tauchte jedoch unter dem Schlag hinweg, während er gleichzeitig dem heranstürmenden Hünen ein Bein stellte. Der Sergegant landete im Dreck, derweil ein Schuss über die Prärie hallte und eine Kugel nur Zentimeter von seinem wutverzerrten Gesicht entfernt in die fruchtbare Erde einschlug.

»Die nächste Kugel jage ich Ihnen in den Schädel, Sergeant!«, rief der Wachsoldat vom Feldweg aus. »Kommen Sie sofort zum Lastwagen, Sie und Halder. Für Sie beide ist die Arbeit für heute zu Ende.«

Straub knurrte, als er aufstand. Einen Moment sah es aus, als wollte Ernst ihm aufhelfen, doch dann trat er einen Schritt zurück. Der Sergeant murmelte etwas Unverständliches, als er zum Feldweg schlurfte.

»Danke, Ernst«, sagte Celenas Vater. »Aber ich wäre allein mit ihm fertig geworden.«

»Sicher, Sir.« Ernst wandte sich an Celena. »Tut mir leid, dass Sie das mit ansehen mussten, Miss Walker.«

»Nein, schon gut. Es war … Danke.«

Sie sah zu ihm hoch und machte unwillkürlich einen Schritt auf ihn zu. Doch ihr Vater packte ihre Hand und zog sie zurück.

»Nochmals danke«, sagte er zu Ernst.

Jetzt erst sah Celena den Kuchen, der neben der zerquetschten Schachtel im Dreck lag.

»Oh, Miss Walker«, meinte Ernst, der ihrem Blick gefolgt war. »Das tut mir leid.«

»Schon gut«, sagte ihr Vater. »Wir sollten Ihnen sowieso keinen Kuchen geben. Das verstößt gegen die Vorschriften.«

Ernst nickte, drehte sich um und ging zum Lastwagen.

Celena sah ihm nach. Langsam sank die Sonne hinter den Horizont.

13. Kapitel

Ernst schüttelte den Kopf, als er die Gemeinschaftsbaracke verließ. Warum war seit einer Woche kein Brief mehr von seiner Mutter gekommen? Er schrieb ihr mindestens einmal pro Woche und erhielt in dieser Zeit normalerweise zwei Briefe von ihr. Manche Stellen wurden von der Zensur geschwärzt. Ernst vermutete, dass mit den immer mehr schwindenden Hoffnungen Deutschlands auf den Endsieg die Zensoren der Nazis immer weniger Informationen durchsickern lassen wollten, sowohl an die Kriegsgefangenen als auch an die amerikanischen Zensoren, die ja ebenfalls die gesamte Post der Gefangenen lasen.

Ernst konnte immer noch nicht glauben, was heute Nachmittag auf dem Feld geschehen war. Er wusste zwar aus ihren Gesprächen, dass Walker die Nazis und das, was sie der Welt angetan hatten, verabscheute, aber bisher hatte der Farmer seine Meinung noch nie öffentlich kundgetan. Offenbar wusste er nicht, wie rücksichtslos die Nazis waren, obwohl es Ernst schockiert hatte, dass Feldwebel Straub nicht einmal davor zurückschreckte, einen Zivilisten anzugreifen.

»Guten Abend, Halder«, sagte jemand, als Ernst um die Ecke der Baracke bog. Private Forrest lehnte an der Blechwand in der schmalen Gasse zwischen den Gebäuden.

Ernst konnte ihn kaum erkennen, weil das Licht der Suchscheinwerfer von den Wachtürmen nicht in diesen schmalen Weg reichte. Genau deshalb fürchtete er diesen Ort; es war der ideale Platz für einen Hinterhalt der Lagergestapo: dunkel, abgelegen und versteckt.

»Hallo.« Ernst ging langsamer.

»Haben Sie Feuer?« Private Forrest klopfte eine Zigarette aus der Packung und hielt sie ihm hin.

Ernst blieb stehen. Dazu waren die Gefangenen verpflichtet, wenn ein Wachmann ihnen eine Frage stellte. Er hoffte nur, dass niemand ihn dabei beobachtete, wie er sich so vertraulich mit einem amerikanischen Soldaten unterhielt. Die Lagergestapo suchte ständig nach Spitzeln und Verrätern, und Ernst konnte sich keinen Ärger leisten, nicht jetzt, so kurz vor seiner Flucht.

»Ich rauche nicht«, erwiderte er. Er wollte weitergehen, aber Private Forrest trat ihm in den Weg.

»Das sollte ich besser auch nicht tun«, meinte er. »Es ist nur die Langeweile.« Er klopfte seine Taschen ab und förderte schließlich ein Päckchen Streichhölzer zutage. »Sie langweilen sich doch sicher auch ganz schrecklich, oder nicht?«

Ernst fuhr sich mit der Hand über das Gesicht. Verstohlen sah er sich um, ob zufällig jemand in der Nähe war.

»Es ist nicht so schlimm«, meinte er dann. »Wir arbeiten sechs Tage die Woche, man zeigt uns Filme, es gibt ein Theater, die Bücherei und Fußballspiele.«

»Haben Sie auch eine der Unterrichtsklassen belegt?«

»Nein. Aber ich helfe beim Englischunterricht.«

»Stimmt es eigentlich …«, Forrest riss ein Streichholz an der Barackenwand an und entzündete damit die Zigarette, die zwischen seinen Lippen baumelte, »dass das Reichsministerium für Erziehung drüben in Deutschland jedem, der hier Kurse leitet, einen Universitätsbonus gewährt?«

»Ja, das stimmt. Wir bekommen einen Bonus für fünfzehn verschiedene Universitäten in Österreich und Deutschland.«

»Klingt fast so, als würdet ihr Jungs den Nazis wirklich am Herzen liegen, nicht wahr?« Forrest stieß den Rauch aus, trat dichter an Ernst heran und flüsterte: »Aber wir beide wissen, dass das nicht stimmt. Ich habe Ihre Akte gelesen, Halder. Sie sind kein Nazi.«

Ernst wich einen Schritt zurück, doch Forrest ließ nicht locker.

»Sie sollten eigentlich gar nicht hier sein, Halder. Sie sollten zu Hause auf ihrem Hof sein, bei Ihrer Mom.«

Forrest schien alles über ihn zu wissen, und plötzlich fiel Ernst ein, dass der Private diese Informationen in seinem Soldbuch und in dem Briefwechsel mit seiner Mutter nachlesen konnte.

»Man darf mich hier nicht mit Ihnen sehen. Lassen Sie mich bitte vorbei.«

»Augenblick noch, Halder.« Forrest trat dicht vor ihn. »Sie könnten etwas gegen diese Nazis unternehmen.«

»Was … was wollen Sie von mir?«

»Ich bin immer für Sie da, wenn Sie reden wollen, ganz gleich, worüber.«

Ernst legte den Kopf schief. »Sie wollen mich als Spitzel rekrutieren?«

»Aber nein, Halder. Betrachten Sie es doch einfach als ein Gespräch unter Freunden.«

Ernst funkelte ihn böse an. »Danke, nein.«

»Halder, hören Sie! Sie sind kein Nazi. Sie schulden denen nichts.«

»Bedauerlicherweise tue ich das doch, Private Forrest. Als ich eingezogen wurde, musste ich einen Eid schwören, den Fahneneid. Und den kann ich jetzt nicht einfach brechen.«

»So ein Gelübde bindet nicht, wenn man dazu gezwungen wurde.«

»Sie verstehen das nicht. Vielleicht bedeutet Ihnen ein Schwur nicht so viel wie uns. Ein Deutscher würde niemals sein Wort brechen oder den Fahneneid verletzen.«

»Ach, nun kommen Sie schon …«

»Nein, das stimmt. Wenn ein deutscher Offizier einen Eid ablegt, ist der ihm heilig.« Ernst sah sich vorsorglich noch einmal prüfend um. »Wie die Geschichte von Baron von Armin ... Als der Große Krieg zu Ende war und er aus einem Kriegsgefangenenlager in Frankreich entlassen wurde, hat der Baron, damals noch Oberstleutnant, einen Umweg über Belgien gemacht, um einem Bauer ein Pferd zurückzubringen. Er hatte von ihm drei Jahre zuvor ein Pferd requiriert, als die deutsche Armee durch Belgien zog, aber er hatte dem Mann versprochen, ihm das Pferd nach dem Krieg zurückzugeben. Und das hat er dann auch getan, um sein Wort zu halten.«

Forrest stieß einen Pfiff aus. »Wirklich nobel, aber Sie sind kein Offizier, Halder. Und da Sie auch kein Nazi sind, stehen wir in diesem Krieg nicht einmal auf verschiedenen Seiten.«

Ernst setzte seine Brille ab. »O doch, das tun wir«, erwiderte er. »Sie stehen auf der Seite, die gerade mein Heimatland bombardiert.«

»Also wirklich, Halder. Sie wissen genau, dass wir nur die Probleme lösen, die ein wahnsinniger Deutscher verursacht hat, jemand, dem eigentlich keiner wirklich folgen will.«

»Private Forrest ... Männer, die ihr Vaterland verteidigen, wenn ein Feind es überfällt, sind immer im Recht.«

»Bisher ist niemand in Deutschland eingefallen, Halder. Jedenfalls noch nicht.«

Ernst schüttelte den Kopf und massierte sich die Nackenmuskeln, die plötzlich schmerzten. Die Alliierten bereiteten sich auf eine Invasion seiner Heimat vor, von Westen und von Osten her. Gewiss wollte er, dass Deutschland Hitler loswurde; Reinhardt Kessler und die Sozialdemokraten hatten in diesem Punkt ganz recht. Aber Ernst wusste auch, dass es nichts gab, was er tun konnte, weder durch eine Teilnahme an den Treffen der Sozialdemokraten, noch indem er zum Verräter wurde und für die Amerikaner seine Kameraden bespitzelte.

»Sie stehen also auf der richtigen Seite, und meine Seite ist die falsche?«, fuhr Ernst den Amerikaner an. »Sie waren nicht in Nordafrika, Forrest, aber ich. Sicher, ich war nur ein einfacher Mechaniker, aber ich habe trotzdem gesehen, was Ihre Seite gemacht hat. Mein bester Freund wurde enthauptet, von den Gurkhas, die den Briten in ihrer Vierten Indischen Division dienten. Sein Zug wollte sich den Briten ergeben, aber die weigerten sich, Gefangene zu machen, und haben stattdessen die Gurkhas auf sie gehetzt. Diese blutrünstigen nepalesischen Krieger haben einfach nur ihre Kukri gezückt und ausnahmslos alle Deutschen enthauptet. O nein, ich will nicht verteidigen, was in den letzten zehn Jahren in Deutschland geschehen ist, aber Sie können genauso wenig die Gräueltaten rechtfertigen, die ich gesehen habe. Sie wissen, dass die Briten und Amerikaner in diesem Augenblick Brandbomben auf unsere Städte werfen und unschuldige Frauen und Kinder ermorden.«

Forrest beugte sich vor. »Hören Sie, Halder …«

»Nein, Forrest, Sie hören mir zu! Nach dem Großen Krieg haben Briten und Franzosen noch sechs Monate nach dem Waffenstillstand ihre Blockade gegen Deutschland aufrechterhalten, wodurch mehr als eine halbe Million Deutscher verhungert sind … Frauen, Kinder, Greise.« Ernst zögerte, während ihm all die Geschichten wieder einfielen, die ihm seine Mutter erzählt hatte. »Mein Vater war einer dieser Menschen, den die Alliierten mit ihrer Blockade umgebracht haben, obwohl der Krieg längst vorbei war. Er war von seiner Zeit in einem Kriegsgefangenenlager geschwächt. Die Blockade hat ihm den Rest gegeben. Also erzählen Sie mir nicht, wer auf der richtigen Seite kämpft. Es gibt keine richtige Seite in einem Krieg.«

Forrest sah ihn einen Moment schweigend an. Dann trat er einen Schritt zurück und nickte langsam.

»Sie haben recht, Halder. Wir haben schreckliche Dinge getan, beide Seiten. Aber wollen Sie nicht gerade deshalb versuchen, diesem Morden ein Ende zu bereiten?«

Ernst atmete langsam aus. Das Einzige, was er wollte, war fliehen, nach Hause gehen. Er würde nichts tun, was diesen Plan gefährden könnte, und schon gar nicht wollte er zum Verräter werden. Er blickte in den wolkenlosen Himmel hinauf und setzte die Brille wieder auf.

»Private Forrest, der Krieg wird aufhören, ganz gleich, was ich tue. Aber ich bin immer noch ein Deutscher. Ich müsste mit der Tatsache weiterleben, dass ich mein Land verraten habe. Ich weiß nicht, ob Sie das verstehen können, aber wenn nicht, dann …«

Er fuhr herum und stürmte durch die Gasse davon.

»Jetzt«, flüsterte die heisere Stimme im Radio, »lockt uns oben an der Treppe diese mit Eisen beschlagene, weit offen stehende Tür, einzutreten.«

Woody kniete dicht vor dem Radio und starrte auf die Holzkiste, fasziniert von den Geräuschen, die sie von sich gab. Celena hörte für gewöhnlich ebenfalls sehr gern diese Sendung *Das Schwarze Schloss,* aber heute bekam sie nicht einmal die Einführung mit. Ihr Vater saß in seinem Sessel, das Gesicht hinter der *Denver Post* vergraben. Nach *Das Schwarze Schloss* würde er wie immer bis spät in die Nacht dort sitzen und den Nachrichten lauschen, aber er erlaubte es Woody und Celena immer, vor dem Zubettgehen eine Sendung zu hören. Ihre Lieblingssendung war *Amanda vom Honeymoon Hill*, aber Woody weigerte sich standhaft, Liebesgeschichten anzuhören. Normalerweise hockte Celena dabei zu Füßen ihrer Mutter und sog die Geschichten aus dem Radio auf.

Genau das war es, was sie ihrem Vater begreiflich machen wollte, ihm begreiflich machen musste: dass da draußen ein Leben auf sie wartete, das sie erforschen musste, neue Leute, Dinge, die sie noch nicht gesehen hatte. Jeden Abend brachte ihnen das Radio fremde, aufregende Menschen auf die Farm, und bevor sie jemandem gelobte, mit ihm ihr ganzes Leben zu verbringen, musste sie hinausgehen und einige dieser Leute kennenlernen, einige dieser Orte sehen. Wenn sie aus ihren Gefühlen für Ernst schließen konnte, was sie beim Anblick fremder Länder empfinden würde, wollte Celena am liebsten sofort auf die Reise gehen und Julesburg weit hinter sich lassen. Erst recht, wenn der Anker, der sie dort festhielt, eine arrangierte Verlobung war, die auf einer Lüge beruhte.

»Dad.« Sie sprang auf und ging zu seinem Stuhl. »Ich kann Walt nicht heiraten … Ich bin sicher, er wird es verstehen, und ich hoffe, du tust es ebenfalls.«

Sein Gesicht wurde von der Zeitung versteckt. Ein paar Sekunden lang passierte gar nichts. Dann ließ er die Zeitung langsam sinken, und Celena sah seine Augen: blau, kalt, stechend.

»Nein, Celena«, sagte er ruhig. »Ich verstehe es nicht. Und du wirst Walt am Samstag heiraten.«

Dann hob sich die Zeitung wieder und verdeckte sein Gesicht.

Celena blickte zu ihrer Mutter, die mit dem Nähkorb in der Hand in der Tür stand. Sie sagte nichts, sondern zwinkerte Celena zu und nickte aufmunternd.

»Dad, es tut mir leid, aber ich kann nicht. Ich habe zugestimmt, sicher … weil Walt so nett ist und weil Mutter und du es wollten.«

Sie wartete, aber ihr Vater sagte nichts, sondern saß nur mit übereinandergeschlagenen Beinen hinter seiner Zeitung. Celena fuhr sich mit der Zunge über ihre trockenen Lippen und strich unschlüssig die Falten ihres Rockes glatt. Sie wartete eine scheinbare Ewigkeit, aber ihr Vater rührte sich immer noch nicht. In dem ganzen Raum schien sich plötzlich eine bleierne Stille auszubreiten, obwohl irgendwo gedämpft das Radio lief.

Sie wusste nicht, wie es kam, aber plötzlich strömten die Worte aus ihr heraus. Sie konnte sich nicht erinnern, sich vorher zurechtgelegt zu haben, was sie sagen wollte, aber ihre Stimme übertönte die Worte des Radiosprechers.

»Dad, die anderen Mädchen haben alle geheiratet, weil die Männer einberufen worden sind, und ich wusste nicht, was ich sagen sollte, als er mich gefragt hat ... Ich meine, nach all den Gerüchten und wie die Leute mich behandelt haben. Und er war so nett und zog in den Krieg, er würde vielleicht sterben. Aber es ist nicht richtig, wenn ich ihn heirate, weil ich ihn nicht liebe. Verstehst du denn nicht? Ich muss woandershin gehen, etwas anderes tun. Ich wäre längst in Boulder auf dem College, wenn dieser dumme Krieg nicht wäre. Aber als Florabeth und die anderen getratscht und Lügen über mich erzählt haben, obwohl ich nichts Falsches getan habe ...«

Sie atmete tief durch und starrte auf die Zeitung, die wie eine Mauer zwischen ihr und ihrem Vater stand. Er hatte immer noch nicht geantwortet. Celena hätte nie gedacht, dass sie so etwas jemals wagen würde, aber jetzt trat sie vor, legte zitternd ihre Hand auf den Rand der Zeitung und drückte sie sanft herunter.

»Dad, hast du mich gehört?«

Ihr Vater starrte finster vor sich hin, bevor er den Blick zu ihr hob.

»Ja, Celena, ich habe dich gehört.« Seine Stimme war leise und tief, ein wütendes Flüstern. »Und jetzt hörst du mir zu. Ganz gleich, was du in diesem Kartoffelkeller getan hast, du wirst Walt am Samstag heiraten. Du kannst nicht mehr in dieser Stadt leben, wenn du deine Verlobung auflöst, und wir würden unsere Farm verlieren.« Seine Stimme wurde mit jedem Wort nachdrücklicher. »Man beobachtet uns schon jetzt sehr misstrauisch, weil ich aus Deutschland stamme und dieser Junge auf unserem Feld ermordet wurde. Ich habe diesen Streit heute nur vom Zaun gebrochen, damit die Army weiß, dass wir nicht mit den Nazis sympathisieren und ihnen auch nicht helfen. Weißt du überhaupt, was passieren könnte, wenn die Army das glauben oder Frank McKinley den Pachtvertrag mit uns auflösen würde?«

Er stand auf und schien sich plötzlich vor ihr wie ein Riese aufzutürmen.

»Du hast versprochen, einen Soldaten zu heiraten, einen amerikanischen Soldaten. Dieses Versprechen musst du halten.«

Celena wich zitternd einen Schritt zurück.

»Ich weiß nicht, wer dir diese Flausen in den Kopf gesetzt hat«, fuhr Ralph Walker fort und drehte sich zu ihrer Mutter um. »Aber ich will nicht, dass du noch einmal mit den Gefangenen sprichst. Weder auf den Feldern noch in der Stadt, nirgendwo. Ich mag Ernst Halder auch, aber er ist ein deutscher Soldat. Du wirst nie wieder auch nur ein Wort mit ihm wechseln.«

Dann warf er die Zeitung auf den Sessel und stürmte aus dem Haus.

Leutnant Kunze verließ die Baracke von Oberst Kettner. Die neuen Ausweispapiere hatte er sicher in dem hohlen Absatz seines Stiefels verstaut. Die Lagerfälscher hatten ausgezeichnete Arbeit geleistet. Sie hatten ihm sogar ein Dokument angefertigt, laut dem er vom Militärdienst befreit war, dazu einen Führerschein. Die Papiere waren anderen, die er gesehen hatte, weit überlegen; es gab keine Rechtschreibfehler, und es fanden sich auch keine Namen von nicht existierenden amerikanischen Behörden darauf.

Kunze rechnete nicht damit, dass er auf dem Weg zur mexikanischen Grenze häufiger als zweimal angehalten werden würde, ganz gleich, für welches Transportmittel er sich entschied. Er hoffte, dass diese Ausweispapiere genügten. Wenn die Amerikaner seine Flucht bemerkten und das FBI alarmierten, würde die Grenze zwar schärfer bewacht werden, aber sie würden wohl schwerlich erwarten, dass er nach Süden ging, weil die kanadische Grenze so viel näher lag. Dennoch, wenn die Amerikaner herausbekamen, dass es sich um weit mehr als nur eine einfache

Flucht handelte, hatte er das Land hoffentlich längst verlassen und befand sich mit den Formeln und Plänen auf dem Weg zu den Wissenschaftlern des Führers. Dabei würde ihm die portugiesische Botschaft helfen.

»Ah, Leutnant Kunze.«

Major von Armin lehnte an der Wand der Baracke. Die Pfeife hing locker zwischen seinen Zähnen. »Guten Abend.«

Kunze blieb nicht stehen.

»Heute geht es in Kettners Baracke aber recht geschäftig zu«, fuhr von Armin fort und stieß ein Rauchwölkchen aus.

Kunze verlangsamte seinen Schritt und drehte sich rasch zu ihm herum.

»Sie sind wohl der Lagerspitzel!«

»Aber nein, Leutnant. Ich bin nur ein neugieriger alter Mann.«

Kunze verachtete von Armin und seinesgleichen – die alte Garde, die preußische Militäraristokratie, die den Führer nur im Namen des nationalen Stolzes tolerierte. Der wahre Held von Deutschlands Wiedergeburt war die Unterklasse, die von dem verheerenden Friedensvertrag von Versailles zerschlagen und ausgeraubt worden war, als die Sieger des Großen Krieges unerträgliche Lasten auf die Schultern der Besiegten geladen hatten. Die anderen waren Verräter, die den Vertrag im Namen Deutschlands unterschrieben und damit große Stücke Deutschlands an Frankreich, Belgien, Dänemark, Polen und die Tschechoslowakei abgetreten hatten … Sie hatten zugestimmt, dass Deutschland nie wieder eine Luftwaffe oder Unterseeboote besitzen durfte, dass die Armee auf einhunderttausend Mann und die Marine auf sechs Kriegsschiffe begrenzt wurde, und sie hatten dann auch noch die schlimmste Demütigung hingenommen, indem sie die volle Verantwortung für diesen Krieg übernommen hatten. Nun, diese Verräter waren schon lange für ihren Verrat bestraft worden. Das Nachkriegsdeutschland war unter diesen ungeheuren Lasten in die Knie gegangen, und es hatte Männer wie ihn gebraucht, um den Führer an die Macht zu bringen.

Als sich Kunze 1931 im Alter von siebzehn Jahren der nationalsozialistischen Bewegung angeschlossen hatte, die sich in ganz Deutschland ausbreitete, hatte er eine neue Heimat gefunden, etwas, woran er glauben konnte. Die Deutschen fühlten sich plötzlich nicht mehr länger wie Aussätzige, die für alles andere, woran die Welt krankte, verantwortlich waren. Jetzt konnten keine fremden Mächte mehr die Größe von Deutschlands Marine, Armee oder Luftwaffe bestimmen. Alles, was in den dreißig vorangegangenen Jahren geschehen war, hatte Kunze auf genau diesen Moment vorbereitet, auf genau diese Zeit. Mit einem einzigen Schlag konnte er seine Mission erfüllen, Deutschland vor der Niederlage zu bewahren und die ungeheuerlichste aller Ungerechtigkeiten zu korrigieren. Männer wie er waren die Retter und die Zukunft Deutschlands.

Leute wie von Armin dagegen waren die schlimmsten aller Deutschen. Sie waren die Ersten, die beim geringsten Anzeichen von Widerstand aufgaben, die Hände hoben und jede Verantwortung von sich wiesen, sobald die Russen, Briten und Amerikaner ein paar Schlachten gewannen.

»Mein lieber Major«, Kunze verabscheute es geradezu, dieselbe Luft atmen zu müssen wie von Armin, »es ist sehr unklug, in einem Kriegsgefangenenlager, wo man sehr genau auf Spitzel und Verräter achtet, allzu neugierig zu sein.«

»›Verräter‹ – ein interessanter Begriff.« Von Armin stieß eine Rauchwolke aus. »Mich hat man gelehrt, es bezeichnet jemanden, der seine Familie, seine Freunde und sein Land verrät. Doch seit Beginn dieses Krieges scheint es unversehens eine gänzlich neue Bedeutung angenommen zu haben.«

»Die einzige Familie und die einzigen Freunde, die ein wahrer Deutscher braucht, sind die Partei und der Führer.«

»Ah. Also ist nicht die Loyalität zu einem Mann, der sein Land betrogen hat, indem er es zu einem verheerenden Krieg zwang, ein Verrat an Deutschland, sondern, sich gegen ihn auszusprechen?«

Heuchler! Kunze starrte in das Gesicht des Mannes, der seine Männer, sein Land und seinen Führer verraten hatte, als er sich dem direkten Befehl widersetzte, eine russische Schwadron zu vernichten, und diesen Bolschewiken stattdessen erlaubte, sich zu ergeben. In den Reihen der Wehrmacht kursierte die Nachricht von General von Armins Ungehorsam, der sich einem direkten Befehl des Führers widersetzt hatte! Er war zu Recht zum Major degradiert und von der russischen Front nach Nordafrika versetzt worden. Natürlich waren die Soldaten der russischen Schwadron trotzdem bis auf den letzten Mann exekutiert worden. Also hatte von Armins Weigerung nur seine eigene Karriere ruiniert.

»Ich werde kein weiteres Wort mit einem Verräter wechseln.« Kunze wandte sich zum Gehen.

»Leutnant Kunze, Sie wirken irgendwie viel zu alt und zu arrogant, um ein einfacher Leutnant zu sein.«

Kunze blieb wie angewurzelt stehen, bevor er zu dem Major herumfuhr.

»Ich habe einmal in der Berliner Oper einen SS-Offizier getroffen«, fuhr von Armin fort. »Vor etwa sechs oder sieben Jahren. Er hieß … warten Sie, Völker. Ja, Leutnant Johann Völker.«

Kunzes Augen funkelten, aber er schwieg.

»Sie haben eine wirklich verblüffende Ähnlichkeit mit diesem Völker. Allerdings war dieser Leutnant Völker ein SS-Offizier und gehörte zu Himmlers Vertrauten.« Von Armin nahm die Pfeife aus dem Mund. »Und obendrein war er äußerst gefährlich, wenn meine Erinnerung mich nicht trügt. Er war von ihrer Gründung an Mitglied der Braunhemden, gehörte zu den Todesschwadronen der Einsatzgruppen in Polen, bevor er zur

Waffen-SS versetzt wurde. Aber nein, ich muss mich irren. Wenn er 1938 schon SS-Leutnant war, müsste er mittlerweile längst Major oder Oberst sein und würde sich ganz gewiss nicht in einem gewöhnlichen Kriegsgefangenenlager aufhalten. Es sei denn, es wäre ihm gelungen, sich an den amerikanischen Verhörspezialisten vorbeizudrücken. Doch warum sollte er so etwas wohl tun?«

Kunze fuhr sich mit der Zunge über die Zähne. Er erinnerte irgendwie an eine Raubkatze, die sich das Blut von den Barthaaren leckte. »Wie in den meisten anderen Punkten, lieber Major, irren Sie sich auch in diesem.«

»Ja. Ich irre mich zweifellos«, flüsterte von Armin und trat einen Schritt näher. »Aber wäre Völker hier, würde ich ihm sagen, dass es ein schwerwiegender Fehler wäre, Ernst Halder in einen Sabotageakt oder für einen Meuchelmord einzuplanen. Ich würde ihm sagen, dass dieser Junge natürlich den Befehl seiner Vorgesetzten vom Fluchtkomitee ausführen muss, wie das seine Pflicht als Soldat und Kriegsgefangener ist; aber hier endet diese Pflicht des Jungen. Ich würde Völker sagen, dass man Halder erlauben muss, seiner Wege zu gehen, sobald er dieses Lager hinter sich gelassen hat, dass Völker die Mission, für die seine Vorgesetzten ihn nach Amerika geschickt haben, allein durchzuführen hat. Und ich würde ihm außerdem sagen, dass ich zwar meinen Rang verloren habe und ohnmächtig scheine, dass ich aber nach wie vor über einflussreiche Freunde verfüge, nicht nur in der Wehrmacht. Ich würde nicht nur dafür sorgen, dass Völker und seine Familie für jedes Leid bezahlen müssen, das diesem Jungen widerfährt, sondern ich würde auch umgehend die amerikanischen Behörden informieren. Da ich bereits als Verräter betrachtet werde, würde ich dieses Etikett gern auf mich nehmen und mich den Konsequenzen stellen.«

Von Armin trat zurück und schob die Pfeife wieder in den

Mund. »Aber da Sie ja nicht Völker sind, ist es wohl müßig, mit Ihnen über diese Angelegenheiten zu plaudern.«

Unvermittelt trat Kunze vor. Seine Miene war drohend und kalt.

»Sie wollten kein Rudel russischer Hunde töten, als man es Ihnen befohlen hat, alter Mann. Selbst wenn dieser Völker ihrer schlechten Erinnerung eine nennenswerte Familie hätte, müsste er sich wohl kaum den Kopf über irgendwelche Repressalien Ihrerseits zerbrechen.«

Er drehte sich um, ging zwei Schritte davon, wirbelte dann auf dem Absatz herum und sah von Armin böse an.

»Mischen Sie sich nicht in Spiele ein, wenn Sie deren Regeln nicht kennen.«

»Ernst, er hätte dich plattgemacht, so wie wir Polen plattgemacht haben«, sagte Schütze Klein lachend. Die Speckrollen an seinem Hals wackelten, als er lauthals lachte.

»Oder die Franzosen«, setzte Schütze Wedekind kichernd hinzu.

»Straub könnte uns drei gleichzeitig zerquetschen«, sagte Klein. »Wenn er wütend genug wäre.«

Ernst saß auf seiner Pritsche und schnürte seine Stiefel auf. »Wütend genug ausgesehen hat er heute jedenfalls.«

»Walker hätte eben nicht auf den Führer schimpfen sollen.« Wedekind bückte sich und öffnete seinen Spind. »Und dabei ist er sogar ein Deutscher.«

»Er ist jetzt Amerikaner«, widersprach Klein. »Gib mir einen Riegel, Gunter.«

Wedekind warf ihm einen Schokoladenriegel zu. »Gib Ernst ein Stück, wenn du fertig bist.«

»Nein, danke«, lehnte Ernst ab. Er erinnerte sich an Celenas Kuchen, der auf das Feld gefallen war.

Ihm war klar, dass er von Glück reden konnte, dass Feldwebel

Straub ihn nicht totgeprügelt oder der amerikanische Wachsoldat ihn nicht erschossen hatte. Dann war auch noch Private Forrest an ihn herangetreten und hatte versucht, ihn als Spitzel anzuwerben. Ernst wusste, dass er diesen Versuch seinen Vorgesetzten hätte melden sollen, aber er hatte Angst, dass sie daraufhin seine Flucht abbliesen. Außerdem erinnerte er sich noch sehr gut an Major von Armins Ermahnung: *Krieg ohne Hass*, ein ehrenvoller Krieg, und das war genau das gewesen, was Feldmarschhall Rommel in Nordafrika ständig gepredigt hatte. Selbst wenn er keine Flucht geplant oder Angst vor dem hätte, was Leutnant Kunze oder die Lagergestapo tun würden, wenn sie erfuhren, dass ein amerikanischer Spion ihn zum Spitzel hatte machen wollen, hätte Ernst diese Forderung *Krieg ohne Hass* niemals ignoriert, er hätte Private Forrest niemals verraten.

»Komm schon, Ernst«, meinte Klein. »Nimm ein Stück.« Seine Lippen waren mit Schokolade verschmiert. »Auch wenn es kein Kuchen ist, den ein amerikanisches Mädchen für dich gebacken hat.«

»Ich werde nie kapieren, woher ihr beiden diese ganze Schmuggelware bekommt.« Ernst zog seine Hose aus. »Ich wette, dass ihr auch kubanische Zigarren habt.«

Wedekind zauberte eine Schachtel Cohibas aus dem Spind. »Willst du eine?«

Ernst grinste und schüttelte den Kopf. Er hütete sich, um eine zu bitten, aber er fragte sich, ob Klein und Wedekind irgendetwas mit der Beschaffung von amerikanischem Geld und von Karten sowie Zug- und Busfahrplänen zu tun hatten, die er und Leutnant Kunze schon bald in Händen halten würden. Obwohl die beiden nur einfache Soldaten waren, schienen sie irgendwie alles besorgen zu können. Sie hatten sogar die Kamera beschafft, vor der Ernst letzte Nacht gesessen hatte, damit die Fälscher ein Foto für seine Ausweispapiere bekamen.

»Heb sie dir für später auf«, meinte Wedekind und warf ihm eine der dicken Zigarren zu. »Um zu feiern.«

Er zwinkerte Ernst zu, der die Zigarre unter seiner Nase entlangzog und genüsslich ihren Duft einsog. Sie roch nach den Logen im Berliner Opernhaus, zu denen ihm seine Eintrittskarte keinen Zugang gewährt hatte. Er hatte nur im Vorübergehen einen kurzen Blick auf die Aristokraten in ihren Smokings und die Nazioffiziere werfen können, die sich hinter den dicken Samtseilen entspannten.

»Ein wunderschönes Ding, was, Ernst?«, meinte Klein. »Heb sie dir für eine besondere Gelegenheit auf.«

Ernst steckte die Zigarre in seinen Spind. Genau das würde er tun.

»Achtung!«, schrie jemand. Die Männer sprangen auf und standen stramm.

Ernst sah geradeaus, den Blick starr auf die Stirn des Mannes auf dem Gang gegenüber gerichtet. Schritte hallten durch die Baracke, und Ernst fragte sich, ob ein Offizier zu einer überraschenden Inspektion kurz vor Zapfenstreich in die Mannschaftsquartiere gekommen war. Er hoffte inständig, dass es nicht Oberst Kettner und Leutnant Kunze waren, die zu ihm kamen.

»Privates Wedekind und Klein«, sagte jemand auf Englisch. Ernst drehte den Kopf ein winziges Stück und erkannte Major Shaw, den amerikanischen Lagerkommandanten. »Sie beide folgen mir sofort. Und nehmen Sie Ihre Spinde mit!«

»Mist«, knurrte Klein. Die beiden wuchteten sich ihre Schränke auf den Rücken und folgten Major Shaw aus der Baracke.

Im selben Moment ertönte das Hornsignal zum Zapfenstreich, und die Lichter begannen zu flackern.

»Jemand hat sie verpfiffen«, hörte Ernst, als er sich auf seine Pritsche legte.

»Ein Spitzel«, sagte ein anderer. »Wahrscheinlich von Armin.«

»Wir hätten den Verräter längst erledigen sollen.«

»Jetzt wird sich die Lagergestapo seiner annehmen.«

»Ein Besuch vom Heiligen Geist«, ertönte ein gutturales Zischen vom Ende der Baracke. Es kam von Straubs Pritsche.

Jackie wartete, an die Wand des Waschhauses gelehnt, darauf, dass die Lichter ausgingen. Eine gründliche Untersuchung der Pritschen und Spinde der POWs, die auf Hugh Jenkins' Farm arbeiteten, hatte keine Dollars oder Köpfmesser ans Licht gebracht. Jackie fragte sich, wo das verschwundene Geld und die Werkzeuge gelandet waren. Wenn das Geld nur für eine geplante Flucht gestohlen worden war, dann befand es sich vermutlich schon in Händen der Möchtegern-Flüchtlinge. Aber dann musste er das gesamte Lager durchsuchen lassen und damit alle dreitausend POWs.

Er hatte Major von Armin und Corporal Halder als die besten Kandidaten angesehen, die als Informanten in Frage kamen, aber beide schienen ihrem Heimatland die Treue halten zu wollen. Nachdem er noch einmal Halders Soldbuch und seine Personalakte durchgelesen hatte, dazu seine gesamte ein- und ausgehende Post, und mit einem Sozialdemokraten des Lagers, dem Seemann Reinhardt Kessler, geredet hatte, war er davon überzeugt, dass der junge Mechaniker kein Nazi war und er sogar Kesslers kleiner Truppe beitreten und ihnen bei dem Versuch helfen würde, Oberst Kettner und den Nazis die Kontrolle über das Lager zu entreißen.

Plötzlich ertönte das Signal für den Zapfenstreich, und Jackie warf einen Blick auf seine Uhr. Das Licht in den Baracken flackerte dreimal, bevor es schließlich erlosch. Das Lager wurde jetzt nur noch vom Mond und dem zuckenden Licht der Suchscheinwerfer auf den Wachtürmen erleuchtet. Jackie überzeugte sich davon, dass die Lichter in Major Shaws Büro ebenfalls erloschen waren, bevor er über den Lagerhof ging. In dem Büro holte er seine Stabtaschenlampe heraus und begann die Schubladen zu durchsuchen.

Er musste einfach einen Weg finden, dem Mord an Voss, Hauptmanns angeblichem Selbstmord und dem Verschwinden des Geldes und der Köpfmesser auf den Grund zu kommen. Natürlich verstieß ein Einbruch in das Büro eines Vorgesetzten gegen die Vorschriften der Army, und Jackie hatte keine Ahnung, wie er das Colonel Stevens gegenüber rechtfertigen sollte, aber er kam weder mit seinen Ermittlungen noch mit seiner Mission weiter. Sein Hauptziel war es, herauszufinden, wer Major Shaws Spitzel waren, welche Gefangenen wegen welcher Verstöße bestraft worden waren und ob Major Shaw vielleicht etwas herausgefunden hatte, was das verschwundene Geld und die Messer anging.

Als Jackie zu der untersten Schreibtischschublade kam, zog er ein gefaltetes Stück Filz aus seiner Brusttasche und suchte rasch das passende Werkzeug aus. Er ging genauso vor, wie er es während der Ausbildung beim militärischen Geheimdienst an dem Spind eines POW gelernt hatte. Im Handumdrehen war das Schloss geknackt, und er durchwühlte den Inhalt der Schublade.

Er wurde sofort fündig, auch wenn er es nicht glauben konnte. In einem Ordner mit der Aufschrift »Voss, Corporal, Karl« lagen Fotos und der Autopsiebericht mit dem Datum des vorherigen Tages. Jackie schüttelte den Kopf, erstaunt, weil Major Shaw kein Wort davon gesagt hatte. Der Major hatte genau den Beweis zurückgehalten, den Jackie unbedingt hatte haben wollen. Er musste Colonel Stevens informieren, damit Major Shaw einen Verweis bekam, aber darüber konnte er jetzt nicht nachdenken.

Er überflog den Autopsiebericht. Der erste Absatz bestätigte, dass das Blut von der Straße AB-negativ war, dieselbe

Blutgruppe wie die von Voss, und dass die Mordwaffe ein gebogenes Messer war. Als Jackie jedoch den letzten Satz las, wäre er fast vom Stuhl gefallen. Er musste ihn noch einmal lesen, um sicherzugehen, dass er sich nicht geirrt hatte. »Obere linke Extremität, Oberflächengewebe entfernt, post mortem, in einem fünf mal sieben Zentimeter großen Streifen, Grund unbekannt.«

Jackie nahm die Fotos heraus und blätterte sie durch, suchte nach einer Aufnahme des linken Arms. Als er sie gefunden hatte, nahm er ein Vergrößerungsglas aus Shaws oberster Schublade.

Schließlich sah er es. Auf der Innenseite des linken Oberarms, unmittelbar über der Armbeuge, konnte er einen blutigen Fleck erkennen. Jackie sagte sich, dass es nur so gewesen sein konnte – der Mörder hatte Voss' Uniformjacke aufgerissen, um seinen Oberkörper zu untersuchen. Als er fand, wonach er suchte, hatte er es herausgeschnitten.

»Irgendetwas von Interesse gefunden?«

Jackie wirbelte herum. Major Shaw stand in der Tür.

Jackie sprang auf. »Auf diesen Autopsiebericht habe ich gewartet.«

Major Shaw verzog das Gesicht, schaltete das Licht an und trat in das Büro.

»Sie dringen in mein Büro ein und brechen meinen Schreibtisch auf.«

»Verdammt, Major, warum haben Sie mir den Bericht verheimlicht?«

»Wie bitte? Ich habe nichts verheimlicht.« Shaw warf seinen Hut auf den Schreibtisch. »Dr. Mitchell ist erst gestern dazu gekommen, und der Bericht ist heute Nachmittag eingetroffen. Es war nichts Spannendes darin zu finden, aber ich hätte ihn Ihnen morgen ohnehin übergeben.«

»Nichts Spannendes? Voss gehörte nicht zur Wehrmacht. Er war in der SS!«

Major Shaw schwankte einen Moment und legte den Kopf auf die Seite, richtete sich dann jedoch sofort wieder auf.

»Wie, zum Teufel, kommen Sie darauf, dass er in der SS war?«

»Sehen Sie selbst!« Jackie warf ihm die Fotos hin. »Der linke Oberarm. Der Killer hat die SS-Tätowierung herausgeschnitten.«

»Was?«

Shaw warf einen Blick auf das Foto, musterte es dann genauer. »Das könnte von allem Möglichen stammen.«

»Es wurde post mortem zugefügt, also als Voss bereits tot war. Der Mörder hat ihm die Kehle durchgeschnitten und die Leiche dann aufs Feld gezerrt, um sie zu durchsuchen. Daher die drei abgebrannten Streichhölzer, die aufgerissene und wieder zugeknöpfte Uniformjacke, und das war auch der Grund, warum das auf die Brust geritzte Hakenkreuz nicht sehr geblutet hat. Der Mörder wusste, dass Voss zur SS gehörte, aber er wollte nicht, dass wir das ebenfalls erfahren. Also hat er die SS-Tätowierung herausgeschnitten und dann dafür gesorgt, dass es wie eine Exekution der Lagergestapo aussah.«

»Das glaube ich nicht. Wenn Voss bei der SS gewesen wäre, hätten die Verhörspezialisten das herausgefunden.«

»Wir haben ihn niemals verhört. Er wurde von den Briten direkt zu uns verlegt.«

Shaw kniff die Augen zusammen und marschierte einen Moment nervös in seinem Büro auf und ab.

»Selbst wenn er in der SS gewesen ist – was hätte das schon zu bedeuten?«

»Dass jemand Voss ermordet hat, weil er etwas wusste und weil man ihm nicht trauen konnte, solange er am Leben war.«

Allmählich fügte sich das Puzzle zusammen: dass der Mörder Voss vom Lager weggelockt hatte, damit er ihn ermorden und verstümmeln konnte, ohne fürchten zu müssen, überrascht zu werden. Aber er hatte Voss die Kehle von hinten durchgeschnitten, also musste Voss seinen Mörder gekannt und ihm vertraut haben. Entweder hatten sich die beiden im Lager kennengelernt oder bereits vor Camp Dillon zusammen gedient. Voss hatte offenbar etwas gewusst, das so wichtig war, dass man ihn für immer zum Schweigen bringen musste.

Jetzt bekam Major Shaw endlich etwas zu tun. Er musste Jackie helfen, das alles zusammenzufügen. Er musste alle Arbeitseinsätze absagen, bis das gesamte Lager durchsucht, das gestohlene Bargeld und die Messer gefunden, jeder einzelne Gefangene befragt worden war. Sie würden Camp Dillon schließen, bis sie genau wussten, was hier vorging.

Der Major seufzte. »Also, Forrest, was soll ich Ihrer Meinung nach jetzt unternehmen?«

Jackie sah ihn von der Seite an. »Meinen Sie diese Frage ernst? Irgendwo in diesem Lager versteckt sich ein Mörder, der einen SS-Mann getötet hat, damit sein Geheimnis unentdeckt bleibt. Es ist unser Job, diesen Mörder zu finden und sein Geheimnis zu lüften.«

»Nein, Forrest, das ist nicht mein Job. Ich muss die Ruhe aufrechterhalten und dafür sorgen, dass wir hier so wenig Wachen brauchen wie möglich. Meine Fluchtrate gehört zu den niedrigsten im ganzen Land, meine Produktivitätsrate liegt bei den obersten fünf Prozent aller Lager. Niemand kann meinen Erfolg hier in Frage stellen.«

»Verdammt, Major! Wollen Sie denn nicht herausfinden, was hier vor sich geht?«

»Was gibt es da herauszufinden? Sie wissen nicht, was auf diesem Flecken Haut gewesen ist, und selbst wenn Sie recht haben, hat nur ein Nazi einen anderen umgelegt. Verdammt, es interessiert mich nicht, ob die Nazis das ganze Lager kontrollieren, solange nur Ruhe und Disziplin herrschen. So lauten meine Befehle, Forrest.«

Jackie nahm sich die Autopsiefotos. »Meine Befehle lauten anders.«

»Gestehen Sie es sich doch ein, Forrest. Sie stinken nach Geheimdienstoffizier. Sie schnüffeln hier herum, um irgendwelche Fluchtpläne aufzudecken und um sicherzustellen, dass es keine Gewalt vonseiten der Nazis gegen Mannschaftsdienstgrade gibt. Aber seit Sie hier sind, ist Corporal Voss geflohen und ermordet worden, und wenn die Army Ihnen glauben will, wurde auch Private Hauptmann ermordet und ein Selbstmord nur vorgetäuscht. Grandioses Ergebnis für Ihren kurzen Aufenthalt.«

Jackie schüttelte nur den Kopf.

»Ich dagegen habe meinen Job gemacht«, sagte der Major. »Und Ihren gleich mit. Ich habe gerade erfahren, dass für nächste Woche eine Flucht geplant ist, sehr wahrscheinlich am Montag, wenn die Weizenernte beendet ist und die Dinge sich beruhigt haben. Ein Private wird von seinem Arbeitseinsatz bei der Asphaltierung der Straße am Rand der Stadt fliehen, und meine Leute werden ihn wieder einfangen.« Er setzte sich auf seinen Stuhl und schlug die Beine übereinander. »Ich habe Ihnen ja gesagt, dass ein guter Spitzel zehn Geheimdienstoffiziere wert ist.«

Jackie rieb sich so fest mit der Hand über das Gesicht, dass seine Haut brannte. »Ein einziger Private will fliehen? Wenn Ihr Spitzel Ihnen das erzählt, Major, dann verschaukelt er Sie.«

»Niemand verschaukelt mich, Forrest. Ich weiß genau, was ich tue.«

»Ja, Sie geben POWs Schmuggelware im Austausch für wertlose Informationen.«

Shaw sprang auf.

»Das reicht! Ihr Job hier ist vorbei, Private oder wie zum Teufel Ihr Rang ist. Sie haben Lagerarrest, bis ich weitere Informationen vom militärischen Geheimdienst erhalten habe.«

»Was?«

»Sie stehen unter Arrest, Forrest. Weil Sie in das Büro eines Vorgesetzten eingebrochen sind und das Schloss an seinem Schreibtisch aufgebrochen haben.« Shaw deutete drohend mit dem Finger auf ihn. »Sie werden dieses Lager nicht verlassen; falls Sie es doch tun, wandern Sie in den Bau; widersetzen Sie sich, werden Sie erschossen!«

14. Kapitel

Celena lag zusammengekauert auf dem Wohnzimmersofa, von dem sie sich die letzten fünf Stunden nicht wegbewegt hatte. Sie hatte in der Nacht nicht schlafen können und war in die Küche gegangen, um sich ein Glas Milch zu holen. Statt jedoch ins Bett zurückzukehren, war sie auf die gemütlichen, weichen Kissen des Sofas gesunken und hatte den Rest der Nacht damit verbracht, dem Flüstern des Windes über den Plains zu lauschen. Sie hatte gehört, wie ihr Vater vor einer Stunde das Haus verlassen hatte. Er würde ins Tal fahren, um die Bewässerungsleitungen umzusetzen. Schon bald würde er wieder zurück sein, zum Frühstück, wenn die Sonne am Horizont aufgetaucht war.

Celena wollte noch einmal mit ihm reden, ihm erklären, warum sie Walt nicht heiraten konnte. Außerdem wollte sie verstehen, warum er einen Streit mit diesem deutschen Sergeant angezettelt hatte. Er war ihr schrecklich fremd vorgekommen, als er gestern im Kornfeld so laut gegen die Nazis gewettert hatte. Es widersprach so sehr seinem Charakter, seinem Hass gegen Nazideutschland offen Ausdruck zu verleihen. Obwohl sie glaubte, dass sie und Ernst sehr diskret waren, fürchtete Celena jetzt, dass die Army ihren Vater bedrohte, vielleicht, nachdem dieser Wachposten Ernst und sie beim Reden überrascht hatte. Private Forrest hatte sie neulich ziemlich nachdrücklich und streng gewarnt, und sie fragte sich, ob die Army vielleicht irgendwie von Ernst und ihr erfahren hatte.

Sie hörte ein Geräusch in der Küche und sah dann einen Lichtschein unter der Tür.

Ihre Mutter war aufgestanden, um ihrem Vater Frühstück zu machen. Celena überlegte, ob es hilfreich war, mit ihr zu reden, sie zu fragen, ob sie, Celena, das Richtige tat, und herauszufinden, ob es irgendetwas gab, das sie sagen oder tun konnte, um ihren Vater davon zu überzeugen, dass sie Walt nicht heiraten konnte. Sie stemmte sich vom Sofa hoch und reckte Arme und Beine, die sich etwas taub anfühlten.

»Guten Morgen«, hörte sie die Stimme ihres Vaters in der Küche. »Sind die Kinder schon wach?«

»Nein«, antwortete ihre Mutter flüsternd. »Lass sie noch ein bisschen schlafen, vor allem Celena. Sie war bestimmt die halbe Nacht wach.«

Celena blieb stehen und setzte sich dann vorsichtig auf den Rand des Sofas.

»Zucker?«, fragte ihr Vater.

»Leider nicht. Wir haben keine Coupons mehr.«

Eine Faust krachte auf den Tisch.

»Ich ernte Tausende Scheffel Zuckerrüben«, knurrte ihr Vater. »Genug, um jedem Soldaten einen Löffel Zucker in den Kaffee zu geben, und dieser verdammte Roosevelt lässt uns nicht einmal genug Zucker für uns selbst.«

In der Pfanne brutzelte Schinken. Das würzige Aroma drang bis ins Wohnzimmer.

»Ralph, was war da gestern Abend los?«

»Was meinst du?«

»Sie hat versucht dir klarzumachen, dass sie Walt nicht heiraten kann.«

Celena hatte noch nie erlebt, dass ihre Mutter ihrem Vater widersprochen hatte. Sie beugte sich vor, damit sie auch ja jedes Wort mitbekam.

»Ralph, wir müssen darüber reden.«

»Nein, Delphine. Sie hat ein Versprechen gegeben, und es ist ihre Pflicht, es zu halten.«

»Das war vor einem Jahr, nach dieser Geschichte mit dem Kesselflicker. Wenigstens hat sie Walt nicht auf der Stelle geheiratet. Stell dir vor, wie sehr sie gelitten haben muss, wie viel Tratsch sie über sich ergehen lassen musste ... Das war bestimmt nicht einfach.«

Es herrschte eine lange Pause, bis ihre Mutter weitersprach. Ihre Stimme klang ein wenig lauter.

»Ralph, sie liebt ihn nicht. Sie will aufs College gehen, will weg von der Farm, von der Stadt. Vielleicht kommt sie zurück, vielleicht auch nicht. Aber lass sie das selbst entscheiden.«

»Bockmist!«

Stuhlbeine kratzten über den Boden, und die Stimme ihres Vaters klang scharf wie ein Schuss, als er dieses Wort ausstieß. »Verstehst du denn nicht?«, fuhr er ruhiger fort. »Wir könnten die Farm verlieren. Ich konnte Frank McKinley nur mit Mühe besänftigen, nachdem er Celena mit Halder erwischt hatte. Er könnte unseren Pachtvertrag im Tal kündigen.«

»Ralph, glaubst du wirklich ...?«

»Verdammt, Delphine!«

Schweigen. Eine Minute lang geschah gar nichts, bis ihr Vater schließlich aufstöhnte.

»Delphine, du weißt, dass ich meinen Namen ändern musste, als ich nach Amerika kam, wegen des Hasses auf die Deutschen nach dem Großen Krieg. Jeden Tag frage ich mich, ob die Leute mich wegen meiner Herkunft oder meines Akzents anders ansehen. Die Army vermutet, dass ich etwas mit dem Tod dieses jungen Voss zu tun habe. Selbst wenn wir dieses Jahr eine großartige Ernte einfahren, wird es hart, und jetzt will Celena auch noch ihre Verlobung mit einem amerikanischen Soldaten lösen, dem Sohn unseres Grundbesitzers, weil sie in einen deutschen Gefangenen verliebt ist.« Celena konnte fast hören, wie er mit den Zähnen knirschte. »Jemand muss sich um diese Familie kümmern, dafür sorgen, dass Essen auf den

Tisch kommt und dass sie ein Haus hat, in dem dieser Tisch steht.«

»Ralph ...«

»Nein.« Wütend stampfte er durch die Küche. »Ich würde alles tun, um dieses Mädchen und diese Familie zu beschützen. Und der einzige Weg dafür ist im Augenblick, dafür zu sorgen, dass sie Walt heiratet ... und zu beten, dass wir eine gute Ernte einfahren.«

Es krachte wie ein Donnerschlag vor einem Hagelsturm, als die Tür hinter ihm ins Schloss fiel.

Als Ernst mit den anderen von seinem Arbeitstrupp aus der Mannschaftsmesse marschierte, hob er schützend den Arm vor die Augen. Die Sonne hing stechend hell zwischen dem Horizont und einigen grauen Wolken am Morgenhimmel. Die Männer hatten ihn beim Frühstück zwar mit Celena aufgezogen, aber ihre Scherze waren respektvoll gewesen, so dass es ihn nicht gestört hatte.

Ernst wusste nicht, was schlimmer war, der Gedanke an Celenas bevorstehende Hochzeit oder der an die Rache der Lagergestapo an Major von Armin, angesichts dessen, was letzte Nacht mit Wedekind und Klein passiert war. Ernst wollte den Major warnen, ihm sagen, dass er in Gefahr schwebte, aber die POWs redeten schon seit seiner Ankunft davon, dass von Armin ein Verräter und Spitzel war. Zudem war Ernst klar, dass der Major über solche Warnungen nur lachen würde.

Als sie zum Hof vor der Gemeinschaftsbaracke marschierten, wo die Farmer mit ihren Lastwagen warteten, deutete Otto Langer mit einem Nicken auf Major von Armin, der gerade die Treppe zur Kantine hinaufging. »Da ist der Verräter ja.«

»Sie sollten ihn verlegen«, meinte Victor Höfer, »oder die Lagergestapo sollte sich seiner annehmen.«

Ernst holte tief Luft und versuchte die Warnung des Majors

zu beherzigen und den loyalen Deutschen zu spielen. Was bedeutete, nichts gegen die vorherrschende Meinung zu äußern.

»Und jetzt hat er Klein und Wedekind verpfiffen«, gurgelte Langer durch seinen zerfetzten Kehlkopf. Dann rief er so laut er konnte: »Für welchen Preis?«

»Verräter!«, schrie Höfer und spie aus.

Von Armin drehte sich nicht um, aber Ernst konnte sich den schmerzlichen Ausdruck auf dem Gesicht des Majors ohne Mühe vorstellen. Es war der Schmerz eines kommandierenden Offiziers, der von seinen eigenen Leuten verraten wurde.

»Hört auf!«, platzte Ernst heraus. »Er hat nichts gemacht. Er hat nur …«

Jemand versetzte ihm einen Stoß in den Rücken, und Ernst stürzte in den staubigen Schotter. Er sprang hoch, fuhr herum und sah sich Feldwebel Straub gegenüber.

»Sie verteidigen diesen Hund, Halder?«, knurrte Straub. »Sie sind nicht besser als Walker und von Armin … ein verräterischer Feigling!«

»Das reicht«, befahl Oberst Kettner.

Der Oberst stand neben Leutnant Kunze mitten im Hof, den Zwicker auf der Nase, hinter dem seine winzigen Augen funkelten. »Halder, marsch zu Ihrem Arbeitstrupp! Feldwebel, Sie meiden jeden weiteren Kontakt mit diesem Mann, verstanden?«

»Zu Befehl, Herr Oberst!«

Straub warf Ernst einen bösen Blick zu, bevor er zu Ralph Walkers Lastwagen ging.

»Machen Sie schon, Halder«, befahl Oberst Kettner.

»Jawohl, Herr Oberst.«

Ernst drehte sich um. Mr. Walker stand neben dem Lastwagen auf dem Trittbrett und spähte über die Fahrerkabine. Ernst glaubte zu erkennen, dass er die Schrotflinte soeben wieder in die Halterung über den Sitzen drückte, aber da sich gerade dunkle Wolken über die Sonne schoben, konnte er es nicht richtig erkennen.

»Corporal Ernst Halder!«, sagte jemand auf Englisch hinter ihm. Als er sich umdrehte, sah er Major Shaw auf sich zukommen. Der Lagerkommandant hielt einen Umschlag in der Hand.

Ernst nahm Haltung an. »Jawohl, Sir.«

»Ich habe leider schlechte Nachrichten für Sie«, sagte Major Shaw. »Wir haben gerade ein Telegramm aus Deutschland bekommen. Tut mir leid, mein Junge, aber man hat letzte Woche nach einem schweren Bombenangriff in den Ruinen Ihres Hofs die Leiche Ihrer Mutter gefunden.«

Ernst stolperte zurück. Hinter ihm befand sich nichts, woran er sich hätte festhalten können, und er hatte keine Ahnung, warum er nicht einfach umfiel.

Woody spähte durch die offene Tür zu Celena, die an ihrem Frisiertisch saß.

»Sie ist noch nicht fertig, Mom!«

Dann stürmte er durch den Flur davon.

Celena betrachtete ihr Gesicht im Spiegel. Sie hatte weder Rouge noch Lidschatten noch Lippenstift aufgelegt. Seit Wochen hatte sie ihre Sommersprossen nicht mehr mit Zitrone behandelt, aber das spielte eigentlich keine Rolle mehr. Sie griff nach der Dose mit der Hautcreme, ließ dann jedoch die Hand sinken. Es kümmerte sie nicht, wie sie aussah. Sie band einfach nur ihr Haar mit einer Spange zusammen.

»Es ist so dunkel hier drin«, meinte ihre Mutter und schaltete das Licht ein. »Hoffentlich bringen die Wolken keinen Hagel.«

Celena drehte sich nicht um, sondern starrte weiter auf ihr Spiegelbild.

»Celena, fährst du nun in die Stadt oder nicht?«, fragte ihre Mutter. »Entweder machst du dein Hochzeitskleid fertig …«

Celenas Blick glitt zu dem grimmigen Gesicht ihrer Mutter im Spiegel.

Sie drehte sich herum. »Stimmt das mit der Farm, Mutter?«

»Was soll stimmen?«

»Wird Dad die Farm verlieren? Können die Army oder Mr. McKinley sie uns wegnehmen?«

»Wer hat das denn gesagt?«

Celena senkte den Blick. »Ich habe euch gehört, Dad und dich, heute Morgen.«

Ihre Mutter ging zum Bett, legte ihre Handtasche auf die Decke und strich sich kurz über den Rock, bevor sie sich setzte. Dann klopfte sie neben sich auf die Matratze. Celena stand auf und setzte sich gehorsam neben sie.

»Ja, das stimmt«, gab ihre Mutter zu. »Frank McKinley kann jederzeit den Pachtvertrag kündigen, ob wir den Zins zahlen oder nicht. Wir hatten zwar noch nie Probleme mit ihm, aber Mr. McKinley muss nicht an uns verpachten. Wenn wir das Land im Tal verlieren, verdienen wir mit dem Weizen auf dem Plateau nicht genug zum Leben.«

Celena erinnerte sich an Private Forrests Warnung und sah ihrer Mutter forschend in die Augen. »Und die Army könnte Dad auch Schwierigkeiten machen?«

»Nun, sie behält alle deutschen Einwanderer im Auge, die im Großen Krieg auf deutscher Seite gekämpft haben. Nachdem dieser Junge auf unserem Land gestorben ist und da wir offenbar zu freundlich mit den Kriegsgefangenen umgehen …« Sie hob die Brauen, als wüsste sie alles über Celena und Ernst. »Ja, die Army könnte uns eine Menge Ärger bereiten.«

Celenas Blick glitt zum offenen Fenster, auf die grauen Wolkenberge, die vom Horizont heranzogen. Der trockene Juliwind war plötzlich abgekühlt und stärker geworden und strich fast scharf über ihre Wangen. Sie sah wieder in den Spiegel auf ihr

Gesicht, das plötzlich zu welken und sich in Falten zu legen schien, bis sie es kaum noch erkennen konnte.

Das kann doch einfach nicht sein! Nicht jetzt! Nicht, wenn es eine Chance gibt, dass alles gut ausgeht. Bitte, nicht jetzt!

Auch wenn es wegen des Krieges im Moment nicht möglich war, hatte Celena immer daran geglaubt, dass sie irgendwie nach Boulder aufs College gehen, ihr Lehrerdiplom machen und dann selbst Schüler unterrichten könnte. Sie hatte keine Ahnung, was aus Ernst werden würde, aber sie wusste einfach, dass sie das College besuchen, weg von Julesburg musste, dass sie in diesen Hörsälen sitzen, diese Bücher lesen und dieses Leben führen musste. Jetzt jedoch war sie sich dessen nicht mehr sicher; nichts war mehr gewiss.

»Und Mr. McKinley würde unseren Pachtvertrag nicht auflösen, wenn ich Walt heiraten würde?« Celina wagte es, die Worte laut auszusprechen. »Dann würde die Army sehen, dass Ralph Walkers Tochter einen amerikanischen Soldaten heiratet und nicht zu freundlich zu einem deutschen POW wäre?« Es überraschte sie, wie ruhig und vernünftig sie klang.

»Ja, Liebling«, gab ihre Mutter zurück und zog ein Spitzentaschentuch aus ihrer Handtasche. »Alles wäre viel einfacher, wenn du ihn heiraten würdest.«

Ihre Mutter zog das Taschentuch durch die Finger und blickte auf ihren Schoß.

Celena sah sie an. Sie hatte ihre Mutter noch nie ängstlich erlebt, niemals erlebt, dass sie zögerte oder unsicher war oder sich benahm, als hätte sie die Lage nicht vollkommen unter Kontrolle. Ob sie die Frauen der Women's Auxiliary bewirtete oder mit den Lebensmittelhändlern um Preise für das Gemüse feilschte, ihre Mutter bewältigte jede Lage sehr geschickt.

Aber mit dieser Situation wird sie nicht fertig. Sie und Dad können weder Frank McKinley noch die Army daran hindern, uns die Farm wegzunehmen.

Celena drehte sich langsam um und sah wieder durch das offene Fenster auf die Gewitterwolken, die über die Prärie zogen.

Ihre Mutter faltete das Taschentuch fein säuberlich zusammen und legte es in die Handtasche zurück.

»Aber das Leben ist nicht immer einfach«, sagte sie. »Du solltest Walt nur heiraten, wenn du es willst, wenn du glaubst, dass ihr beide ein gutes Leben zusammen führen könnt. Wenn du ihn nicht heiraten willst, werde ich eben Böden schrubben oder die Wäsche von anderen Leuten waschen. Was es auch ist, ich werde tun, was nötig ist.« Sie rieb sich mit den Fingern über die Wangen. »Du musst tun, was für dich wichtig ist. Dad und ich werden schon einen Weg finden, um das zu ermöglichen.«

Celena warf sich nach vorn und vergrub ihr Gesicht im Schoß ihrer Mutter. Tränen liefen ihr über die Wangen, weil ihr auf einmal ganz deutlich bewusst wurde, was sie tun musste.

Jackie stand am Haupttor und sah den Rückleuchten der Lastwagen nach, die das Lager verließen, als eine grüne Militärlimousine neben ihm anhielt. Das hintere Fenster war heruntergekurbelt.

»Denken Sie dran, Forrest«, sagte Major Shaw auf dem Rücksitz, »Sie bleiben hier in Camp Dillon. Die Wachen haben Befehl, Sie zu hindern, das Lager zu verlassen, nötigenfalls mit Gewalt. Ich komme am Samstag von der Konferenz in Denver zurück. Bis dahin sollten Ihre Versetzungspapiere eingetroffen sein.«

Er gab dem Fahrer ein Zeichen, und die Limousine rollte durch das Tor. Jackie sah ihr nach, und ihm wurde klar, dass ihm nur noch eine Möglichkeit blieb. Hastig humpelte er über den Hof zu Major Shaws Büro.

»Guten Morgen, Forrest«, begrüßte ihn Corporal Wilson. Er saß hinter seinem Schreibtisch. Sein sauber gestutzter roter Schnurrbart wirkte in dem jungenhaften, sommersprossigen

Gesicht irgendwie deplatziert. »Major Shaw ist gerade weggefahren, falls Sie zu ihm wollten.«

Jackie schüttelte den Kopf. »So ein Mist!«

»Was haben Sie denn?«

»Er hat mir gesagt, dass ein Versetzungsbefehl für mich angekommen wäre. Ich muss sofort erfahren, wohin ich versetzt werde.«

»Tut mir leid. Da müssen Sie wohl bis zu seiner Rückkehr warten.«

»Ich muss aber erfahren, wohin man mich schickt. Meine Mutter will ein Paket dorthin senden, damit ich es beim Eintreffen bereits vorfinde.«

»Ich kann Sie nicht einfach ins das Büro des Majors lassen, Forrest. Shaw würde mir die Hölle heiß machen.«

»Und wenn Sie zufällig gerade eine geraucht haben?«

Corporal Wilson legte den Kopf schief und grinste. »Tja, ich bin gerade ein bisschen knapp mit Zigaretten.«

»Und wenn Sie heute Nachmittag zwei Päckchen auf ihrer Pritsche finden?«

Der Corporal verschloss das bis zum Boden reichende Fenster neben seinem Schreibtisch.

»Private Forrest, ich bin in zehn Minuten wieder da.« Er rückte seine Krawatte zurecht. »Zigarettenpause. Nehmen Sie bitte solange alle Anrufe entgegen.«

Jackie salutierte, als Wilson den Raum verließ, trat dann rasch in Shaws Büro und schloss die Tür hinter sich.

Jackie wusste, dass möglicherweise ein POW das Telefonat mithörte, aber da er Lagerarrest hatte, musste er dieses Risiko eingehen. Er nahm den Hörer von Major Shaws Telefon ab und drückte die Gabel, bis er die Vermittlung bekam.

»Colonel Stevens«, antwortete sein Vorgesetzter wenige Sekunden später.

»Jackie Forrest. Ich habe nicht viel Zeit, Colonel.«

»Das glaube ich. Major Shaw hat mich übergangen und sich direkt an General Davis gewendet. Sind Sie tatsächlich in das Büro des Majors eingebrochen?«

»Ja, Sir. Es ging nicht anders. Shaw hatte den Autopsiebericht und Fotos von Voss im Schreibtisch, hat mir aber nichts davon gesagt.«

»Was, zum Teufel, treibt der Kerl denn da draußen?«

»Er ist wohl so eine Art heimlicher Nazibewunderer, wie Henry Ford.«

»Jedenfalls hat er ausgezeichnete Beziehungen. Sie werden in ein oder zwei Tagen versetzt.«

»Colonel, das dürfen Sie nicht zulassen. Hier ist irgendetwas Großes im Gange.«

»Sie haben doch selbst um eine Versetzung gebeten.«

»Ich weiß, aber ... ich bin wirklich auf etwas gestoßen.«

»Jackie, die Lage ist ernst. Shaw hat sich Ihr Dossier von General Davis schicken lassen. Er weiß von Ihrem Silver Star, Ihren Belobigungen. Er ist vermutlich höllisch eifersüchtig, weil er den Krieg damit verbringt, das Kindermädchen für POWs zu spielen, während die anderen den Ruhm einheimsen. Warum auch immer, er hat es jedenfalls auf Sie abgesehen. Man munkelt sogar schon vom Kriegsgericht.«

»Was? Kriegsgericht? Shaw hat Beweise unterschlagen und meine Untersuchung behindert. Er sollte angeklagt werden.«

»Dafür ist es jetzt zu spät. Das sähe nach einem Racheakt aus.«

»Aber Sie dürfen nicht zulassen, dass man mich jetzt abzieht.«

»Jackie, ich kann nichts mehr tun.«

»Und was ist mit dem Mord an Karl Voss? Der SS? Und diesem armen Kerl, diesem Manfred Hauptmann?«

»Ich habe Ihnen Voss' vollständiges Dossier vom Geheimdienst geschickt, einschließlich Fotos. Die Unterlagen sollten heute Nachmittag oder morgen ankommen, aber wahrscheinlich werden sie Shaw persönlich ausgehändigt.«

Jackie schwieg.

»Was könnten diese Nazis vorhaben, Jackie? Eine Massenflucht, um die Moral zu heben?«

»Nein, das haben sie bereits in diesem Lager in Arizona versucht. Hier muss es um viel mehr gehen.«

»Es gibt keinerlei Fabriken in der Nähe von Camp Dillon, nichts Wichtiges, dass sie sabotieren könnten.«

Jackie versuchte das Puzzle zusammenzusetzen – Voss, die SS-Tätowierung, das Kraftwerk in Norwegen. Das ergab alles keinen Sinn. Irgendetwas fehlte noch. Aber eines wusste Jackie: Was auch immer die Nazis planten, es musste eine große Sache sein.

»Nein«, sagte er. »Aber vielleicht ist es ja nicht in der Nähe. Vielleicht muss die Person, die sie eingeschmuggelt haben, reisen, um dorthin zu kommen.«

»Was meinen Sie mit ›eingeschmuggelt‹?«

»Wir haben bis 1942 alle Nazispione enttarnt und gefangengenommen, also müssen sie jemanden ins Land schmuggeln, wenn er eine besondere Mission erfüllen soll. Deshalb hat Hitler diese Saboteure in einem U-Boot nach Florida und New York gebracht. Aber vielleicht sind Himmler und er klüger geworden. Vielleicht sind sie zu dem Schluss gekommen, der beste Weg, Saboteure ins Land zu schicken, sei, es direkt vor unserer Nase zu tun und sie als POWs zu tarnen.«

»Was? Woher sollen sie denn wissen, wohin die POWs geschickt werden?«

In diesem Moment setzte sich das Puzzle wie von Zauberhand in Jackies Kopf zusammen.

»Das können sie nicht wissen, Colonel, es sei denn, sie hätten im Provost Marshal Office jemanden bestochen. Aber sie haben vielleicht eine Liste mit wichtigen Zielen. Die Leute müssen, je nachdem, in welches Lager sie geschickt werden, von dort fliehen und das nächstliegende Ziel ansteuern.«

»Aber nicht einmal in der Nähe von Colorado liegt irgendeine für den Krieg bedeutende Einrichtung!«

»Wir haben über hundert Lager hier im Land. Sie konnten ja nicht wissen, dass jemand ausgerechnet hier landen würde.«

»Aber welches Ziel könnten die Nazis zerstören, um dadurch den Ausgang des Krieges zu verändern?«

Jackie schüttelte unwillkürlich den Kopf. »Das weiß ich nicht, Colonel.«

Die Tür flog auf; Corporal Wilsons wutverzerrtes Gesicht tauchte dahinter auf.

»Was, zum Teufel, machen Sie da, Forrest?«

»Ich muss Schluss machen, Mom«, sagte Jackie. »Ich liebe dich auch. Auf Wiedersehen.«

Er zwinkerte Corporal Wilson zu, als er hastig das Büro verließ. Jetzt musste er sich wirklich verdammt beeilen, um herauszufinden, was die Nazis im Schilde führten.

15. Kapitel

Mr. Walker riss sich grinsend den Strohhut vom Kopf und schleuderte ihn auf das Weizenfeld, wo er wie eine Krone auf den goldenen Ähren landete.

»Was die Feuchtigkeitsproben am Silo sagen, interessiert mich nicht«, meinte er strahlend. »Der Weizen ist kräftig genug, dass er meinen Hut hält, also ist er reif.«

Ernst nickte. Er freute sich zwar für Mr. Walker, konnte sich aber trotzdem kein Lächeln abringen.

»Sehen Sie sich das an!«, fuhr der Farmer fort. »Haben Sie schon einmal etwas so Schönes gesehen?«

Der riesige rote Mähdrescher arbeitete sich durch das goldene Feld. Die Messer der fünf Meter langen Ährenköpfmaschine wirbelten funkelnd voran.

»Nein, noch nie.« Ernst strahlte unwillkürlich, als er den Blick über das Feld gleiten ließ.

»Sehen die Felder bei Ihnen zu Hause auch so aus?«

»Ja«, antwortete Ernst. »Früher jedenfalls«, setzte er dann hinzu.

Mr. Walker legte ihm die Hand auf die Schulter. »Wirklich, Ernst, es tut mir so leid für Sie.«

Ernst zuckte zusammen. Eigentlich hätte er sich hier mitten in diesem reifen Feld wie im Himmel fühlen sollen, in dem Wissen, dass sie das Getreide sicher einfahren würden und ohne einen Gedanken an Krieg, Nazis oder Gefangenenlager zu verschwenden. Stattdessen hatte er sich noch nie so einsam gefühlt, so, als wäre ihm alles, wofür zu leben lohnte, entrissen worden.

Er achtete sorgfältig darauf, dass weder Mr. Walker noch irgendjemand sonst ihn weinen sah. Die Fahrt hinaus auf die Felder war brutal gewesen. Er hatte Mr. Walker im Lastwagen vom Tod seiner Mutter erzählt. Seine Tränen jedoch würde er sich für heute Nacht aufsparen, wenn er allein auf seiner Pritsche lag.

Das Einzige, was ihn während der Gefangenschaft aufrecht gehalten hatte, die einzigen Gedanken, die ihn hatten weitermachen lassen, war die Vorfreude auf Zuhause gewesen, auf das Wiedersehen mit seiner Mutter. Jetzt gab es keinen Grund mehr, nach Deutschland zurückzukehren, ganz gleich, wie die Flucht verlaufen würde. Seine Mutter war tot, ihre Äcker ein Kraterfeld, das Land, das er einst kannte, zerstört. Ernst hatte begriffen, dass Major von Armin und Mr. Walker schon immer recht gehabt hatten; der beste Platz für ihn war genau der, an dem er sich jetzt befand.

»Mr. Fye wird seine Ladung absetzen, wenn er den Schwaden zu Ende gemäht hat«, erklärte Mr. Walker. »Dann fahren wir den Weizen zum Silo, um dort den Feuchtigkeitsgehalt zu überprüfen. Ist er akzeptabel, fangen wir sofort an zu mähen. Wir müssen diesen Regenwolken zuvorkommen.«

»Jawohl, Sir.« Ernst konnte sich nur schwer aus seiner Betäubung reißen.

»Guten Morgen, Herr Walker.«

Leutnant Kunze stand plötzlich neben ihnen und grinste freundlich, was so gar nicht zu ihm passte.

»Ich bin Jürgen Kunze«, sagte er in seinem stockenden Englisch und hielt dem Farmer die Hand hin, als würde er sich ihm auf einer Cocktailparty vorstellen. »Ich fahre den Weizen in die Stadt.«

Die beiden Männer schüttelten sich die Hände. Ernst wollte Mr. Walker vor Kunze warnen, ihm klarmachen, dass er diesem Mann nicht trauen konnte. Doch dann fiel ihm ein, dass der Farmer ja ihm, Ernst, selbst auch nicht vertrauen konnte. Denn

Ernst würde Mr. Walkers Lastwagen für ihre Flucht stehlen, ohne auch nur einen Gedanken daran zu verschwenden, ob die Amerikaner den Farmer beschuldigten, ihnen geholfen zu haben, und ihn anschließend wegen Landesverrats vor Gericht stellen würden.

Kunze sah dem Obergefreiten Halder und Ralph Walker nach, als sie mit dem Lastwagen davonfuhren. Er würde wieder zurück sein, lange bevor sie vom Silo zurückkehrten, Walkers private Benzincoupons sicher in seinem Versteck im Stiefel verstaut.

Er hob bereitwillig die Arme, um sich von dem Wachsoldaten durchsuchen zu lassen. Der G.I. suchte nur nach Waffen und Schmuggelware. Er würde nichts finden.

»Um eins sind Sie wieder hier, Leutnant«, sagte der Soldat und salutierte anschließend vor dem ranghöheren Offizier, was trotz Kunzes Status als Kriegsgefangener obligatorisch war. »Und sprechen Sie nicht mit Zivilisten!«

Kunze erwiderte den Gruß und marschierte dann über den Feldweg davon.

Die anderen POWs des Arbeitstrupps mussten als Mannschaftsdienstgrade auf dem Feld bleiben, unter dem mehr oder weniger wachsamen Blick des G.I.; Kunze genoss als Offizier das Privileg einer weniger scharfen Bewachung. Da er sich mit einer Handvoll anderer Offiziere freiwillig zum Arbeitseinsatz gemeldet hatte, konnte er zwar keinen Gebrauch von der Fünf-Meilen-Zone rund um das Lager machen, in der sich die Offiziere frei bewegen konnten, aber er hatte mit der Wache die Erlaubnis ausgehandelt, während der Mittagspause spazieren gehen zu dürfen. In den zwei Wochen, die er jetzt im Lager war, hatte er diese Strecke auf mehr als eine Meile ausgedehnt. Das hieß, er konnte es zu Ralph Walkers Haus und zurück schaffen, bevor der Wachposten sein Fehlen überhaupt bemerkte.

Kunze schritt zügig aus; er war von den vier Stunden Arbeit

auf Ralph Walkers Feldern nicht im Geringsten erschöpft. Anders als die Amerikaner waren deutsche Männer stark und diszipliniert und darüber hinaus treu bis in den Tod. Hatten sie einmal einen Eid geschworen, hielten sie sich daran. Trotzdem wusste Kunze, dass nicht alle Deutschen dieses Credo beherzigten, nicht alle seine Landsleute so glühend loyal waren. Leider wurden weder die Verräter, die versuchten, den Führer zu ermorden, noch die Feiglinge, die nach dem Großen Krieg aus einem verarmten Deutschland geflohen waren, diesem Maßstab auch nur annähernd gerecht, den tausend Jahre zuvor ihre Vorfahren des Heiligen Römischen Reiches Deutscher Nation aufgestellt hatten.

Kunze erinnerte sich noch daran, wie er zum ersten Mal von diesem Heiligen Römischen Reich gehört hatte, dem Ersten Reich, dann von Bismarcks Zweitem Reich von 1871; Kunze hatte aktiv an der Revolution von 1933 teilgenommen und damit an der Errichtung des Dritten Reichs. Es kam ihm vor wie eine Ewigkeit; damals hatte er nichts gewusst, nichts besessen.

Kunzes früheste Erinnerungen reichten bis zu seinem dritten Lebensjahr zurück. Er stand neben seiner Mutter, die seine Hand hielt, während sie einer Parade zusahen; aber niemand jubelte. Die Menschenmenge, die sich am Ufer des Rheins drängte, sah schweigend zu, wie amerikanische, britische und französische Soldaten in Deutschland einmarschierten. Lautsprecher plärrten blechern, dass der Krieg zu Ende war. Kunze erinnerte sich auch daran, wie seine Mutter abends auf dem Boden in ihrem Pensionszimmer kniete, die Hände gefaltet; er wusste sogar noch, wie lächerlich er das damals schon fand. Kein Gott hatte je ihre Gebete erhört, nicht einmal, als sie im Bett lag und bis spät in die Nacht Blut hustete.

Seitdem erinnerte sich Kunze an jeden Augenblick, an jedes Ticken der Uhr, an eine Ewigkeit aus Plackerei und Hunger und Einsamkeit – bis er mit vierzehn in die Hitlerjugend eintrat.

Niemals zuvor hatte er ein solches Gefühl von Zugehörigkeit erlebt, als wäre er plötzlich Teil von etwas wirklich Bedeutendem. Nachdem die Franzosen und Briten Deutschland im Vertrag von Versailles so schrecklich gedemütigt hatten, gab es jetzt endlich einen Plan, all diese Ungerechtigkeiten zu korrigieren und sich das gestohlene Land zurückzuholen. Und es gab jemanden, der sie führte, jemand, der stolz war, ein Deutscher zu sein, der alle Deutschen auf der Welt vereinigen wollte. Die SA und die SS; dieser Verräter von Armin hatte recht gehabt: Jürgen Kunze war Johann Völker, und er fühlte sich hoch geehrt, weil er dem Führer und der SS von Anfang an hatte dienen können. Dass die bolschewistischen Horden die Ostfront durchbrochen und die westlichen Alliierten in Frankreich gelandet waren, spielte keine Rolle; mit den richtigen Waffen konnte der Führer Deutschland von den Invasoren befreien und das Land und die Menschen beschützen, für deren Vereinigung sie so lange und so hart gekämpft hatten.

Kunze hätte natürlich dem Obergefreiten Halder befehlen können, die Benzincoupons zu stehlen, sich selbst einen Weg auszudenken, sich von dem Arbeitstrupp zu isolieren und zum Haus der Walkers zu gehen. Aber Kunze war klar, dass er einem einfachen Mechaniker, der niemals in die Partei eingetreten war, keine so wichtige Aufgabe anvertrauen konnte.

Für einen Moment rastete Kunze. Er setzte sich und zog seine Arbeitsstiefel aus. In den Schlitzen, die er sorgfältig in die Nähte der Schuhe geschnitten hatte, befanden sich die gefälschten Briefe, allesamt an Ralph Walker adressiert. Sie würden Walkers Beteiligung an der Flucht der POWs beweisen; in ihnen wurde beschrieben, wie viel Proviant benötigt wurde, wie viel Bargeld sie brauchten, welche Landkarten erforderlich waren und wie weit und wohin er die Flüchtlinge bringen wollte.

Das, was Walker vor all den Jahren getan hatte, der Verrat, den er begangen hatte, konnte Kunze ihm nicht so einfach durchgehen lassen. Er wollte nicht, dass dieser Mann in Frieden weiterlebte. Bevor er seinen Namen amerikanisiert, seinem Land den Rücken gekehrt hatte, hatte Rolf Völker seine Frau und seinen Sohn im Stich gelassen, hatte sie nach dem Großen Krieg einfach nicht mehr aufgesucht. Rolf Völker hatte seinen Sohn niemals kennengelernt, der geboren wurde, als Völker in einem Kriegsgefangenenlager vor Poitiers saß, und er hatte sich niemals die Mühe gemacht, nach dem Ende des Krieges seine Frau und seinen Sohn zu suchen. Das Einzige, was Rolf Völker interessiert hatte, war seine Flucht aus Deutschland nach Amerika gewesen.

Selbst wenn es Feldwebel Straub und der Lagergestapo nicht gelang, Walker und seine Familie zu ermorden, würden diese gefälschten Briefe dafür sorgen, dass sie alle wegen Landesverrats inhaftiert und hoffentlich hingerichtet würden. Walker und seine Sippe verdienten Schlimmeres als den Tod, und seit seine Mutter sich nachts in den Schlaf geweint und um die Rückkehr ihres Mannes gebetet hatte, damit er sie aus den Qualen des Hungers und der Not errettete, hatte Johann Völker geschworen, dass er sich an dem Vater, den er niemals kennengelernt hatte, rächen würde. Jetzt würde er als Jürgen Kunze diesen Schwur erfüllen, und Ralph Walker würde erfahren, dass sein eigener Sohn für die Vernichtung seiner amerikanischen Familie verantwortlich war.

»Oh, das drückt so«, sagte Celena, während ihre Mutter vor ihr kniete. »Es ist viel zu eng.«

»Hochzeitskleider sind nicht bequem«, nuschelte ihre Mutter mit einem Mund voller Stecknadeln. »Sie sollen gut aussehen, nicht sich gut anfühlen.«

»Es ist die reinste Rüstung.« Celena wand sich in dem Versuch, sich aus dem erstickend engen Kleid zu befreien. »Ich weiß nicht, wie lange ich das noch aushalte.«

»Du behältst es an, bis es fertig ist«, erklärte ihre Mutter, während sie ein Stück eleganter belgischer Spitze an den Saum nähte.

Celena betrachtete sich im Spiegel. Sie musste zugeben, dass das Kleid hinreißend aussah. Wenigstens dafür war sie dankbar, wenn sie es schon am Samstag tragen musste, während sie Walt vor dem Altar ihr Jawort gab.

Sie redete sich ein, dass sie es schaffen konnte, dass sie nach all den Opfern, die ihre Eltern für sie gebracht hatten, wenigstens einen freundlichen, anständigen Mann wie Walt heiraten konnte. Wenn der Krieg vorbei und Walt nach Hause gekommen war, konnte sie ihn vielleicht überreden, ihr zu erlauben, in einem Fernstudium ihr Lehrerdiplom zu machen, falls er nicht sofort Kinder wollte. Unwillkürlich fragte sie sich, wie er wohl aussah, ob er sich überhaupt verändert hatte … und wie es sich anfühlen mochte, ihn zu küssen. Ihr war klar, wie verrückt es gewesen war, auch nur davon zu träumen, dass aus ihrer Beziehung zu Ernst etwas hätte werden können. Sie war froh, dass sie es erkannt hatte, bevor ihr Vater seine Farm verlor oder vielleicht sogar noch Schlimmeres geschehen war.

Es würde alles wie in einem Nebel an ihr vorbeiziehen, der Brunch, den die Women's Auxiliary für sie geplant hatte, das Abendessen am Freitag mit den McKinleys, aber wenn Walt am Samstag nach Hause kam, würde sie ihr schönstes Lächeln aufsetzen und ihn begrüßen, wie eine Frau ihren Mann willkommen heißen sollte. Dann würden sie ihr Eheversprechen ablegen, und damit war die Sache erledigt.

Celenas Blick schweifte ab, durch das offene Fenster.

»Wie war es, Mutter? Ich meine, für dich?«

»Es war sehr aufregend«, antwortete ihre Mutter, ohne die Näharbeit zu unterbrechen. »Ich war etwa ein Jahr jünger als du, und ich kannte Ralph nicht schon mein ganzes Leben lang, so wie du Walt kennst. Deshalb hatte ich ziemlich viel Angst.« Sie sah zu Celena hoch. »Aber dein Vater war sehr liebevoll. Ich wusste, dass alles gut werden würde.«

»Warst du in ihn verliebt?«

Ihre Mutter seufzte. »Nein, Celena, das nicht. Aber ich habe gelernt, ihn zu lieben. Dein Vater und ich haben ein gutes Leben zusammen gehabt.«

Celena blickte über die Felder rings um das Haus, dieselben Felder, auf die sie vermutlich auch den Rest ihres Lebens blicken würde. Vielleicht würden sie ein- oder zweimal im Jahr mit dem Zug nach Denver fahren und sogar eines Tages bis nach Chicago oder San Francisco kommen, wenn sie sparsam lebten und jeden Cent umdrehten. Celena würde darauf bestehen, dass ihre Kinder das College besuchten, Söhne und Töchter. Vielleicht konnte sie dann einmal den Campus in Boulder sehen, durch die Hörsäle schlendern und sogar einmal eine Vorlesung miterleben.

»Liebling«, drang die Stimme ihrer Mutter in ihr Ohr. »Bist du sicher, dass du das willst?«

Celena rang die Hände, als würde sie Wäsche auf dem Waschbrett auswringen.

»Ja«, brachte sie schließlich heraus.

Sie spürte, dass ihre Mutter sie ansah, sie scharf beobachtete.

»Walt ist ein guter Mann«, fuhr sie fort. »Und er wird ein guter Ehemann und Vater sein. Außerdem ist er ein guter Farmer. Wir werden es schon schaffen.«

»Aber willst du ihn auch heiraten?«

Celena biss sich auf die Lippen.

»Ja ... ich werde ihn heiraten. Und wir werden hier auf einer Farm leben, direkt in eurer Nähe.«

Endlich blickte sie hinunter, in die Augen ihrer Mutter, die in Tränen schwammen. Celena schniefte und wischte sich die Augen.

»Ich liebe dich und Dad so sehr.«

»Das weiß ich, Liebling.«

Sie sahen sich eine Weile an, bis Woodys Stimme im Flur krähte. »Mom!«

Im nächsten Moment stürmte er herein. »Dad hat einen Schwaden mähen lassen und die Feuchtigkeit des Weizens geprüft. Wir fangen mit der Ernte an!«

Kunze schnaubte verächtlich, als der Sedan mit der Familie des Verräters davonfuhr. Ein Hund rannte bellend neben dem Wagen her, bis er nicht mehr zu sehen war.

Es wäre ein solcher Genuss, sie alle selbst umzubringen, sie leiden zu lassen. Aber damit würde er seine Flucht gefährden, denn die Amerikaner würden zweifellos alle Kriegsgefangenen in den Lagern zurückhalten und sie scharf bewachen, bis der Mörder gefangen worden war. Außerdem konnten Feldwebel Straub und seine Helfershelfer diese Aufgabe erledigen. Falls nicht, wäre die Henkersschlinge, die sich Walker nach der Verurteilung als Landesverräter um den Hals legen würde, ebenso süß.

Ferner Donner rollte über die Plains. Kunze blickte kurz zum Himmel hoch, in dem sich graue, drohende Wolken sammelten, Wolken von fast derselben Farbe wie die über der Ostsee. Kunze sah sich kurz um. Auf der Straße war niemand zu sehen. Dann rannte er über den Pfad durch den Garten zum Haus und trat ein.

Das Innere des Hauses überraschte ihn; das gemütliche Sofa, der ordentliche Esstisch, die Fotos an den Wänden. Der Wind, der über die Prärie fegte, drang durch die offenen Fensterläden herein und blähte die Vorhänge. Auf den vier handgeschnitzten Esszimmerstühlen lagen selbstgenähte Kissen. Kunze stellte sich vor, wie die Walkers gemütlich beim Essen saßen und plauderten oder wie Walker in dem Lehnsessel saß, Pfeife rauchte und Zeitung las, während sein Sohn zu seinen Füßen spielte.

Dann musterte er die vier gerahmten Fotos an der Wohnzimmerwand. Walker und seine Frau an ihrem Hochzeitstag. Ihre Mienen waren ein wenig ängstlich. Die Familie im Sonntagsstaat; das Mädchen auf der Pritsche eines Lastwagen, umringt von einer Schar großer, seltsamer Vögel; und schließlich Walker und sein Sohn auf einem Zugpferd. Der Junge grinste über das ganze Gesicht, während Walker ihn mit seinem kräftigen Arm festhielt.

Kunze schlenderte in den Flur. Das kleinste Zimmer gehörte vermutlich dem Jungen. Es lag am Ende des Gangs, und das offene Fenster ging nach Osten hinaus, zur aufgehenden Sonne. Kunze erkannte den Baseballschläger in einer Ecke aus den amerikanischen Filmen, die er gesehen hatte, bevor der Führer sie verboten hatte. Ob Walker und sein Sohn dieses merkwürdige Spiel zusammen spielten? Vermutlich hatte Walker in Deutschland Fußball gespielt, aber jetzt hatte er alles vergessen und es seinen Sohn nie gelehrt. Eine Fahne mit der Aufschrift »University of Colorado« und der großen Silhouette eines Büffels schmückte eine Wand. Daneben hing ein Foto von Walker und dem Jungen auf einem Traktor. Kunze fuhr mit den Fingern über den Schreibtisch in der Ecke, schlug ein Mathematikheft auf und rollte den angekauten Bleistift hin und her.

Das Bett war klein, kleiner als die Pritschen im Lager, aber es wirkte weich und behaglich. Kunze setzte sich auf das Bett und sah sich in dem heiteren, wunderschönen Zimmer um. Er schloss die Augen, während er die Wärme in sich einsog, die zahllosen Gute-Nacht-Wünsche nach Einbruch der Dunkelheit, die langen Nächte, die jemand bei dem fiebernden Jungen gewacht hatte, die Morgensonne, die durch das Fenster hereinschien, die strenge und dennoch liebende Hand auf dem Hintern des trotzigen Jungen. Kunze hatte einen solchen Raum noch nie gesehen, geschweige denn in einem gelebt. Wie der Junge wohl war? Wie fühlte es sich wohl an, wirklich Walkers Sohn zu sein?

Er griff zum Kopfende des Bettes und nahm den ausgestopften Bär vom Kissen. Das Gesicht des Stofftieres war verschlissen, fühlte sich aber unter seinen Fingern weich an. Er starrte in die schwarzen, unbelebten Knopfaugen, auf den stummen Mund, der ihn angrinste, gefühllos, gleichgültig. Kunze packte die winzigen Arme, drehte sie langsam, zog daran und riss sie schließlich aus dem kleinen Körper.

»Oh, mein Gott!«

Als er die Stimme hörte, sprang er auf.

Walkers Frau stand in der Tür. Ihr erschreckter Blick glitt über seine Gefangenen-Arbeitskluft und blieb an dem malträtierten Teddy hängen. Er hörte, wie der Hund wütend kläffte und an einer geschlossenen Tür kratzte.

»Was machen Sie in dem Zimmer meines Sohnes?«, fragte sie ihn auf Englisch. Sie fuhr ihn förmlich an, viel unverschämter, als eine deutsche Frau es wagen würde.

Er starrte Walkers Ehefrau an, die Frau, für die Walker Kunzes Mutter und sein Heimatland verlassen und mit der er ein neues Leben angefangen hatte. Diese Frau hatte ihm seine Kinder geboren, führte sein Haus, wärmte sein Bett. Kunzes Mutter war trotz ihrer Jugend eine gebrochene Frau gewesen; diese hier, Walkers neue Frau, wirkte stark, lebendig und war wunderschön.

Die gefälschten Briefe in seinem Stiefel, die Benzinmarken, die Flucht, seine Mission – all das war wie weggewischt; nur an eines konnte er denken: an das, was Walker ihm und seiner Mutter angetan, wie er sie zu einem Leben auf der Straße verdammt hatte; dreißig Jahre Hölle, verdichtet zu einem einzigen Moment. Walker zu ermorden mochte süße Gerechtigkeit sein, die beste Rache jedoch war, das zu vernichten, was Walker liebte.

»Ich rufe den Sheriff an!«, sagte Walkers Frau und drehte sich herum.

Kunze sprang vom Bett und rammte seine Fäuste zwischen

ihre Schultern. Sie flog gegen die Wand, prallte zurück und landete in seinen Armen. Er schob sie auf Armlänge von sich, damit er zu einem Hieb ausholen konnte. Aber bevor es ihm gelang, zuzuschlagen, versetzte sie ihm eine schallende Ohrfeige. Das lähmte ihn einen Moment. Dann jedoch holte er aus und rammte ihr die geballte Faust in den Magen. Sie brach auf dem Boden zusammen, ein keuchender, würgender Haufen Mensch.

Er packte ihr langes seidiges Haar und riss sie vom Boden hoch, zwang sie, ihn anzusehen. Tränen liefen ihr über die Wangen, und ihre Brust hob und senkte sich heftig. Mit einem Ruck an ihrem Haar schleuderte Kunze sie aufs Bett.

»Du sollst es spüren!«, brüllte er sie auf Deutsch an und versetzte ihr eine Ohrfeige, um sich zu überzeugen, dass sie bei Bewusstsein war. »Wie meine Mutter sich jeden Tag ihres erbärmlichen Lebens gefühlt hat!«

Sie wand sich unter ihm, als er seinen Gürtel öffnete.

»Nein! Was tun Sie da?«

Er riss ihr die Bluse auf. Ihre milchig weißen Brüste quollen heraus. Das Entsetzen in ihren Augen, als sie begriff, was er vorhatte, befriedigte Kunze so sehr wie zuvor nur sein Treueid auf die Nationalsozialisten.

»Ralph!«

»Er wird dich nicht retten, Hure! Er ist nicht hier, genauso wenig, wie er jemals für uns da gewesen ist!«

Sie schlug nach seinem Gesicht, seinen Augen, aber er drückte ihre Arme mit seiner kräftigen Hand herunter. Mit der anderen zog er ihren Rock hoch und riss ihr die Unterhose herunter.

Plötzlich jedoch sprang wie aus dem Nichts der Hund durch den Fensterladen und grub im nächsten Moment seine Zähne in Kunzes Arm.

Er riss an Kunze wie ein wütender Wolf und zog ihn rücklings vom Bett. Kunze brüllte auf, als die Zähne ihm den Unterarm zerfetzten, und versuchte verzweifelt, die Töle abzuschütteln.

Schließlich rollte er sich auf den Hund und hörte ein keuchendes Jaulen. Sein Arm war frei, aber der Hund rappelte sich im selben Moment wieder hoch. Dann sprang er Kunze an, der den Baseballschläger packte und blindlings zuschlug. Das Ende des Schlägers traf mit voller Wucht den Schädel des Hundes, riss ihn herum und schleuderte das Tier gegen die Wand. Es sackte, ohne einen Laut von sich zu geben, zu Boden. Aus den Ohren sickerte Blut.

Die Frau war aufgesprungen und lief zur Tür, aber Kunze hob drohend den Schläger und versperrte ihr den Weg. Er sah sie finster an und deutete auf das Bett. Sie streifte den leblosen Hund mit einem kurzen Seitenblick und wandte sich wieder an Kunze.

»Dafür wird man Sie hinrichten.« Ihre Stimme war ruhig und gelassen, als würde sie in einem Klassenzimmer ungehorsame Schüler maßregeln. »Sie kommen nicht davon.«

Er stieß sie mit dem Schläger aufs Bett zurück und ignorierte seinen blutigen Arm.

Sie setzte sich auf das Bett ihres Sohnes und bedeckte ihre nackten Brüste mit den Armen.

»Ein paar Sekunden Spaß sind das nicht wert.« Sie lächelte fast, dieses überlegene Lächeln von jemandem, der glaubte, die Lage im Griff zu haben.

Er stieg mit den Knien auf sie, warf sie aufs Bett zurück und starrte lüstern in ihre hochmütigen, frommen Augen.

»Es ist jede Sekunde wert!«, fuhr er sie auf Deutsch an. Er vergaß, dass sie kein Wort verstand.

Dann drehte er sie auf den Bauch und drückte ihr Gesicht in die Laken.

»Nein!«, schrie sie erstickt, aber Kunze presste ihre Arme auf den Rücken und zog sich die Hosen herunter.

Ohne zu zögern, drang er gewaltsam in sie ein, brutal, mit der einzigen Absicht, ihr Schmerz zuzufügen.

»O Gott!«, stöhnte sie gedämpft. Kunze genoss es, die Qual in ihrer Stimme zu hören.

Er stieß zu, tiefer, immer und immer wieder, spannte bei jedem Stoß den Rücken an wie einen Bogen. Dabei riss er ihren Kopf am Haar zurück, weil er ihr Schluchzen hören wollte.

Er pumpte unaufhörlich, brutal, mechanisch, besinnungslos, rammte die Tränen seiner Mutter in sie hinein, die Jahre, in denen er in Gossen und Scheunen geschlafen hatte, einsam und verlassen. Immer und immer wieder, mit jedem bohrenden Stoß.

Schließlich kam es ihm, und er schrie vor Qual auf. »Völker!«

Keuchend rang er nach Luft. Sie dagegen war fast ganz still, wimmerte nur leise mit zusammengepressten Lippen.

Kunze lief der Schweiß über Stirn, Nase und Kinn, bis er schließlich auf ihre tränenüberströmten Wangen tropfte, als er sich herunterbeugte und ihr ins Ohr flüsterte: »Leider kannst du Völker nicht erzählen, dass ich es war, weil ich dich umbringen werde.«

Er stieß sich von ihr weg und zog seine Hosen hoch. Sie rollte sich auf dem Bett ihres Sohns zusammen, zog wie schützend Bluse und Rock enger um ihren Körper. Kunze sah sich suchend nach dem Baseballschläger um. Es war wirklich sehr passend, wenn er Völkers amerikanischer Frau den Schädel mit dem amerikanischen Spielzeug seines amerikanischen Sohnes zertrümmern würde.

»Fahren Sie eine Meile weiter auf dieser Straße«, erklärte Mr. Walker, als Ernst den Lastwagen am Rand des Weizenfeldes stoppte, »dann stoßen Sie auf die anderen Erntearbeiter. Sie kampieren auf freiem Feld. Sagen Sie ihnen, dass sie so schnell wie möglich zu unseren Feldern kommen sollen, weil wir mit dem Mähen anfangen.«

»Ja, Sir«, antwortete Ernst. Ihm schoss die Erinnerung an

seine eigene Aufregung durch den Kopf, wenn damals zu Hause die Ernte begann, sich die monatelangen Mühen und Sorgen endlich dem Ende näherten und sie schon in wenigen Tagen ihre Rechnungen beim Lebensmittelhändler, der Tankstelle und dem Futtergeschäft bezahlen konnten, bei denen sie seit dem Frühling auf Kredit eingekauft hatten. Wie erleichternd war dieser Moment und wie sehnsüchtig wurde er erwartet, wenn man endlich die Bücher über die Ernte dieser Saison schließen konnte. Im nächsten Moment jedoch überfiel Ernst wieder die Trauer, als ihm klar wurde, dass er dieses berauschende Gefühl nie wieder mit seiner Mutter genießen würde.

»Sagen Sie ihnen, sie sollen sich beeilen.« Walker blickte zu den Gewitterwolken hoch. »Damit wir dem Regen zuvorkommen.«

Er warf die Tür zu, schlug zweimal mit der flachen Hand auf das Blech und ging dann zu dem Mähdrescher, der am Rand des Feldes stand.

Ernst versuchte sich auf die Flucht zu konzentrieren, als der Lastwagen über die Straße rumpelte, und die Gedanken an seine Mutter und den Hof in Deutschland zu verdrängen. Es gelang ihm nicht. Alles hatte seinen Sinn verloren, seine Befehle, die Flucht, die Art, wie die Nazis einen Mann wie Major von Armin behandelten, selbst der Versuch von Private Forrest, ihn zu überreden, sein Vaterland zu verraten. Und am Ende auch, dass Celena einen amerikanischen Soldaten heiratete, wo er, Ernst, gerade anfing, sich in sie zu verlieben. Vielleicht waren seine Absichten am Anfang nicht besonders ehrenhaft gewesen, aber jetzt war es anders. Alles war anders.

Seine Mutter war tot, der Hof vollkommen zerbombt. Er musste Celena sehen, mit ihr reden, ihr klarmachen, dass sie den Amerikaner nicht heiraten sollte, dass sie beide irgendwie zusammenkommen würden. Ob in Amerika oder in Deutschland oder sonst wo, sie konnten glücklich miteinander sein. Er musste ihr sagen, dass sie eine Chance hatten, sobald der Krieg vorbei war … dass er es wert war, wenn sie auf ihn wartete.

Nachdem er den Erntehelfern mitgeteilt hatte, dass Walker sie auf den Feldern brauchte, fuhr er direkt zum Haus des Farmers. Seine Flucht, die Befehle, das alles kümmerte ihn nicht. Er musste Celena finden, sie in die Arme nehmen, an sich drücken, ihre weichen Finger in seinem Haar fühlen, während sie ihm zuflüsterte, dass alles gut würde. Woody war auf den Feldern, und Ernst hoffte inständig, dass Mrs. Walker in die Stadt gefahren und Celena allein zu Hause war.

Er hielt an. Der Hof war leer, aber als Ernst zur Rückseite des Hauses ging, sah er die Limousine der Walkers vor der Veranda stehen. Er konnte nicht riskieren, Mrs. Walker zu begegnen, also machte er kehrt und ging zum Lastwagen zurück. Wo Celena wohl steckte? Vielleicht sollte er sich einfach in den Lastwagen setzen und sie suchen. Dicke Regentropfen prasselten auf sein Gesicht, und ein Blitz zuckte über den Himmel.

Im selben Moment hörte er ein gutturales, fast animalisches Heulen. Es kam aus dem Haus, aber Ernst konnte das Geräusch nicht genau einordnen.

Er sprang auf die Veranda und spähte durch das Fliegengitter und die Scheibe in der Tür, versuchte, etwas über dem Donnern des Gewitters zu hören. Da … gedämpfte Stimmen, und dann das unverkennbare Weinen eines Mädchens. Das musste Celena sein; sie steckte in Schwierigkeiten!

Ernst stieß die Tür auf und stürmte hinein. Als er das Zimmer am Ende des Flurs erreichte, aus dem die Geräusche kamen, blieb er wie angewurzelt stehen, weil er seinen Augen nicht traute.

»Leutnant, nicht!«, schrie er im nächsten Moment, riss sich

aus seiner Erstarrung, machte einen Satz und packte das eine Ende des Baseballschlägers.

Kunze war außer sich, seine Miene war eine wutverzerrte Fratze. Er versuchte, den Schläger aus Ernsts Griff zu reißen und auf Mrs. Walker einzuschlagen, die ausgestreckt mit zerfetzten Kleidern auf dem Bett lag.

»Leutnant, man wird Sie hängen!«, schrie Ernst auf Deutsch, aber Kunze schien ihn gar nicht zu hören.

Ernst hielt das Ende des Schlägers mit aller Kraft fest, schüttelte es, um Kunze aus seinem Anfall zu rütteln. »Leutnant!«

Mrs. Walker starrte in blankem Entsetzen zu ihnen hoch.

»Leutnant, denken Sie an die Flucht!«, rief Ernst. »Sie dürfen sie nicht umbringen!«

Endlich sah Kunze ihn an und schüttelte wie benommen den Kopf. Er ließ den Schläger los, und Ernst warf ihn weg, in die hinterste Ecke.

»Halder«, Kunze holte tief Luft. »Sind Sie allein?«

»Jawohl, Herr Leutnant«, antwortete Ernst, der sich nur mit Mühe die Frage verkneifen konnte, was Kunze da tat und ob Mrs. Walker unversehrt war.

»Haben Sie ein Fahrzeug?« Kunze sah sich in dem Zimmer um.

»Jawohl, Herr Leutnant. Mr. Walkers Lastwagen.«

Ernst musste ihn überreden, Mrs. Walker in Ruhe zu lassen.

»Herr Leutnant, Sie dürfen sie nicht umbringen. Die Amerikaner werden das ganze Lager schließen und damit unsere Flucht vereiteln!«

»Ja, Halder, ich weiß.« Der Leutnant warf Mrs. Walker einen finsteren Blick zu. »Übersetzen Sie auf Englisch, was ich sage, Halder, und zwar jedes Wort, ganz genau!«

»Jawohl, Herr Leutnant.«

Ernst nickte Mrs. Walker zu, die immer noch auf dem Bett lag. Trotz ihrer tränenverschmierten Wangen, der zerrissenen

Kleidung wirkte sie würdevoll. Bis auf das Entsetzen in ihrem Blick über das, was Kunze ihr zweifellos angetan hatte, schien sie keine körperlichen Verletzungen davongetragen zu haben. Ernst sah nirgendwo Blut oder blaue Flecken. War Kunze wirklich so berechnend, dass er eine wunderschöne, anständige Frau vergewaltigen konnte, ohne eine Spur zu hinterlassen?

»Wort für Wort, Halder.« Kunze redete wieder in diesem furchteinflößenden Flüstern. »Sagen Sie ihr, wenn sie auch nur einer Menschenseele etwas davon erzählt, ihrem Mann, dem Sheriff, den Wachen, ganz egal wem, werde ich irgendwann nachts hierherkommen und ihre Tochter und ihren Sohn vergewaltigen, bevor ich ihnen die Kehlen durchschneide. Als besonderes Geschenk an sie lasse ich sie dabei zusehen, bevor ich sie erneut vergewaltige und sie dann ebenfalls umbringe. Ihr Ehemann darf derweil mit einem Strick um den Hals zusehen, und wenn ich fertig bin, werde ich ihm mit größtem Vergnügen den Stuhl unter den Füßen wegtreten.«

Einen solchen Hass hatte Ernst noch nie erlebt, und dabei hatte Kunze die Familie erst vor einer Woche kennengelernt.

Der Leutnant packte Ernst am Arm. »Sagen Sie es ihr, Halder!«

»Ich werde kein Wort sagen«, kam ihm Mrs. Walkers sanfte Stimme zuvor, die unter dem Prasseln des Regens auf dem Dach kaum zu hören war. »Ich verstehe kein Deutsch, aber ich weiß genau, was er gesagt hat.«

Sie sah dabei Ernst fast mitleidig an.

»Und jetzt gehen Sie, Ernst, bitte.«

Mit einem letzten Blick in seine Augen setzte sie hinzu: »Und nähern Sie sich nie wieder meiner Tochter.«

»Und?«, wollte Kunze wissen.

Ernst war wie benommen von Mrs. Walkers Aufforderung, die ihm verbot, das Einzige zu tun, was er unbedingt tun wollte. Aber wichtiger war jetzt, dass er Kunze überzeugte.

»Sie wird es keiner Menschenseele verraten«, erklärte er so zuversichtlich, wie er konnte.

Kunze drehte sich zu Mrs. Walker um und betrachtete sie stirnrunzelnd. Ihre Miene war trotzig. Dann legte er seinen Zeigefinger an seinen Hals und fuhr damit über seine Gurgel.

»Tot«, zischte er. »Deine ganze Familie!«

16. Kapitel

»Ist das auch ein Hobby von Ihnen?« Jackie streifte sich den Schlamm von den Stiefeln und trat in die Baracke.

Major von Armin beugte sich, eine Brille auf der Nase, in den Händen einen winzigen Schraubenzieher und eine Zange, über eine Werkbank, die mit Zahnrädern und anderen mechanischen Teilen übersät war. Vor ihm thronte das Mahagonigehäuse einer Standuhr wie die Kanzel einer mittelalterlichen Kathedrale.

»Ja, Private Forrest. Eine höchst vernünftige Art und Weise, mir die Zeit zu vertreiben.«

Jackie schlenderte zu dem Major an die Werkbank.

Da er jetzt ins Lager verbannt war, bis seine Versetzung oder die Vorladung vors Kriegsgericht kam, sah er nur noch eine Chance, herauszufinden, was hier vorging. Von Armin hatte sich von den Filmen nicht überzeugen lassen, Jackie zu helfen, was bedeutete, er hatte nichts zu verlieren, wenn er als letztes Mittel an das Ehrgefühl des Majors appellierte. Colonel Stevens hatte zwar gesagt, dass es oft Wochen oder Monate dauerte, bis man einen Informanten weichgekocht hatte, aber so viel Zeit blieb Jackie nicht. Er musste von Armin mit allem bearbeiten, was er zur Verfügung hatte.

»Stellen Sie die Uhren her, oder reparieren Sie die Dinger nur?«

»Ich baue sie, aus dem Holz und den mechanischen Teilen, die ich während meiner Inhaftierung … sagen wir, organisieren konnte.«

»Sie sind offenbar ein Organisationstalent, wenn ich so sehe, was Sie sich alles beschaffen konnten.«

»Es ist schon verblüffend, was ein amerikanischer Wachsoldat einem Gefangenen im Austausch für gewisse deutsche Militaria-Souvenirs gibt. Aber Sie sind sicher nicht in meine armselige Hütte gekommen, um mit mir über mein Hobby zu plaudern.« Er grinste. »Haben Sie mir etwa noch mehr Propagandafilme mitgebracht?«

»Nein. Sie haben ja nicht mal die für wahr genommen, die ich Ihnen gezeigt habe.«

»Ob ich das getan habe oder nicht, zeitigt keinerlei Auswirkungen auf mein Verhalten.« Von Armin konzentrierte sich wieder auf die Zahnrädchen vor sich.

»Also wollen Sie einfach nur hier hocken bleiben und an ihrer Uhr basteln, bis der Krieg vorbei ist?«

»Ich bezweifle, dass mir genug Zeit bleibt, sie vor dem Ende des Krieges fertigzustellen.«

»Wie lange veranschlagen Sie denn dafür?«

»Ich denke, etwas weniger als ein Jahr. Deutschland dagegen, fürchte ich, bleibt weit weniger Zeit.«

»Sie glauben wirklich, dass der Krieg so schnell endet?«

»Da die Wehrmacht jetzt von den Russen und Ihrer Armee in die Zange genommen wird … ja.«

»Was ist mit Hitlers Wissenschaftlern, seinen Geheimwaffen … der Überlegenheit der herrschenden Rasse?«

Endlich blickte Major von Armin hoch. »Ach ja, der Wunsch dieses Wahnsinnigen, ein … wie drückte er es noch einmal aus? … ›ein goldenes Meer arischer Jugend zu ernten, mit blondem Haar und strahlenden Gesichtern‹. Es würde wahrhaftig einer Wunderwaffe bedürfen, um das jetzt noch zu erreichen.«

»Sie teilen seine Vision nicht?«

Von Armin lachte und setzte die Brille ab. »Private Forrest, mein Land war im Krieg, und ich war General, also habe ich gekämpft. Angesichts Ihrer Vorfahren sollten Sie das sehr gut verstehen können ... Als Abraham Lincoln als Präsident General Robert E. Lee zu Beginn Ihres Bürgerkrieges den Oberbefehl über die Armee der Union anbot, hat Ihr Held das Angebot nicht mit den Worten ausgeschlagen, er könnte seine Hand unmöglich gegen seinen Geburtsort, sein Heimatland und gegen seine Kinder erheben?«

»Sie sind offenbar tatsächlich ein Bewunderer des Generals?«, fragte Jackie.

»Ich hege höchste Achtung vor der militärischen Fähigkeit General Lees, seiner strategischen Brillanz und seiner schon fast unheimlichen Fähigkeit, einen zahlenmäßig weit überlegenen Feind zu schlagen.«

»Sie haben seine Laufbahn studiert?«

Von Armin lächelte. »Die Sieben-Tage-Schlacht, in der Lee siegte, obwohl er sich einer Übermacht von mehr als dreißigtausend Mann gegenübersah; Second Bull Run, wo er erneut siegte, obwohl er fünfzehntausend Soldaten weniger zur Verfügung hatte; Fredericksburg, wo er es mit einem um mehr als zweiundvierzigtausend Mann stärkeren Feind zu tun hatte und am Ende doch triumphierte; und schließlich sein größter Sieg in Chancellorsville, wo er mit nur sechzigtausend Soldaten eine Unionsarmee von mehr als einhundertdreiundvierzigtausend Nordamerikanern besiegte.«

Jackie stieß einen leisen Pfiff aus. »Scheint, als hätten Sie nicht nur seine Schlachten studiert.«

»Stimmt. Ich habe eher den Menschen studiert.« Von Armin nickte wie ein Professor vor seinen staunenden Studenten. »Bevor Lee seinen Dienst in der Unionsarmee quittierte, ließ er Präsident Lincoln mitteilen, dass er nur zu gern alle Sklaven befreien würde, wenn er die Macht dazu besäße, falls dies den Krieg verhindern könnte. Aber er konnte nichts tun, um den Krieg aufzuhalten, also blieb ihm keine Wahl, als seine Heimat gegen die Truppen der Föderation zu verteidigen, seine Familie, seine Kinder, sein geliebtes Virginia. In den Nordstaaten gab es Rebellionen gegen die Einberufung in die Unionsarmee. Um nicht in der Unionsarmee dienen zu müssen, bezahlten Männer Immigranten, die an ihrer Stelle die Uniform anlegten. Weniger als die Hälfte aller kriegstauglichen Männer im Norden diente, und selbst von denen sind fast zweihundertfünfzigtausend Mann desertiert. Im Süden dagegen sind über neunzig Prozent der Männer dem Ruf zu den Waffen gefolgt. Sie waren bereit, unter einem so respektierten Kommandeur wie General Lee zu dienen. Seine Männer haben ihn geradezu verehrt. Durch seinen persönlichen und militärischen Ehrenkodex, die schiere Kraft seines unbeugsamen Charakters hat Lee in den Herzen seiner Männer die tiefe Überzeugung gepflanzt, dass dieser Krieg ein heroischer Kampf zur Verteidigung ihres Heimatlandes war. Ja, Private Forrest, ich bewundere General Lee als Soldat, gewiss, vor allem jedoch bewundere ich ihn als Mensch.«

»Und Sie haben sich als Kommandeur an seinem Vorbild orientiert?«

»Ich habe es zumindest versucht.«

»Aber Major, im Unterschied zu General Lee haben die Männer, die Sie befehligten, und die Befehle, die Sie gaben, den Tod Tausender unschuldiger Zivilisten herbeigeführt.«

»Nein, Private Forrest. Keiner meiner Befehle hat jemals den Tod eines Zivilisten zur Folge gehabt, es sei denn aus Versehen.«

»Aber die Gestapo, die SS, selbst gewisse Divisionen innerhalb der Wehrmacht sind für die Folter und den Tod von zahllosen Zivilisten verantwortlich«, erwiderte Jackie.

Der Major hob die Brauen. »Bedauerlicherweise ist das korrekt. So wie Ihre Konföderierten Staaten auch für die Aufrechterhaltung der Sklaverei verantwortlich waren.«

Anders als bei ihrem letzten Gespräch war Jackie diesmal vorbereitet. Er hatte die Schlinge ausgelegt und musste von Armin nur noch hineinlocken.

»Aber Ihnen ist klar, Major, dass Sie die Taten der Konföderierten nicht mit denen der Nazis vergleichen können und dem, was sie immer noch den Polen, den Ungarn, den Slawen, den Russen und den Juden antun.«

Von Armin stand auf und zog seine Uniformjacke glatt. »Private Forrest, ich hatte mittlerweile Gelegenheit, etwas über Ihren Vorfahr, Nathan Bedford Forrest, zu lesen. Selbstverständlich haben Sie recht mit Ihrer Aussage, dass er ein außergewöhnlicher Kavallerieoffizier gewesen ist und fast jede Armee besiegt hat, welche die Union gegen ihn schickte. Er hat in dem ganzen Krieg nur eine einzige Schlacht verloren, obwohl er sich ständig einer Übermacht gegenübersah. Zu meinem Erstaunen habe ich gelesen, dass er sogar persönlich mehr als dreißig Unionssoldaten im Zweikampf getötet und sich mit einer Streitmacht von nur zweitausendfünfhundert Mann gegen eine Unionsarmee von über vierzigtausend Soldaten behaupten konnte.« Von Armin legte den Kopf schief. »Aber er war auch ein Sklavenhändler, ein Millionär, der vor dem Krieg sein Vermögen mit dem Verkauf afrikanischer Sklaven gemacht hat und der nach dem Waffenstillstand den Klu-Klux-Klan gründete. Außerdem war er in Fort Pillow der verantwortliche Befehlshaber für den kaltblütigen Mord an über einhundert schwarzen Unionssoldaten, die sich ihm bereits ergeben hatten.«

Jackie wand sich; jedes Wort stimmte, aber er war der erste Forrest, der sich dessen schämte.

»Private Forrest, der amerikanische Süden mag zwar Robert E. Lee und Stonewall Jackson für die Aushängeschilder der Konföderierten Staaten halten, Gentlemen, die mit Ehre und Würde kämpften, als ihre Heimat angegriffen wurde. Der Rest der Welt jedoch sieht Nathan Bedford Forrest als das Symbol des Südens – ungebildete, brutale Männer, die ein Vermögen auf Kosten von

Menschen zusammenrafften, die in Ketten geschlagen wurden. In jedem Krieg gibt es gute Männer, die für die falsche, und schlechte Männer, die für die richtige Seite kämpfen. Die Geschichte jedoch wird von den Siegern geschrieben, ganz gleich, welche Gefühle in den Herzen der Unterlegenen zurückbleiben mögen.«

Jackie versuchte die Gedanken an die hässliche Geschichte seiner Familie abzuschütteln. »Damit haben Sie recht, Major. Einige Leute haben versucht, General Lee zu überzeugen, mit Blattern infizierte Decken in den Norden zu schicken, um diese Seuche dort zu verbreiten und Zivilisten zu töten. Er hat sich standhaft geweigert. Als er nach Maryland und Pennsylvania vordrang, hat er strikten Befehl gegeben, Zivilisten und ihr Eigentum nicht zu zerstören. Sherman dagegen, dieser Schlächter, hat alle Gesetze des Krieges verletzt, als er mit seiner Unionsarmee in den Süden einfiel; er hat Farmen abgefackelt, Frauen und Kinder entführt und vergewaltigt. Die Konföderierten haben den Krieg vielleicht verloren, weil wir zahlenmäßig hoffnungslos unterlegen waren, aber wenigstens haben wir ehrenvoll, würdevoll und menschlich gekämpft.«

»Das mag zutreffen, Private, aber die Welt glaubt jetzt etwas anderes. Sie zeigen mir Filme über einen Massenmord an Semiten, aber im Großen Krieg kämpften zehntausend deutscher Juden in der Reichswehr, waren stolz darauf, ihrem Heimatland dienen zu können, so wie es ihre Vorfahren all die Jahrhunderte getan haben. Ebenso kämpften zahllose Schwarze bei Ihren Konföderierten Truppen, verteidigten gegen die Invasionstruppen der Yankees das, was sie als ihre Heimat betrachteten. Die Geschichte verallgemeinert all das, so dass am Ende alle Deutschen die Juden hassen und ihre Auslöschung wollten, dass Ihre Konföderierten nur kämpften, um die Sklaverei aufrechtzuerhalten ... Ja, Private Forrest, Ihre konföderierten Helden waren sicherlich die besseren Soldaten und mögen auch die besseren Menschen gewesen sein, nur leider fochten sie auf der falschen Seite.«

Jackie zog die Augen zusammen. Jetzt wusste er, wie er von Armin in die Enge treiben konnte.

»Und was denkt die Welt über Deutschland? Sie denkt schwerlich an Rommels Credo von einem Krieg ohne Hass. Nein, sie denkt an Hitler und die Nazis, an die Gestapo und die Konzentrationslager.«

Der Major ließ den Kopf sinken und schloss die Augen. »Das weiß ich mittlerweile.«

Jackie trat vor ihn. »General Lee hat kapituliert, als ihm klar wurde, dass er nicht gewinnen konnte, er hat alle im Süden aufgefordert, die Waffen niederzulegen. Hitler dagegen hat eine viertel Million deutscher Soldaten im Kessel von Stalingrad verhungern oder erfrieren lassen, als er ihnen befahl, bis zur letzten Kugel zu kämpfen. Dasselbe hat er mit Rommel und Ihnen in Nordafrika gemacht, obwohl er den größten Teil Ihrer Armee hätte evakuieren können. Und selbst jetzt tut er es wieder, obschon es ganz offensichtlich ist, dass er nicht gewinnen kann … und deshalb werden viele Menschen sterben.«

Major von Armin antwortete nicht.

Jackie wischte sich mit einem Taschentuch den Schweiß vom Gesicht, bereit für den letzten Stoß. Er war gleichzeitig erschöpft und begeistert, genoss dieses Wortgefecht, ohne seine Bedeutung aus den Augen zu verlieren. Wenn er von Armin überzeugen könnte, wären die Informationen, die der Major ihm geben würde, das reinste Gottesgeschenk.

»Sie haben recht, Major«, fuhr er fort. »General Lee lebt in unserer Erinnerung als ein großer Befehlshaber fort, als ein militärisches Genie, aber sein Leben als Mensch stellt seine wahre Größe dar, ist das, woran wir uns erinnern sollten. Mein Großvater hat mir das eingetrichtert, als ich zehn Jahre alt war, deshalb weiß ich Senator Hills Worte noch auswendig: ›Lee war ein

Feind ohne Hass, ein Freund ohne Hintergedanken, ein Soldat ohne Grausamkeit, und ein Opfer ohne Murren. Er war ein Offizier ohne Laster, ein Zivilist ohne Fehl, ein Nachbar ohne Tadel, ein Christ ohne Heuchelei, ein Mensch ohne Arg und ein Washington ohne dessen Ruhm.‹«

Von Armin sah Jackie scharf an. »Ja, Private, ich kenne dieses berühmte Zitat sehr wohl, weiß, wie Lee den Friedensprozess nach dem Krieg einleitete, indem er in der St.-Pauls-Kirche die Kommunion neben einem Schwarzen empfing und damit im ganzen Süden ein Exempel statuierte. Aber was soll mir das jetzt sagen?«

»Dass Sie durchaus etwas bewirken können. Dass die Welt Sie wie General Lee für Ihren Charakter und Ihren Mut respektieren und bewundern kann, auch wenn sie die Sache, für die Sie kämpfen, verabscheut. Sie können vielleicht nicht ändern, was die Welt über Deutschland denkt, aber Sie können aufstehen und werden gesehen. Weil Sie etwas Moralisches und Ethisches tun, etwas gegen die Nazis, hier in Camp Dillon.«

Von Armin holte tief Luft, während sein Blick aus dem Barackenfenster schweifte. Er starrte schweigend in die Ferne.

»Major, ich weiß, dass Sie ein ehrenvoller Mann sind; das sagt mir schon allein Ihre Weigerung, diese russische Panzerschwadron zu massakrieren.«

Von Armin drehte langsam den Kopf zu ihm herum.

»Major, Ihre Tapferkeit da draußen auf dem Schlachtfeld, dieses Ehrgefühl, von dem wir reden, das bedeutet absolut nichts, wenn Sie für die falsche Seite kämpfen.«

Schließlich wagte Jackie es, die Worte laut auszusprechen. »Meine Vorfahren haben vor all den Jahren ebenfalls auf der falschen Seite gestanden. Aber Sie, Sir, Sie kämpfen immer noch auf der falschen Seite … es sei denn, Sie helfen mir.«

Von Armins Lider zuckten, und er nickte bedächtig. »Der Obergefreite Hal…« Er hielt mitten im Satz inne.

»Ja, Major, sprechen Sie weiter.«

Von Armin rieb sich die Stirn, als wollte er etwas auslöschen, was dahinter geschrieben stand.

»Major?«

»Ich kann es nicht, Private.«

»Verdammt, Major, natürlich können Sie es. Helfen Sie mir, diesen Krieg zu beenden.«

Armin blickte starr geradeaus und schüttelte den Kopf.

»Private, ich bin ein deutscher Offizier; mein Wort bindet mich. General Lee war ein Mann von Ehre. Er hat sein Wort nicht einmal gebrochen, und ich kann es ebenso wenig.«

»Also wissen Sie etwas?«

Von Armin schloss die Augen. »Nichts, was ihn retten kann … was ihn jetzt noch retten könnte.«

»Mom!«, rief Woody, kaum dass er die Küche betreten hatte.

Ihr Vater zog auf der Küchenveranda die schmutzigen Stiefel aus, und Celena folgte Woody in die leere Küche.

»Mom!«, rief Woody erneut, während er durch den Flur lief.

Celena wunderte sich, wieso ihre Mutter das Mittagessen noch nicht fertig hatte. Sie hatte Woody und Celena am Feld abgesetzt und war nach Hause gefahren, um es zuzubereiten. Der Sedan stand vor der Hintertür, aber die Küche sah aus, als hätte ihre Mutter nicht einmal mit den Vorbereitungen dafür angefangen.

Sie wusste, wie erleichtert ihre Eltern waren, wenn die Ernte endlich begann. Die Anspannung, endlich für die Monate harter Arbeit bezahlt zu werden, wurde offenbar vom Krieg verstärkt, von den Rationierungen, davon, dass ihr Vater auf die Arbeitskraft der POWs angewiesen war, die Jobs erledigten, die sonst von Amerikanern gemacht wurden. Aber ihr war auch klar, dass die Anspannung ihrer Eltern nichts mit der Ernte oder dem Geld zu tun hatte. Sie fürchteten sich vor dem, was der Familie widerfahren könnte, falls die Army glaubte, ihr Vater oder sie hätten feindlichen Soldaten geholfen.

Celina hoffte, dass es ihre Eltern erleichterte, weil sie zur Besinnung gekommen war und begriffen hatte, wie klug die Entscheidung war, Walt McKinley zu heiraten. Celena wusste, dass sie das ihren Eltern für all das schuldete, was sie für sie getan hatten. Sie wollten nur, dass sie versorgt und zufrieden war. Ein Leben mit Walt McKinley würde ihr genau das geben.

»Mom ist im Bad«, erklärte Woody, der in die Küche zurückkehrte. »Im Kühlschrank steht kaltes Hühnchen, sagt sie.« Dann sprang er zur Hintertür hinaus.

»Wo ist deine Mutter?«, fragte Ralph Walker, als er auf Socken in die Küche kam.

»Ich sehe nach ihr.«

Celena lief rasch zum Badezimmer und klopfte an die Tür. »Mutter?«

»Mir ist ein bisschen übel«, antwortete die leise Stimme ihrer Mutter durch die geschlossene Tür. »Machst du bitte das Mittagessen ... aber nichts für mich.«

Celena beugte sich vor. »Geht es dir wirklich gut?«

»Ja, ich ... ich will nur noch eine Weile in der Wanne bleiben.«

Celena drehte den Knauf, aber die Tür war abgeschlossen.

»Mom?«

»Mir geht es gut!« Ihre Mutter fuhr sie fast an. »Bitte, mach einfach deinem Vater das Mittagessen.«

»Mutter«, wiederholte Celena. Was war los? Ihre Mutter hatte noch nie mitten am Tag ein Bad genommen, schon gar nicht, wenn soviel zu tun war.

Dann fragte sie sich, wo Cash eigentlich war, warum die Hündin sie nicht begrüßt hatte.

»Mutter, wo ist Cash?«

Sie bekam keine Antwort.

»Mom, wo ist Cash?«

»Oh … Celena, es tut mir leid.«

»Was denn?« Celena versuchte erneut, die verschlossene Tür zu öffnen.

»Nein, Celena. Ich … du musst mir vergeben. Es ist allein meine Schuld gewesen.«

»Was denn?« Celena hämmerte gegen die Tür. »Mom, was ist passiert?«

»Ich habe sie nicht gesehen, als ich vom Feld nach Hause gekommen bin. Es tut mir wirklich leid.«

»Du hast sie überfahren?«, murmelte Celena. »Du hast Cash getötet?«

»Wir holen einen anderen Hund, genau so einen wie Cash. Das verspreche ich dir.«

Celena rutschte an der Tür herunter, ihre Wange rieb über das glatte, lackierte Holz, bis sie auf dem Boden landete.

»Du hast meinen Hund getötet!«, flüsterte sie, an der Badezimmertür zusammengesunken. Ihr Schluchzen mischte sich in das Weinen, das auf der anderen Seite der Tür zu hören war.

»Beginnt die Ernte nun am Freitag oder nicht?«, wollte Kunze wissen, während Ernst versuchte, den Lastwagen auf der unebenen Straße zu halten.

Er konnte nicht fassen, dass Kunze nach dem, was eben passiert war, über die Flucht reden wollte.

»Aber, Herr Leutnant, Mrs. Walker …«

»Vergessen Sie die Frau. Sie haben sich nur um die Flucht zu kümmern!«

»Aber … aber warum haben Sie Mrs. Walker angegriffen?«, wagte Ernst zu fragen.

Kunze starrte schweigend aus dem Fenster.

»Herr Leutnant, Sie … Sie haben sie vergewaltigt …«

Kunze wirbelte herum. »Die Hure hat nur bekommen, was sie verdient hat!«

Ernst sah ihn verwirrt an.

»Sie werden nicht mehr darüber sprechen, Halder, verstanden? Niemals und zu niemandem!«

»Zu Befehl, Herr Leutnant«, erwiderte Ernst, aber er konnte immer noch nicht begreifen, warum Kunze ihre Flucht gefährdete, nur um sich sexuell zu befriedigen.

All diese Monate ohne Frauen waren eine Sache, aber eine amerikanische Zivilistin zu vergewaltigen verstieß gegen alle Gesetze des Krieges, ganz zu schweigen davon, wie die Amerikaner darauf reagieren würden. Ernst vermutete, dass man für die Vergewaltigung einer amerikanischen Zivilistin gehängt werden würde.

»Halder, was ist mit der Flucht? Wir brauchen immer noch diese Benzincoupons!«

Die Flucht, die Befehle ... Ernst wollte jetzt wirklich nichts mehr damit zu tun haben, mit Kunze und seinem wahnsinnigen Verhalten, mit Oberst Kettner und den Nazis, mit Feldwebel Straub und der Lagergestapo.

Aber er musste Celena sehen und hören, was sie zu sagen hatte. Sie war die Einzige, der er sagen konnte, wie er sich fühlte. Und angesichts dessen, was Kunze Mrs. Walker angetan hatte, wollte er den Leutnant so weit wie möglich von Celena fernhalten.

»Ich kann die Coupons besorgen, Herr Leutnant«, sagte Ernst.

»Sind Sie sicher?«

»Jawohl, Herr Leutnant. Ich gehe zum Haus der Walkers ... allein.«

Jackie humpelte hinter dem Stacheldrahtzaun hin und her. Das Lager hat wirklich nicht viel von einem Gefängnis, dachte er. Natürlich kannte er die Army-Philosophie, nach der die POWs am liebsten genau dort blieben, wo sie waren. Und diejenigen, die trotzdem fliehen wollten, wurden eher von der endlosen amerikanischen Landschaft abgeschreckt als von Stacheldraht und Wachtürmen. Die Zäune bedeuteten für Jackie weit mehr ein Gefängnis als für die POWs, vor allem, seit Major Shaw befohlen hatte, dass er im Lager bleiben musste, wenn er nicht verhaftet und in sein Quartier verbannt werden wollte. Allerdings glaubte Jackie nicht, dass ein Wachposten auf ihn schießen würde, selbst wenn Major Shaw das ausdrücklich angeordnet hatte.

»Schütze«, hörte Jackie hinter sich.

Er drehte sich um und sah Wedekind und Klein mit ihren Spinden vorbeigehen. Er hatte zwar eigentlich keine Lust, diese Scharade fortzusetzen, aber er tat trotzdem, als würde er den deutschen Ausdruck für »Private« nicht verstehen.

»Hallo«, begrüßte er die beiden. »Ich habe leider nicht verstanden, was Sie gerade gesagt haben.«

»Oh?« Klein grinste ihn höhnisch an. »Sie sprechen kein Deutsch?«

Jackie betrachtete das ungleiche Paar.

»Sollten Sie nicht draußen bei der Feldarbeit sein?«

Die beiden sahen sich an und stellten ihre Spinde ab.

»Major Shaw hat befohlen, dass wir im Lager bleiben«, erwiderte Wedekind. »Weil wir gegen die Vorschriften verstoßen haben.«

Jackie nickte. Offenbar hatten die beiden Lagerarrest und durften nicht auf den Feldern arbeiten. Wedekind und Klein steckten irgendwie immer in Schwierigkeiten, auch ohne dass Jackie ihre Schnapsbrennerei in der Kapelle angezeigt hatte. Aber die beiden mussten sich nie melden, um ihre Strafen anzutreten, sondern wurden immer nur in Major Shaws Büro gerufen. Er rieb sich das Kinn und dachte an Major Shaws Erklärung, nächste Woche sei eine Flucht geplant. Jackie hatte immer noch keine Ahnung, wer Shaws Spitzel waren oder wie der Major von der Flucht erfahren hatte.

»Und wann ist das passiert?«, fragte er.

»Letzte Nacht«, antwortete Klein.

Dann bückten sich die beiden und griffen hastig nach ihren Spinden. Jackie hob die Hand.

»Einen Moment noch. Gegen welche Vorschrift habt ihr Jungs verstoßen?«

Die beiden sahen sich an, antworteten jedoch nicht.

»Antworten Sie! Was habt ihr beide angestellt?«

Sie schüttelten die Köpfe.

Jackie deutete auf die Spinde.

»Aufmachen.«

Wedekind und Klein wechselten einen Blick.

»Sofort!«, fuhr Jackie sie an.

Sie bückten sich, öffneten die Spinde und enthüllten die Schätze eines POWs: Zigarettenstangen, Käse, Sardinenbüchsen, Schokolade, Zigarrenkisten.

Jackie sah sie finster an. »Leeren Sie Ihre Taschen.«

»Nein«, widersprach Klein. »Major Shaw … reden Sie vorher mit ihm.«

»Sofort!«

Sie leerten ihre Taschen; aus jeder fiel eine Rolle mit Dollarscheinen. Jackie sammelte das Geld ein.

»Das sind vierzig Dollar«, meinte er, nachdem er das Geld rasch gezählt hatte.

Wedekind und Klein wechselten erneut einen Blick, während Jackie sie zornig anfunkelte.

»Major Shaw …«, begann Wedekind, aber Jackie hob rasch die Hand.

»Antworten Sie mit Ja oder Nein: Hat Major Shaw Ihnen das Geld gegeben, weil Sie ihm von einer Flucht erzählt haben?«

Die beiden sahen starr geradeaus.

»Ja oder nein?«, fragte Jackie nach.

Sie schwiegen weiter, und Jackie schloss die Spinde.

»Nehmen Sie die Schränke und folgen Sie mir.«

Er führte die beiden Deutschen in den Bau und ordnete an, sie wegen des Besitzes von unzulässigen Waren und Geld einzusperren; gegen die heftigen Proteste von Klein, Wedekind und dem wachhabenden Soldaten, den er aus tiefstem Schlaf gerissen hatte.

17. Kapitel

Der Wind, der vom Horizont heranwehte, fuhr durch die Fensterläden, während die aufgehende Sonne die Prärie in ein orangerotes Licht tauchte. Celena fand es merkwürdig, dass ihre Mutter immer noch nicht wach war. Ihr Vater hatte schon vor zwei Stunden das Haus verlassen, um nach den Feldern im Tal zu sehen, und normalerweise stand ihre Mutter nach ihm auf, bereitete das Frühstück zu und wartete auf seine Rückkehr. Die Tür zum Schlafzimmer der Eltern war jedoch noch immer verschlossen. Celena vermutete, dass ihrer Mutter Cashs Tod wirklich nahegegangen war, denn das letzte Mal hatte sie nur bei Woodys Geburt das Frühstück ausgelassen. Ihre Mutter hatte Cash sogar eigenhändig begraben, hinter der Scheune, neben Poochie und Rags und all den anderen Hofhunden, die sie im Laufe der Jahre verloren hatten.

Celena hatte sich letzte Nacht in den Schlaf geweint. Sie hatte weder zu Mittag noch zu Abend gegessen, sondern sich in ihr Zimmer eingeschlossen und beharrlich Woodys Klopfen ignoriert. Sie hatte Cash zwar sehr geliebt, aber sie hatten den Hund erst zwei Jahre gehabt; Celena erinnerte sich noch sehr gut, wie schrecklich es gewesen war, als der neun Jahre alte Poochie vor drei Jahren von einem Bullen zu Tode getrampelt worden war. Sie scheute sich, es zuzugeben, aber sie wusste, dass ihre Tränen mehr ihrer Entscheidung galten, Walt zu heiraten, als Cashs Tod. Irgendwie kam es ihr jedoch vernünftiger vor, ihrer Trauer über ein geliebtes Haustier freien Lauf zu lassen, als sich wegen der bevorstehenden Hochzeit mit einem anständigen, ehrlichen Mann zu grämen.

Celena öffnete den Kühlschrank und nahm Schinken und Butter heraus. Dabei stellte sie sich vor, wie sie Walt jeden Morgen das Frühstück zubereiten würde, wenn er aus dem Tal zurückkam, nachdem er ihre Felder gewässert hatte. Sie fragte sich, wie er sein Ei wohl mochte, ob er den Toast auch in seinen Kaffee tunkte wie ihr Vater. Dann überlegte sie, wie viele Kinder sie wohl haben und welche Namen sie ihnen geben würden …

Während sie an Walt und das Leben mit ihm auf einer Farm dachte, zog Celena einen abgegessenen Maiskolben aus dem Eimer mit Altöl in der Nische neben dem Ofen. Sie öffnete die Ofenklappe, um das Feuer im Herd zu entzünden. Gerade als sie ein Streichholz anreißen wollte, bemerkte sie in der Asche zwei Knöpfe an einem Stück Stoff. Ihre Mutter zündete den Ofen nur mit Maiskolben oder gelegentlich mit einer Zeitung an, niemals mit alten Lumpen oder zerrissenem Tuch. Celena nahm den Schürhaken, angelte damit den Stoff aus der Asche und betrachtete ihn, während sie ihn von der Spitze des Hakens baumeln ließ.

Mutters Arbeitsbluse?

Die Knöpfe waren voll Ruß, aber Celena erkannte sie trotzdem. Es waren die handgemachten Hornknöpfe von der weißen Arbeitsbluse ihrer Mutter. Ihr Vater hatte sie im Winter in stundenlanger Arbeit vor dem Kaminfeuer geschnitzt.

Warum sollte Mutter ihre Bluse verbrennen? Selbst wenn sie ausgefranst oder zerfetzt gewesen wäre, hätte sie den Stoff zu Putzlappen zerschnitten.

Plötzlich drängte sich eine tief vergrabene Erinnerung, die sie ständig zu unterdrücken suchte, in ihr Bewusstsein: wie sie damals selbst ihre Kleidung verbrannt hatte, das zerfetzte Kleid, den kaputten Büstenhalter, den zerrissenen Slip; all das hatte sie hinter dem Silo in dem leeren Ölfass vernichtet, wo ihr Vater alles verbrannte, das er nicht zum Müllplatz fuhr.

»Hast du den Ofen schon angezündet?«

Ihre Mutter tauchte hinter ihr auf. Ihr Blick fiel auf den verbrannten Stofffetzen, den Celena in den zitternden Händen hielt.

»Mutter, was … was ist passiert?«

Ihre Mutter riss Celena das Stück Tuch aus der Hand und schleuderte es in den Ofen. Dann nahm sie ein Streichholz, riss es an, zündete den ölgetränkten Maiskolben an, warf ihn hinterher und schlug die Ofenklappe zu.

»Mutter?«

»Was geschehen ist, ist geschehen und vorbei.«

Sie ging zur Spüle und pumpte fast wütend den Schwengel, bis endlich Wasser in das Becken lief.

»Dinge, die wir nicht ändern können, sollten wir am besten vergessen.« Sie seifte sich mit heftigen Bewegungen die Hände ein.

»Aber, Mutter, wenn …«

»Celena, wir wollen es vergessen und weitermachen.«

»Mutter, du kannst es mir erzählen. Du kannst mit mir reden.«

Celena berührte sie an der Schulter, aber ihre Mutter fuhr beinahe erschrocken zurück. Dann ging sie zur Küchentür, drehte sich dort jedoch um und sah zu Celena zurück.

Noch nie hatte Celena einen solchen Blick an ihrer Mutter erlebt, so voller Schamgefühl und Schuld, während gleichzeitig der Kummer in ihren Augen funkelte.

»Es ist alles gut, Mutter.«

Bei diesen Worten lief ihre Mutter mit zwei Schritten auf sie zu und umklammerte sie. Celena umarmte die zierliche, zerbrechliche Frau und hielt sie fest, während ihr Körper unter ihrem Schluchzen bebte.

»Es ist schon gut, Mom«, meinte sie, während sie ihr über den Rücken strich. »Alles wird gut.«

Genau das hatte Celena hören wollen, damals, nachdem Dix Traxel sie in den Kartoffelkeller gezerrt hatte, um dort, wie sie geglaubt hatte, ihre Hand zu halten und mit ihr herumzuknutschen. Danach hatte sie es nicht über sich gebracht, jemandem zu erzählen, was passiert war, zu gestehen, dass sie es selbst heraufbeschworen hatte, weil sie mit dem reisenden Kesselflicker geflirtet und ihn sogar geküsst hatte. Niemand außer ihr und Dix Traxel wusste, was wirklich in diesem Kartoffelkeller geschehen war; und wenn ihre Mutter dieselbe Rücksicht wollte, ihre Schuld und Schande im Geheimen durchleiden wollte, konnte gerade Celena das verstehen.

Sie hatte keine Ahnung, wer zu so etwas fähig war … wer ihre Mutter vergewaltigen würde. Aber sie war sicher, dass es nicht so angefangen hatte wie bei ihr und Dix Traxel; sie wusste, dass ihre Mutter den Mann nicht ermutigt hatte. Sie hatte sich bestimmt gewehrt, ihn gezwungen, sie zu überwältigen, während er ihr das antat; anders als Celena, die einfach nur dagelegen und es hatte passieren lassen, weil sie nicht wusste, was sie sagen oder tun sollte. Tränen traten ihr in die Augen, als sie sich an den feuchten, dunklen Keller erinnerte, an die Spinnweben in den Ecken, an die muffige, abgestandene Luft. Sie war seitdem nicht mehr dort gewesen und würde auch nie wieder da hinuntergehen.

Schließlich befreite ihre Mutter sich aus Celenas Armen.

»Mir geht es wieder gut«, sagte sie, wischte sich über das Gesicht und strich den Rock glatt.

»Nein, Mutter. Geh ins Bett und ruh dich aus. Ich mache das Frühstück für Dad.«

»Celena, mir geht's gut … danke.« Sie öffnete den Kühlschrank.

Celena betrachtete ihren Rücken.

Sie selbst war fast eine Woche im Bett geblieben, hatte eine starke Erkältung vorgetäuscht. Sie wäre vermutlich ewig in ihrem Schlafzimmer geblieben, wenn ihr Vater nicht gedroht hätte, den Arzt kommen zu lassen, obwohl sich die Familie das gar nicht leisten konnte. Trotz des Tuschelns und der Gerüchte in der Schule und in der ganzen Stadt war nichts schlimmer gewesen als diese ersten Tage, die sie einsam im Bett gelegen hatte.

»Mutter, glaubst du nicht …?«

»Danke, Celena.« Sie sah sie nicht an, sondern starrte auf die Milchflasche, die sie in den zitternden Händen hielt.

Celena strich ihr zärtlich über den Rücken.

»Celena … bitte«, murmelte ihre Mutter und stellte die Milch ab. »Was passiert ist, ist Vergangenheit.« Sie drehte sich zu ihr herum. »Bitte … vergiss es einfach.«

In ihrem flehenden Blick mischten sich dasselbe Bedauern und die Demütigung, die Celena das ganze letzte Jahr über hatte empfinden und ertragen müssen.

»Mir ist das auch passiert«, sagte Celena. Sie klang entschlossener, als sie sich vorgestellt hätte. »Unten im Kartoffelkeller mit dem Kesselflicker.«

Ihre Mutter zuckte zurück. »Was?«

Celena presste die Lippen zusammen und nickte.

»Er hat dich vergewaltigt?«

»Wahrscheinlich war es nicht so wie bei dir. Aber … ja, er hat mich gezwungen.«

»Ach, Celena!« Ihre Mutter machte einen Schritt auf sie zu und nahm sie in die Arme. »Mein armes, kleines Mädchen.«

Celena umklammerte ihre Mutter, hielt sie fest, aber mehr um ihrer Mutter willen als ihretwegen.

»Und du hast es keinem erzählt, nicht einmal mir«, flüsterte ihre Mutter.

»Ich wollte es, Mom, aber ich dachte, es wäre alles meine Schuld.«

Ihre Mutter legte ihre Hände um Celenas Gesicht. »Du weißt hoffentlich, dass das nicht stimmt?«

Celena nickte. Jetzt wusste sie es, aber damals nicht, im

ganzen letzten Jahr hatte sie das nicht gewusst, als sie glaubte, sie hätte das Lachen, die Verachtung, den Klatsch verdient.

»Und er ist seitdem nie wieder hergekommen?«, fragte ihre Mutter.

»Nein, er war nicht einmal in der Stadt.«

»Nur gut. Hätte dein Vater davon erfahren, wäre er sicher wegen Mordes im Gefängnis gelandet.«

»Für den Mord an mir oder dem Kesselflicker?« Celena raffte sich zu einem Lachen auf.

Ihre Mutter streichelte ihre Wange. »Ach, Celena.«

Celena brachte ein Lächeln zustande.

Dann begriff sie plötzlich, was passiert sein musste. »Und Cash?«

Ihre Mutter wischte sich die Tränen aus den Augen. »Sie hat versucht, mir zu helfen.«

Celena biss sich auf die Lippen, als sie sich vorstellte, wie Cash ihrer Mutter zu Hilfe gekommen war.

Guter Hund, Cash. Du bist so ein braver Hund!

»Aber jetzt«, fuhr ihre Mutter fort, »steht die Ernte bevor. Wir müssen an die Arbeit gehen. Wir beide werden es schon schaffen, nicht wahr?«

Celena nickte.

Aus irgendeinem Grund war sie stolz, als hätte das Geständnis an ihre Mutter die Ereignisse in dem Kartoffelkeller irgendwie verändert. Es war ein selbst auferlegtes Geheimnis gewesen, eine Wunde, die nie zu heilen vermochte, solange sie zugedeckt war. Da Celena jetzt wusste, dass ihre Mutter sie niemals verurteilen würde, sondern sich nur Sorgen um sie machte, setzte endlich der Heilprozess ein, die Genesung, nach der Celena sich seit einem Jahr sehnte.

»Vielleicht sollten wir Sheriff Brookes darüber unterrichten, was man dir angetan hat«, schlug Celena vor.

Obwohl sie sich sehnlichst gewünscht hatte, dass Dix Traxel

für seine Tat bestraft wurde, war der Kesselflicker ungestraft davongekommen. Was nicht bedeutete, dass nicht jemand anders seine gerechte Strafe bekam, falls ihre Mutter es wollte.

»Nein. Wir erzählen es niemandem, niemals«, antwortete ihre Mutter mit Bestimmtheit.

Celena hielt ihre Hand. »Sicher nicht?«

Ihre Mutter wirkte plötzlich noch verängstigter als zuvor. »Du musst mir versprechen, dass du es niemandem erzählst, schon gar nicht deinem Vater.«

»Also gut, ich verspreche es«, sagte Celena schließlich nach kurzem Zögern.

Ernst zerriss den letzten der vier Briefe, die Kunze ihm gegeben hatte, bis nur noch winzige Schnipsel übrig waren. Dann verteilte er die Reste in den Mülleimern der Baracke, wie er es zuvor mit den drei anderen Briefen gemacht hatte.

Es hatte genügt, einen der Briefe zu lesen. Daraus wurde klar ersichtlich, dass Kunze Mr. Walker die Mithilfe an dieser Flucht in die Schuhe schieben wollte, damit die Amerikaner Walker wegen Landesverrats anklagten und ihn zum Tode verurteilten. Ernst hatte sich schon während der Lektüre entschlossen, Kunzes Befehl zu missachten und die Briefe nicht in Walkers Haus zu verstecken. Außerdem würde er Leutnant Kunze sagen, dass er keine Benzincoupons hatte finden können. Trotzdem würde er zum Haus der Walkers fahren, um Celena zu sehen. Dass Kunze mit Mr. Walkers Lastwagen fliehen wollte, würde er vermutlich nicht verhindern können, aber auf keinen Fall sollte ein Schatten der Schuld auf Mr. Walker fallen.

»Guten Morgen, Ernst.« Reinhardt Kessler tauchte hinter ihm auf und gähnte.

»Guten Morgen, Reinhardt«, erwiderte Ernst lächelnd. »Sieht aus, als würde es ein wunderschöner Tag.«

Jackie stürmte durch die Tür des Gebäudes und marschierte direkt zu Major Shaws Büro.

Corporal Wilson sprang auf.

»Moment, Forrest. Wohin wollen Sie?«

»Wo ist Shaw?«

»Achtung!«, fuhr Corporal Wilson ihn an. »Grüßen Sie gefälligst Ihren Vorgesetzten!«

Jackie zog seinen Dienstausweis heraus und zeigte dem Mann seinen wahren Rang.

»Captain Forrest, Sir!« Wilson nahm Haltung an.

Nachdem Jackie gestern Abend Klein und Wedekind unter Arrest gestellt hatte, war es viel zu spät gewesen, um den ewig streitsüchtigen Major Shaw zur Rede zu stellen. Eine beinahe schlaflose Nacht hatte seinen Ärger jedoch keineswegs besänftigt.

»Rühren, Corporal!«, sagte Jackie. »Sagen Sie mir einfach, wo Major Shaw ist.«

»Entschuldigen Sie, Sir. Er ist in Denver bei einer Konferenz der Kommandierenden Offiziere aller Lager in Colorado. Er kommt nicht vor Samstag zurück, Sir.«

»Verdammt! Richtig, das hat er gesagt!«

Der Corporal stand immer noch stramm.

»Also gut, Wilson«, fuhr Jackie fort. »Waren Wedekind und Klein neulich abends beim Major?«

»Mit allem gebührenden Respekt, Sir, darauf darf ich nicht antworten.«

»Wilson, die beiden sind vielleicht aktiv an einer Flucht beteiligt. Sind die beiden Shaws Spitzel?«

»Sir, darüber müssen Sie mit dem Major reden.«

»Das geht nicht, Wilson. Ich muss es jetzt erfahren, und zwar von Ihnen.«

»Major Shaw ruft heute Morgen an, Sir. Dann können Sie ihn selbst fragen.«

»Gottverdammt, Wilson! Beantworten Sie gefälligst meine Frage!«

Das jungenhafte Gesicht des Wachsoldaten zitterte. »Ich ... Ja, Sir, die beiden Deutschen waren Major Shaws Informanten. Sie haben dem Major vor ein paar Monaten eine geplante Flucht verraten und haben auch für die nächste Woche etwas angekündigt. Von Zeit zu Zeit haben sie ihm darüber hinaus von den Nazitreffen berichtet.«

»Und wie hat er sie bezahlt?«

»Mit Schokolade, Zigaretten, manchmal etwas Whiskey. Und er hat bei ihren Wettspielen und ihrer Schnapsbrennerei in der Kapelle ein Auge zugedrückt, Sir. Er meinte, es wäre in Ordnung, ihnen für die Informationen, die sie ihm zusteckten, ein paar Freiheiten zu gewähren. Aber er hat mir befohlen, niemandem davon zu erzählen, sondern nur dafür zu sorgen, dass die Wachen sie nicht für das, was sie in ihren Spinden fanden, in den Bau steckten, Sir.«

Jackie seufzte und schüttelte den Kopf. Er war sicher, dass Wedekind und Klein Major Shaw an der Nase herumführten und ihm falsche oder unbedeutende Informationen zutrugen. Die Ankündigung der Flucht eines einzigen Schützen war kaum eine wichtige Information, und doch gab Shaw vierzig Dollar und Naturalien dafür. Jackie ahnte, dass diese angekündigte Flucht nur ein Ablenkungsmanöver war, dass noch etwas anderes geplant sein musste. Nur was und vor allem, wann?

»Liegt wieder ein ganzer Tag mit Plackerei vor Ihnen, was, Kunze?«, meinte Leutnant Stumpe, der noch auf seiner Pritsche lag.

Kunze schnürte sich die Arbeitsstiefel zu und konzentrierte sich auf seine Fluchtpläne, überlegte, ob die Ernte wohl morgen beginnen würde, obwohl es angefangen hatte zu regnen.

»Er will uns alle nur vorführen«, murrte Leutnant Westphal. »Damit wir vor Oberst Kettner schlecht aussehen.«

»Dafür brauchen Sie meine Hilfe nicht«, erwiderte Kunze, verließ die Baracke und marschierte zum Waschhaus der Offiziere.

Fett und faul sind diese Offiziere, dachte er. Wie Ralph Walker und die anderen kehrten sie Deutschland den Rücken, wenn man sie am dringendsten brauchte.

Er hätte nur zu gern zugesehen, wie die Amerikaner die Briefe entdeckten, die in Walkers Bauernhaus versteckt waren, wie sie ihn und seine Familie auf einen Militärlastwagen schleppten und sie zum Verhör davonfuhren ... Oder wie Walker an einem amerikanischen Galgen baumelte. Ob Feldwebel Straub ihn morgen umbrachte oder nicht, Walker war so gut wie tot.

Ob der Obergefreite Halder Benzincoupons stehlen konnte, interessierte den Leutnant dagegen weniger, weil er ohnehin bezweifelte, dass sie diese Scheine brauchen würden. Dass Halder die Briefe platzierte war weit wichtiger. Kunzes Hauptziel war seine Flucht und die Mission. Aber es war gut, wenn sie die Amerikaner verwirren und ihnen weismachen konnten, dass sich unter ihnen ein Verräter befunden hatte. Das würde ihnen vielleicht einen kleinen Vorsprung verschaffen.

Außerdem würden die Amerikaner schon bald die Leiche des Obergefreiten Halder finden, die irgendwo in Julesburg in der glühenden Julisonne verweste.

Pumpkin galoppierte über die brachliegenden Sommerfelder. Die Hufe der Stute wirbelten Schlamm auf und hinterließen tiefe Spuren.

Celena fühlte sich frei, als wäre sie von etwas erlöst worden, das sie die ganze Zeit zurückgehalten hatte. Der Wind in ihrem Haar, die Sonne auf ihrem Gesicht, Pumpkins wilder Galopp über das Feld ... sie hatte seit mehr als einem Jahr nicht mehr das Gefühl gehabt, alles Böse hinter sich lassen zu können.

Sie war unterwegs zu ihrem Windmühlenturm, wo sie in die Wolken klettern und ihre Erlösung feiern wollte. Sie wusste nicht genau, was das alles bedeutete, wie es ausgehen würde, aber irgendetwas war eindeutig anders, es lag etwas in der Luft. Jetzt würde alles irgendwie funktionieren. Nein, sie würde dafür sorgen, dass es funktionierte. Walt und die Hochzeit, Boulder und die Universität, Ernst und ihr Leben. Sie würde etwas tun; was genau, wusste sie zwar noch nicht, aber irgendetwas …

Als sie das Feld erreichte, sprang Pumpkin über einen Bewässerungskanal. Hinter dem Hügel, jenseits des Weizenfeldes ihres Vaters lagen die Prärie und ihr Windmühlenturm. Der Platz, der ihr allein gehörte und wo sie sich so lebendig fühlte.

Celena zügelte das Pferd, als sie die Kreuzung zwischen den Feldern erreichte und den Zweieinhalbtonner sah. An dem Bewässerungskanal neben dem Feld arbeiteten Gefangene. Sie stützten den Feldweg ab, den der Regen offenbar unterspült hatte. Celena setzte ihre Brille auf und suchte das Feld nach ihrem Vater ab, aber er war nicht da. Sie ließ Pumpkin langsam weitergehen und betrachtete die Gesichter der POWs. War Ernst vielleicht in diesem Arbeitstrupp? Sie erkannte den hünenhaften Sergeant, den ihr Vater zu dem Kampf provoziert hatte, und den hageren U-Boot-Matrosen, den Ernst für den lustigsten Menschen hielt, den er jemals getroffen hatte; er selbst war jedoch nirgendwo zu sehen.

Mit einem leichten Druck ihrer Fersen ermunterte sie Pumpkin zu einem leichten Galopp. Vermutlich arbeitete Ernst auf den Feldern im Tal. Sie blickte zu den Hügeln in der Ferne hinüber und konnte den Windmühlenturm noch schwach erkennen. Dann jedoch fiel ihr Blick auf die Ulme, welche die Grenze des Feldes markierte. Ernst trat hinter dem Baum hervor und knöpfte sich den Schlitz seiner Arbeitshose zu.

Er hatte Celena noch nie mit Brille gesehen und bedauerte, dass die Sonne, die sich auf den Gläsern spiegelte, ihre Augen verbarg. Irgendwie jedoch wirkte sie mit der Brille würdevoller, und Ernst konnte sich zum ersten Mal vorstellen, wie sie vor einer Klasse eifriger Schüler stand oder in einem Abendkleid die Oper besuchte. Vorher war sie kaum mehr gewesen als ein Mädchen, fünf Jahre jünger als er und längst nicht bereit für ein hartes Leben auf einer Farm. Jetzt war sie anders, reifer, eine Frau, der er zutrauen konnte, dass sie nicht zurückschrak, wenn es zum Schlimmsten kam. Aber lag das wirklich nur an der Brille?

»Hallo, Ernst.« Celena zügelte ihr Pferd. Sie ritt ohne Sattel, und ihre nackten Füße baumelten an der Flanke des Pferdes herunter, wo normalerweise Steigbügel hingen.

Ernst lächelte zu ihr auf. »Hallo, Celena.«

»Der Wachposten lässt dir wirklich eine lange Leine.«

Ernst sah zu dem Lastwagen hinüber, der fast ein halbes Feld von ihm entfernt war. Er konnte die Gestalten daneben nicht erkennen.

»Dein Vater hat den Wachen gesagt, dass ich seine beste Hilfe bin.«

Celena lachte.

»Machst du einfach nur einen Ausritt?« Er streichelte die weiche Schnauze der Stute.

»Ich will zu dem Windmühlenturm, von dem ich dir erzählt habe.«

Sie deutete auf die Prärie, und Ernst konnte das Gerüst des Turms sehen, das sich vor dem blaugrauen Himmel abhob.

»Zu schade, dass du arbeiten musst«, meinte sie lächelnd. »Ich würde dich zu gern mit dort hinaufnehmen.«

»Ja. Die Wachsposten würden mich nach einer Weile vermissen.« Er blickte wieder zu dem weit entfernten Lastwagen.

»Vermutlich würden sie annehmen, dass du versuchst wegzulaufen.«

Ernst konnte ihr nicht in die Augen sehen, als sie das sagte; er blickte die Stute an, die an dem Gras vor ihren Hufen rupfte.

Andererseits ... seine Gedanken überschlugen sich.

Wenn der Wachposten merkte, dass Ernst fehlte, würde er vielleicht wirklich glauben, dass er eine Flucht versuchte. Auch wenn es wahrscheinlicher war, dass er annahm, Ernst wäre entweder bei Mr. Walker oder würde eine Aufgabe erledigen, die der Farmer ihm aufgetragen hatte. Aber wenn er nun glaubte, Ernst wäre geflohen – was würde dann passieren? Die Amerikaner würden ihn zum Flüchtling erklären und ihm Lagerarrest geben, ihm den Arbeitseinsatz streichen ... und ihn in Einzelhaft einsperren! Ernst konnte dann nicht mehr mit Kunze fliehen. Dreiundzwanzig Stunden am Tag würde er in Einzelhaft sitzen, vermutlich einen Monat lang. Kunze wäre längst verschwunden, wenn er wieder herauskäme. Danach würde er sich irgendwann Feldwebel Straub und der Lagergestapo stellen müssen, aber es würde ihm nicht schwerfallen, seine Inhaftierung damit zu erklären, dass er lediglich Kunzes Befehlen gehorcht und sich von seinem Arbeitstrupp weggeschlichen hatte, um die Briefe in Walkers Haus zu verstecken.

Sorgen machte er sich nur um Celena. Wenn die Amerikaner ihr Verhalten nun als Fluchthilfe betrachteten und sie bestraften? Trotzdem, er hätte nichts lieber getan, als mit ihr zu reiten und ungestört mit ihr zu reden. Ernst konnte den Amerikanern erklären, er wäre allein davongelaufen, und behaupten, Celena hätte nichts damit zu tun.

»Kann deine Stute denn uns beide tragen?« Er lächelte zu ihr hoch.

Celena strahlte ihn an. »Klar, wenigstens für eine Weile.«

Ernst trat einen Schritt zurück, und Celena streckte ihm einen Arm entgegen. Er ergriff ihn und schwang sich auf den Rücken des Pferdes, schmiegte sich an Celenas warmen Rücken. Er schlang seine Arme um sie und drückte sein Gesicht in ihr Haar.

»Halt dich fest!«, meinte sie und gab dem Pferd die Fersen in die Flanken.

Sie schossen davon wie der Blitz, die Anhöhe hinauf und dann hinaus auf die Prärie. Ernst hatte bisher nur auf einem Ackergaul gesessen; kein Wunder, dass es der schönste Ritt seines Lebens war, als er sich an Celena klammerte, sich an sie lehnte. Er konnte sich ohne Mühe ausmalen, wie eine Gruppe Indianer auf der Anhöhe eine Bisonherde entdeckte oder ein Wagenzug mit Siedlern über den Oregon Trail nach Westen zockelte. Ebenso leicht fiel es ihm, sich ein Bauernhaus vorzustellen, das sich an einen Hügel auf der Prärie schmiegte, wo das Vieh auf einer umzäunten Weide graste und er einen Traktor aus einem Schuppen fuhr, während Celena singend die Wäsche aufhängte.

Sie zügelte das Pferd, als sie den Windmühlenturm erreicht hatten. Nachdem sie beide heruntergerutscht waren, ging das Pferd geradewegs zu der Tränke, und sie liefen beide zur Leiter. Höher und immer höher bis in die Wolken hinein folgte er Celena die Sprossen hinauf.

»Sieh dir das an!«, verkündete sie, als sie auf die Plattform sprang.

Ernst erklomm die letzte Sprosse und stellte sich neben Celena. Der warme Wind strich über sein Gesicht. Von hier aus konnte man meilenweit sehen, die Farm der Walkers, Julesburg, die POWs, die auf den Feldern arbeiteten. Ernst verstand, warum dieser Platz eine besondere Bedeutung für Celena hatte.

»Hierher komme ich, wenn ich träumen will«, sagte sie und nahm seine Hand. »Und an dich denke.«

Sie war noch nie so kühn gewesen, so selbstsicher. Als sie sich hinter dem Pumpenhäuschen geküsst hatten, hatte Ernst die Kontrolle gehabt, jede ihrer Bewegungen und Handlungen bestimmt. Vielleicht lag es ja daran, dass dies hier ihr Territorium war, ihr besonderer Ort. Aber es hatte sich noch mehr verändert. Er hatte fast das Gefühl, er wäre mit jemand anderem hier oder zumindest mit einer irgendwie strahlenderen Version von Celena.

Sie ergriff seine Hand und zog ihn auf den Boden der Plattform. Dann setzte sie ihre Brille ab und zog ihm auch seine von der Nase. Sie blinzelte einen Moment, genau wie er, doch dann klärte sich sein Blick.

»Ernst, sag mir, was du willst.« Sie klang ernst, forschend. »Warum bist du mit mir hier?«

Ernst blickte in ihre wundervollen Augen. Endlich war er allein mit ihr, und meilenweit war niemand anderer zu sehen. Und es gab nur eines, was er tun wollte, ein einziges Verlangen, das er stillen wollte.

»Celena ... meine Mutter ist tot.«

Er sagte es ohne Tränen, hielt seine Gefühle noch unter Kontrolle. Der Damm brach erst, als Celena seine Hand nahm.

»Oh, mein Gott, Ernst.«

Er starrte sie einen Moment an, dann strömte alles aus ihm heraus, der Schmerz, der Verlust, die Leere.

»Ich weiß nicht, ob es die Amerikaner oder Briten waren, aber unser Hof wurde bombardiert. Das Haus ist niedergebrannt. Man hat ihre Leiche am nächsten Tag gefunden, beziehungsweise das, was von ihr übriggeblieben war.« Tränen liefen ihm über das Gesicht. Er redete stockend, gehetzt.

»Ernst, das tut mir leid. Ich kann mir nicht einmal vorstellen ...« Ihre Stimme bebte, aber sie hielt seine Hand fest. »Das ist nicht gerecht, es ist einfach nicht fair.«

Sein Blick glitt zum Horizont.

»Sie hat versucht, ohne mich zurechtzukommen. Hat versucht, während dieses verdammten Krieges den Hof weiter zu bewirtschaften!«

»Ich weiß, Ernst. So wie meine Mutter bei uns auf der Farm.«

»Die ganze Welt ist verrückt geworden ... ich kämpfe für die

Nazis … dein Verlobter kämpft so weit weg von zu Hause … einfach alles ist verrückt.«

Celena zog ihn an sich, hielt ihn, als er beinahe krampfhaft schluchzte. Es kümmerte ihn nicht, dass er weinte. Fünf Jahre lang hatte er den Nazis gedient, ihren Befehlen gehorcht, und was hatte es ihm eingebracht? Er war Tausende Meilen von zu Hause eingesperrt und besaß jetzt keine Heimat mehr, in die er zurückkehren konnte.

»Ich bin hier, Ernst«, flüsterte sie. »Ich bin für dich da … und ich gehe nirgendwohin!«

Er stürzte förmlich auf sie, fiel mit ihr auf die Planken. Sein rastloser Mund schmeckte ihre Haut. Sie erwiderte seinen Kuss gierig, fuhr mit den Fingern durch sein Haar, umklammerte ihn mit den Beinen. Er zupfte an den Knöpfen ihrer Bluse, glitt mit der anderen Hand unter ihren Rock.

»Nein, Ernst«, sagte sie und stieß seine Hände weg.

Er riss sich zusammen und wich zurück. Er wusste, dass er zu weit gegangen war.

»Warte, Ernst … nur eine Minute.«

Ihr Haar wehte im Wind. Celena knöpfte ihre Bluse ganz auf, zog sie aus; dann folgte ihre Khaki-Hose. Sie legte sie auf die Plattform und griff nach Ernsts Hemd. Ihre Finger streiften seine Brust, als sie die Knöpfe aufmachte, und liebkosten seinen Unterleib, als sie auch seine Hose öffnete. Er glitt aus seiner POW-Kluft. Dann zog sie ihn auf sich. Sie löste den Verschluss ihres Büstenhalters, und ihre vollen, perfekten Brüste quollen hervor. Dann streifte sie sich die Unterhose herunter; Ernst musste einfach hinstarren.

Die Sonne wärmte seinen Rücken, und der Wind streichelte sein Gesicht. Ihre Haut war so glatt und makellos, ihr Lächeln so strahlend und vertrauensvoll. Sie klammerte sich an seinen Rücken und seine Schultern, und als er in sie eindrang, glitten ihre Hände zu seinen Pobacken, umklammerten sie. Sie stöhnte leise, während sie seinen Blick erwiderte. Er musste blinzeln, um sich zu vergewissern, dass seine Augen offen waren, denn es fühlte sich einfach nicht real an.

Er wiegte sich einige Male vor, glitt tiefer in sie hinein. Dann wurden die Stöße heftiger, schneller, stärker. Bevor er sich versah, schrie er auf, und seine Taille und Schenkel zitterten in reiner Verzückung … Er vergrub sein Gesicht in ihrem Haar, während sie sich an ihn klammerte wie eine Ertrinkende.

Schließlich glitt er sanft von ihr herunter und legte sich neben sie. Er griff nach ihrer Hand, während sie in die Wolken sahen, die vor dem hellblauen Himmelstuch dahinglitten. Die Sonne glitzerte auf ihren nackten, verschwitzten Körpern.

Er rollte sich auf die Seite und stützte seinen Kopf auf die Hand. Mit der anderen streichelte er Celenas Bauch, ihren Hals, ihre Brüste. Er leckte einen Finger an und fuhr damit über ihren ganzen Körper, hoffte, dass der Wind ihre erhitzte Haut kühlte.

»Ich werde Walt nicht heiraten«, sagte sie, ohne den Blick von den Wolken zu nehmen. »Ganz gleich, was aus uns wird.«

»Was meinst du damit?«

»Ich meine, dass ich Walt sagen werde …«

»Nein. Was meinst du mit ›uns‹?«

Sie drehte den Kopf zur Seite und sah ihn an.

»Der Krieg wird irgendwann vorbei sein, vielleicht sogar schon bald. Deutschland wird ihn verlieren …«

»Celena, ich will, dass Deutschland ihn verliert. Es ist nicht wirklich Deutschland, es sind die Nazis.«

»Also gut.« Sie lächelte. »Wenn die Nazis verlieren, werden alle Gefangenen entlassen. Im Radio sagen sie, dass einige von euch vielleicht hier bleiben können, als Bürger dieses Landes … falls ihr Deutschland abschwört und Amerika die Treue gelobt.«

»Das Deutschland, das ich liebte, existiert schon seit langer Zeit nicht mehr …«

Sie drückte seine Hand. Er sah sie an, beugte sich über sie, nahm sie in die Arme, presste sie an sich und hielt sie fest.

»Celena!«, rief jemand.

»Oh, mein Gott!«, flüsterte sie und schob Ernst zurück.

Er versuchte, durch die Plattform zu spähen, aber zwischen den Planken waren keine Ritzen.

»Shh!« Sie legte einen Finger an die Lippen.

»He, Celena!«, rief Woody. »Bist du da oben?«

»Er kann uns nicht sehen«, flüsterte sie Ernst zu, »nur das Pferd. Aber wenn ich nicht antworte, wird er glauben, dass mir etwas passiert ist.

»Ja, Woody!«, rief sie dann herunter. »Was gibt es?«

»Was machst du da oben?«

Die Leiter fing an zu zittern. Celena schnappte sich ihre Kleidung.

»Verdammt, Woody, kann man nirgendwo eine Weile ungestört sein?«

»Dad sagt, dass heute Abend die Ernte anfängt!«

»Ich bin in einer Minute unten. Warte auf mich!«

Celena zog sich hastig die Kleidung an.

Ernst spähte über die Seite der Plattform, hinab zur Tränke, wo der Junge zwischen den beiden Pferden stand und sie tätschelte, während sie soffen.

»Reite du auf meinem Pferd zurück«, flüsterte sie Ernst zu. »Sag dem Wachposten, du hättest meine Brille auf dem Feld gefunden und wärst zum Haus gegangen, um sie mir zu bringen. Wir hätten dir ein Pferd gegeben, damit man dich nicht zu lange vermisst.«

Ernst war erstaunt, wie schnell und scharf sie dachte.

»Ich komme später zum Feld und hole Pumpkin ab«, sagte sie und streichelte Ernsts Wange.

Er zog sie an sich und küsste sie. Er hatte sich noch nie so gefühlt, weder in Deutschland noch in Afrika.

Sie löste sich von ihm. »Was würde ich nicht dafür geben, hier bei dir bleiben zu können.«

Sie strich ihm zärtlich über die Lippen, streichelte sein Kinn und seine Wangen.

»Darf ich Pumpkin reiten?«, rief Woody von unten.

Celena seufzte und schüttelte den Kopf.

»Nein!«, rief sie zurück. »Sie ist lahm. Wir müssen zu zweit auf deinem Pferd zurückreiten.«

Ernst lächelte. Er stand nackt da oben auf der Plattform, und die Frau, die er liebte, war neben ihm; um ihn herum war nur offene Prärie und freier Himmel.

»Wir sehen uns später«, flüsterte sie und drückte seine Hand.

»Sie ist nicht lahm!«, brüllte Woody.

Celena ließ Ernst los.

»Doch, Woody«, schimpfte sie, während sie die Leiter hinabstieg. »Fass sie ja nicht an.«

Ernst spähte über die Plattform und sah zu, wie sich Celena hinter Woody aufs Pferd schwang. Als sie über die Prärie galoppierten, blickte sie zu Ernst zurück und winkte, bis sie hinter der nächsten Anhöhe verschwanden.

18. Kapitel

Jackie sah zu, wie Leutnant Kunze mit den anderen Gefangenen des Arbeitstrupps vom Lastwagen sprang. Walker stieg mit Ernst Halder aus dem Fahrerhaus; die beiden lächelten über irgendetwas. Dann trat Kunze zu ihnen, und schlagartig wich sämtliche Freude aus Halders Miene. Jackie hätte ihnen gern zugehört, aber er war zu weit weg. Es sah aus, als würden Leutnant Kunze und Ralph Walker sich recht freundschaftlich unterhalten.

»He, Webster!«, rief Jackie dem Wachsoldaten des Arbeitstrupps zu. »Was hat das denn zu bedeuten?«

»Oh. Halder und Kunze fahren morgen für Mr. Walker den Lastwagen mit dem Weizen in die Stadt.«

»Hat Major Shaw dazu sein Okay gegeben?«

»Das weiß ich nicht, aber Kunze ist Offizier, und Mr. Walker hat um Hilfe ersucht, weil er sie wirklich dringend benötigt.«

»Auch Offiziere dürfen nicht frei in der Stadt herumlaufen!«

»Entspann dich, Forrest. Sie fahren nur zum Silo am Stadtrand.«

Jackie rieb sich das Gesicht. »Ist heute draußen bei euch was Außergewöhnliches passiert?«, fragte er dann.

»Nein … das heißt, Halder hat den Walkers eine Brille gebracht, und sie haben ihm ein Pferd gegeben, damit er schneller zu uns zurückkommen konnte und wir ihn nicht suchen mussten. Mehr war nicht!«

»Großer Gott, Webster! Offiziere unbeaufsichtigt in der Stadt, POWs, die allein durch die Gegend reiten … Ist der Begriff Sicherheit hier irgendwie ein Fremdwort?«

»Es ist doch nur Halder. Er ist ein guter Kerl.«

»Nein, Webster, er ist kein Kerl, sondern ein deutscher Kriegsgefangener!«

Private Webster lachte, schüttelte den Kopf und schlenderte dann davon.

Jackie konnte weder das Benehmen der Wachen fassen noch die Art, wie Major Shaw das Lager führte. Vielleicht lag es daran, dass keiner von ihnen Kampferfahrung besaß, aber sie benahmen sich, als wäre Amerika nicht im Krieg, als hätten deutsche POWs geradezu die heilige Pflicht, zu fliehen und an der amerikanischen Heimatfront Schaden anzurichten. Jackie wusste, dass die amerikanischen und britischen Gefangenen, die in deutschen Lagern interniert waren, alles taten, um Unruhe zu stiften und ein Dorn in Hitlers Fleisch zu sein. Aber hier hatten die Nazis die Lager im Griff, und Jackie hatte wirklich Angst davor, was sie mit dieser Macht anstellen konnten.

Der Wind, der an diesem Nachmittag durch die Küchenfenster wehte, konnte den stickigen Raum kaum kühlen. Im Ofen buk frisches Brot, und in zwei Pfannen neben dem Topf mit den kochenden Kartoffeln brutzelten Brathühnchen. Celena war mit ihrer Mutter seit Stunden mit Kochen beschäftigt, aber sie fühlte sich so glücklich wie schon lange nicht mehr.

»Du solltest wirklich dein Kleid zu Ende nähen«, meinte ihre Mutter, während sie eine Schicht aus Mehl und Paprika auf ein weiteres Hühnchen auftrug. »Bis morgen muss es fertig sein – falls du Walt wirklich heiraten willst.«

»Ich bin Samstag fertig«, erwiderte sie, derweil sie das nächste Hühnchen zerlegte.

»Morgen früh ist der Brunch der Women's Auxiliary, und morgen Abend essen wir bei Walts Eltern zu Abend. Das bedeutet, dir bleibt nicht viel Zeit, um das Kleid fertig zu machen.«

»Ich weiß.«

Ihre Mutter sah sie an. »Celena, jetzt heiratest du am Samstag also Walt McKinley.«

Celena legte das Messer weg und wischte sich die Hände mit einem Küchenhandtuch ab.

»Mutter, hast du wirklich gemeint, was du gesagt hast?«

»Was denn, Liebling?«

»Dass ich Walt nicht heiraten soll, wenn ich es nicht wirklich will. Dass wir einen anderen Weg finden würden.«

Ihre Mutter legte das Sieb mit dem Mehl zur Seite und wischte sich die Hände an der Schürze ab.

»Ja, das habe ich so gemeint. Ich möchte, dass du glücklich bist. Dein Vater und ich erledigen dann schon den Rest.«

»Aber die Army und Mr. McKinley …«

»Dein Vater wird schon mit der Army fertig und auch mit Mr. McKinley.« Sie ergriff Celenas Hände. »Wenn du Walt nicht heiraten willst, musst du es ihm einfach nur sagen. Und danach deinem Vater.« Sie sah Celena eindringlich an. »Wenn du das schaffst, können wir alles andere auch bewerkstelligen.«

Celena strahlte sie an. »Danke.«

Ihre Mutter schlang einen Arm um sie und drückte sie fest an sich. Celena war immer wieder verblüfft, wie stark ihre Mutter war.

»Ich liebe dich sehr«, sagte ihre Mutter und ließ sie dann los. Sie trat einen Schritt zurück, lächelte und strich Celena mit einem mehligen Finger über die Wange, so dass ein weißer Fleck zurückblieb. »Und jetzt lass mich hier weitermachen.«

Celena atmete tief aus, dann wusch sie sich die Hände, lief in ihr Schlafzimmer, wo ihr frisch gebügeltes Hochzeitskleid in einer Ecke auf einem Ständer hing. Sie lächelte es an, ließ den Blick über den fließenden Schnitt, die mit Spitze verzierte Taille gleiten und gab sich ein Versprechen. Wenn sie es tragen würde, wollte sie sich so fühlen wie heute Morgen, als Ernst und sie sich geliebt hatten.

Es war so ganz anders gewesen als das, was in dem Kartoffelkeller geschehen war, vollkommen und wunderschön anders. Ernst hatte sie so sehr gebraucht, hatte sich ihr geöffnet und ihr seine Verletzlichkeit gezeigt, ihr den Verlust seiner Mutter anvertraut. Sie hätte für immer auf diesem Windmühlenturm bleiben und Ernst Halder lieben können. Sie konnte sich einfach nicht vorstellen, dieselben Gefühle für Walt zu empfinden oder jemals für irgendjemand anderen. Sie und Ernst hatten sich gefunden, über einen Ozean hinweg und trotz einer Welt, die Krieg führte. Ein deutscher Junge und ein amerikanisches Mädchen … Celena konnte es kaum glauben, aber es war real. Der Krieg war bald vorbei, und sie konnten eine Petition an die Army oder die Einwanderungsbehörde oder an wen auch immer stellen, damit Ernst in Amerika bleiben konnte.

Celina schüttelte den Kopf, um den Traum abzuschütteln. Es gab zunächst anderes zu tun. Sie musste sich Walt stellen, von Angesicht zu Angesicht. Danach musste sie das alles ihrem Vater erklären und dafür sorgen, dass nicht die ganze Stadt ihre Familie hasste und sie für Landesverräter hielt. Und dann musste sie irgendwie verhindern, dass Mr. McKinley ihren Pachtvertrag kündigte.

Ich kann das schaffen, sagte sie sich. Ich muss es schaffen. Wenn Walts Zug am Samstag hier ankommt, werde ich es ihm sofort sagen. Ich schulde ihm zumindest die Höflichkeit, dass er es als Erster erfährt. Dann muss ich Dad alles erklären. Und dann erledigen wir alles andere, eines nach dem anderen, wie Mom es gesagt hat.

Sie hob das Hochzeitskleid von dem Ständer und legte es auf das Bett. Es war wirklich wunderschön, und sie war sehr stolz auf ihr Werk. Als sie es ansah, stellte sie sich unwillkürlich vor, wie sie es trug, während sie auf den Altarstufen neben Ernst stand, eine Frau mit einem Lehrerdiplom und einem wundervollen Leben vor sich, die dem Mann, den sie liebte, ihr Eheversprechen gab. Sie faltete das Kleid zusammen, legte es in eine Schachtel und stellte sie auf den Schrank.

»Mom!«, hörte sie Woody schreien. Er polterte durch den Flur.

»Woody, zieh sofort die Stiefel aus!«, schalt ihn seine Mutter, während Celena in die Küche zurückging.

»Entschuldige, Mom, aber die Ernte hat angefangen.«

Celena und ihre Mutter sahen sich an.

»Ja!« Es sprudelte förmlich aus Woody heraus. »Wir mähen den Weizen!«

»Ah, Obergefreiter Halder«, sagte Major von Armin, als Ernst die Tür der Baracke öffnete. Er beugte sich über die Werkbank, auf der Zahnräder und andere mechanische Teile lagen. »Ich habe gehofft, dass Sie mich besuchen.«

»Baron von Armin, Herr Major! Meine Mutter ist tot!«, sagte Ernst. Er zitterte nicht mehr, als er die Worte aussprach.

Von Armin sprang auf. »Ernst! Mein Beileid!« Er streckte die Hand aus, zog sie aber sofort zurück, als erinnerte er sich an seine aristokratische Haltung. Dann trat er einen Schritt vor. »Ihre Mutter war eine wundervolle Frau. Sie hat Ihren Vater sehr geliebt.«

»Danke, Herr Major«, erwiderte Ernst, der sich geehrt fühlte, dass von Armin von seinen Eltern freundlicher sprach, als das von einem Gutsbesitzer zu erwarten war, der über seine Pächter redete. »Sie waren immer so freundlich zu uns und selbst in harten Zeiten sehr verständnisvoll.«

Der Major nickte. Dann warf er seine Brille auf die Werkbank. »Dieser verdammte Krieg bringt noch die ganze Welt um!«

»Jawohl, Herr Major.«

»Nein, Ernst. Ich meine … Das heißt, vielleicht wissen Sie es noch nicht!«

Ernst legte fragend den Kopf auf die Seite. War noch etwas passiert?

»Während Sie heute auf den Weizenfeldern waren«, fuhr von Armin fort, »gab es dort einen Unfall.«

Ernst hielt sich an dem Stuhl fest.

»Einen Unfall?«

Er dachte nur an Celena.

»Ja. Jedenfalls wurde es als Unfall gemeldet«, meinte der Baron. »Aber ich kenne keinen U-Boot-Matrosen, der in einem ein Meter tiefen Wassergraben ertrinken würde.«

»Was?«

»Reinhardt Kessler, Matrose zweiter Klasse. Er ist heute in einem Bewässerungsgraben ertrunken.«

»Kessler?« Ernst ließ sich auf den Stuhl fallen. »Mein Gott, nein, nicht Kessler.«

»Die Amerikaner haben es bereits als Unfall eingestuft. Sie wollen nicht, dass all diese Morde in ihrer Lagerstatistik auftauchen.« Von Armin berührte Ernsts Schulter, während er ihm einen vielsagenden Blick zuwarf. »Feldwebel Straub und drei weitere Angehörige der Lagergestapo waren in Kesslers Arbeitstrupp.«

Ernst schlug mit der Faust auf den Tisch. »Kessler ist nicht ertrunken. Sie haben ihn ermordet, genauso, wie sie Karl Voss und Manfred Hauptmann ermordet haben!«

Von Armin setzte sich neben ihn. »Ja, Ernst, höchstwahrscheinlich. Aber Sie dürfen sich jetzt nicht mit solchen Dingen belasten.«

Ernst fuhr herum. »Wenn nicht jetzt, wann dann, Herr Baron? Hat Kessler nicht immer genau über so etwas gesprochen? Zu versuchen, etwas zu bewirken, einen Unterschied zu machen …«

»Ernst …«

»Nein, Herr Baron. Bei allem gebührenden Respekt, Herr Major!« Ernst stand auf und trat ans Fenster. »Weil 1933 niemand etwas unternommen hat, um zu verhindern, dass dieser

Wahnsinnige an die Macht kommt, befinden wir uns jetzt in dieser Lage.«

»Obergefreiter. Sie sind Soldat, kein Politiker. Sie befolgen nur Befehle.«

»Sicher, Herr Baron. Aber wenn diese Befehle nun schlicht und einfach falsch und unmoralisch sind?« Ernst sah ihn an. »Erinnern Sie sich noch an diesen Befehl, dessen Ausführung Sie selbst verweigert haben?«

Major von Armin stand auf. »Allerdings, Ernst, ich erinnere mich noch sehr gut. Und meine Familie und ich wurden dafür entsprechend bestraft. Aber das ist Vergangenheit, so wie 1933 Vergangenheit ist, und der Aufstieg dieses Ungeheuers.« Er ging zu Ernst ans Fenster. »Vielleicht hätte man damals etwas tun sollen, aber im Moment zählt nur das Jetzt. Ihre Befehle, Ihre Flucht. Ob Sie an irgendwelchen Versammlungen der Sozialdemokraten teilnehmen, spielt jetzt nicht mehr die geringste Rolle. Wenn Sie den Befehl zur Flucht verweigern, werden die Nazis Sie umbringen.«

Ernst drehte sich um und blickte hinaus. Er rieb sich das Gesicht, knetete seine Wangen, sein Kinn, seine Schläfen. Major von Armin hatte recht; wenn er die Versammlungen der Sozialdemokraten besucht hätte, wäre er vermutlich ebenso tot wie Reinhardt Kessler. Und es spielte tatsächlich keine Rolle, denn die Flucht war für morgen angesetzt. Jemand hätte etwas gegen Hitler unternehmen sollen, vielleicht sogar, bevor das alles anfing. Aber er durfte darüber nicht nachdenken, nicht, solange sich Leutnant Kunze, Feldwebel Straub und die Lagergestapo auf ihn konzentrierten.

»Ernst, nur Gott weiß, ob Kessler und seine Freunde mit ihren Thesen recht haben. Aber Sie müssen sich jetzt auf das konzentrieren, was am wichtigsten ist: Ihre Sicherheit.« Der Major packte Ernsts Schultern. »Sie müssen auf sich aufpassen ... Sie müssen überleben!«

Ernst drehte sich um. »Und nach der Flucht ... Wenn ich nach Hause zurückkehre ... Ich habe kein Zuhause mehr.«

Von Armin ließ ihn los. »Ich weiß, Ernst.«

»Nein, Herr Baron. Ich meine ... Sie haben Ihre ganze Familie verloren, und jetzt habe ich auch meine verloren. Ich weiß nicht, was ich tun soll, wenn ich zurückkomme.«

»Ernst, es gibt nicht mehr viel, wohin wir zurückkehren könnten.«

Ernst nahm die Brille ab und rieb sich die Augen.

Der Major seufzte und strich sich mit den Fingern durch sein kurzgeschorenes graues Haar.

»Wann, Ernst? Wann fliehen Sie?«

Ernst setzte die Brille wieder auf und sagte sich, dass es keine Rolle mehr spielte. Er konnte von Armin alles erzählen.

»Morgen, mit Leutnant Kunze. Wir fahren einen Lastwagen zu den Getreidesilos, aber wir kehren nicht mehr auf die Felder zurück. Entweder stehlen wir einen Wagen in der Stadt oder springen in dem Getreidedepot in einen Zug. Wir haben Ausweise, Landkarten, Bus- und Zugfahrpläne und über fünfzig amerikanische Dollars.«

»Das scheint alles sehr gut geplant zu sein.«

»Und für Leutnant Kunze kommt Scheitern nicht in Frage. Ich bin sicher, dass ich noch vor Ende des Sommers in Deutschland sein werde.«

Major von Armin strich sich über das Kinn. »Es sei denn, Ihre Flucht misslingt.«

»Der Leutnant hat gesagt, dass er mich, sollte das passieren, töten wird.«

»Nicht, wenn es nicht Ihre Schuld ist. Nicht, wenn Sie sich von Kunze trennen, sobald Sie die Stadt hinter sich gelassen haben und sich der ersten Person stellen, die Sie sehen.«

»Ich ... das kann ich tun?«

»Es ist ganz einfach. Dann könnten Sie den Rest des Krieges hier absitzen.«

Ernst stellte sich vor, wie er sich von Kunze wegschlich und sich anschließend einem Farmer oder Passanten ergab. Kunze würde es entweder bis nach Deutschland schaffen oder bei dem Versuch sterben. Selbst wenn der Leutnant erwischt wurde, würden die Amerikaner ihn schwerlich nach Camp Dillon zurückschicken.

»Aber«, in Ernst keimte Hoffnung auf, »nach dem Krieg …?«

»Sie könnten bleiben.«

»In Amerika? Würden die Amerikaner das zulassen?«

»Das ist sehr gut möglich, vor allem bei denen von uns, deren Heimat in den Teilen Deutschlands liegt, die von den Russen kontrolliert werden. Die Amerikaner fürchten sie beinahe genauso wie wir; Präsident Roosevelt würde uns niemals Stalin ausliefern.«

»Die Russen stehen in Westpommern?«

Major von Armin spitzte die Lippen. »Sehr wahrscheinlich. Wir liegen zu dicht an Polen und damit an Stalins westlicher Flanke.«

Ernst nickte bedächtig, während er sich vorstellte, wie er auf einem neuen Traktor auf seiner amerikanischen Farm saß. Ralph Walker war vielleicht sein Nachbar. Wenn Celena ihren Verlobten wirklich nicht heiraten wollte …

»Also, dann hoffe ich jetzt nur, dass wir erwischt werden«, sagte Ernst fast wie zu sich selbst. »Oder ich warte, bis Leutnant Kunze wegsieht und ich vor ihm fliehen kann.«

Major von Armin nickte. »Aber Sie müssen vorsichtig sein. Leutnant Kunze ist nicht der Soldat, der er zu sein scheint, und wenn er Sie dabei erwischt, wie Sie sich davonschleichen, wird er Sie zweifellos töten.«

Ernst kniff die Augen zusammen. Daran zweifelte er ebenfalls nicht, vor allem, nachdem er gesehen hatte, was Kunze Mrs. Walker angetan hatte.

»Warten Sie, bis er eingeschlafen ist«, sagte von Armin. »Oder bedienen Sie sich einer Ausflucht, um sich von ihm zu trennen.« Er lächelte hoffnungsvoll.

Ernst lächelte ebenfalls, doch das Lächeln erlosch, als er einen Umschlag aus der Tasche zog und ihn von Armin gab.

»Herr Baron, bitte, falls etwas passiert ... ich meine, falls mir etwas passiert ...«

»Ernst, Sie werden es schon schaffen.«

»Sicher, Herr Baron, ich weiß. Aber da Private Forrest mehr zu sein scheint als nur ein einfacher Wachsoldat, geben Sie ihm das bitte.«

»Das mache ich.« Von Armin seufzte. »Forrest hat seinen Fall wirklich recht überzeugend vertreten, fast wie ein erfahrener Anwalt.«

Ernst wurde klar, dass Private Forrest auch versucht haben musste, den Major als Spitzel zu gewinnen.

»Also, Ernst«, von Armin steckte den Umschlag in seinen Spind, »viel Glück.«

Ernst nahm Haltung an und salutierte. »Vielen Dank. Für alles, was Sie für mich und meine Familie getan haben.«

Von Armin nickte und konnte ein stolzes Lächeln nicht ganz unterdrücken. Dann richtete er sich auf und nahm vollendete Haltung an. »Ich danke Ihnen, Obergefreiter Halder, für das Privileg Ihres Dienstes unter mir und die Ehre Ihrer Freundschaft.«

Er erwiderte Ernsts Gruß und streckte dann seine Hand aus. Ernst nahm sie, drückte sie fest. Von Armin erwiderte den Abschiedsgruß ebenso fest und setzte sich dann an seine Werkbank.

»Auf Wiedersehen, Herr Baron«, sagte Ernst von der Barackentür aus. Er sah zu von Armin zurück, der an der Werkbank saß. Diesmal hatte er jedoch kein Werkzeug in der Hand, sondern einen Bleistift. Und dann begann der alte General zu schreiben.

»Sie sehen wie riesige Käfer aus«, sagte Woody, als Celena den Hudson am Rand des Feldes zum Stehen brachte. »Die Lichter sind ihre Augen, und sie haben Mäuler, die den Weizen auffressen.«

»Sie haben wirklich etwas von Käfern«, räumte Celena ein, als sie zu den drei großen Mähdreschern blickte, die sich wie riesige Heuschrecken über das Feld fraßen. Ihre großen Scheinwerfer hoben sich von der Dämmerung ab.

»Siehst du Dad?«, wollte Woody wissen.

Celena suchte den tiefroten Horizont ab.

»Nein. Los, machen wir uns auf die Suche.«

Woody sprang aus dem Wagen und lief auf das Stoppelfeld.

»Aber sei vorsichtig!«, rief Celena ihm nach. »Die Fahrer der Mähdrescher können dich in der Dunkelheit so tief unten am Boden nicht sehen.«

Ihre eigene Begeisterung war jedoch so groß, dass sie direkt hinter ihrem Bruder herrannte.

Sie hatte vermutet, dass ihr Vater mit dem Mähen bald aufhören würde, weil der Weizen in der Nacht härter wurde und sich dadurch die Scheffel pro Morgen verringerten. Deshalb war sie froh, dass sie die Mähdrescher noch in Aktion hatte sehen können. Nach dem Regenguss des Vortages hatten der Wind und die Sonne den Weizen heute so weit getrocknet, dass sie vor zwei Stunden mit dem Mähen hatten beginnen können. Aber bis zum Einbruch der Nacht dauerte es nicht mehr lange, und dann würden die Mähdrescher bis zum Morgen stillstehen.

Die Ernte war wirklich die beste Zeit des Jahres. Obwohl sie die goldenen Wellen um sich herum kaum sehen konnte, liebte Celena es besonders, den Mähdreschern in der Dämmerung zuzusehen. Dann war die Atmosphäre kühl, heiter, beinahe magisch.

»Hallo.« Ihr Vater kam über das bereits abgemähte Feld auf sie zu.

»Hi, Dad«, begrüßte Woody ihn. »Darf ich mitfahren?«

»Ja, Wenn Mr. Fye gewendet hat und wieder hier vorbeikommt, kannst du aufspringen.«

»Toll!«, rief Woody und reckte die Faust freudig gen Himmel.

»Hi, Dad«, sagte Celena.

»Alles klar im Haus?«

»Ja. Wir haben das Essen für die Erntehelfer für morgen fast fertig.«

Ihr Vater nickte und klopfte Woody auf die Schulter. »Warte hier. Wenn die Scheinwerfer näher kommen, winkst du. Ich behalte dich im Auge!«

»Alles klar.«

Woody verfolgte die Scheinwerfer des Mähdreschers, als er am Feldrand wendete.

»Wie viele Scheffel pro Morgen sind es, Dad?«, erkundigte sich Celena.

»Bei der letzten Fuhre waren es fünfunddreißig.«

Sie stieß einen Pfiff aus. »Ziemlich gut.«

»Wenn wir heute Abend bis um zehn mähen und dasselbe morgen schaffen, können wir Samstagnacht fertig werden!«

»Großartig, Dad.«

»Ernst und der Leutnant können morgen früh anfangen, mit unserem Lastwagen zum Silo hinauszufahren. Dann geht es schneller.«

Er sah sie an. Celena wusste, dass er versuchte, ihre Miene zu entschlüsseln.

»Ich komme am Samstag für die Hochzeit vom Feld herein«, sagte er, »um dich zum Altar zu führen. Aber ich werde das Abendessen morgen verpassen.«

»Das macht nichts.«

Er legte die Hand unter ihr Kinn und hob es an. »Sicher?«

»Ja, sicher.« Sie lächelte. »Alles wird gut.«

»Deine Mutter und ich wollen einfach nur das Beste für dich.«

»Das weiß ich, Dad.«

Er drehte sich zum Feld um. »Und ich habe auch immer versucht, dich zu beschützen, dich zu …«

Er brach verwirrt ab. Celena hatte den Ausdruck auf seinem Gesicht noch nie gesehen.

»Es ist in Ordnung, Dad.«

Er legte den Kopf auf die Seite, und sie glaubte im Licht der Scheinwerfer seine Augen feucht schimmern zu sehen.

»Dad!«, rief Woody. »Er kommt!«

Ihr Vater nickte ihr zu, drehte sich um und ging dann über die Stoppeln zu Woody.

»Wink ihm! Dann hält er an.«

Celena lächelte und ließ ihren Blick über die Felder schweifen, die im Licht der Scheinwerfer des heranrumpelnden Mähdreschers schimmerten. Der Wind fuhr raschelnd durch die Ähren. Dann blickte sie unwillkürlich zu den kniehohen Stoppeln, die aus der Erde ragten. Diese Stängel waren die einzigen Überbleibsel des Getreides, das jetzt sicher in den Getreidesilos lag. Samstagnacht würden nur noch solche Stoppeln auf den Feldern ihres Vaters stehen, verwelkende Stängel, wo vorher, so weit das Auge reichte, ein goldenes Meer gewogt hatte.

»Dann hat er sie in den Bau gesteckt«, sagte Oberst Kettner, dessen Stiefelabsätze auf den Bodenbrettern der Baracke knallten. »Wir können nur vermuten, dass er auch das amerikanische Geld konfisziert hat.«

»Aber Ihre Leute haben dreißig Dollar eingesammelt«, erwiderte Leutnant Kunze, der mit übergeschlagenen Beinen auf einem Stuhl saß. »Das reicht.«

Kettner nahm den Zwicker von der Nase und fuchtelte damit herum, um seine Worte zu unterstreichen.

»Für zwei Männer bis nach Mexiko-City? Das bezweifle ich. Einer, sicher, aber zwei?«

»Macht nichts. Alles andere ist bereit. Wir haben Karten, Fahrpläne und Ausweise.«

Kunze stand auf und funkelte Kettner an.

»Aber keine ›Unfälle‹ mehr, Oberst, jedenfalls nicht, bis meine Flucht gelungen ist. Wir können von Glück reden, dass die Amerikaner wirklich glauben, Reinhardt Kessler wäre ertrunken.«

Der Oberst räusperte sich. »Ja. Ich entschuldige mich. Feldwebel Straub und seine Kameraden waren ein bisschen übereifrig in ihrem Bemühen, diesen verdammten Sozialdemokraten loszuwerden. Manchmal ist es nicht leicht, sie im Zaum zu halten.«

»Sorgen Sie dafür, dass sie parieren, sonst könnte das meine Flucht gefährden.«

»Sicherlich. Ich wünschte nur, ich wüsste etwas mehr über Ihre Mission und warum der Führer Sie hierher geschickt hat.«

Kunze trat vor und blickte finster auf den kleinwüchsigen Oberst herunter.

»Sie haben hier entscheidende Aufgaben zu erfüllen. Vergessen Sie nicht – am Samstag, dem Tag nach der Flucht, soll jeder Mann von seinem Arbeitseinsatz weglaufen, versuchen, so weit zu kommen wie möglich und so viel Schaden wie möglich anzurichten. Die Kriegsgefangenen, die im Lager zurückbleiben, müssen die Arbeit verweigern und die Amerikaner so gut sie können aus dem Konzept bringen.«

»Ja, Leutnant. Wir haben unsere Befehle erhalten. Alles ist bereit.«

»Gut.«

Kunze drehte sich auf dem Absatz herum. »Ich habe noch eine Pflicht zu erfüllen, bevor ich morgen verschwinde, und ich sollte mich jetzt sofort darum kümmern.«

»Heil Hitler!«, rief Oberst Kettner, während Kunze zur Tür marschierte.

Kunze ging über den Hof, den Blick fest auf die schwach beleuchtete Baracke am Ende des Offiziersgeländes gerichtet.

»Guten Abend, Major«, sagte Kunze, als er die Tür hinter sich schloss.

Major von Armin drehte sich herum. Er saß an der Werkbank, einen Bleistift in der Hand, während das imposante Gehäuse einer Standuhr über ihm aufragte.

»Guten Abend, Leutnant.«

Der Major stand auf, ließ den Bleistift auf die Werkbank fallen und schob lässig eine Hand in die Hosentasche.

»Was führt sie in meine bescheidene Hütte?«

Kunze verabscheute es, im selben Raum zu sein wie von Armin, aber es würde nicht lange dauern, bis dieser Verräter für all seine Verbrechen zur Rechenschaft gezogen werden würde.

»Ich besuche nur einen Offizierskameraden«, sagte er und schlenderte durch die Baracke.

»Sehr edelmütig.«

Von Armin ließ ihn nicht aus den Augen; der alte Mann war kein Narr. Kunze musste es schnell hinter sich bringen, bevor der Major um Hilfe rief.

»Ich muss Sie zu Ihrem Gedächtnis beglückwünschen«, sagte er. »Natürlich hatten Sie recht, was meine Identität angeht.«

Von Armin sah zur Tür und dann zu dem nächstgelegenen Fenster, aber Kunze war mit drei langen Sätzen bei ihm. Mit einem Hieb seines Unterarms zerschmetterte er von Armin den Kehlkopf. Der Major griff sich keuchend an den Hals. Mit der anderen Hand riss er jedoch eine kleine Zange aus der Brusttasche und rammte sie Kunze in den Oberschenkel. Kunzes linke Hand zuckte zu dem Bein, durch das ein stechender Schmerz fuhr, und er versuchte, die Zange herauszureißen, während er die rechte Faust auf von Armins Nase hämmerte. Das Blut spritzte dem Baron über das Gesicht, während sein gurgelnder Atem durch die zerschmetterte Luftröhre pfiff.

»Jetzt sterben Sie«, knurrte Kunze.

Von Armin antwortete mit einem Faustschlag, der Kunzes Kiefer traf, und schlug dann auf die Zange, trieb sie dem Leutnant noch tiefer ins Bein. Kunze heulte vor Schmerz auf und umklammerte seinen Schenkel. Von Armin taumelte zur Tür, aber einen Moment später war Kunze bei ihm und sprang ihm ins Kreuz. Er schlang seinen Arm um den Hals des Majors, hielt ihn wie in einem Schraubstock und drückte langsam zu.

»Wenn ich mit ihm fertig bin«, höhnte er, »werde ich Halder noch schneller umbringen als Sie. Das verspreche ich Ihnen.«

Er riss von Armins Kopf zur Seite. Das Genick des Majors brach mit einem Knacken wie von einem trockenen Zweig. Dann riss Kunze die Zange aus seinem Schenkel und warf sie quer durch die Baracke. Er wickelte ein Taschentuch um die blutige Stelle seiner Hose und atmete mehrmals durch.

»Was hast du denn in deine Tasche gesteckt, verdammt?« Er durchwühlte von Armins Hosentaschen und zog ein Blatt Papier heraus.

Er überflog es stirnrunzelnd.

Private Forrest, (verzeihen Sie diese Anrede, aber ich kenne Ihren wahren Rang nicht)

Falls Sie diesen Brief in Ihren Händen halten, kann ich Ihnen leider nicht mehr persönlich berichten, was für Sie von größter Bedeutung ist: Der Obergefreite Ernst Halder und Leutnant Jürgen Kunze (dessen wahrer Name Johann Völker ist, ein SS-Offizier, der in den Todesschwadronen der Einsatzgruppen in Polen gedient hat und sich später zu einer Abteilung der Waffen-SS gemeldet hat), haben eine Flucht geplant. Sie wird Freitag stattfinden, unter der Tarnung, dass sie Weizen von Ralph Walkers Feldern zu den Getreidesilos in der Stadt transportieren werden. Ich würde vorschlagen, Sie an den Getreidesilos zu erwarten und damit zu verhindern, dass Sie ihren Plan, ein anderes Fahrzeug zu stehlen oder mit dem Zug zu entkommen, in die Tat umsetzen können. Ich teile Ihnen diese Information nur mit, weil ich um die Sicherheit des Obergefreiten Halder besorgt bin. Sie kennen ja meine Verbindung zu dem Jungen.

Denken Sie bitte keinen Moment, dass unsere Gespräche in irgendeiner Weise mein Handeln in diesem Punkt beeinflusst haben. Nein, Forrest, ich glaube immer noch an den Fahneneid, den ich geschworen habe. Ernst Halder gehört jedoch zu der Art Mensch, der ich diese Loyalität am dringendsten schulde. Ich tue das für ihn, für alle Soldaten, deren Offiziere sie besser hätten schützen sollen.

Wenn Sie das lesen, sorgen Sie bitte dafür, dass der Obergefreite Halder …

Hier endete der Brief. Kunze setzte ihn, ohne auch nur eine Sekunde zu zögern, mit einem Streichholz in Brand. Dann zog er eine Drahtschnur aus seiner Tasche und schlang sie um von Armins Hals. Er warf das Ende der Schnur über einen Dachbalken und zog den Leichnam hoch. Als Major von Armins Leichnam in der Luft baumelte, spie er ihm ins Gesicht.

19. Kapitel

Jackie stand im Morgengrauen am äußeren Zaun von Camp Dillon und betrachtete durch den Stacheldraht Dutzende Scheinwerfer, die sich dem Lager näherten. Er hatte kein Auge zugetan, sondern die ganze Nacht die Decke über seiner Pritsche angestarrt. Der Matrose Reinhardt Kessler sollte in einem Bewässerungsgraben ertrunken sein? Jackie zweifelte keine Sekunde daran, dass der Mann ermordet worden war, aber er konnte nicht zu dem Maisfeld hinausfahren und ermitteln, er durfte Camp Dillon nicht verlassen, um seinen Job zu erledigen. Selbst nachdem er Corporal Wilson seinen wahren Rang verraten hatte, hielt Major Shaws Befehl Jackie im Lager fest.

Er brauchte dringend mehr Informationen, ein weiteres Teil des Puzzles, das ihm half, die Pläne der Nazis zu enthüllen, vor allem angesichts des Mordes an Kessler. Da sein Versetzungsbefehl oder der Ruf vor das Kriegsgericht in den nächsten Tagen eintreffen würde, blieb ihm nicht viel Zeit dafür.

Er drehte sich vom Zaun weg, als er hörte, wie die POWs über den Hof vor der Gemeinschaftsbaracke marschierten. Dorthin fuhren auch die Lastwagen der Farmer, die gerade durch das Tor rumpelten. Die Gefangenen standen stramm, während sie gezählt wurden, und stiegen dann auf die Lastwagen. Jackie behielt Kunze im Auge. Der Lieutenant hatte Schwierigkeiten, sich auf die Pritsche von Ralph Walkers Zweieinhalbtonner zu hieven.

»Fahren sie ins Tal?«, erkundigte sich Jackie bei einem der Wachsoldaten.

»Ja. Die Gefangenen hacken Unkraut in Walkers Mais- und

Rübenfeldern; das heißt alle bis auf Halder und Kunze. Die beiden helfen Walker auf dem Plateau.«

Jackie nickte, als die Lastwagen aus dem Tor rollten, und setzte sich dann in Richtung von Major Shaws Büro in Bewegung.

»Morgen, Wilson.«

Corporal Wilson schoss förmlich aus seinem Stuhl hoch. »Morgen, Sir.«

»Rühren, Corporal. Ich muss telefonieren.«

»Jawohl, Sir.«

»Verbinden Sie mich mit Washington. Militärischer Geheimdienst, Colonel Stevens.«

»Zu Befehl, Sir«, antwortete Wilson. »Sir …? Das hier ist mit der Morgenpost für Sie gekommen.« Er hielt ihm einen dicken Umschlag hin.

Jackie nahm ihn entgegen.

»Geben Sie mir Bescheid, wenn die Verbindung steht.«

Dann marschierte er in Major Shaws Büro und setzte sich auf den Schreibtischstuhl.

Solange er auf Befehl des Majors unter Arrest stand, hatte Jackie keine Skrupel, sich aller Annehmlichkeiten zu bedienen, die das Lager bot, vor allem, wenn Shaw sie ihm lieferte. Er legte sein schmerzendes Bein auf den Schreibtisch, zog die oberste Schublade heraus und hob den Deckel der Holzschachtel, die er darin gesehen hatte, als er den Schreibtisch aufgebrochen hatte. Er suchte sich rasch die dickste Cohiba aus, die er finden konnte, hielt sie sich unter die Nase und sog den würzigen, süßlichen Duft ein, bevor er sich dem Paket widmete, das Corporal Wilson ihm gegeben hatte. Er nahm Shaws Brieföffner, ein stilisiertes Bajonett, und öffnete das Siegel.

Aus dem Umschlag rutschten mehrere Fotos und dazu eine Nachricht von Colonel Stevens. Er schrieb, dass die Fotos die fünf Männer zeigten, die in Norwegen an dem Kraftwerk mit

Corporal Voss gefangengenommen worden waren. Im Unterschied zu Voss und einem anderen Mann, der aus einem Kriegsgefangenenlager in Schottland entkommen war, saß der Rest der Leute noch in britischen Lagern. Jackie blätterte die Fotos kurz durch; als er das letzte sah, spürte er, wie sich sein Magen zusammenzog.

»Sir!«, rief Corporal Wilson in dem Moment aus dem anderen Raum. »Colonel Stevens ist am Apparat.«

Jackie riss den Hörer von der Gabel.

»Colonel«, stieß er hervor, »Johann Völker – das ist Lieutenant Kunze.«

»Was?«, rief der Colonel.

»Die Fotos, die Sie mir geschickt haben, von den Männern, die mit Karl Voss an dieser Einrichtung in Norwegen gefangengenommen wurden. Auf der Rückseite des Fotos steht Private Johann Völker, aber hier in Camp Dillon heißt er Lieutenant Jürgen Kunze.«

Jackie hörte das Rascheln von Papier.

»Johann Völker«, sagte Colonel Stevens. »Richtig. Er ist zwei Wochen nach seiner Gefangennahme aus einem Lager in Norwegen entkommen. Hat zwei Wachen ermordet und eine Radarstation sabotiert. Seitdem ist er spurlos verschwunden.«

»Jetzt ist er jedenfalls hier, unter einem anderen Namen und mit einem anderen Rang.«

»Was zum Teufel geht da vor?«

»Ich wette, dass keiner dieser Jungs ein einfacher Private der Infanterie war«, sagte Jackie. »Kunze hat auf der Flucht eine Radarstation zerstört? Dafür würde sich nur ein Mann von einer besonderen Kommandoeinheit oder vielleicht von der Waffen-SS eignen.«

»Da könnten Sie recht haben.«

»Colonel ... Es müssen Spezialeinheiten der Fallschirmjäger gewesen sein, die man zu dieser Einrichtung geschickt hat, und zwar aus einem ganz besonderen Grund. Haben Sie von den Briten etwas Näheres über dieses Werk erfahren?«

»Ja, hier habe ich es ... es war eigentlich eine hydroelektrische Fabrik. Sie hat sogenanntes schweres Wasser hergestellt. Die Norweger haben sie in die Luft gesprengt, damit sie den Deutschen nicht in die Hände fiel.«

»Schweres Wasser?«

»Ja, das steht hier. Ich weiß leider nicht genau, was das ist.«

»Colonel, ein Freund von mir arbeitet als Chemiker bei der Army. Schweres Wasser wird bei der Forschung und Entwicklung von Atomwaffen benötigt.«

»Atombomben! Danken wir Gott, dass die Norweger die Fabrik zerstört haben.«

Jackie verfolgte aus dem Fenster die Lastwagen der Farmer, die über die Prärie rollten. Es musste eine Verbindung zwischen all dem geben, zwischen Voss und Kunze, den falschen Namen und dieser Fabrik in Norwegen ...

»Hören Sie, Jackie. Ich komme zu spät zu dem Treffen mit der First Lady und ihrem Komitee, aber ich will später mehr darüber hören. Sie können sich doch bis dahin aus irgendwelchen Scherereien heraushalten, ja?«

»Sicher, Sir.«

Der Colonel legte auf, und Jackie sank auf den Stuhl zurück, während er angestrengt nachdachte.

»Celena, bist du bald fertig?«, rief ihre Mutter.

Celena sah über die Schulter in den Spiegel und versuchte, die Naht zu beenden, die sie mit einem Bleistift auf ihre Wade zeichnete.

»Ich bin in einer Minute da.«

Die künstlichen Nähte auf ihren Beinen wirkten ziemlich gerade, und Celena hoffte, dass sie während des Brunchs nicht verschmierten. Sie konnte den Tag, an dem der Krieg endete, kaum erwarten. Dann würden Seidenstrümpfe nicht mehr ausschließlich dafür benutzt, Fallschirme herzustellen, und überhaupt würden sich Millionen von Dingen ändern.

Sie zupfte an ihren weißen Handschuhen, die sie für ihren Brautbrunch gestärkt und gebügelt hatte, und drückte sich den einzigen Hut, den sie besaß, auf ihre Dauerwellen, die sie und ihre Mutter heute Morgen frisch gelegt hatten. Aus Gewohnheit griff sie nach ihrer Brille, um sie abzusetzen und in die Tasche zu stopfen. Dann jedoch entschied sie sich, sie aufzubehalten, vielleicht sogar den ganzen Nachmittag lang.

Sie warf ihrem Spiegelbild einen letzten, prüfenden Blick zu. Sie sah gut aus. Ob die Ladys von der Women's Auxiliary merkten, dass etwas nicht stimmte, ahnten, dass es trotz des Brunchs keine Hochzeit mit Walt McKinley geben würde?

»Celena!«, rief ihre Mutter.

»Komme schon.«

»Geht es Ihnen gut, Ernst?«, fragte Mr. Walker, als der leere Lastwagen über den Highway in Richtung Felder rumpelte.

»Ja, Sir.«

»Ich weiß, dass es schwer ist, das mit Ihrer Mutter … So etwas kann nur die Zeit heilen.«

»Danke.« Ernst wollte im Moment nicht über seine Mutter nachdenken.

Er war noch euphorisch von seinem Rendezvous mit Celena auf dem Windmühlenturm, begeistert über Major von Armins Enthüllung, dass man deutschen Kriegsgefangenen vielleicht erlauben würde, nach dem Krieg in Amerika zu bleiben. Solange er eine Möglichkeit fand, Leutnant Kunze zu entkommen, sich von ihm abzusetzen und sich dem ersten Menschen zu stellen, dem er begegnete, konnte er sowohl seinen Befehlen folgen als auch in Amerika bleiben.

»Jedenfalls«, fuhr Mr. Walker fort, »haben wir einen guten

Feuchtigkeitswert für die erste Fuhre heute.« Er lächelte, als sie von dem asphaltierten Highway auf den Ackerweg neben dem Feld abbogen.

»Sie bleiben jetzt auf den Feldern?«

Ernst wollte unbedingt dafür sorgen, dass Mr. Walker so weit wie möglich von Leutnant Kunze entfernt war, damit die Flucht ungestört verlief und Kunze verschwand.

»Vielleicht fahre ich später noch einmal zum Silo«, erwiderte Mr. Walker, »aber ich muss auf den Feldern bleiben. Jetzt sind Leutnant Kunze und Sie auf sich gestellt.«

Ernst seufzte und schluckte dann gegen den Kloß an, der ihm den Hals zuschnürte, seit er sich entschlossen hatte, die Flucht wie geplant durchzuziehen. Er griff in sein Arbeitshemd und tastete mit den Fingern nach dem kühlen Metall. Falls ihm etwas passierte, wollte er, dass sein größter Besitz in die richtigen Hände kam.

»Mr. Walker, Sir«, sagte er und zog die glänzende Uhr heraus. »Ich möchte, dass Sie das hier an sich nehmen.«

»Ernst, das ist doch Ihre Taschenuhr!«

»Sie gehörte meinem Vater. Mir ist aufgefallen, dass Sie Ihre nicht mehr haben.«

»Ja, meine Uhr ist mir neulich kaputtgegangen.«

»Nun, ich wäre sehr geehrt, wenn Sie meine dafür annehmen würden.«

Mr. Walker legte den Kopf auf die Seite und sah Ernst in die Augen.

»Ernst, danke, aber … aber sie ist von Ihrem Vater. Ich kann sie unmöglich …«

»Bitte, Sir, nehmen Sie die Uhr. Ich habe sie bis jetzt verstecken können. Aber die Wachen und die anderen Gefangenen … ich fürchte, dass man sie mir bald stehlen wird.«

Er hielt dem Farmer die Taschenuhr hin, deren leises Ticken bei dem Klappern des Lastwagens kaum zu hören war.

»Ich werde sie für Sie aufbewahren«, antwortete Walker. »Bis der Krieg vorbei ist. Dann müssen Sie die Uhr auf jeden Fall zurücknehmen.«

»Jawohl, Sir.«

Mr. Walker nahm die Uhr entgegen, hielt das tickende Instrument vorsichtig in seinen schwieligen Händen. Einen Moment betrachtete er sie bewundernd und strich mit dem Daumen über das glatte Gehäuse.

Ernst lächelte. Wenn jemand die Taschenuhr seines Vaters verdient hatte, dann Mr. Walker.

»Wir sind da«, meinte der Farmer, als sie auf das Weizenfeld einbogen.

Es knirschte metallisch, als Ernst herunterschaltete. Der Lastwagen schwankte und ruckelte, und Ernst umklammerte das Lenkrad, während er versuchte, den Wagen unter Kontrolle zu behalten.

»Halten Sie sich fest, Sir!«, rief er über das Knirschen.

Schließlich brachte er den Wagen zum Stehen.

»Was war das?«, fragte Mr. Walker.

»Es fühlte sich an, als würden sich Zahnräder verkeilen.«

Sie sprangen aus dem Fahrerhaus und klappten die Motorhaube auf.

Nachdem Walker ein paar Minuten gearbeitet hatte, sagte er zu Ernst: »Lassen Sie den Motor an.«

Ernst stieg in das Fahrerhaus und drückte den Anlasser, aber man hörte nur ein metallisches Surren und dann ein unangenehmes, metallisches Klacken.

»Normalerweise kann ich meine Maschinen selbst reparieren«, meinte der Farmer, »aber ich habe keine Ahnung, was mit dieser alten Kiste nicht stimmt. Können Sie etwas herausfinden, Ernst?«

Ernst trat zu ihm und wollte sich gerade bücken und unter den Lastwagen kriechen, um sich den Schaden genauer anzusehen. Dann fiel ihm Leutnant Kunze wieder ein und die Flucht. Sobald er die Stadt hinter sich gelassen hatte, musste er sich von Kunze trennen und sich stellen, aber wenn der Lastwagen gar nicht fuhr, sie nicht in die Stadt fahren konnten …

»Ernst?« Mr. Walker sah ihn forschend an. »Würden Sie bitte unter den Lastwagen kriechen und sich das Problem ansehen?«

Ernst scharrte verlegen mit den Füßen.

»Tut mir leid, Mr. Walker. Ich glaube nicht, dass ich Ihnen da helfen kann.«

»Aber Sie sagten doch, Sie hätten in der Fahrbereitschaft als Mechaniker gedient und zu Hause Ihre Landmaschinen auch selbst repariert.«

»Sicher, Sir, aber … deutsche Panzer sind etwas anderes als amerikanische Lastwagen. Und deutsche Landmaschinen unterscheiden sich auch von Ihren.« Ernst musste den Blick abwenden, weil er dem Farmer nicht in die Augen sehen konnte. »Es tut mir sehr leid.«

Er spürte, wie Mr. Walker ihn anstarrte und überlegte, warum er ihm nicht helfen wollte.

Bitte, hätte Ernst am liebsten gesagt, es ist wirklich nur zu Ihrem Besten. Ich will, dass Sie Ihren Weizen rechtzeitig abliefern, Sir, glauben Sie mir. Aber so ist es viel besser und viel sicherer, für uns beide.

»Also gut«, meinte Mr. Walker schließlich. »Wir müssen den Lastwagen reparieren. Ich kann den Weizen nicht nur mit zwei Wagen in die Stadt bringen. Bei dem Tempo wäre ich erst am späten Sonntagabend fertig.«

Ernst starrte auf den Horizont und hoffte, dass Mr. Walker einfach aufgeben würde. Er hätte den Mann gern um Verzeihung gebeten, ihn angefleht, ihn zu verstehen. Aber er sah den Farmer nicht an.

»Dann muss ich wohl Sergeant Straub holen«, meinte Mr. Walker. »Das tue ich zwar nicht gern nach dem Vorfall neulich, aber er ist Mechaniker und hatte keine Schwierigkeiten damit, die Jätmaschine zu reparieren.«

Ernst seufzte und verkniff es sich, den Kopf zu schütteln oder den Farmer anzuflehen, den Weizen einfach nur mit zwei Lastwagen zu transportieren. Stattdessen rieb er sich verlegen den Nacken und betete, dass Feldwebel Straub den Schaden nicht beheben und dass Leutnant Kunze aufgeben und sich einen anderen suchen würde, der ihm bei der Flucht half.

Jackie schlenderte über den Hof. Der Schmerz in seinem Bein wurde vom Summen der Gedanken in seinem Kopf überlagert. Er wusste, dass es eine Verbindung geben musste zwischen dem, was Voss und Kunze an einer Fabrik in Norwegen gewollt hatten, die schweres Wasser herstellte, und dem, was hier in Camp Dillon geschah. Sollte er noch einmal mit Klein und Wedekind reden, um herauszufinden, ob sie noch mehr wussten als das, was sie in der letzten Nacht zugegeben hatten? Doch das würde ihn kaum weiterbringen. Sie schienen ihm nicht helfen zu wollen, und wenn Jackie richtig lag und sie Major Shaw nur etwas vormachten, waren sie den Nazis loyal ergeben. Aber es gab noch eine andere Person hier im Lager, deren Loyalität nicht den Nazis galt und die er vielleicht doch überzeugen konnte, ihm zu helfen.

Jackie ging zum Offiziersgelände und näherte sich einem Wachposten.

»Haben Sie Major von Armin gesehen?«

»Er muss noch in seiner Baracke sein«, erwiderte der Mann. »Er kann nicht mit den anderen Offizieren in der Messe essen und muss warten, bis sie fertig sind.«

Jackie schüttelte den Kopf über die Art und Weise, wie die Nazis von Armin behandelten. Er ging zur letzten Baracke in der Reihe und öffnete die Tür.

»Mein Gott!«

Von einem Deckenbalken baumelte die schlaffe Gestalt des Majors.

Jackie rannte durch die Baracke, um ihm zur Hilfe zu kommen. Doch dann verlangsamte er seine Schritte. Von Armin war ganz offensichtlich tot. Jackie wusste, dass der Deutsche sich nicht selbst umgebracht hatte. Er blieb stehen und zwang sich, die Baracke mit den Augen eines Ermittlers zu betrachten, sie wie einen Tatort zu behandeln.

Er konnte trotz der Entfernung das getrocknete Blut unter von Armins Nase sehen, ebenso wie den Blutfleck auf seiner rechten Hand. Sein Blick schweifte durch die Baracke, aber es schien nichts durcheinander zu sein, nichts war in irgendeiner Weise auffällig. Nachdem er sich überzeugt hatte, dass er keine verwendbaren Beweise zerstörte, schob er einen Stuhl neben von Armins baumelnde Beine. Er trat auf den Stuhl und suchte den Leichnam nach Wunden ab, vergeblich. Vermutlich war von Armin erstickt, aber sicher war er sich dessen nicht. Warum hatte die Nase des Majors geblutet? Und stammte das Blut auf seiner Hand davon, dass er seine blutigen Nasenlöcher berührt hatte?

Nachdem Jackie die Werkbank inspiziert hatte, ging er auf alle viere hinunter und durchsuchte systematisch die Baracke. Nach fünf Minuten fand er von Armins Brille unter einer Pritsche. Falls der Major sie nicht getragen hatte, als er sich erhängte, und sie in seinem Todeskampf weggeschleudert hatte, war Jackie jetzt fest davon überzeugt, dass Major von Armin ermordet worden war.

Er stand auf, stieg erneut auf den Stuhl, holte tief Luft und atmete dann aus. Dann schloss er sanft von Armins Lider.

»Sie hatten recht, Major«, flüsterte er. »Es gibt gute Männer, die auf der falschen Seite gekämpft haben. Ich wünschte mir sehr, Sie wären auf unserer Seite gewesen.«

Er schloss die Augen und versuchte sich vorzustellen, was

passiert sein mochte und wie die Mörder es geschafft hatten, von Armin umzubringen. Jackie war klar, dass es mit Corporal Voss und Lieutenant Kunze zu tun haben musste. Ganz sicher war es nicht die Lagergestapo gewesen, die einen Mann zum Schweigen brachte, den sie für einen Verräter hielten. Klein und Wedekind waren ganz offenkundig nicht die Mörder, da sie letzte Nacht im Bau gesessen hatten.

Jackie trat vom Stuhl, um die Wachen zu alarmieren und Colonel Stevens anzurufen. In dem Moment fiel sein Blick auf etwas metallisch Funkelndes in einer Ecke der Baracke. Es war eine kleine Zange, eine von denen, mit denen der Major an seiner Uhr gearbeitet hatte. Sie war von getrocknetem Blut überkrustet.

Seine Gedanken überschlugen sich förmlich ... Kunze und Voss wurden in den Uniformen einfacher Soldaten vor einer Fabrik in Norwegen gefangengenommen, die schweres Wasser herstellte; Voss wurde ermordet, seine SS-Tätowierung wurde ihm von der Haut entfernt; amerikanisches Geld und Köpfmesser wurden aus einer Scheune gestohlen; Wedekind und Klein meldeten Major Shaw eine geplante Flucht und bekamen dafür Dollarnoten; Major von Armin wurde ermordet; die blutige Zange; Lieutenant Kunze, der heute morgen nur mit Mühe Ralph Walkers Lastwagen hatte besteigen können ... Jürgen Kunze, der in Wirklichkeit Johann Völker hieß ... Völker ... Klang Völker nicht so ähnlich wie Walker?

»O mein Gott«, murmelte Jackie, als er glaubte, das Puzzle zusammenzufügen. »Kunze ist Walkers Sohn, und er ist hier, um unsere Atombombe zu stehlen!«

Leutnant Kunze beobachtete finster Feldwebel Straubs dicke, zuckende Beine.

»Wie lange dauert das denn noch?«, fragte er auf Deutsch.

»Das weiß ich nicht, Herr Leutnant«, antwortete Straub unter dem Lastwagen.

»Verdammt!«, fluchte Kunze. »Sie sind hier, weil Walker gesagt hat, Sie könnten diese Kiste reparieren.«

»Sicher, Herr Leutnant. Aber für diesen Verräter würde ich es nicht tun. Ich mache das nur, weil Sie den Wagen brauchen.«

»Genau, Feldwebel. Also reparieren Sie ihn, und zwar schnell.«

Kunze trat von dem Lastwagen weg und ging über das abgemähte Feld. Der Obergefreite Halder stand mit Walker mitten darin und sah zu, wie einer der Lastwagen neben den Mähdrescher fuhr, der weiter das Getreide mähte. Ein etwa drei Meter langes Rohr schwenkte von dem Mähdrescher aus und verhielt über der Ladefläche des Lastwagens. Einen Moment später strömte Getreide aus dem Rohr und füllte die Ladefläche, während beide Maschinen nebeneinander über das Feld fuhren. Der Mähdrescher fraß sich dabei weiter durch die Ähren.

»Verdammte Bauern«, knurrte Kunze.

Ihm war klar, dass das Vaterland Bauern brauchte, um die wachsende Zahl seines Volks zu ernähren, aber es würde kein Drittes Reich mehr geben, wenn er seine Mission nicht erfüllte. Er und seine Einsatzgruppe hatten in Norwegen versagt, hatten die Wissenschaftler des Führers um die Chance gebracht, eine Atombombe zu bauen, bevor die Amerikaner überhaupt in den Krieg eingetreten waren.

Wir haben die ersten Düsenkampfflugzeuge gebaut, die ersten Marschflugkörper und Raketen. Wir sind in jeder Hinsicht überlegen bis auf eine: Wir sind in der Unterzahl. Wenn Professor Heisenberg und der Rest der Wissenschaftler die Antwort noch rechtzeitig finden können, wenn sie die Formeln und Diagramme der Amerikaner in die Hände bekommen, können sie die Bombe vielleicht zuerst bauen … dann werden wir die Welt noch in die Knie zwingen.

20. Kapitel

»Du weißt, dass sie es alle gut meinen«, sagte ihre Mutter, als Celena den Hudson vor einem Bahnübergang anhielt.

Ein gewaltiger Zug der Union Pacific donnerte vor ihnen vorbei, mit Dutzenden von Waggons, die nach Westen rollten, nach Denver.

»Ich weiß, Mutter. Ich werde höflich und zuvorkommend sein.«

»Ich dachte nur ... Na ja, so wie du dich gerade fühlst.«

»Ich schaffe das schon, Mutter.«

Der Zug schien mit seinem Donnern die ganze Prärie zu erschüttern.

Celena wünschte, dass sie ihrer Mutter auf der Stelle erzählen könnte, was sie tun würde. Aber das wäre nicht fair Walt gegenüber. Und es würde alles zerstören, was sie zu erreichen suchte, es würde sie bei dem vorsichtigen Versuch zurückwerfen, nach ihren eigenen Regeln zu leben, nicht als Walkers Tochter gesehen zu werden, sondern als eigenständige Frau. Celena musste das ganz allein schaffen.

»Sieht aus, als würde Dexter Markham ein bisschen zum Vergnügen herumfliegen«, meinte ihre Mutter.

Celena blickte aus dem Fenster zu dem Doppeldecker des Mannes, der in dieser Gegend aus der Luft das Unkraut bekämpfte. Das Brummen des Motors wurde von dem Rattern des Zuges fast ganz verschluckt.

»Und er hat jemanden bei sich.«

Der Pilot wackelte mit den Flügeln, erst nach links, dann nach rechts.

Ihre Mutter lächelte. »Vermutlich jemanden, der für ein bisschen Spaß bezahlt.«

»Sieh nur«, sagte Celena, als die Maschine noch tiefer ging. »Er winkt uns zu.«

»Ja … und er trägt eine Uniform.«

Obwohl Celena ihre Brille trug, musste sie blinzeln. Dann traute sie ihren Augen nicht. Auf dem Vordersitz des Doppeldeckers saß mit einer Fliegerbrille und einem strahlenden Lächeln auf dem Gesicht niemand anders als Walt McKinley.

»So gut wie neu«, verkündete Feldwebel Straub, als Leutnant Kunze den Motor anließ.

Ernst stand neben Ralph Walker und unterdrückte ein Seufzen, während der Farmer ziemlich erleichtert wirkte. Er nickte Feldwebel Straub zu, bedankte sich aber nicht bei ihm. Der Feldwebel starrte ihn wütend an.

»Also, Ernst«, sagte Mr. Walker. »Bitte fahren Sie damit zu Mr. Fye.« Er deutete auf den nächsten Mähdrescher, der sich durch das Feld mähte. »Er ist fast voll und muss seinen Speicher leeren.«

»Jawohl, Sir«, antwortete Ernst und stieg mit zusammengebissenen Zähnen in das Fahrerhaus.

Er hatte gebetet, dass der Lastwagen nicht repariert werden konnte, jedenfalls nicht von Feldwebel Straub, und dass er mit Leutnant Kunze wieder ins Tal geschickt werden würde, wo sie die Mais- und Rübenfelder hacken mussten. Jetzt konnte er sich nur noch auf sich selbst verlassen, darauf, dass er sich von Leutnant Kunze trennen und sich dem erstbesten Amerikaner stellen konnte, der ihm entgegenkam.

»Ich fahre Sie später ins Tal«, sagte Mr. Walker zu Feldwebel Straub. »Warten Sie solange hier.«

Straub sah Leutnant Kunze an, der fast unmerklich nickte. Dann schlenderte der Feldwebel zu dem Pick-up am Rand des Feldes.

»Ernst, Sie brauchen drei Ladungen von diesen Mähdreschern, bevor der Lastwagen voll ist«, sagte Mr. Walker. »Ich will nicht, dass Sie Zeit verschwenden, indem Sie mit weniger Getreide losfahren.«

»Jawohl, Sir.«

»Sie kennen den Weg, also viel Glück.«

»Vielen Dank«, sagte Leutnant Kunze und lächelte.

Jackie rannte so schnell er konnte durch den Hof, wobei er sein rechtes Bein nachschleppte.

»Wilson!«, stieß er keuchend hervor. »Holen Sie Colonel Stevens ans Telefon, sofort.«

Corporal Wilson stand bereits, den Hörer ans Ohr gepresst.

»Ich soll ihn einsperren, Major?«, sagte er. »Er ist hier, Sir … Also gut, ich hole sie.«

Wilson hielt Jackie das Telefon hin.

»Captain Forrest, Sir, es ist Major Shaw. Er will mit Ihnen reden.«

Jackie packte den Hörer.

»Hören Sie, Major, machen Sie sofort die Leitung frei. Hier gibt es einen Notfall, und ich muss Washington anrufen.«

»Moment, Forrest! Was für einen Notfall?«

»Das kann ich Ihnen jetzt nicht lange erklären.«

Aus dem Augenwinkel sah Jackie, wie Corporal Wilson von dem Schreibtisch wegtrat und hinauslief. »Ich muss Washington alarmieren und dann Lieutenant Kunze einfangen.«

»Sie gehen nirgendwo hin, Forrest«, sagte Major Shaw. »Sie stehen unter Arrest und werden in Ihrem Quartier bleiben, bis Ihre Vorladung vor das Kriegsgericht eintrifft.«

»Verdammt, Shaw, das ist ein Notfall. Kunze hat Karl Voss ermordet, weil er ihn hätte identifizieren können, und jetzt hat er Major von Armin getötet, vermutlich aus denselben Gründen.«

»Was?«

»Kunze versucht nach New Mexico zu kommen, zu unserer Atomwaffenfabrik in Los Alamos. Er wurde hierhergeschafft, um unsere Pläne für die Atombombe zu stehlen.«

»Sie sind verrückt, Forrest. Ich habe noch nie von einer Waffenfabrik in New Mexiko gehört.«

»Das ist streng geheim, Major, aber ich habe einen Freund, der Chemiker ... Das spielt jetzt keine Rolle. Hören Sie ...«

Die Tür flog auf. Corporal Wilson stand da, flankiert von zwei stämmigen MPs, die ihre Knüppel in der Hand hielten.

»Wilson, was zum Teufel soll das?«

Die drei Männer gingen auf ihn zu. Jackies Blick zuckte von den MPs zu Corporal Wilson. Er hatte keine Wahl. Er schleuderte das Telefon auf sie und sprang durch das offene Fenster.

»Stehenbleiben!«, schrie Wilson, während Jackie sich bereits auf dem Boden abrollte und aufsprang.

Die beiden MPs sprangen ebenfalls durch das Fenster, aber Jackie rannte bereits so schnell er konnte zu dem Jeep, der mit laufendem Motor neben dem Wachturm parkte.

»Hände hoch!«, schrie jemand, als Jackie seinen linken Fuß auf die Kupplung setzte und mit dem Fuß seines verletzten rechten Beins nach dem Gaspedal tastete.

Als er hochsah, bemerkte er, dass das Maschinengewehr auf dem Wachturm in seine Richtung schwang.

»Raus aus dem Jeep!«, befahl der Wachposten.

Jackie wuchtete sein Bein mit beiden Händen auf das Gaspedal. Als er die Kupplung losließ, schoss der Jeep wie ein Geschoss davon. Er hörte noch mehr Schreie, aber keine Schüsse und hoffte inständig, dass sie nicht auf ihn feuerten. Er fegte über den Hof vor der Gemeinschaftsbaracke und hätte nicht bremsen können, selbst wenn er es gewollt hätte, als der Jeep durch das geschlossene Haupttor raste und es in tausend Stücke zersplitterte.

21. Kapitel

Ihre Mutter beugte sich vor und berührte ihren Arm.

»Liebling, du kannst jetzt weiterfahren.«

Celena umklammerte immer noch das Lenkrad und schaffte es, ihren Blick auf die freie Straße vor sich zu richten.

»Oh.«

Sie gab Gas, und der Hudson rollte über die Gleise in die Stadt.

»Ich nehme an, Walt hat einen schnelleren Weg nach Hause gefunden«, sagte ihre Mutter.

Celena blickte auf die Straße, als sie auf dem Weg zum Brunch der Women's Auxiliary die First Street kreuzten, aber sie hatte das Gefühl, jemand anders säße am Steuer. Sie konnte nicht glauben, dass Walt schon da war, dass sie nicht mehr bis morgen Zeit hatte.

Sie hatte es genau geplant; sie wollte ihn vom Zug abholen, mit ihm zur Windmühle fahren, wo sie am stärksten war, am selbstsichersten, um ihm ihren Entschluss dort sanft und unter vier Augen mitzuteilen. Dann würde sie ihn zu seinen Eltern fahren und es ihnen auch erklären, falls Walt es wollte. Danach kam die wichtigste und schwierigste Aufgabe: Sie musste es ihrem Vater beibringen, zu Hause, nur sie beide.

Und jetzt das? Walt, der überraschend einen Tag früher gekommen war …

»Celena, ist alles in Ordnung?«

Celena blickte immer noch starr geradeaus, bremste ab und wendete dann.

»Wohin fährst du?«, fragte ihre Mutter.

Celena wendete den Hudson und fuhr nach Norden, ohne zu antworten. Sie wusste nicht genau, wie, und auch nicht, was sie sagen würde, aber sie musste es einfach tun, sofort. Es gab keinen Weg zurück. Als sie auf den Feldweg einbog, der zu Dexter Markhams Haus führte, lächelte ihre Mutter.

Celena hielt hinter der Scheune, die als Hangar für den Doppeldecker diente.

»Bleib hier, bitte.«

Ihre Mutter beugte sich vor und tätschelte liebevoll Celenas Hand, bevor sie ihr einen Kuss auf die Wange gab.

»Viel Glück. Ich ...« Eine Träne rollte ihr über die Wange. »Ich bin stolz auf dich.«

Celena biss sich auf die Unterlippe, die jetzt verdächtig zu zittern begann. Dann nickte sie und stieg aus dem Wagen.

Sie bahnte sich einen Weg durch das kniehohe Gras um die Scheune, vor der Dexter Markham und Walt gerade aus dem Flugzeug kletterten. Er hatte ihr den Rücken zugekehrt, aber er war es unverkennbar, mit dem weichen, braunen Haar und den breiten Schultern. Jetzt stieg wieder alles in ihr hoch, der Nachmittag, an dem er ihr den Heiratsantrag gemacht hatte; die Blumenkohlohren, die unter seiner Army-Mütze hervorlugten; der Fleck auf seiner Uniformhose, nachdem er im Schmutz der Scheune niedergekniet war; sein gesenkter Kopf, den er schräg hielt, als würde er sie anflehen, als er die Frage stellte. Sie sah sogar sich selbst, hörte, wie sie seinen Antrag annahm. Doch jetzt war sie eine andere Person, nicht mehr das Mädchen, das eingewilligt hatte, ihn zu heiraten. Sie musste es Walt erzählen.

»Celena?« Walt drehte sich herum. »Mein Gott!«

Er wirkte älter, ernsthafter als der Walt, an den sie sich erinnerte, als wäre er tatsächlich ein Jahr von Julesburg weg gewesen.

»Hallo, Walt.« Sie war froh, dass ihre Stimme freudig klang.

»Ich lasse euch beide mal lieber allein«, sagte Dexter Markham und schlenderte in den Hangar.

Walt ging langsam auf sie zu.

»Du … du siehst gut aus.«

»Ich bin so froh, dass du gesund bist«, sagte sie. »Wir haben uns alle solche Sorgen gemacht.«

»Ja. Ich habe ein Transportflugzeug der Army nach Salinas erwischt und dann Dexter angerufen, damit er mich abholte. Es sollte eine Überraschung sein.«

Sie starrten sich an, bis Celena die letzten Schritte überwand, die sie noch trennten. Sie war auch die Erste, die ihre Arme ausbreitete.

Er fühlte sich etwas knochig an, roch nach Dieselöl und Schmierfett. Seine blasse Haut, der Stoppelbart, der über ihre Wange kratzte – er war nicht Ernst, aber es war er, Walt, jemand, für den sie in diesem letzten Jahr jeden Tag gebetet hatte. Der Gedanke, ihm jetzt wehtun zu müssen, schmerzte sie.

»Es tut so gut, dich zu sehen«, flüsterte er ihr ins Ohr, als sie sich irgendwie zu lange umarmten.

Celena trat zurück. »Walt, ich …«

Sie kaute auf ihrer Unterlippe und faltete die Hände vor sich. Dann glättete sie ihr Kleid, und ihre Hände waren plötzlich ruhig und sicher. Sie holte tief Luft, dann war sie bereit.

»Ich muss dir etwas erzählen.«

Sie setzten sich auf zwei Stühle neben dem Hangar, wo sie ihm alles erklärte. Warum sie seinen Antrag angenommen hatte, dass er ihr lieb und teuer war als Freund, aber dass sie ihn nicht liebte und dass er wirklich eine bessere Frau verdiente als sie. Und dass sie fürchtete, sein Vater würde deswegen den Pachtvertrag kündigen. Während sie redete, liefen ihr die Tränen über die Wangen; Walts breite Hände zitterten.

»Aber vielleicht«, sagte er, »wenn wir jetzt nicht heiraten, sondern einfach nur verlobt bleiben, dann können wir … wir können abwarten, was nach dem Krieg passiert.«

»Nein.« Sie griff nach seinen Händen. »Das können wir nicht, Walt. Es würde nicht helfen.«

Abrupt wandte er sich ab, stand auf und drehte sich zu den Feldern herum. Celena starrte seinen Rücken an; es kam ihr wie Stunden vor. Als er sich endlich wieder herumdrehte, war seine Miene hart und verbittert.

»Das war's also? Ein Jahr, in dem ich von dir geträumt habe, mir unser gemeinsames Leben vorgestellt habe, und du kannst uns nicht einmal eine Chance geben?«

»Walt, bitte …«

»Nein, Celena. Diese Welt besteht aus harter Arbeit, daraus, das man sich füreinander aufopfert und ums Überleben kämpft.«

»Das weiß ich. Aber …«

»Ich habe um deine Hand angehalten, weil du stark bist, ein Kämpfer, wie ich. Was bedeutet das schon, dass du mich nicht liebst? Wir können ein gutes Leben zusammen führen. Und irgendwann würden die Gefühle schon kommen, die du haben willst.«

»Walt … ich bin noch nicht bereit, ein Leben auf einer Farm zu führen, weder mit dir noch mit jemand anderem. Ich habe mein ganzes Leben auf einer Farm verbracht. Bevor ich von der Farm meines Vaters auf die von jemand anderem ziehe, muss ich etwas machen, irgendwo hingehen.«

Er legte den Kopf auf die Seite. »Du willst reisen?«

»Nicht reisen, Walt. Etwas tun, für mich selbst. Ich will es nicht von meinem Vater oder meinem Ehemann oder jemand anderem bekommen. Du hast die Farm verlassen, warst draußen in der Welt. Nur weil ich eine Frau bin, heißt das doch nicht, dass ich nicht auch dieselbe Chance haben möchte!«

»Celena, ich war unterwegs, habe gekämpft und getötet und wurde beschossen. Möchtest du eine solche Chance haben?«

Er sah sie einen Moment finster an und ging dann steifbeinig zum Feld, wo er gegen die umgepflügten Ackerfurchen trat. Dort blieb er eine Weile stehen, die Hände in die Hüften gestemmt. Dann bückte er sich und hob einen Lehmklumpen auf. Er drehte sich nicht um.

»Du bist die Einzige, an die ich je gedacht habe«, sagte er, während er weiter aufs Feld starrte. »Das einzige Mädchen, das ich seit der Highschool geküsst habe.« Er warf den Klumpen in die Luft und fing ihn wieder auf. »Die anderen Jungs haben alle jemanden gefunden, in England, in Frankreich.«

Dann wirbelte er herum und schleuderte den Klumpen gegen die Scheune.

»Und jetzt willst du mir nicht einmal eine Chance geben?«

Der Klumpen flog gegen die Scheunenwand und zerplatzte, hinterließ nur einige lehmige Streifen.

Celena zuckte zusammen und schloss die Augen. Wie konnte sie es ihm verständlich machen, es ihm erklären; wo sie es doch nicht einmal sich selbst erklären konnte?

»Walt, bitte …«

Sie ging über die Ackerfurchen zu ihm. Dann streckte sie die Hand aus und berührte seinen Arm. Er riss ihn weg.

»Walt.« Sie trat vor ihn. »Ich weiß, wie hart das für dich sein muss.«

Seine Augen waren offen, aber sein Blick war auf etwas jenseits der Felder gerichtet. Sie betrachtete forschend sein Gesicht.

»Walt, ich will aufs College gehen, meinen Lebensunterhalt selbst verdienen.« Sie berührte erneut seinen Arm. »Bevor ich mit jemandem zusammenlebe, den ich liebe, muss ich etwas tun, ganz allein für mich.«

Langsam richtete er seinen Blick auf sie.

»Vielleicht kann ich es nicht richtig erklären«, meinte sie und wischte sich die Tränen von den Wangen. »Aber ich weiß, dass ich es tun muss. Wenn ich es nicht mache, werde ich niemals glücklich sein. Und das wird jeder merken, mit dem ich zusammen bin, und zwar jeden Tag.«

Walt starrte sie an; Celenas Blick wankte nicht.

»Ich muss es tun, für mich.« Sie nahm seine Hand. »Und du verdienst jemanden, der dich liebt. Es tut mir unendlich leid, dass ich es nicht bin.«

Sie drückte seine Finger, leicht, und hielt sie fest. Er versuchte nicht, sich zu befreien.

Dann drehte er sich langsam um und blickte wieder auf die Felder hinaus, während Celena seine Hand hielt. Schließlich drückte er ihre Finger und ließ sie los.

»Also kann ich nichts mehr dazu sagen?«

Sie streichelte seine Wange, aber er trat zurück und schüttelte den Kopf.

»Nur, dass du da drüben auf dich aufpasst«, antwortete sie. »Und gesund zurückkommst.«

Er sah ihr in die Augen, und dann schlang Celena ihre Arme um ihn. Nach einem Moment löste er sich sanft von ihr.

»Du solltest zu deinem Brunch gehen. Aber sag niemandem etwas, bevor ich die Möglichkeit hatte, mit meinen Eltern zu reden.« Er drückte sich die Mütze auf den Kopf und ging auf das Feld hinaus.

»Walt …«

Er hob ruckartig eine Hand und schüttelte den Kopf.

Celena sah ihm nach, als er plötzlich langsamer ging, sich bückte und einen Lehmbrocken aufhob.

»Mach dir keine Sorgen um meinen Vater!«, rief er, ohne sich umzudrehen. »Oder über die Pachtverträge.« Er drehte den Klumpen in den Fingern. »Das wäre einfach nicht richtig.«

Celena trat vor, wollte ihm danken, ihm sagen, wie wundervoll er war und dass er jemanden finden würde, der besser für ihn war. Aber dann trat sie einfach nur einen Schritt zurück.

Walt schien über den Lehmklumpen nachzudenken und drehte ihn in der Hand. Dann ballte er die Faust und zerdrückte ihn zu Staub.

Ernst lenkte den Lastwagen zum Rand des Feldes, wo Mr. Walker stand, und hielt neben dem Farmer an.

»Eine volle Ladung, Ernst?« Mr. Walker hielt sich an dem Seitenspiegel fest und sprang auf das Trittbrett des Wagens.

»Ja, Sir«, antwortete Ernst durch das heruntergekurbelte Fenster. »Wir bringen sie jetzt in die Stadt.«

»Gut. Die letzte Ladung hat siebenunddreißig Scheffel pro Morgen gebracht.«

»Das ist großartig, Sir«, sagte Ernst. Er war froh, dass Mr. Walker wenigstens eine gute Ernte einfahren würde.

»Ja, Herr Walker«, sagte Leutnant Kunze vom Beifahrersitz aus. »Die Ernte läuft gut.«

Mr. Walker antwortete lediglich mit einem Nicken.

»Also gut«, sagte er dann und warf einen Blick auf die Taschenuhr, die er aus der Brusttasche seiner Latzhose zog. Dabei lächelte er Ernst an. »Ich fahre Sergeant Straub ins Tal zurück. Aber ich bin hier, wenn Sie zurückkommen.«

»Ja, Sir«, antwortete Ernst, obwohl er wusste, dass Kunze und er an diesem Tag nicht mehr zu den Feldern zurückkehren würden.

»Wer das wohl ist?« Mr. Walker starrte auf eine Staubwolke, die sich auf dem Feldweg näherte.

Ernst vermutete, dass das Fahrzeug irgendwo in der Wolke versteckt war, aber es fuhr so schnell, dass er es nicht erkennen konnte.

Mr. Walker schüttelte den Kopf. »Wer auch immer das sein mag, weiß offenbar nicht, was er da tut.«

»Obergefreiter Halder«, sagte Leutnant Kunze auf Deutsch. »Wir sollten fahren.« Sein strenger Blick verriet Ernst, dass das ein Befehl war.

»Einen Moment, bitte«, sagte Mr. Walker, der noch auf dem Trittbrett stand. »Ich will erst sehen, wer das ist.«

Ernst warf dem Leutnant einen Blick zu und hob fragend die Brauen. Kunze nickte mit düsterer Miene.

»Es scheint ein Army-Jeep zu sein«, meinte Walker, als die Staubwolke sich näherte.

Dann konnte man den Jeep erkennen. Es saß nur ein Mann darin. Er raste holpernd über den Feldweg, bog jedoch plötzlich in das Feld ab.

»Was macht der Kerl denn da?« Mr. Walker sprang von dem Trittbrett herunter.

Der Jeep hielt geradewegs auf den Lastwagen zu. Das Gesicht des Fahrers war vor Erregung verzerrt.

»Fahren Sie, Halder«, befahl Leutnant Kunze. »Sofort.«

Ernst sah Kunze an, begegnete dessen eisigem Blick. Er überzeugte sich, dass Mr. Walker weit genug von dem Lastwagen entfernt stand, und ließ die Kupplung kommen.

»Ernst, warten Sie«, sagte Mr. Walker.

Der Jeep raste auf sie zu und kam kurz vor Mr. Walker schlitternd zum Stehen.

»Private Forrest?«, fragte Mr. Walker. »Was machen Sie denn hier?«

»Fahren Sie, Halder«, wiederholte Kunze mit schneidender Stimme. »Sofort!«

Ernst trat auf das Gaspedal, und der schwere Lastwagen machte einen Satz nach vorn.

»Halt!«, schrie Private Forrest und stieg hastig aus dem Jeep.

»Geben Sie Gas!«, brüllte Kunze, als Private Forrest zu dem Lastwagen lief. Er bekam einen Außenspiegel zu fassen und zog sich auf das Trittbrett, als der Lastwagen über die Ackerfurchen zur Straße rumpelte.

»Halder, anhalten!«, schrie Private Forrest.

Kunze beugte sich an Ernst vorbei und schlug mit einem

gebogenen Messer nach Private Forrest, das er aus seinem Stiefel gezogen hatte. Forrest riss seine blutige Hand zurück, fiel vom Trittbrett.

Als Ernst in den Rückspiegel blickte, lag Private Forrest auf dem Feld, und Feldwebel Straub stürmte heran und machte Anstalten, sich auf ihn zu stürzen.

Jackie versuchte aufzustehen, aber der stechende Schmerz in seinem Bein zwang ihn wieder in die Knie. Ihm wurde klar, dass er soeben eines der verschwundenen Köpfmesser gefunden hatte. Er zog ein Taschentuch aus der Hosentasche und verband damit die blutende Hand so gut er konnte, während er Luft schöpfte. Er sah dem Lastwagen mit dem Weizen nach, der von dem Feld auf die Straße rumpelte und dann eine Staubfahne hinter sich herzog, als er zum Highway fuhr.

Er musste ein Telefon suchen, die Army alarmieren, dass ein Kommando der Waffen-SS auf dem Weg nach Los Alamos war, obwohl er liebend gern Halder und Kunze selbst verfolgt hätte. Er konnte nicht glauben, dass Halder an der Sache beteiligt war, aber er hatte sich schon in einigen anderen Dingen geirrt.

Jackie drehte sich zu Walker um, wollte ihn zur Rede stellen, aber er sah nur Sergeant Straub, der auf ihn zurannte.

Der hünenhafte Mann holte aus und schlug nach ihm, aber Jackie wich hastig zurück, als die Klinge des Köpfmessers über seine Brust zischte. Jackie rollte sich ab und sprang hoch, doch sein rechtes Bein gab nach, so dass er in die Knie sackte. Er griff nach seinem Gürtel, um wenigstens etwas Ähnliches wie eine Waffe zu haben, als sein Blick auf den widerlichen Blutflecken fiel, der sich auf seinem zerfetzten Hemd ausbreitete.

Sergeant Straub zielte mit dem Messer auf die Wunde auf Jackies Brust und lachte leise. »Jetzt bring ich dich um«, radebrechte er auf Englisch.

Dann sprang er vor.

Jackie warf sich flach auf den Boden, während das Messer über ihn hinwegzischte, stemmte sich dann mit seinem gesunden Bein ab und versuchte, den Sergeanten über die Schulter zu schleudern. Aber der schwere Mann hielt sich an ihm fest, schlang seine Arme um Jackies Oberkörper und versuchte, ihn von hinten zu erstechen. In diesem Moment krachte ein Schuss, und Jackie sah zwischen seinen und Straubs verschlungenen Gliedmaßen Ralph Walker neben dem Pick-up stehen. In der einen Hand hielt er das Gewehr, in der anderen eine Schachtel mit Patronen.

Es gelang ihm, eine Hand frei zu bekommen und Straub einen Faustschlag ins Gesicht zu versetzen; aber der Sergeant grinste nur. Erneut ertönte ein Schuss. Jackie vermutete, dass Walker lediglich in die Luft schoss, weil er kein sauberes Ziel fand. Der Sergeant streckte den Arm mit dem Messer vor, um es ihm in den Hals zu rammen, doch Jackie konnte das Handgelenk des Deutschen umklammern und festhalten – für einen Moment zumindest. Wenn er es losließ, wäre er tot. Das wusste er.

In Jackie pulsierte eine beinahe schon vergessene Kraft, als er versuchte, das Messer von seinem Hals wegzudrücken; gleichzeitig schlang er sein schmerzhaft pochendes Bein hinter das von Straub. Es gelang ihm, den massigen Mann umzuwerfen. Sie rollten über den Boden, während sie sich umklammerten. Als Jackie das Köpfmesser wieder sah, ragte sein Griff aus Sergeant Straubs Bauch hervor. Aber der Sergeant quittierte auch das mit einem gruseligen Grinsen, und Jackie sah entsetzt zu, dass der Deutsche das Messer einfach aus seinem Bauch herauszog. Blut tropfte von der langen Klinge.

Straub keuchte, während das Blut aus seinem dicken Bauch quoll, und stieß mit dem Messer nach Jackie, dem es jedoch gelang, den Griff zu packen. Der Deutsche hämmerte seine Faust auf Jackies Brustwunde. Jackie rang nach Luft, während er immer noch mit seinem Gegner um das Messer rang. Mit der freien

Hand schlug Straub auf Jackies Kopf ein, seinen Hals, das Gesicht, aber die Schläge wurden immer schwächer.

Schließlich sah Jackie seine Chance und biss mit aller Kraft in Straubs Hand, die das Messer hielt. Der Deutsche schrie auf, während Jackie immer wieder zubiss, so lange bis der Mann das Messer endlich fallen ließ. Straub schlug Jackie mit voller Wucht ins Gesicht, aber es gelang ihm trotzdem, sich aus dem schwächer werdenden Griff des Sergeanten zu befreien. Während er wegkroch, nahm er das Messer vom Boden.

Dann rappelte er sich mühsam auf. Sergeant Straubs Blick blieb einen Moment an dem Messer hängen, das Jackie jetzt auf ihn richtete, und er schien die blutige Spitze zu betrachten, während er hin und her schwankte. Dann biss er die Zähne zusammen und griff an. Jackie rammte ihm das Messer bis zum Griff in den Bauch und trat zurück, als der Mann in die Knie ging. Einen Moment lang grinste der Mann gespenstisch, bevor er kopfüber ins Feld fiel. Jackie blieb eine Sekunde länger stehen, dann sank er ebenfalls zusammen.

»Private Forrest!« Mr. Walker beugte sich über ihn. »Ich muss Sie zu einem Arzt bringen!«

»Nein«, keuchte Jackie. »Ich brauche ein Telefon.«

»Das kann warten«, antwortete Walker, schlang Jackies Arm über seine Schultern und hob ihn an.

»Nein!«, stieß Jackie hervor. »Hören Sie zu!«

Er atmete mehrmals tief durch, was den Blutfluss aus seiner Brustwunde nur verstärkte.

»Kunze ist SS … wurde geschickt, um Kriegsgeheimnisse zu stehlen … aus Labor in New Mexiko … jetzt.«

Walker sah ihn scharf an, legte den Kopf auf die Seite.

Von dem brennenden Schmerz in seiner Brust gepeinigt, konnte Jackie nichts weiter tun, als abzuwarten, was dieser deutschstämmige Farmer tun würde.

22. Kapitel

»Schneller!«, befahl Kunze, während er die Landschaft beobachtete.

Ernst gab bereits Vollgas, aber der alte, mit Weizen schwer beladene Lastwagen fuhr nicht schneller als fünfundvierzig Meilen pro Stunde.

»Wir halten an dem Plan fest«, erklärte Kunze. »Wir fahren zum Silo, stellen den Lastwagen in der Reihe ab und suchen uns ein anderes Fahrzeug.«

Ernst versuchte, den holpernden Wagen auf der zweispurigen Straße zu halten, aber am liebsten hätte er einfach gewendet, um Mr. Walker zu helfen. Er zweifelte nicht daran, dass Feldwebel Straub versuchen würde, den Farmer zu töten, nachdem er Private Forrest erledigt hatte.

»Gut«, meinte Kunze, »fahren Sie langsamer. Wir nähern uns der Stadt.«

Sie ratterten über die Gleise und bogen nach Süden in die First Street ein, wo bereits vier Lastwagen hinter Konty's Getreidesilo warteten.

Ernst hielt hinter dem letzten Wagen an. Kunze und er sprangen aus dem Fahrerhaus. Kunze schwankte ein bisschen, als hätte er ein Problem mit seinem Bein.

»Hallo, Jungs«, begrüßte der alte Mr. Konty sie, während er sich ihnen schlurfend näherte. »Ralph hat mir schon gesagt, dass ihr für ihn fahrt.«

Kunze starrte Ernst an, der sich weigerte, etwas zu sagen oder dem Leutnant zu helfen.

»Ja«, antwortete Kunze und fügte in seinem dürftigen Englisch hinzu: »Wo ist die Toilette?«

»Na klar«, erwiderte Mr. Konty. »Um die Ecke.«

»Danke.« Kunze packte Ernst am Arm.

Er zerrte ihn hinter das Büro, wo er ihn auf Deutsch anbrüllte: »Verdammt, Halder, Sie sind aus einem einzigen Grund hier! Helfen Sie mir, oder ich bringe Sie auf der Stelle um!«

Ernst starrte ihm wütend ins Gesicht.

»Zu Befehl, Herr Leutnant!«, stieß er hervor. Bis sich ihm eine Chance bot, sich von Kunze zu trennen und sich zu ergeben, musste er den Befehlen des Leutnants gehorchen, zumal Kunze eine Waffe bei sich hatte.

»Also gut. Suchen wir uns einen Wagen!«

Sie waren kaum einen Block weit gegangen, als sie auf ein paar Autos stießen, die vor einem großen Gebäude parkten. Eine Gruppe gutgekleideter Frauen stand plaudernd vor den Stufen der Eingangstreppe.

»In dem Wagen hier stecken noch die Schlüssel«, sagte Kunze, der in einen grauen Detroit Electric gespäht hatte. »Sie fahren.«

Damit setzte er sich auf den Beifahrersitz. Ernst kletterte hinter das Steuer und ließ den Motor an.

»Wenden Sie!« Kunze betrachtete eine Karte, die er aus der Brusttasche gezogen hatte. »Und biegen Sie rechts in die First Street ein.«

Ob die Flucht erfolgreich verlief, interessierte Ernst nicht, aber ihm war klar, dass es das Sicherste sein würde, die Stadt so schnell wie möglich zu verlassen.

»Herr Leutnant, wenn wir nach Süden fahren, sollten wir links in die First Street einbiegen, ganz gleich, ob wir mit dem Auto fahren oder einen Zug nehmen.«

Kunze grinste. »Wir tun nichts von beidem.«

Ernst verstand den Mann nicht, er war im Begriff, auf die

Straße einzubiegen, als sich plötzlich eine Frau aus der Gruppe löste und über den Bürgersteig auf ihn zuging. Als er in den ersten Gang schaltete, hörte er, wie jemand seinen Namen rief.

»Ernst! Hallo!« Celena lief auf die Straße.

»Geben Sie Gas!«, befahl Kunze, doch bevor Ernst gehorchen konnte, beugte sich Celena in das offene Fahrerfenster.

»Was machst du denn hier in der Stadt, in einem Wagen?« Ihr Blick zuckte von Ernst zu Leutnant Kunze.

»Das ist mein Wagen!«, schrie eine andere Frau auf dem Bürgersteig, und der Ausdruck auf Celenas Gesicht schlug von Verwirrung in blankes Entsetzen um.

»Packen Sie das Mädchen!«, befahl Kunze. Er beugte sich an Ernst vorbei und ergriff Celenas Hände.

»Nein«, sagte Ernst, aber Kunze hatte sie bereits halb in den Wagen gezerrt.

»Ernst, was soll das?«, rief Celena.

»Los jetzt!«, brüllte Kunze. Er setzte seinen Fuß auf den von Ernst und trat das Gaspedal voll durch.

Celena blickte wie erstarrt auf Ernsts Profil und bat ihn stumm, sie anzusehen, aber er schien nur Augen für die Straße zu haben, als sie nach Norden auf die First Street einbogen. Sie saß zwischen den beiden Männern und weigerte sich, den Gefangenen rechts neben ihr anzusehen, der sie in den Wagen gezerrt hatte. Sie hatte noch nie einen so kräftigen Griff gespürt; seine schwarzen Augen schimmerten hart und stählern.

Ihr war klar, dass Ernst und dieser andere Deutsche zu fliehen versuchten, aber sie hätte Ernst gern gefragt, warum er das tat. Sie fürchtete, er würde es tun, weil er glaubte, sie wollte heiraten, dass er nach dem Tod seiner Mutter das Gefühl hatte, er hätte nichts und niemanden mehr, trotz allem, was sie auf dem Turm der Windmühle erlebt hatten.

»Fahr langsamer«, befahl der Mann neben ihr auf Deutsch,

während er auf eine grob skizzierte Karte blickte. »Ja, jetzt links den Ackerweg hinunter.«

Sie verstand kein Wort, aber als sie vor dem Feldweg, den sie erst vor zwei Stunden selbst entlanggefahren war, abbremsten, wusste sie genau, wohin sie wollten.

Plötzlich fühlte sie Ernsts freie Hand auf ihrer, spürte seine Finger auf ihrem Handgelenk. Sie sah ihn an, und er blinzelte ihr zu. Im nächsten Moment hatte er ihr den Handschuh ausgezogen. Dann schob er unauffällig die Hand aus dem Fenster, bevor er sie wieder auf das Lenkrad legte. Sie blickte in den Rückspiegel und sah einen weißen Leinenfetzen auf der Straße hinter ihnen. Ernst zwinkerte ihr erneut zu.

»Schalt den Motor aus und lass den Wagen rollen«, zischte der andere Deutsche. Ernst stellte den Motor ab und lenkte die Limousine hinter die Scheune, die als Hangar diente, bevor er anhielt.

»Du, sei ruhig!«, befahl der Mann Celena auf Deutsch.

»Still, Celena«, flüsterte Ernst und drückte ihre bloße Hand.

Es war das erste Mal, dass er mit ihr sprach, und als sie den Druck seiner Finger auf ihren spürte, sah sie ihn an, blickte in seine tröstenden blauen Augen.

»Alles wird gut«, flüsterte er und lächelte zärtlich. Celena betete, dass er es ernst meinte und sie nicht einfach nur beruhigen wollte.

»Ich muss mit diesem Mann gehen«, sagte er. »Aber alles wird gut.«

»Nein, Ernst!«

»Doch«, flüsterte er nachdrücklich. »Aber ich komme zurück. Das verspreche ich dir.«

Celena warf dem anderen Gefangenen einen Blick zu und sah, dass er in seinen Stiefel griff.

»Nicht, Ernst, mach das nicht, bitte. Der Mann … er macht mir Angst.«

»Ruhe!«, befahl der Gefangene, diesmal auf Englisch. »Oder ich bring Sie um!«

Celena umklammerte Ernsts Hand noch fester.

Der Gefangene riss den Schlüssel aus dem Zündschloss. »Raus.«

Ernst öffnete die Fahrertür und zog Celena hinter sich her. Der andere Deutsche stieg ebenfalls aus und schlich um den Hangar. Ernst hielt Celena an der Hand, während sie ihm folgten. Dexter Markham stand an der Tür des Hangars, wo er mit der Handpumpe Wasser in einen Eimer füllte. Celena wollte den Piloten begrüßen, als sie das Blitzen von Stahl in der Hand des Mannes sah. Ihr Blick zuckte zu dem Messer.

»Mr. Markham!«, schrie sie, als der Pilot den Kopf hob.

Sein Gesicht spiegelte wider, was er sah: zwei Männer in POW-Arbeitskluft, dazwischen Celena. Markham griff nach der Schrotflinte in der Ecke des Hangars, aber bevor er sie zu fassen bekam, pfiff etwas durch die Luft. Markham schrie auf und fuchtelte hilflos mit den Händen, um das Messer aus seinem Rücken zu ziehen.

»Oh, mein Gott!«, kreischte Celena.

Ernst schlang sofort seine Arme um sie, und sie drückte ihr Gesicht an seine Brust.

Die Sonne brannte erbarmungslos auf Jackie herunter, der sich zwang, die Augen offenzuhalten. Er hatte Angst, das Bewusstsein zu verlieren, bevor er erklären konnte, was passiert war und was unternommen werden musste, um Kunze aufzuhalten.

Der Pick-up rumpelte über eine Bodenwelle und schleuderte Jackie auf der Pritsche herum.

»Entschuldigen Sie!«, rief Walker durch das offene Rückfenster. »Halten Sie sich fest!«

Jackie klammerte sich an die Klappen der Pritsche, versuchte, sich festzuhalten, während Walker in Richtung Stadt fuhr. Er hatte ihn gebeten, zum Haus zu fahren, zum Telefon, was Walker abgelehnt hatte. Er meinte, es wäre fast genauso nah zur Stadt, wo Ärzte und ein Telefon waren.

Auf dem Feld hatte Walker dem toten Sergeant Straub das Hemd vom Leib gerissen und damit Jackies Brust verbunden, aber das Blut quoll immer noch aus der Wunde.

»Wir sind fast da!«, rief Walker. »Versuchen Sie, die Augen aufzuhalten!«

»Es geht schon«, keuchte Jackie, der gegen den Schmerz und die Übelkeit ankämpfte.

Er war ziemlich sicher, dass Walker das Richtige tun würde, falls er, Jackie, ohnmächtig würde oder starb. Er würde die Army alarmieren. Hätte Walker mit den Nazis sympathisiert, hätte er Jackie einfach auf dem Feld sterben lassen. Nur wusste Jackie nicht, ob die Army einem Zivilisten glauben würde, wenn er ihnen erzählte, dass ein Naziagent auf dem Weg zu einem geheimen Atomwaffenlabor war, vor allem, wenn dieser Zivilist mit einem deutschen Akzent sprach und so gut wie niemand in der Army überhaupt von Los Alamos wusste.

»Halten Sie durch!«, schrie Walker, als sie über die Bahngleise rumpelten. »Nur noch drei Blocks.«

Jackie holte tief Luft und betete, dass Colonel Stevens in seinem Büro war.

»Sehen Sie!«, rief Walker. »Mein Lastwagen.«

Jackie warf mühsam einen Blick über den Rand des Pick-up auf eine Reihe von Trucks vor dem Getreidesilo. Ihm war klar, dass er in dieser Verfassung Kunze nicht verfolgen konnte, aber Walker hatte seine Flinte dabei, und Kunze war hoffentlich noch nicht im Besitz einer Schusswaffe.

»Fahren Sie dorthin«, keuchte Jackie so laut, wie er konnte.

»Nein, wir fahren erst zum Arzt.«

»Verdammt, Walker!«

Der Pick-up wurde langsamer, und Jackie vermutete, dass sie wendeten.

»Ralph!« Es war eine Frauenstimme.

Der Pick-up hielt ruckartig an.

»Delphine, was ist los?« Jackie konnte Walker reden hören, sah aber nicht, was vor sich ging.

»Ralph«, stieß Mrs. Walker keuchend hervor. »Sie haben Celena entführt.«

»Ernst und dieser Offizier?«

»Ja, in einem grauen Detroit Electric! Sie sind nach Norden auf die First Street eingebogen.«

»Ruf das Gefangenenlager an.«

»Das habe ich schon. Sie sind unterwegs. Und Sheriff Brookes macht sich aus Sedgwick auf den Weg.

»Ich hole sie zurück, Delphine.« Walker legte krachend den Rückwärtsgang ein.

»Nein!«, stieß Jackie zwischen den Zähnen hervor. »Wir brauchen ein Telefon.«

Aber Walker schien Jackie vollkommen vergessen zu haben – er hatte nur noch eines im Sinn: seine Tochter zu retten.

»Halder, überprüfen Sie den Benzinstand!«, befahl Kunze auf Deutsch, während er das Messer aus dem Rücken des toten Piloten zog.

»Ernst, geh nicht mit ihm.« Celena klammerte sich an ihn. »Ich werde der Army alles erklären.«

»Sofort«, zischte Kunze. »Sonst töte ich das Mädchen.«

»Also gut«, erwiderte Ernst und sagte dann auf Englisch zu Celena: »Bleib hier, ich bin gleich wieder da.«

»Nein, Ernst. Lass ihn einfach gehen.«

»Das mache ich auch, Darling.« Er lachte trocken auf. In der größten Krise seines Lebens benutzte er zum ersten Mal ein Kosewort für die Frau, die er liebte. »Aber ich muss ihm helfen zu entkommen.« Er lächelte sie an, um sie zu beruhigen, und drückte ihre Hand. »Bleib hier stehen.«

Ernst war vollkommen klar, dass Kunze Celena umbringen würde. Vielleicht hatten sie die Strafe, die die Amerikaner für einen Fluchtversuch verhängten, durch ihre Entführung nicht sonderlich verschärft, aber nachdem Kunze den Piloten ermordet hatte, würden sie beide hingerichtet werden, falls man sie erwischte. Außerdem würde Kunze niemals einen Zeugen zurücklassen, der der Army helfen konnte, ihn zu schnappen. Er hatte Celena nur entführt, um Ernst besser kontrollieren zu können, und als Ernst zu dem zweisitzigen Doppeldecker hinübersah, wurde ihm klar, dass Kunze das Mädchen in den nächsten Sekunden umbringen würde.

Er wusste noch immer nicht, was er tun sollte, und ging hastig zu dem Flugzeug.

»Voll!«, rief er auf Deutsch. »Er muss die Maschine erst aufgetankt haben.«

Kunze kam aus dem Hangar. Er trug das Hemd und die Latzhose des toten Piloten und hielt dessen doppelläufige Remington in der Armbeuge. Er deutete mit dem Lauf der Waffe auf die Holzpflöcke vor den Rädern des Doppeldeckers. »Entfernen Sie die Bremsklötze!«

Ernst zwinkerte Celena zu. Dann kniete er sich hastig hin und zog die Klötze weg. Als er aufstand, hatte sich Kunze vor ihm aufgebaut und zielte mit dem Gewehr auf seine Brust.

»Und jetzt stell dich neben sie, du Verräter!«

Ernst sah ihn verwirrt an.

»Du hast von Armin alles erzählt«, stieß Kunze mit vor Wut verzerrtem Gesicht hervor.

»Ernst!«, schrie Celena.

»Schon gut«, erwiderte er auf Englisch, so ruhig er konnte.

»Beweg dich!«, blaffte Kunze ihn an.

Während die Waffe auf seinen Rücken zielte, ging Ernst zu

der wie erstarrt dastehenden Celena. Sie blickte ihn voller Entsetzen an.

Celenas Leben hing von ihm ab, aber Ernst konnte ihr nicht helfen. Kunze würde sie beide auf der Stelle töten, ohne dass er etwas tun konnte.

Er zermarterte sich das Hirn, suchte nach einem Plan, aber er sah nur seinen Hof zu Hause vor sich, hörte nur Celenas sanfte Stimme. Das Einzige, was ihm geblieben war und woran ihm etwas lag, stand vor ihm.

Er setzte die Brille ab und ließ sie in den Staub fallen.

Celena sah ihn erstaunt an. »Ernst?«

Er lächelte, innig und liebevoll, als wäre es das letzte Mal.

»Celena«, sagte er leise und nickte dann. »Lauf!«

Auf Kunzes Miene spiegelte sich reiner Unglauben, als Ernst ihn angriff. Der Schuss hallte laut über die Plains.

Das Schrot fraß sich in Ernsts Bauch, aber es gelang ihm trotzdem, seine Arme um Kunze zu schlingen. Doch dann hämmerte ihm der Leutnant den Gewehrkolben an den Kopf, und Ernst ging zu Boden. Kunze hob das Gewehr und zielte auf Celenas Rücken, um die zweite Ladung auf sie abzufeuern.

Ernst ignorierte den sengenden Schmerz in seiner zerfetzten Seite, warf sich gegen Kunzes Beine. Kunze heulte vor Schmerz auf, als Ernst ihn rammte, und die Ladung Schrot pfiff harmlos durch die Luft. Ernst sah einen dunkelroten Fleck auf Kunzes linkem Oberschenkel, neben dem Blut, das aus seiner Nase auf die Uniformhose spritzte.

»Verflucht, Halder!«, knurrte Kunze und warf die nutzlose Schrotflinte weg. »Jetzt verreckst du!« Er riss das Messer aus seinem Gürtel.

Ernst holte aus und hämmerte seine Faust auf Kunzes blutigen Schenkel. Der Leutnant heulte vor Schmerz auf.

Dann spürte Ernst ein scharfes Ziehen in seinem Nacken, und im nächsten Moment lief eine warme Flüssigkeit seinen Hals hinunter. Sie war klebrig und heiß, und er hatte das Gefühl, als würde er langsam auf ein dunkles Tor zu schweben, das verschwommen aussah, als würde es sich in einem See befinden.

»Schlaf gut, Halder«, zischte Kunze.

Ernst wusste nicht, wieso er keinen Schmerz mehr empfand.

Im nächsten Moment hörte er einen metallischen Schlag, und Kunzes Bein entglitt seinem Griff. Er sah nur noch die grelle Sonne im Himmel über sich, vor der sich Celenas Silhouette abhob. Sie hielt eine Schaufel in der Hand.

»Verschwinden Sie hier!«, kreischte sie und schwang das Blatt der Schaufel wie einen Baseballschläger.

Leutnant Kunze lag am Boden, das Messer in der Hand.

»Steigen Sie in das Flugzeug und verschwinden Sie!«, schrie Celena.

Kunze rappelte sich auf die Knie und stand dann langsam auf.

»Celena«, flüsterte Ernst, während ihm das Blut aus dem aufgeschlitzten Hals lief. »Nicht … lauf weg, lauf zur Straße.«

Kunze hielt das Messer dicht an seinem Körper, so wie man es in der Grundausbildung gelernt hatte, daran erinnerte sich Ernst noch.

»Celena, bitte«, gurgelte er durch das Blut. »Lauf.«

Kunze trat zwei Schritte vor, aber Celena täuschte mit der Schaufel einen Schlag nach rechts an und ließ sie dann auf der linken Seite auf Kunze hinabsausen, als er näher kam. Sie verfehlte ihn zwar, aber das linke Bein des Leutnants gab nach, so dass er auf die Knie sank. Celena holte kurz aus und traf seinen Arm. Kunze schrie wie ein geprügelter Hund auf und ließ das Messer fallen. Celena holte zu einem weiteren Schlag aus, aber der Leutnant rollte herum, so schnell er es noch vermochte.

»Verschwinden Sie!«, schrie sie, während ihr die Tränen über das Gesicht liefen.

»Kein Telefon, kein Funk«, zischte Kunze auf Deutsch. »Ja, ich verschwinde. Die Mission …«

Er humpelte zum Flugzeug.

»Lebwohl, Verräter!«, rief er über die Schulter zurück. »Du bist tot, bevor ich abgehoben habe.«

Ernst wollte etwas erwidern, aber er hatte nicht mehr die Kraft dazu und hätte auch nicht gewusst, was er sagen sollte.

Kunze griff in das Cockpit und humpelte dann zum Propeller. Er schwang ihn dreimal an, bevor der Motor zündete und der Propeller sich drehte. Das Motorengeräusch dröhnte über die Plains, und Kunze grinste, als er zum Cockpit zurückhumpelte.

Celena ließ die Schaufel fallen und beugte sich über Ernst. Er fühlte die Sonne auf seinem Gesicht, aber er zitterte trotzdem vor Kälte. Noch nie war ihm so kalt gewesen.

»Alles ist gut, Ernst«, sagte Celena. Sie riss ein Stück Stoff von ihrer Bluse und schlang es ihm um den Hals. »Sieh mich einfach nur an.«

Er lächelte sie an, versank in ihren wundervollen Augen.

»Nein, Ernst, bitte lass die Augen offen.«

Er hatte nicht gemerkt, dass er sie geschlossen hatte, dachte, er sähe sie noch an.

»Ernst, bitte, mach die Augen auf.«

Er hüllte sich in ihre Worte ein, wie in eine Decke, schmiegte sich tief in ihre Wärme. Sein Blick fixierte ihr Haar, das wie eine Fahne im Wind wehte. Aber es gab keine Fahnen mehr, und er betete, dass dieser Wind ihn zu diesem wunderschönen, tröstlichen Ort in ihren Augen tragen würde.

Der Pick-up hielt abrupt mitten auf der Straße an. Jackies Kopf schlug gegen die Fahrerkabine.

»Tut mir leid!«, rief Walker durch das Fenster. »Aber da liegt der Handschuh meiner Tochter!«

Er bog mit dem Pick-up auf einen unebenen Feldweg ein und kam ein paar Minuten später hinter einer Scheune zum Stehen.

Bevor Jackie sich von der Pritsche wuchten konnte, war Walker bereits ausgestiegen.

»Warten Sie!«, rief Jackie, während er versuchte, sich aufzurichten. »Kunze ist zu gefährlich. Lassen Sie uns erst telefonieren.«

Walker antwortete nicht, und Jackie konnte nicht sehen, wohin der Farmer ging.

Er ließ sich von der Pritsche rutschen und stützte sich an der Stoßstange ab, während er mehrmals tief einatmete. Dann zwang er sich, um die Ecke der Scheune zu gehen.

»Celena!«, rief Walker. Er hielt die Schrotflinte in der Hand, während er zu seiner Tochter ging, die neben einer Person auf dem Feld kniete.

»Dad!«, rief sie. »Hilf mir!«

Jackie humpelte so schnell er konnte zu ihnen. Er verstand kaum, was sie sagten, weil der Motorenlärm eines Doppeldeckers alle anderen Geräusche fast übertönte. Kunze oder Völker oder wie auch immer der Mann heißen mochte, stieg gerade in das hintere Cockpit.

Walker ging zu seiner Tochter, sagte etwas zu ihr, was Jackie nicht hören konnte, und marschierte dann auf das Flugzeug zu. Er hob im Gehen die Schrotflinte an die Schulter. Jackie hörte auch den Knall kaum, als Walker dem fliehenden Kunze aus knapp sieben Meter Entfernung eine Ladung Schrot in den Rücken jagte. Kunze kippte kopfüber in das Cockpit, prallte zurück und stolperte, als er herumwirbelte. Sein Gesicht war eine verbitterte Maske des Hasses, als er unbeholfen den Gürtel aus seiner Hose zog. Walker biss die Zähne zusammen, als er erneut abdrückte. Die zweite Ladung erwischte Kunze mitten in der Brust und warf ihn gegen den Flugzeugrumpf. Als er auf das Feld sank, hinterließ er einen roten Streifen auf dem Blech. Walker schob eine Patrone in den Lauf des Gewehres, zielte sorgfältig und schoss Kunze ins Gesicht.

Jackie stolperte über das Feld, während Walker ins Cockpit

griff und den Motor abstellte. Dann lief der Farmer zu Celena, die über Ernst Halder kauerte.

»Er hat mir das Leben gerettet, Dad. Bitte, wir müssen ihm helfen!«

Walker berührte Ernsts Handgelenk und blickte dann auf dessen blutigen Hals.

»Wir können nichts mehr für ihn tun, Celena.«

»Nein!«, schrie sie und warf sich auf Halders Leichnam. »Nein! Das kann nicht sein!«

Walker stand auf und drehte sich zu Jackie um, das Schrotgewehr in den Händen. Er klickte es auf und schob eine Patrone in den Lauf.

»Diese Männer haben meine Tochter entführt – gegen ihren Willen gekidnappt.«

Seine Augen hatten dieselbe stechend graue Farbe wie damals, als er Jackie aus seinem Haus geworfen hatte. »Celina kannte keinen der beiden Gefangenen. Sie haben einen Wagen gestohlen, und sie ist ihnen in die Quere gekommen. Sie hat die beiden Männer vor heute Morgen noch nie gesehen.«

Er ließ den Lauf der Schrotflinte langsam in Richtung von Jackies Brust wandern.

»Schon klar«, keuchte Jackie. »Ich weiß, dass sie keine Verräterin ist. Und ich weiß, wie ich den Bericht schreiben muss.«

Walker betrachtete ihn schweigend.

»Niemand«, murmelte Jackie, »niemand wird jemals erfahren … dass Kunze Ihr Sohn war.«

»Sollte er jemals mein Sohn gewesen sein, war er das in dem Moment nicht mehr, als er meine Familie angegriffen hat.« Walkers Blick wurde noch stechender.

Jackie nickte und spürte, wie er fiel. Der Farmer fing ihn auf und legte sich Jackies Arm über die Schulter.

»Celena, ich muss diesen Mann zum Arzt bringen, sonst stirbt er.«

Celena hatte den Kopf auf Ernsts Brust gelegt, sie schluchzte erstickt und machte keine Anstalten, sich zu erheben.

»Wir müssen fahren«, stieß Walker heftiger hervor. »Die Army wird sehr bald hier sein, und sie dürfen dich nicht so mit ihm sehen.«

»Nein, Dad, ich muss bei ihm bleiben.«

»Du kannst nicht hierbleiben. Du kannst ihm nicht mehr helfen.«

Walker stützte Jackie mit dem linken Arm, bückte sich und zog Celena mit der rechten von dem Toten weg.

»Wir können ihn doch nicht einfach hier liegen lassen!«, schrie sie und streckte vergeblich die Hände nach ihrem toten Geliebten aus.

»Das tun wir auch nicht. Er ist längst gegangen, an einen sehr viel schöneren Ort.«

Dann humpelten sie über das abgemähte Feld; Walker schleifte Jackie fast mit. Celena ging allein, obwohl sie manchmal ein wenig schwankte, während sie auf den Pick-up zusteuerten.

Epilog

»Bist du sicher, dass wir dich nicht fahren sollen?«, fragte ihr Vater, der ihre beiden Koffer trug.

Celena lächelte ihn an.

»Ja, Dad, ich bin sicher.«

Sie standen auf dem Bahnsteig. Celena trug ihre Reisekleidung, die sie erst ein paar Tage zuvor fertig genäht hatte. Die Septembersonne schien warm auf sie herunter, aber Celenas Gesicht wurde von dem Hut beschattet, den sie bei Mrs. Bowerly gekauft hatte, die einzige Extravaganz, die sie sich für ihre Reise nach Westen gegönnt hatte.

»Wir würden nur über Nacht bleiben«, sagte ihre Mutter. »Um zu sehen, dass du gut ankommst.«

»Mir geht es gut, Mutter.«

»Alles einsteigen!«, rief der Schaffner, und ihr Vater reichte ihm Celenas Koffer.

»Hast du die Notizbücher, die dir Captain Forrest geschickt hat?«, erkundigte sich ihr Vater.

»Ja, Dad.«

Celena fand es rührend, dass Jackie Forrest daran gedacht hatte, ihr drei Notizbücher mit einer Karte zu senden, auf der er ihr viel Glück in Boulder wünschte. Immerhin war er erst vor kurzem aus dem Krankenhaus entlassen worden und steckte mitten in den Vorbereitungen für sein letztes Semester Jura in Virginia. Noch verblüffender war es, dass es ihm gelungen war, die Army zu überzeugen, Ernsts Letzten Willen zu erfüllen. Ernsts Sold und das Entgelt für seine Arbeit sollten für Celenas

Studium an die Universität von Colorado überwiesen werden. Ernst hatte kein Wort davon gesagt, aber offenbar hatte er das Testament zwei Tage vor seinem Tod verfasst. Zeuge war ein gewisser »Generalleutnant Dankwart von Armin, Baron von Greifswald«. Celena wusste nicht genau, wie Captain Forrest das gelungen war, wie er es hatte bewerkstelligen können, dass die Army einem toten deutschen Kriegsgefangenen seinen letzten Wunsch erfüllte; Forrest musste offenbar wie ein gewiefter Anwalt sehr überzeugend argumentiert haben.

»So.« Ihrer Mutter liefen Tränen über die Wangen. »Und du schreibst uns, so oft du kannst.«

»Mach ich.«

Celena küsste sie auf die Wange und umarmte sie dann innig. Sie selbst weinte nicht, sondern lächelte.

»Wir sind so stolz auf dich«, sagte Delphine Walker, als sie Celena endlich losließ. Sie strich über Celenas Kostümjacke und zupfte am Revers. »Du bist eine wunderschöne Frau.«

Celenas Unterlippe begann zu zittern. Verstohlen wischte sie sich mit einem Spitzentaschentuch die Augenwinkel.

»Danke, Mutter.«

Dann drehte sie sich zu ihrem Vater um, der auf die Prärie hinaussah.

»Celena, ich denke, du solltest das hier bekommen.«

Er öffnete seine rechte Faust, und auf seiner Handfläche lag eine glänzende silberne Taschenuhr.

»Dad, das ist doch nicht deine Uhr?«

»Nein. Sie hat Ernst gehört.« Er sah seine Tochter liebevoll an. »Er hat sie mir gegeben, als meine kaputtgegangen ist. Aber ich bin sicher, es wäre ihm lieber, wenn du sie hast.«

Mit zitternden Fingern griff Celena nach der alten Uhr.

Ihr Vater lächelte, als sie die Uhr nahm, schlang dann seine kräftigen Arme um sie und drückte sie an sich.

»Wenn du uns jemals brauchen solltest …«

»Ich weiß, Dad.«

Jetzt quollen ihr die Tränen aus den Augen. Er ließ sie los und schob sie einen Schritt zurück.

»Du verpasst noch deinen Zug.«

Celena sah lächelnd zu ihm auf. Dann stieg sie auf das Trittbrett des Zuges.

Als sie sich auf der kleinen Plattform umdrehte, hatte ihr Vater seinen Arm um ihre Mutter geschlungen. Sie schmiegte sich an ihn, während ihr immer noch die Tränen über die Wangen liefen. Celena blickte über ihre Köpfe hinweg nach Westen und konnte am Horizont soeben noch die bläuliche Silhouette der Rocky Mountains entdecken.

Dann ging sie in das Abteil, stellte ihre Reisetasche auf die Ablage über ihrem Kopf und setzte sich hin. Ernsts Taschenuhr ließ sie nicht los. Dann griff sie in ihre Handtasche und holte vorsichtig ein gefaltetes Stück Papier heraus, auf dem Ernst vor drei Monaten für sie ein Gedicht geschrieben hatte. Sie stand auf und verstaute Uhr und Gedicht sorgfältig in ihrer Tasche. Schließlich setzte sie sich wieder hin und sah aus dem Fenster.

Anmerkungen

Im Juli 1944 befanden sich 224 863 Kriegsgefangene in 98 Lagern in den gesamten Vereinigten Staaten. (173 980 waren Deutsche, 50 276 Italiener und 607 Japaner). Im Mai 1945 waren es 425 871 feindliche Soldaten, davon 371 683 Deutsche, 50 273 Italiener und 3915 Japaner. Sie waren in 155 Lagern in 44 der 48 Staaten der USA untergebracht. Die letzten Kriegsgefangenen wurden im Juni 1946 aus amerikanischer Gefangenschaft entlassen.

Die Army-Vorschriften besagten, dass ein Lager nicht näher als 170 Meilen an einer Küste oder 150 Meilen an der kanadischen oder mexikanischen Grenze liegen durfte, aus Angst, dass die Gefangenen dann leichter außer Landes gelangen könnten. Wegen der drohenden Sabotage durch POWs durften die Lager ebenfalls nicht in der Nähe von Werften, Munitionsfabriken oder anderen Produktionsstätten liegen, die für den Krieg wichtig waren. Obwohl Tausende flohen, wurde nie ein größerer Schaden an einer Produktionsstätte der Kriegsindustrie gemeldet. Etliche amerikanische Bürger wurden wegen Landesverrat verurteilt, weil sie POWs bei der Flucht geholfen hatten. Einige erhielten sogar die Todesstrafe, doch wurde sie bei keinem vollzogen.

Laut den amtlichen Aufzeichnungen sind 2222 deutsche POWs aus den Lagern der USA geflüchtet. Von ihnen wurden 65 auf der Flucht erschossen. Das berühmteste Beispiel für amerikanische Frauen, die sich in deutsche POWs verliebten und ihnen bei ihrer Flucht halfen, war das von drei Schwestern aus

Colorado. Sie wurden dafür wegen Verschwörung zum Landesverrat für schuldig befunden. Jede von ihnen wurde zu einer zweijährigen Gefängnisstrafe und zur Zahlung von 10000 US-Dollar verurteilt, weil sie zwei deutschen Gefangenen zur Flucht nach Mexiko verholfen hatten. Ein anderer berühmter Fall war der einer fünfundvierzigjährigen Mutter von drei Kindern, die einem deutschen Gefangenen die Flucht aus einem Lager in Massachusetts ermöglichte. Die beiden lebten auf der Flucht zusammen, bis sie nach zwei Monaten gefasst wurden. Bei einer der unglaublichsten Fluchten spielte ein US-Army-Wachsoldat eine Hauptrolle. Er hatte die Flucht von zwei deutschen Gefangenen geplant und sie bis nach Mexiko begleitet. Er wurde zum Tod durch den Strick verurteilt, was dann in eine zehnjährige Haftstrafe umgewandelt wurde. In einem Fluchtversuch mit tragischem Ausgang begegneten drei deutsche POWs nach einem erfolgreichen Ausbruch aus einem Lager in Tennessee einer älteren Frau, die allein in den Bergen von Tennessee lebte. Sie erschoss einen von ihnen, nachdem die Gefangenen sich geweigert hatten, ihren Besitz zu verlassen. Als man sie darüber informierte, dass der Mann, den sie getötet hatte, ein flüchtiger deutscher POW gewesen war, brach die Großmutter in Tränen aus und schluchzte: »Ich dachte, es wären die verfluchten Yankees!«

Weite Teile der amerikanischen Öffentlichkeit verstanden nicht, warum die Army die deutschen Gefangenen so gut behandelte. Aber die Hoffnung, dass amerikanische Kriegsgefangene in deutschen Lagern besser behandelt würden, wenn alle amerikanischen Lager sich strikt an die Genfer Konvention hielten, schien sich zu erfüllen. Obwohl sie oft barsch und manchmal auch brutal behandelt wurden, war die Lage der amerikanischen Gefangenen in deutscher Gefangenschaft im Vergleich zu denen anderer Nationen deutlich besser. Außerdem glaubte die Army, dass sich Hitlers Soldaten bereitwilliger ergaben, sobald sich die Kunde von der bevorzugten Behandlung in amerikanischen Kriegsgefangenenlagern auf dem Kontinent herumsprach. In den meisten Lagern in den USA konnten sich die deutschen Offiziere tatsächlich relativ frei bewegen, nachdem sie geschworen hatten, nicht zu fliehen. Kein einziger deutscher Offizier hat seinen Schwur gebrochen und auf seinem Freigang einen Fluchtversuch unternommen.

Obwohl die Briten recht erfolgreich die Nazigefangenen von den Sozialdemokraten und den POWs anderer Nationalitäten getrennt hatten und somit die Gewalt vermieden, die in amerikanischen Lagern herrschte, hat die Army in den meisten Fällen den Nazis einfach erlaubt, die Lager in Amerika zu kontrollieren, weil sie damit am leichtesten Disziplin und Ordnung herstellen konnte – trotz der Brutalität, mit der die Nazis gegen Regimegegner und Gefangene anderer Nationalitäten vorgingen. Es gelang ihnen, ob durch Gewalt oder Drohungen gegen Familienangehörige zu Hause, die Lager zu kontrollieren. 14 deutsche Gefangene wurden von amerikanischen Militärgerichten zum Tode verurteilt und auch hingerichtet, weil sie Verbrechen gegen Nazigegner in Gefangenenlagern begangen hatten.

Die Familien der amerikanischen Farmer, die sich der Arbeitskraft der POWs versichern konnten, schlossen oft Freundschaft mit deutschen Gefangenen, und die Army musste die Bevölkerung unaufhörlich warnen, die POWs nicht wie Gäste oder Nachbarn zu behandeln. Es gibt zahllose Beispiele von amerikanischen Familien, die versuchten, etwa 5000 ehemaligen deutschen Gefangenen nach dem Krieg bei der Erlangung der amerikanischen Bürgerrechte zu helfen. Viele dieser amerikanischen Familien bürgten für die ehemaligen POWs, wenn sie ihre Einbürgerungsformulare einreichten. Höchst erstaunlich ist, dass sich nach Deutschlands Kapitulation im Mai 1945 Zehntausende deutscher POWs freiwillig für den Kampf der USA gegen Japan meldeten, das erst im September 1945 kapitulierte. Die Army dachte ernsthaft über diese Freiwilligen nach. Bis zu diesem Tag wird in einem ehemaligen Kriegsgefangenenlager in Georgia ein jährlicher Gottesdienst für die deutschen POWs abgehalten, die in amerikanischer Erde begraben sind. Daran nehmen häufig ehemalige Wachsoldaten und deutsche Gefangene teil.

Es gab während des Zweiten Weltkriegs drei bedeutsame Fälle von deutscher Spionage und Sabotage in Amerika, aber in keinem gelang es, etwas Wichtiges zu sabotieren oder bedeutsame Informationen nach Deutschland zu schmuggeln. Im Sommer 1941 zerschlug das FBI ein Spionagenetz von 33 deutschen Agenten, von denen 25 eingebürgerte Amerikaner waren. Sie wurden allesamt verurteilt und zu insgesamt mehr als 300 Jahren Gefängnis verurteilt. Im Sommer 1942 setzten deutsche U-Boote zwei Vier-Mann-Kommandoeinheiten ab, die Sabotage betreiben sollten; ein Team in New York, das andere in Florida. Alle Saboteure wurden verhaftet, angeklagt und verurteilt. Sechs von ihnen wurden hingerichtet, und zwei verbrachten sechs Jahre in einem Gefängnis, bevor sie nach Deutschland ausgeliefert wurden. 1944 wurden zwei deutsche Agenten ebenfalls mit einem U-Boot abgesetzt. Sie hatten den Auftrag, in Los Alamos Informationen über das amerikanische Atomwaffenprogramm zu beschaffen und anschließend Sabotageakte zu verüben. Sie wurden verhaftet, angeklagt und zum Tode verurteilt. Letztlich saß der eine zehn Jahre im Gefängnis, der andere sechzehn Jahre.

Angesichts der Tatsache, dass die Deutschen auf dem Gebiet der Kernforschung in den dreißiger Jahren Pionierarbeit leisteten, hatten die Alliierten verständlicherweise große Angst vor Hitlers Atomwaffenprogramm, das sich allerdings beinahe ausschließlich auf das schwere Wasser stützte, das in Rjukan, Norwegen, hergestellt wurde, das die Deutschen nach der Invasion 1940 kontrollierten. Den Alliierten war sehr wohl bewusst, dass der Krieg verloren wäre, falls Hitler die Atombombe zuerst bauen konnte. Nachdem 1942 ein Angriff eines britischen

Kommandos auf die Rjukan-Anlage scheiterte, sprang im Februar 1943 ein Team von acht norwegischen Elitesoldaten, die in England lebten, mit dem Fallschirm ab, und konnte in einem waghalsigen Nachtangriff die Produktion von schwerem Wasser unterbinden.

Danksagung

Das Buch ist aus Erzählungen gewachsen, die man dem Autor über deutsche Kriegsgefangene erzählt hat, welche auf den Feldern arbeiteten, die dem Großvater und Onkel des Autors gehörten und auf denen er selbst als Junge mitgearbeitet hat. Die Vorfahren des Autors waren Belgier, die um 1800 nach Amerika emigriert waren und seitdem im Nordosten von Colorado und im Südwesten von Nebraska Landwirtschaft betrieben. Ohne die Erfahrungen und liebevollen Geschichten von Margaret Jo Eeckhout, Albert und Celena Smith, Gifford Van Eeckhout und Velma Christine Ferguson Eeckhout sowie Julius Belgrado und Grace Dutton Eeckhout hätte dieses Buch nicht geschrieben werden können.

Der Autor möchte auch allen bei Margol Publishing für ihre harte Arbeit und unerschütterlichen Glauben an dieses Projekt danken, vor allem Carl Williams, ohne den dieses Buch niemals das Licht der Welt erblickt hätte; und er dankt seiner verständnisvollen Frau Annica, die oftmals zurückstehen musste, damit er Zeit fand, dieses Buch zu schreiben.